TODAS AS
MULHERES
DOS
PRESIDENTES

CIÇA GUEDES & MURILO FIUZA DE MELO

TODAS AS MULHERES DOS PRESIDENTES

A HISTÓRIA POUCO CONHECIDA DAS PRIMEIRAS-DAMAS DO BRASIL DESDE O INÍCIO DA REPÚBLICA

Copyright © 2019 **Ciça Guedes** e **Murilo Fiuza de Melo**

Direção editorial: **Bruno Thys** e **Luiz André Alzer**

Capa, projeto gráfico e diagramação: **André Hippertt** e **Mariana Erthal**
(www.eehdesign.com)

Pesquisa de fotos e revisão: **Luciana Barros**

Preparação de texto: **Cintia Mattos**

Foto dos autores: **Marcelo de Jesus**

Dados Internacionais de Catalogação na Publicação (CIP)
(eDOC BRASIL, Belo Horizonte/MG)

G924t   Guedes, Ciça.
        Todas as mulheres dos presidentes: a história pouco conhecida das primeiras-damas do Brasil desde o início da República / Ciça Guedes, Murilo Fiuza de Melo. – Rio de Janeiro, RJ: Máquina de Livros, 2019.
        336 p. : foto. ; 16 x 23 cm

        Inclui bibliografia
        ISBN 978-85-54349-17-2

        1. Brasil – Política e governo. 2. História do Brasil. 3. Mulheres na política. I. Melo, Murilo Fiuza de. II. Título.

        CDD 981

Grafia atualizada segundo o Acordo Ortográfico da Língua Portuguesa de 1990, em vigor no Brasil desde 2009

1ª edição, 2019 – 1ª reimpressão, 2020

Todos os direitos reservados à **Editora Máquina de Livros LTDA**
Rua Francisco Serrador 90 / 902, Centro, Rio de Janeiro/RJ – CEP 20031-060
www.maquinadelivros.com.br
contato@maquinadelivros.com.br

Nenhuma parte dessa obra pode ser reproduzida, em qualquer meio físico ou eletrônico, sem a autorização da editora

Para minhas netas Giovana e Isabela
Ciça Guedes

Para minha filha, Clara
Murilo Fiuza de Melo

SUMÁRIO

Mulheres sem rosto 8

Capítulo 1 - República Velha 17
    Mariana Cecília de Sousa Meireles 21
    Josina Vieira Peixoto 32
    Adelaide Benvinda da Silva Gordo 36
    Ana Gabriela de Campos Salles 43
    Maria Guilhermina de Oliveira Pena 51
    Anita de Castro Belisário de Sousa 54
    Orsina Francione da Fonseca 58
    Nair de Teffé von Hoonholtz 63
    Maria Carneiro Pereira Gomes 75
    Francisca Ribeiro de Abreu 78
    Maria da Conceição Manso Sayão 81
    Clélia Vaz de Melo 87
    Sofia Pais de Barros 94

Capítulo 2 - Era Vargas 101
    Darcy Lima Sarmanho 106

Capítulo 3 - Redemocratização 127
    Carmela Teles Leite 137
    Sarah Luísa Gomes de Sousa Lemos 142

Eloá do Valle 152

Maria Thereza Fontella 162

Capítulo 4 - Ditadura Militar 183

Yolanda Ramos Barbosa 190

Scylla Gaffré Nogueira 202

Lucy Markus 208

Dulce Maria de Guimarães Castro 215

Capítulo 5 - Nova República 225

Marly de Pádua Macieira 235

Rosane Brandão Malta 240

Ruth Vilaça Corrêa Leite 254

Marisa Letícia Rocco Casa 265

Marcela Tedeschi Araújo 274

Michelle de Paula Firmo Reinaldo 279

Capítulo 6 - Quase primeiras-damas 291

Notas 311

Créditos das imagens 335

MULHERES SEM ROSTO

Deodoro da Fonseca está sentado ao centro de uma mesa, rodeado por ministros e auxiliares mais próximos, no Palácio do Itamaraty, no Rio de Janeiro. Do seu lado direito, está o sobrinho Hermes Rodrigues da Fonseca, que lhe oferece a pena de ouro, presente dos ministros, com a qual o chefe do Governo Provisório assinou, em 20 de junho de 1890, o projeto da primeira Constituição da República do Brasil. O menino fixa o olhar na única mulher entre as 19 pessoas retratadas na cena, como se buscasse uma proteção maternal. Trata-se de Mariana, mulher de Deodoro.

Com moldura de madeira nobre e folheada a ouro, trazendo o brasão da República em relevo, a tela de 2,90m por 4,41m é obra do pintor espanhol Gustavo Hastoy e está exposta no Museu do Senado, em Brasília. Foi um presente da Sociedade de Beneficência Portuguesa ao novo governo brasileiro, ofertado em maio de 1891, ano da promulgação da Constituição.

Chama a atenção o fato de que a mulher que inauguraria o cargo de primeira-dama no Brasil é a única figura de costas na pintura; impossível ver seu rosto. A cena explicita uma contradição que vai se repetir ao longo dos 130 anos de República: o Brasil teve muitas primeiras-damas marcantes, mas suas histórias, quando não foram apagadas, são como Mariana Cecília de Sousa Meireles na pintura de Hastoy: sem rosto, sem que se possa ao menos adivinhar seus sentimentos, mas presentes, mesmo que às sombras. Com raras exceções, passaram à História como citações nas biografias de homens fortes.

Merecem, porém, mais do que um verbete na Wikipedia, assim como Marianinha merecia ter seu rosto mostrado no quadro de Hastoy, porque, ainda que limitadas pelos costumes de suas épocas e pela liturgia de seus cargos, muitas tiveram presença relevante na vida do país.

Óleo sobre tela de Gustavo Hastoy: Mariana, esposa de Marechal Deodoro, é a única de costas

A proposta deste livro é produzir uma breve biografia das mulheres dos presidentes brasileiros, obedecendo a divisão clássica por períodos históricos, de forma a situar as primeiras-damas no contexto dos costumes da época. O período das duas juntas militares, compostas por três militares cada — a primeira assumiu em 1930, após a revolução que levou Getúlio Vargas ao poder, e a segunda, em 1969, depois da morte do presidente Artur da Costa e Silva —, foi desconsiderado pela brevidade de seus mandatos. Não foram incluídas também as esposas dos três primeiros-ministros que se sucederam no curto parlamentarismo brasileiro, entre setembro de 1961 e janeiro de 1963.

Por terem sido impedidos de assumir a chefia da nação pelos militares, apesar de respaldados pela Constituição, não entraram na lista das primeiras-damas deste trabalho as mulheres de Júlio Prestes, eleito em maio de 1930, e do advogado Pedro Aleixo, vice de Costa e Silva. Mas foram consideradas as mulheres dos presidentes Rodrigues Alves e de Tancredo Neves, que tiveram papéis importantes nas trajetórias políticas de seus maridos. Eleito indiretamente, no colégio eleitoral, Tancredo morreu antes de assumir a Presidência, mas sua ação política, ao lado da mulher, Risoleta, viabilizou a redemocratização do país.

As trajetórias de Risoleta e de Ana Guilhermina de Oliveira Borges, mulher de Rodrigues Alves, serão abordadas em um capítulo à parte, juntamente com as "primeiras-damas" do mineiro Itamar Franco, que se eternizou por ter atuado pela implantação do Plano Real. Itamar era divorciado ao ser empossado na Presidência e, durante os dois anos em que conduziu o país, após a saída de Collor no processo de impeachment, ganhou fama de namorador. O ex-marido de Dilma Rousseff, Carlos Franklin Paixão Araújo, de quem a ex-presidente estava separada quando foi eleita, e a filha do viúvo marechal Castelo Branco, Antonieta Castelo Branco, que lhe serviu de "primeira-dama", também terão suas histórias contadas.

Muitas primeiras-damas são hoje conhecidas pelo sobrenome do cônjuge famoso, como Ruth Cardoso, Risoleta Neves e Maria Thereza Goulart. Porém, no caso desta obra, cujo foco são as mulheres e não seus maridos ilustres, a referência de abertura dos perfis traz seus nomes de solteira. A homenagem é mais do que merecida. Afinal, em todo o período de existência da República brasileira, o espaço das mulheres na sociedade foi conquistado com muito esforço. Entre o Código Civil de 1916 e o de 2002, pelo menos na legislação, elas deixaram de ser subjugadas ao homem, considerado o "chefe da sociedade conjugal". Na lei de 1916, por exemplo, a mulher precisava de autorização do marido para exercer uma profissão e era obrigada a adotar seu sobrenome. Só com Estatuto da Mulher Casada, em 1962, a necessidade de autorização para trabalhar deixou de existir. E foi apenas com a Lei do Divórcio, de 1977, que caiu a obrigatoriedade de a esposa acrescentar o sobrenome do marido ao seu nome. O Código Civil de 2002 trouxe, finalmente, a isonomia na relação conjugal, podendo o homem ou a mulher ter a liberdade de acrescentar o sobrenome do cônjuge. Ou seja, entre o antigo Código Civil de 1916 e o de 2002, foram necessários 86 anos para que a lei brasileira reconhecesse a igualdade dos gêneros no casamento civil.

O pronome de tratamento "dona" que essas mulheres carregam assim que assumem o papel de primeira-dama foi igualmente descartado por conta daquilo que significa. Ao mesmo tempo em que é empregado em sinal de respeito a uma mulher mais velha, ou que ocupe um lugar social, o termo está historicamente ligado a sua posição dentro da relação conjugal da sociedade patriarcal. É um tratamento respeitoso para a mulher dona de casa, mãe e esposa. "Algo semelhante é obtido pelo pronome 'dona', que alude à mencionada representação machista da 'dona Maria', comum em frases como 'Volta para o tanque, dona Maria!'", afirma o professor Guilherme de Camargo Scalzilli, pesquisador da Unicamp, que investigou as diferentes maneiras sobre o uso da expressão "dona"[1].

Scalzilli cita os exemplos de Ruth Cardoso e Dilma Rousseff. No caso da mulher de Fernando Henrique Cardoso, ela sempre foi tratada como "Dona Ruth", e nunca como professora ou mesmo doutora, por ter doutorado em antropologia. Já com Dilma, o pronome era usado de maneira depreciativa. O "Dona Dilma" aparecia quando adversários políticos a criticavam. Em 2004, ao disputar as eleições para a prefeitura de São Paulo, Martha Suplicy classificou o termo como "machista", empregado por seus adversários para depreciá-la. Em sua pesquisa, Scalzilli conclui que "dona" carrega uma "memória de certa vassalagem socioeconômica" que se perpetua no imaginário brasileiro. "O uso desse tipo de tratamento tem um toque senzalesco, como se a sinhá do presidente fosse dona dos súditos", define o jornalista Elio Gaspari. Ele observa que, nos Estados Unidos, Michelle Obama nunca teve seu nome vinculado ao pronome de tratamento.[2]

ORIGEM

O termo primeira-dama surgiu nos Estados Unidos. Apareceu pela primeira vez na edição de 31 de março de 1860 do "Frank Leslie's Illustrated Newspaper". A expressão foi usada em referência a Harriet Lane, sobrinha do presidente James Buchanan (1857-1861), que era solteiro. De acordo com o site National First Ladies' Library[3], o título estreou em um discurso mais adiante, quando o reverendo Stuart Robertson apresentou Rutherford B. Hayes, o 19º chefe da nação (1877-1881), e mencionou sua mulher, Lucy.

Mas chamar a mulher do presidente de primeira-dama só iria cair no gosto popular a partir da eleição de Grover Cleveland, que se casou na Casa Branca, no segundo ano de seu primeiro mandato (1885-1889), com Frances Folsom, uma jovem "atraente e popular". O termo primeira-dama, no entanto, lá como cá não é citado na Constituição e o trabalho, de tempo integral e sem direito a descanso, tampouco é remunerado.

A função ganhou novos contornos no Brasil com a criação da Legião Brasileira de Assistência (LBA), em 1942. A iniciativa de Darcy Vargas, casada com Getúlio, fez com que a atuação da primeira-dama fosse além de mera posição de mulher do chefe da nação e anfitriã dos palácios. A LBA foi criada para ajudar as famílias dos soldados brasileiros enviados à Segunda Guerra Mundial. Com o tempo, a entidade ampliou sua atuação e passou a realizar ações de caridade aos necessitados, entre as quais a distribuição de alimentos, como leite em pó. O leite, aliás, acabaria anos depois no centro de um escândalo de corrupção na LBA envolvendo Rosane Collor, mulher de Fernando Collor, então primeiro presidente eleito pelo voto popular depois da redemocratização do país.

O sangrento conflito que se desenrolava na Europa trouxe graves consequências econômicas para o Brasil e impôs a discussão de questões sociais, com a cobrança de posicionamento do Estado. Surge aí um novo papel para as primeiras-damas. Se Getúlio se apresentava como o "pai dos pobres" durante o Estado Novo, por que sua mulher não poderia ser a "mãe dos pobres"? Nessa nova condição, a primeira-dama produziria também capital político a ser usado para lapidar a imagem do homem público e angariar votos em eleições. Inicia-se, assim, a era da assistência social como um apêndice do Estado, pelas mãos da mulher do presidente, função exercida com brilhantismo e luz própria por Darcy Vargas.

O assistencialismo, nesse sentido, só iria mudar em 1993, quando foi regulamentada a Lei Orgânica da Assistência Social (Loas), prevista na Constituição de 1988. Pelo menos no papel, a Loas tinha a intenção de substituir a prática com fins eleitoreiros, usada em todas as esferas do poder, por uma política real voltada a reduzir as mazelas sociais do país.

Mas o papel de primeira-dama e da própria assistência social só seria reescrito pela antropóloga Ruth Cardoso, que pôs fim à LBA e criou e coordenou políticas públicas voltadas para a segurança alimentar e a alfabetização de jovens e adultos. Ruth, por sinal, detestava ser chamada de primeira-dama. Era uma pesquisadora e professora reconhecida no meio acadêmico internacional. E diz muito sobre a situação da mulher em nossa sociedade o fato de ela ser a única entre as 34 primeiras-damas do país que teve uma carreira intelectual independente do marido. Além de Ruth, apenas Rosane Collor e Marcela Temer concluíram cursos superiores. Rosane fez administração e afirmou, em sua autobiografia, que aproveitou as lições que aprendeu em sua gestão à frente da LBA. Marcela cursou direito numa faculdade privada em São Paulo, a Faculdade Autônoma de Direito (Fadisp), já casada com Temer. Mas não prestou o exame da Ordem dos Advogados do Brasil (OAB), mandatório para quem deseja exercer a profissão, porque ficou grávida de Michelzinho, seu único filho.

Chama a atenção o fato de que a maioria dos presidentes tinha casos extraconjugais, sobejamente conhecidos. Desde o início da República, com o seu proclamador, que manteve romances rumorosos e públicos, até o primeiro presidente eleito após 30 anos de regime militar, que declarou em palanque ter "aquilo roxo". Mesmo o político que venceu o candidato da ditadura no colégio eleitoral, mas morreu antes de tomar posse, mantinha a mulher e os filhos em Minas Gerais e um relacionamento de muitos anos com sua secretária, em Brasília.

COADJUVANTE

Apesar dos avanços da luta pelos direitos das mulheres, a esposa do principal líder do país continua sendo coadjuvante — quanto mais bela, recatada e do lar for, mais feliz estará a nação. E aqui vale um contraponto. Nos estertores da Monarquia, uma mulher se sobressaiu: a Princesa Isabel. Das três vezes em que liderou o país, como princesa regente, em duas ela ousou: assinou a Lei do Ventre Livre, em 28 de setembro de 1871, e a Lei Áurea, em 13 de maio de 1888. Acusada por seus opositores de ser despreparada para assumir o trono do pai num eventual terceiro reinado, era ridicularizada em jornais republicanos, que a viam como "carola" e sem apetite para a política. Entre 1878 e 1881, Isabel morou na Europa, sobretudo em Paris, e presenciou as transformações sociais e culturais pelas quais passava o Velho Continente. Foi assim que, ao retornar ao Brasil, mergulhou na causa abolicionista. Tornou-se amiga dos idealizadores do movimento, como José do Patrocínio e André Rebouças, e organizou saraus beneficentes para arrecadar fundos destinados à compra de títulos de liberdade de escravos.

Certa vez, foi vista pelo chefe de polícia ao lado de Patrocínio e do jurista Joaquim Nabuco na chácara do comerciante português José de Seixas Magalhães, no Leblon, então uma área rural da Zona Sul do Rio, confraternizando com escravos fugidos. Na chácara, conhecida como Quilombo do Leblon, Seixas cultivava camélias, que se tornaram o símbolo do movimento abolicionista. Decerto que sem a participação dos escravos e as fugas em massa, a chamada "avalanche negra", somadas ao apoio incondicional de Isabel, o projeto liderado por Patrocínio, Nabuco e outros não teria sucesso.[4]

A princesa comprou a briga e bateu de frente com os conservadores, liderados pelos cafeicultores paulistas. No Paço Imperial, logo após assinar a Lei Áurea, Isabel dirigiu-se a João Maurício Wanderley, o Barão de Cotegipe, ex-ministro do gabinete imperial que meses antes havia pedido demissão por resistir em libertar os escravos: "Então, senhor Barão, ganhei ou não a partida?". E ele respondeu: "A senhora ganhou a partida, mas perdeu o trono".[5]

Pouco mais de um ano e meio depois a República seria proclamada. A "Redentora" seria expulsa do país com o pai, Dom Pedro II, e toda a família real. Na Europa, voltou-se aos seus afazeres de palácio. Seu rosto, porém, foi fartamente retratado por fotógrafos como Marc Ferrez, Alberto Henschel e Augusto Stahl. Nos 130 anos subsequentes da República, apenas uma mulher chegaria ao cargo máximo da nação, em 2010: a mineira Dilma Rousseff, que, reeleita, não concluiu o segundo mandato.

CAPÍTULO 1
REPÚBLICA VELHA

A República Velha (1889-1930) é um dos períodos menos estudados da História do Brasil. Nos bancos escolares, aprende-se que foi a época em que Minas Gerais e São Paulo se revezaram no poder, a chamada política do Café com Leite. A fraude grassava nas eleições. O voto era privilégio de poucos. Os votantes representavam menos de 3% da população[1]. Analfabetos e mulheres estavam fora do processo político. Exceto os dois governos militares de Deodoro da Fonseca e Floriano Peixoto, eleitos indiretamente, a República Velha teve 12 presidentes escolhidos basicamente por homens brancos e letrados. A ausência do povo, segundo o historiador José Murilo de Carvalho, foi o "pecado original da República"[2].

Em tal situação, o que dizer sobre as mulheres que habitaram os palácios presidenciais daquela época? Sobre algumas delas as informações são escassas, quase nulas. Em sua maioria, limitam-se aos casamentos, às condolências pelo falecimento do marido presidente ou a referências sobre sua própria morte. Essas mulheres se casaram, em geral, muito novas (entre 15 e 20 anos) e, não raro, eram primas de primeiro grau dos presidentes. Só uma primeira-dama da República Velha teve sua história contada em livros: Nair de Teffé, segunda mulher do marechal Hermes da Fonseca, oitavo presidente do Brasil, em razão da vida própria e da profissão anteriores ao casamento. Foi a primeira caricaturista do país, e uma primeira-dama fora dos padrões, que escandalizou a sociedade da época.

Neste primeiro período da história republicana brasileira, três vices assumiram o cargo no lugar dos titulares: Manuel Vitorino, em novembro de 1896; Nilo Peçanha, em junho de 1909; e Delfim Moreira, em novembro de 1918. O jornalista e médico baiano Manuel Vitorino, que substituiu Prudente de Moraes, terceiro presidente do Brasil, permaneceu menos de três meses no cargo. Prudente teve que se internar às pressas para se submeter à retirada de um cálculo renal, na época uma cirurgia de alto risco. A mulher de Vitorino, Maria Amélia da Silva Lima, era uma dona de casa como muitas primeiras-damas de sua época. As informações a seu respeito limitam-se à prole. O casal teve oito filhos: José, Dionísio, Álvaro, Mário, Alice, Edgard, Carlos e Manuel. Ligado ao marechal Floriano Peixoto, antecessor de Prudente, Vitorino estava rompido com o presidente na época do seu afastamento. No cargo, ele nomeou três novos ministros e mudou a sede do governo do Palácio do Itamaraty para o Palácio do Catete, atual Museu da República, na Zona Sul do Rio. Como primeira-dama, portanto, Maria Amélia teve que tomar conta dos afazeres domésticos de dois palácios.

Naquela época, mulheres da elite não frequentavam escolas. Eram deixadas aos cuidados de governantas inglesas ou alemãs, e educadas por "afamados professores". Mas a situação no início do século XX havia melhorado, como relata o historiador Luís Edmundo no livro "O Rio de Janeiro do meu tempo": "A mulher já tem outra instrução, que as viagens constantes melhoram e refinam; fala vários idiomas e nas reuniões de família já não é apenas o belo sexo que se expõe e agrada pelo palmilho de cara, ou pela graça da *toilette*, mas companheira inteligente, com a qual o homem já pode conversar e discutir. Ainda não sai sozinha à rua, lá isso é verdade, mas já sai bastante, seja ao lado da mãe, do irmão ou de um parente mais velho. Casa cedo. Em geral, arranja um casamento em Petrópolis, onde passa elegantemente o verão".[3]

Se hoje há um movimento contrário à submissão da mulher a padrões estéticos de magreza e outros parâmetros de suposta elegância, na época, apesar de protestos dos médicos, os sacrifícios pela beleza eram inimagináveis. Luís Edmundo relata a tortura do aperto para conseguir a famosa cinturinha de vespa: "Está em moda o espartilho, o pavoroso instrumento de suplício feito de lona, aço e barbatanas de baleia, que, durante cerca de 80 anos, viveu cingindo o busto da mulher, comprimindo-o, deformando-o, comprometendo com isso vísceras importantes, enfermando-as, e até provocando a morte; o espartilho que faz a cinturinha de vespa e que sorri da voz avisada dos médicos, do conselho dos sensatos e até das zombarias, dos motejos e da sátira de uma literatura que nunca o defendeu"[4]. O cronista da época reproduz uma trova popular que satirizava o sacrifício:

— Ai, Maria, vem depressa
desaperte este colete,
vem correndo, vem, que eu temo
estourar como um foguete.
— Nhanházinha está tão bela!
Mas enfim dá tantos ais...
— Oh, espera! Estou bonita?
Pois então aperta mais!

As primeiras décadas da República foram também marcadas por fatos importantes na luta pelos direitos das mulheres no país. Em 1910, a professora baiana Leolinda Figueiredo Daltro fundou o Partido Republicano Feminino, que, entre outras bandeiras, defendia a extensão do voto às mulheres — luta que seria seguida pela bióloga Bertha Lutz nos anos 1920 na Federação Brasileira pelo Progresso Feminino. Separada do marido, mãe de cinco filhos, Leolinda costumava ser citada por seus adversários pejorativamente como "a mulher do diabo". Além de sufragista, era uma das mais ferrenhas defensoras dos direitos dos índios que, naquela época, ou eram totalmente aculturados pela catequização ou simplesmente dizimados. Graças à sua luta, o governo federal criou, em 1910, o Serviço de Proteção ao Índio (SPI), embrião da Fundação Nacional do Índio (Funai). Mas ela não foi convidada para a cerimônia de lançamento. Sua morte, num acidente de automóvel em 1935, mereceu um registro na revista "Mulher", da Federação Brasileira pelo Progresso Feminino: "Teve ela que lutar contra a pior das armas de que se serviam os adversários da mulher: o ridículo"[5]. Leolinda foi grande amiga de Orsina da Fonseca, primeira mulher do presidente Hermes da Fonseca.

MARIANA CECÍLIA DE SOUSA MEIRELES
☆ 10 de fevereiro de 1826
✞ 9 de abril de 1905
• Casada com Deodoro da Fonseca
• Primeira-dama de 15 de novembro de 1889 a 23 de novembro de 1891

Imagine uma mulher de 34 anos, solteira, na segunda metade do século XIX, que morava com a mãe, viúva de um capitão do Exército, na longínqua cidade de Cuiabá. Olhada de soslaio pela sociedade, estaria condenada a passar o restante de seus dias recolhida à casa, acompanhada apenas de seus criados — nem para titia ficaria, já que era filha única. Era essa a situação da carioca Mariana Cecília de Sousa Meireles, a mulher sem rosto do quadro do pintor Gustavo Hastoy, que conheceu o capitão Deodoro nos idos de 1860. Um ano antes, o militar havia se mudado para Mato Grosso, onde assumiria o cargo de ajudante de ordens do 14º presidente da província, Antônio Pedro de Alencastro. O fato de sua futura esposa ser um ano mais velha não o incomodou. Casaram-se poucas semanas após o primeiro encontro. O jornalista Raimundo Magalhães Júnior, biógrafo de Deodoro, descreve o sentimento do generalíssimo: "Sentiu-se fortemente atraído por aquela figura de mulher, tão terna e tão modesta, tão recatada e tão simples. A paixão mútua foi súbita e lavrou com tal veemência que ambos concordaram em que deviam casar-se o mais cedo possível"[6]. Talvez houvesse um exagero nas palavras de Magalhães Júnior. Provavelmente Deodoro quis se casar porque isso era um imperativo social, que perdura até hoje. Vaidoso, foi, durante toda a vida, até mesmo na hora de sua morte, um conquistador, louco por um rabo de saia.

Casaram-se, em uma cerimônia simples, e não tiveram filhos. Os sobrinhos de Deodoro — como o retratado no quadro de Hastoy — preencheriam esse vazio. O casal logo se transferiu para a Corte, no Rio de Janeiro, e, dois anos depois, Marianinha, como era chamada, passaria pela primeira das provações de sua vida de casada. O marido e mais seis de seus sete irmãos foram lutar na Guerra do Paraguai. A futura primeira-dama se mudou para a casa da sogra, ao lado de cunhadas, concunhadas e Pedro Paulino da Fonseca, único varão que não pegou em armas. Rosa, mãe de Deodoro, era uma alagoana arretada. Roberto Piragibe da Fonseca, sobrinho-neto do marechal, usa o adjetivo "espartana" para descrevê-la[7].

A vida não foi nada fácil para ela naquele período. Viveu em sobressaltos, seis anos longe do marido. Acompanhou o sofrimento da sogra, que perdeu três filhos — embora jamais tenha reclamado, pois se orgulhava de tê-los entregue à pátria —, e temeu pela morte do companheiro, que encurtou a sua permanência no Paraguai depois de ser ferido na Batalha de Itororó, em 1868.

Os percalços na relação do casal continuaram quando ele voltou da guerra. Mariana tinha uma pequena fortuna, que herdara do pai, e algumas casas de aluguel que garantiam o sustento do casal[8]. O dinheiro de Deodoro — que foi para o Paraguai capitão e retornou coronel, com o peito repleto de medalhas, a maioria por atos de bravura — era gasto na satisfação de sua própria vaidade: joias, perfumes, roupas e mulheres. Com base em depoimento de Maria Amália de Carvalho, a Baronesa de Alagoas, casada com Severiano Martins da Fonseca, o irmão mais velho de Deodoro, Piragibe descreve os encantos do primeiro presidente da República brasileira e sua queda pelos "demônios de saias".

"(...) É certo que, além de ser ele muito sensível aos encantos femininos, emprestava-lhe invulgar fascínio o porte esbelto e altivo, o olhar agudo e vivo, os cabelos claros e de um ondulado largo e sedoso, a indumentária apurada e as barbas sempre recendentes a violetas, o indefectível perfume. Demais, era particularmente insinuante, nas palavras e nos ademanes [*trejeitos afetados*], quando se achegava aos 'adoráveis demônios de saias', usando a linguagem cara a Joaquim Manoel de Macedo. Era, em suma, enfeitiçado no trato das damas", resume o sobrinho-neto em seu ensaio biográfico sobre o generalíssimo[9].

Suas traições à mulher eram conhecidas e alvo de comentários na sociedade. Nos salões, Deodoro, quando se encantava por uma moça, escrevia versinhos em seus leques. Gostava de dança e a usava nas conquistas. Suas irmãs, Emília e Amália, o repreendiam por suas aventuras extraconjugais. E foi um amor não correspondido a fagulha que o levou a proclamar a República: Maria Adelaide Andrade Neves, a Baronesa do Triunfo, uma bela gaúcha, que se tornou um de seus casos mais famosos.

Em 1883, Deodoro foi nomeado comandante de armas da província do Rio Grande do Sul, da qual se tornou presidente, três anos depois. Ali conheceu a baronesa, então viúva e com 45 anos. Filha do general Andrade Neves, Maria Adelaide morava no solar da família em Rio Pardo, na região dos pampas gaúchos, a aproximadamente 150 quilômetros de Porto Alegre. A bela gaúcha era conhecida como a "mãe dos soldados", pois costumava interceder junto aos comandantes do 13º Regimento de Cavalaria, localizado em frente à sua casa, em favor dos "soldados faltosos", além de proteger alunos militares ameaçados por trotes dos colegas mais velhos[10].

Deodoro tinha 56 anos e acabou perdendo a disputa pelo coração da baronesa para o fazendeiro, senador e conselheiro do Império Gaspar

Silveira Martins, homem forte da política gaúcha. Silveira Martins era um conquistador nato, capaz de recitar Shakespeare de cor. Mas foi uma prosaica queda de um cavalo, que o levou a quebrar a perna, o fato determinante para a sua vitória sobre o então capitão. O senador, que assim como Deodoro era casado, ficou um mês sob os cuidados de Maria Adelaide. Dizem que Silveira Martins viajava de trem de Porto Alegre até Rio Pardo, disfarçado, para se encontrar com a viúva. Não se tem conhecimento do desfecho da relação entre os dois, mas quando o senador morreu, em 1901, a Baronesa do Triunfo organizou uma grande homenagem ao amante na Igreja dos Passos, em Rio Pardo.[11]

A derrota amorosa marcou profundamente o marechal, que já tinha embates com o rival na política. A escolha de Silveira Martins para chefiar o Gabinete do Império, exatamente na noite de 15 de novembro de 1889, foi o estopim que faltava para o enciumado Deodoro proclamar a República. Aliás, o desenrolar desse dia histórico começou com uma severa briga entre o marechal e a mulher. Apesar das puladas de cerca do marido, Mariana, como boa parte das mulheres à época, dedicava-se a prover o bem-estar e a paz familiar. E Deodoro, apesar de vaidoso e engalanado, era um homem doente, de 62 anos. Sofria de dispneia (falta de ar) e incômodos produzidos pela arteriosclerose. Na véspera do dia 15 de novembro, estava prostrado na cama. O peito arfava e mal conseguia falar. Seu estado de saúde era tão crítico que os conspiradores republicanos mais próximos achavam que ele não passaria daquela noite.

O motivo da discussão com a mulher fora a insistência do marido em sair de casa para liderar o movimento contra a Monarquia. Mariana exigia que o médico particular do marechal, doutor Carlos Gross, o liberasse, mas ele não foi encontrado.[12] A esposa perdeu a discussão. Deodoro, fraco e cambaleante, saiu à rua vestido com a farda militar. Guardou o selim da montaria num saco e foi de charrete encontrar-se com os sublevados. Só conseguiu montar em um cavalo já quase em frente ao quartel-general do Exército, no Campo de Santana. "Por precaução, o alferes Eduardo Barbosa cedeu-lhe o cavalo baio número 6, considerado o menos fogoso na tropa do Primeiro Regimento de Cavalaria. Herói involuntário de uma escolha casual, o pacato animal seria o primeiro beneficiário da República brasileira. Aposentado do serviço militar por serviços relevantes prestados ao novo regime, passaria o resto dos seus dias sem fazer nada, vivendo confortavelmente no estábulo de um quartel no Rio de Janeiro", relata o jornalista Laurentino Gomes.[13]

Na cabeça de Deodoro, monarquista convicto, o movimento militar tinha um único objetivo: derrubar o gabinete de Afonso Celso de Assis Figueiredo, o Visconde de Ouro Preto, considerado inimigo do Exército. Tanto que, após arrancar a carta de renúncia de Ouro Preto, dentro do quartel-general do Ministério da Guerra, o marechal teria bradado vivas ao imperador. Em rápido desfile das tropas que se seguiu ao ato de renúncia, no Campo de Santana, ele mandou um jornalista se calar depois de gritar um "viva a República". "Ainda é cedo. Não convém, por ora, as aclamações", reprimiu.[14] Cansado, o marechal voltou para sua casa e não mais saiu.

O "bardo do agreste" — como certa vez autodenominou-se num versinho escrito no leque de uma bela moça — só se tornaria republicano depois da nomeação de Silveira Martins para o gabinete. A escolha do senador não passaria, na verdade, de um gesto de pirraça de Pedro II, que sabia da inimizade entre os dois e não queria se submeter aos caprichos de Deodoro. Havia ainda um agravante: o político gaúcho estava a caminho do Rio para assumir seu mandato de senador e chegaria à capital da Corte dois dias depois. Ou seja, o poder ficaria vago num momento extremamente sensível para a Monarquia. Horas depois, o imperador desistiu de nomear Silveira, optando pelo baiano José Antônio Saraiva, conselheiro e experiente político. Saraiva era o homem certo para o cargo, mas como diria Deodoro ao emissário de Pedro II, que o procurou na madrugada do dia 16 de novembro, na última tentativa de demovê-lo de sua decisão: "Já agora é tarde".[15]

Uma vez proclamada a República, e já na chefia do Governo Provisório (15 de novembro de 1889 a 24 de fevereiro de 1891), o generalíssimo continuou sua saga de conquistador. Sua derradeira paixão, abertamente assumida nos bailes e recepções do Palácio do Itamaraty, foi uma moça de vinte e poucos anos, viúva de um rico fazendeiro uruguaio, que morava em uma mansão no bairro do Flamengo. O romance passou à história como "o caso J.B" — o nome da moça foi preservado porque ela, muito jovem, casou-se após a morte de Deodoro e seus descendentes ainda viveram muito tempo entre o Rio de Janeiro e o Uruguai. Após Deodoro ter renunciado ao comando da nação à frente do Governo Constitucional (25 de fevereiro de 1891 a 23 de novembro de 1891), a paixão pela moça continuou — assim como a dispneia.

Por recomendação médica, ele deveria cuidar-se na França. Um especialista foi consultado, por carta, em Paris, e aceitou recebê-lo para tratamento. Deodoro deveria embarcar prontamente, mas Mariana não permitiu ao saber que a moça iria também para a capital francesa, ainda por cima no mesmo navio. O sobrinho-neto Roberto Piragibe da Fonseca não esconde o ressentimento em relação à decisão da mulher de Deodoro de não mais levá-lo para os cuidados da sumidade médica da época, Dr. Grouchy, que se mostrara "otimista e encorajador" a respeito do tratamento. Conta Piragibe que Deodoro, inicialmente relutante, foi convencido pela mulher a viajar, mas quando "rosnaram as más línguas" que J.B embarcaria junto, "o entusiasmo de Marianinha, não o de Deodoro, é que subitamente arrefecera, ao ter ciência de que a 'sem-vergonha' da J.B se dispunha também a viajar para o Velho Mundo, e no mesmo navio".[16]

O biógrafo Raimundo Magalhães Júnior diz que Mariana foi uma mulher exemplar, que esteve sempre ao lado do marido, principalmente nos últimos anos, quando sua saúde se deteriorou. Mas não diz que ele foi um marido exemplar. Já Piragibe tece elogios derramados às diferentes facetas de Deodoro: "(...) Foi poeta satírico, repentista, declamador apaixonado, inspirado compositor de música ligeira, hábil narrador de anedotas, latinista inveterado, tio paciente louco por crianças, cortejador de moças bonitas, entusiasta e elegante marcador de 'quadrilhas', vaidoso de sua presença física, delicioso 'papo' para quantos dos seus amigos gostavam de conversar, filho amantíssimo, bairrista extremado e valente 'conquistador' em outro terreno que não o da guerra. É, foi assim".[17]

A lista extensa de adjetivos explica por que Deodoro, bazófio, criou um cargo para si mesmo que jamais existiu no Exército brasileiro, logo após assumir a chefia do governo provisório: o de generalíssimo. Em seguida, estendeu a todos os ministros de seu gabinete o título de general, incluindo os civis, como o jurista Rui Barbosa. Capricho do destino, anos mais tarde, Rui lideraria a campanha civilista contra a volta dos militares ao poder máximo da República, personificado pelo marechal Hermes da Fonseca, sobrinho de Deodoro. O tipógrafo e advogado provisionado Francisco Glicério, ministro da Agricultura, virou General Glicério, que hoje dá nome a uma importante rua do bairro das Laranjeiras, na Zona Sul do Rio de Janeiro. Não é preciso dizer que o ato do Generalíssimo virou motivo de chacota na imprensa.

Apesar do ego inflado, que alimentava as pilhérias dos jornalistas, o marechal não tolerava desvios éticos no trato com os recursos públicos. Em maio de 1890, Deodoro recebeu o anteprojeto da primeira Constituição republicana. Causou-lhe estranheza o estabelecido no artigo 22: a imunidade do parlamentar. O texto previa que "não poderiam ser presos nem processados, criminalmente, durante o seu mandato, sem prévia autorização de respectiva Câmara". Deodoro anota à margem: "O homem sério, verdadeiro e de caráter nobre não admite o disposto neste artigo".[18] Apesar das queixas do generalíssimo, o artigo não apenas se manteve na Constituição de 1891, como se repetiu em sua essência nos demais textos constitucionais subsequentes, sendo motivo de polêmica até hoje.[19]

Nas parcas informações sobre Marianinha nos livros e textos sobre o marechal, percebe-se que ela não era apenas uma "virtuosa" esposa e de casa. Influenciava nas decisões do marido quando havia espaço. E a elite política e intelectual sabia disso. Em abril de 1890, a jornalista e escritora Corina Coaracy publicou um artigo, dirigido a Mariana, pedindo sua intercessão junto ao marido presidente em favor dos "escravos de grilhetas", como ficaram conhecidos nos jornais da época Jansen Müller de Faria, Deocleciano Mártir e José Cordovil Trajano de Oliveira. Os três foram presos por espalharem pela cidade cartazes contra o governo provisório e condenados à deportação depois de terem suas penas de morte comutadas.

A condenação baseava-se no Decreto 295, de 29 de março daquele ano, que previa o julgamento por uma comissão militar de acusados de "pôr em circulação falsas notícias e boatos alarmantes, dentro ou fora do país" que pudessem perturbar a "estabilidade das instituições e a ordem pública". Os condenados seriam punidos com as penas militares de sedição, entre as quais o fuzilamento. Estava estabelecida, na prática, a censura à imprensa. O artigo de Corina em súplica à primeira-dama surtiu efeito. Dias depois, o marechal perdoou os três réus, revogando a deportação por meio de um decreto. O ato de bondade do marechal durou pouco tempo. Logo depois, em 29 de novembro de 1890, Deodoro mandaria empastelar o jornal monarquista "A Tribuna" por fazer críticas a seu governo e espancar todos os que ali estavam. O episódio terminou em tragédia, com a morte do revisor João Ferreira Romariz, pai de cinco filhos pequenos.

Outra passagem que marca a presença da primeira-dama nas tramas palacianas deu-se poucos meses depois da instituição do governo provisório. Intrigas em torno de quem iria suceder a Deodoro na Presidência buscavam opô-lo ao tenente-coronel Benjamin Constant, o principal ideólogo do movimento de 15 de novembro de 1889. Constant mostrava-se publicamente desinteressado em assumir o papel de sucessor natural do marechal, mas a imagem difundida no meio político era a de que ele seria uma espécie de eminência parda do generalíssimo. Na primeira festa realizada por Deodoro no Palácio do Itamaraty, então sede do governo republicano, Constant, ministro da Guerra, fez questão de levar a esposa e as duas filhas solteiras. Com a pulga atrás da orelha, Marianinha resolveu tirar a prova dos nove. Pegou as filhas do ministro pelo braço e começou a passear mostrando-lhes o palácio, que viam pela primeira vez.

O coronel e futuro historiador Ernesto Sena descreve o diálogo da primeira-dama com as convidadas: "Vocês estão vendo como isto é bonito; pois tudo isto em breve é para vocês. Seu pai é muito ambicioso e tem bastante razão para isso, porque tem filhas...".[20] Irônico, o próprio Sena relata o desenrolar da cena: "É fácil de compreender como ficaram as moças com a edificante delicadeza, não tardando a pretextarem um motivo para retirada".[21] Não se sabe se as meninas chegaram ou não a falar com o pai-ministro sobre a conversa "delicada" com a primeira-dama, já que Sena não avança no relato, mas, ao se imiscuir em assuntos políticos, da esfera masculina, fica claro o quanto Marianinha não se comportava como "modesta" de casa.

A mulher do marechal, aliás, muito relutou em ficar na posição de primeira-dama. Gostava mais de ser chamada de "baronesa". Ainda na época do reinado de Pedro II, os jornais noticiavam que seria concedido o título de barão a Deodoro, o que nunca aconteceu. Marianinha, no entanto, adotou com gosto o título nobiliárquico. Ela não escondia a sua admiração pela família real, mesmo depois de proclamada a República por seu marido. No andar térreo do Palácio do Itamaraty, mantinha numa sala, em frente ao gabinete de despachos do presidente, retratos dos ex-imperadores do Brasil, "aos quais refere-se sempre com maior deferência, profundo e respeitoso afeto".[22]

A pioneira no cargo de primeira-dama do Brasil atuou além dos limites do lar. Apoiou a criação de uma escola doméstica destinada a dar instrução primária e ensinar prendas do lar a meninas pobres e órfãs, "evitando-lhes o contato com as partes viciadas das populações". A escola era administrada pela escritora, educadora e jornalista Francisca Senhorinha da Motta Diniz, editora do periódico "O Sexo Feminino", criado em 1873, que tratava de temas polêmicos como o fim da escravidão e o voto feminino. Na República, o jornal passou a se chamar "O Quinze de Novembro do Sexo Feminino" e se definia como "especialmente dedicado aos interesses da mulher".

Senhorinha acreditava que só a educação poderia trazer a emancipação feminina, como escreveu no editorial do primeiro número do seu jornal: "Em vez de pais de família mandarem ensinar suas filhas a coser, engomar, lavar, cozinhar, varrer a casa etc., etc., mandem-lhes ensinar a ler, escrever, contar, a gramática da língua nacional perfeitamente, e depois, economia e medicina doméstica, a puericultura, a literatura (ao menos a nacional e a portuguesa), a filosofia, a história, a geografia, a física, a química, a história natural, para coroar esses estudos a instrução moral e religiosa; que estas meninas assim educadas não dirão quando moças estas tristes palavras: 'Se meu pai, minha mãe, meu irmão, meu marido morrerem, o que será de mim?'".[23] A Escola Doméstica Dona Mariana, que recebeu o nome em homenagem ao apoio da "caritativa" primeira-dama, durou até o início do século XX.

Como revelam as correspondências trocadas com o ministro da Fazenda, Rui Barbosa, Mariana também não se furtava a pedir empregos para os seus mais chegados, o que aliás, era comum — diga-se, até hoje — entre aqueles que têm algum poder na República. Pouco mais de um mês depois de proclamada a República, no dia 17 de dezembro, a primeira-dama mandava um cartão a Rui Barbosa, pedindo emprego no Banco do Pernambuco a uma pessoa recomendada pela Baronesa de Vila Bela, a uruguaia Maria de Los Angeles Margiños Cervantes, segunda mulher de Domingos de Sousa Leão, que fora conselheiro de Dom Pedro II, e continuava a ser um político influente no Nordeste. Em 24 de março de 1890, ela voltaria a escrever ao ministro da Fazenda, desta vez pedindo a nomeação de Pedro Brant Paes Leme, "pessoa de bem e por quem muito me interesso", para ajudante de fiscal de loterias do Rio de Janeiro. Terminava a missiva assinando como "amiga e criada, obrigada".[24]

A mulher de Deodoro tinha personalidade e opinião própria, mas conhecia seus limites. Não desafiava o marido, que, apesar dos derramados elogios do sobrinho-neto, era sabidamente uma pessoa destemperada e de uma franqueza que se confundia com grosseria, como descrevem Jânio Quadros e Afonso Arinos ao falar do "lado negativo" dos varões dos Fonseca das Alagoas.[25]

Mariana morreu no Rio de Janeiro em abril de 1905, aos 79 anos, 12 anos após o falecimento de Deodoro. Os restos do casal foram depositados no monumento-mausoléu dedicado ao marechal, na praça que leva seu nome, no Centro do Rio, em 5 de agosto de 1959, em solenidade com a presença do presidente Juscelino Kubitschek. É uma imponente escultura na qual ele se destaca montado em um cavalo, uma alegoria à proclamação da República. No trabalho do escultor Modestino Kanto, inaugurado em 15 de novembro de 1937, há vários personagens relacionados ao movimento de 1889: representações da mocidade da antiga Escola Militar, jornalistas e republicanos históricos. Na frente do pedestal onde se assenta a estátua de Deodoro, está esculpida em bronze uma mulher em pé, simbolizando a República e, na parte anterior, uma mulher sentada que representa Rosa Paulina da Fonseca, mãe de Deodoro. Falta Mariana, a mulher sem rosto do quadro de Gustavo Hastoy.

JOSINA VIEIRA PEIXOTO

- ☆ 9 de agosto de 1857
- ✝ 5 de novembro de 1911
- Casada com Floriano Peixoto
- Primeira-dama de 23 de novembro de 1891 a 15 de novembro de 1894

Depois de tantas peripécias extraconjugais de seu proclamador, a República teria um período de calma nas fofocas de alcova. A vida matrimonial de seu sucessor, marechal Floriano Peixoto, não registra amantes nem casos eventuais, embora sua biografia aponte certas esquisitices. Algumas delas são descritas pelo escritor José Luiz Passos no romance "O marechal de costas", que se baseia na vida de Floriano.

Passos escreveu o romance após extensa pesquisa sobre a Revolta da Armada, rebelião de oficiais da Marinha contra o governo central, que eclodiu em 6 de setembro de 1893 e só seria resolvida no governo de Prudente de

Moraes, em 1895. O escritor ficou fascinado pelo personagem, "um sujeito de silêncios desconcertantes (...), obcecado por Napoleão Bonaparte, que lia muito, desenhava bem (nas suas cadernetas, ensaiava diferentes tipos de vagina) e ao mesmo tempo era capaz de comandar matanças desumanas, como na campanha do Paraguai".[26] Historiadores e biógrafos o descrevem como um homem discreto, que "nunca deu uma recepção, nem compareceu a nenhuma", nas palavras do historiador militar Salm de Miranda.[27] Essa discretíssima vida do "Marechal de Ferro" dificulta também o encontro de informações mais detalhadas sobre sua mulher.

Josina Vieira Peixoto, apelidada de Sinhá, era uma menina de 14 anos, 18 a menos que o noivo, quando se casou em 11 de maio de 1872. Ele era seu primo-irmão, o que explica o sobrenome de solteira ser o mesmo do marido. Floriano fora criado em Ipioca, Alagoas, hoje um bairro de Maceió, por um tio por parte de pai, o coronel José Vieira de Araújo Peixoto, pai de Josina, que não tinha "filho varão". Havia sido entregue ao tio, com dez dias de vida, porque seus pais, agricultores pobres e com outros nove filhos, não tinham condições de criá-lo. Tornou-se um "protegido" do coronel, situação comum naquela época.

Floriano partiu para a Guerra do Paraguai com 26 anos, em 1865. Cinco anos depois, com o fim do enfrentamento, regressou à Corte. "Finda a guerra, sua vida sofreu transformação radical, tornando-se uma sucessão estável e burocrática de cargos aqui e acolá, com muitos intervalos recreativos no engenho do padrinho em Alagoas — o que decerto favoreceria o namoro e o casamento com a prima Josina", descreve o historiador Fábio Koifman.[28]

O bisneto de Floriano, Luiz Carlos Peixoto, confirma essa hipótese. Ele conta que o bisavô, ao retornar do Paraguai, pediu licença ao Exército para ir a Maceió, onde tinha terras. Lá encontrou a prima, que fez charme, "escovando os longos cabelos". Não deu outra: o militar se apaixonou[29]. Josina e Floriano tiveram sete filhos, dois homens e cinco mulheres. O primeiro herdeiro nasceu quando ela tinha apenas 15 anos.

A segunda primeira-dama da República, assim como sua antecessora, também recebia cartas nas quais militares e pessoas do povo pediam favores, até mesmo para que ela convencesse o presidente a tomar alguma medida nos campos político e administrativo. A correspondência corrobora a visão da população sobre essas mulheres como de uma "bondade inata" e de influência sobre seus maridos. Em carta de 7 de abril de 1894, guardada no Arquivo Nacional, com assinatura ilegível e destinada à "Exma. Sra. Josina", um capitão pede que ela interceda junto ao marido para que ele não seja transferido de sua guarnição, em Pernambuco. "Espero que com a valiosa proteção de V. Exa. nada me acontecerá". Em outra, endereçada à "Bôa Sinhá", Julia Maia agradece um vestido doado por Josina "que está bem bonito", e pede 20$000 "pelo amor de Deus" (vinte mil réis, uma moeda de ouro que seria abandonada pela República em 1921), uma vez que na Corte era "tudo caríssimo".

O Arquivo Nacional também guarda telegramas de Floriano a Josina. Num deles, de 4 de abril de 1892, o presidente revela uma relação afetuosa com a mulher, que está em Barbacena, Minas Gerais. Ele informa que "ahi chegará amanhã condução, regressareis com filhos e meninas do Ladislau, se quiserem. (...) Como passam nossos filhos? Abençoo todos, saúdo amigos". Um dia antes, ele havia enviado outro telegrama, no qual pedia para Josina se preparar para regressar. "Mandarei condução nestes dois dias". Em outras correspondências, inclusive quando tentava curar-se da tuberculose que o levou à morte aos 56 anos, Floriano fala abertamente sobre a falta que a mulher lhe faz.[30]

Alguns historiadores dizem que, apesar da fama de durão e do jeito taciturno em público, em casa Floriano era diferente, e tinha sincero prazer no convívio com a mulher e os filhos. Ele também costumava circular incógnito à noite pelo Rio, acompanhado apenas por um ajudante de ordens. Ia ao teatro de revista e ria muito das gozações que os artistas faziam dele no palco. Certa vez foi a um circo em Cascadura, no subúrbio da capital, deu gorjeta ao palhaço representado por um negro de nome Benjamin, que dançara a chula, e acabou ajudando seu circo, mesmo num momento difícil de seu governo, durante a Revolta da Armada.

Ao menos um de seus filhos herdou essa paixão pelas artes cênicas. José Floriano Peixoto, o Zeca, foi atleta no Rio de Janeiro, na década de 1910, e depois trabalhou em diferentes circos, como ginasta em barras e lutas esportivas. Era comum, na época, que os circos apresentassem atletas e que estes fossem condecorados por seu desempenho, posando para fotos que divulgavam as atrações com o peito cheio de medalhas. Fulô era o nome artístico de Zeca.[31]

Muito pouco se sabe sobre Josina. A revista "Careta" dedicou-lhe um perfil na edição nº 184, após sua morte, em 5 de novembro de 1911, com apenas 54 anos. Dizia que a primeira-dama "amava com fervor entusiástico a República, de cuja história era testemunha autorizada". Na Revolta da Armada, quando os canhões do ex-ministro da Marinha de Floriano, Custódio de Melo, disparavam contra o Rio de Janeiro, Josina manteve a calma junto com seus filhos na casa em que moravam, ao lado do Palácio do Itamaraty. "Permaneceu perto do esposo no tempo perigoso da revolta e cheia de augusta calma, como se estivesse num lar tranquilo e seguro, dirigiu os serviços domésticos, enquanto no mar e na cidade retumbavam os canhões."[32]

O marechal deixou a Presidência já doente dos pulmões. No final de 1894, foi tratar-se nas cidades mineiras de Bicas e Cambuquira. Em 20 de maio de 1895, escreveu a Josina, que ficara no Rio com os filhos. O casal esperava se reencontrar, a despedida para a viagem não havia sido um adeus: "Sinhá, (...) acho-me melhor da tal bronquite, (...) mas ainda sinto-me bastante atacado (...) O que tenho passado na sua ausência — já de oito dias — só eu sei"[33]. Ele morreria em 29 de junho daquele ano, na localidade de Divisa, atual distrito de Floriano, em Barra Mansa, no Estado do Rio. Josina ficou viúva com 38 anos.

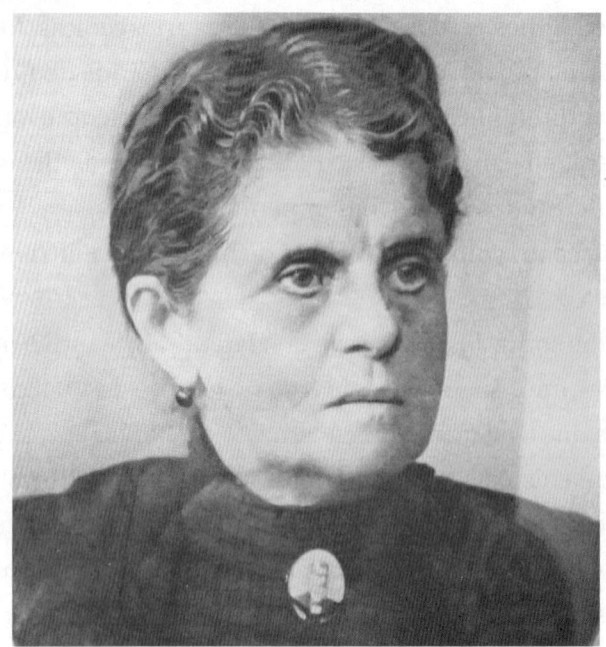

ADELAIDE BENVINDA DA SILVA GORDO
☆ 17 de setembro de 1848
✞ 8 de novembro de 1911
• Casada com Prudente de Moraes
• Primeira-dama de 15 de novembro de 1894 a 15 de novembro de 1898

A mulher do primeiro presidente civil da República, eleito pelo voto, não foi muito diferente de suas antecessoras, esposas de militares. Era descrita pelos jornais como uma "virtuosa" mãe e esposa, com um semblante "sereno e meigo", embora sua foto mais conhecida a mostre com um ar grave e fechado, como o do marido. Por anos, o diário "Cidade do Rio", do jornalista José do Patrocínio, publicou nota em homenagem ao aniversário da mulher de Prudente de Moraes. Referia-se a Adelaide como a "matrona" que não se deslumbrou com o "fastígio da posição". "No Palácio do Catete, S. Ex. conservou os mesmos hábitos de matrona, que não troca as delícias do lar feliz pela alegria efêmera do convívio mentiroso da sociedade (...)", escreveu um redator do "Cidade do Rio", em 17 de setembro de 1898, em nota sob o título "Lar do Presidente". Nos anos seguintes, o texto se repetiria a cada aniversário de Adelaide, com pequenas variações.

Aos 48 anos, Adelaide já era de fato uma mulher madura quando o marido assumiu a Presidência da República, em 15 de novembro de 1894. Prudente José de Moraes e Barros encerrou a chamada "República da Espada" e inaugurou a fase da hegemonia dos cafeicultores no poder central do país — institucionalizada pelo seu sucessor, Campos Salles, na chamada República do Café com Leite, em alusão à alternância de representantes das oligarquias paulista e mineira na Presidência.

Depois de dois militares linhas-duras, de alma forjada na sangrenta Guerra do Paraguai, seria a vez de um autêntico caipira chegar ao mais alto posto da nação. Seus opositores o apelidaram de Biriba, uma gíria gaúcha para matuto. O apelido também poderia ser uma referência ao macaco de mesmo nome, morador do jardim zoológico do Barão de Drummond, pai do jogo do bicho, e que fazia sucesso entre os cariocas. Biriba, o símio, tinha barbas enormes como as do presidente.

Seus admiradores, no entanto, preferiam compará-lo a Abraham Lincoln. Não apenas pela aparência, que fazia lembrar a do presidente norte-americano, mas pelo temperamento, sereno e firme. Assim como Lincoln, que pôs fim à escravidão e à Guerra de Secessão nos Estados Unidos, Prudente deu um ponto final à Revolta da Armada e à Revolução Federalista, no Sul do país, por meio de uma negociação complexa e delicada, que culminou com a anistia aos revoltosos. Reatou ainda relações com Portugal, interrompidas pelo seu antecessor. Ganhou, assim, o epíteto de "O Pacificador".

Paulista da zona rural de Itu, Prudente, com o seu sotaque carregado, iria inaugurar o até hoje indefectível estranhamento entre paulistas e cariocas. A aparência física do presidente também não o ajudou diante da opinião pública. "Muito esguio e solene, vivia trajado de preto e possuía um semblante grave, tornado ainda mais circunspecto pela longa barba grisalha que lhe emprestava um ar 'profético e autoritário', segundo Sérgio Buarque de Holanda. Sua calma e formalismo eram lendários. Contava 53 anos ao assumir a Presidência; aparentava 70", descreve o escritor Paulo Schmidt.[34] Rui Barbosa o apelidou de o Taciturno do Itamaraty, em referência ao palácio que abrigou os primeiros chefes da República brasileira.

Mas o jeito esquisitão não impediu Prudente de conquistar a jovem Adelaide Benvinda da Silva Gordo. Os dois se conheceram em Piracicaba, para onde a família de Prudente se mudara em 1858. O casamento ocorreu na mansão da família de Adelaide, em Santos, em 28 de maio de 1866. Ela tinha 17 anos; ele, 25. O jovem advogado era vereador e presidente da Câmara de Vila da Constituição, primeiro nome do atual município de Piracicaba. O casamento abriu as portas para o ingresso do político na elite paulista.

Filho de um tropeiro com uma dona de casa, Prudente era descendente por parte de pai e mãe de caciques indígenas.[35] Perdeu o pai, José Marcelino, aos 2 anos, assassinado a facadas por um escravo no histórico Campo do Ipiranga, em São Paulo. A mãe, Catharina Maria, casou-se novamente com um major do Exército. Na faculdade de direito do Largo de São Francisco, na capital paulista, onde foi estudar, ele costumava costurar suas próprias roupas. Já Adelaide descendia de poderosa família de cafeicultores portugueses. Seu pai, Antônio José da Silva Gordo, ex-tenente-coronel da Guarda Nacional, era fazendeiro, com negócios na região de Piracicaba e Limeira. Ia para Santos com frequência tratar das exportações de café de suas propriedades.

O cunhado de Prudente — meio-irmão de Adelaide — Adolfo Afonso da Silva Gordo foi senador da República e governador do Rio Grande do Norte. A primeira esposa de Adolfo, Ana Pereira de Campos Vergueiro, era neta do senador do Império Nicolau de Campos Vergueiro, o senador Vergueiro, um dos primeiros fazendeiros de café a importar mão de obra livre ao país.

Adelaide era filha de Antônio José com a sua segunda mulher, Blandina. A irmã de Adelaide, Maria Inês, casou-se com o irmão de Prudente,

Manoel de Moraes Barros, depois eleito senador. A festa de casamento de Prudente e Adelaide mobilizou, portanto, o mundo político e social de São Paulo. O casal teve oito filhos. Maria Teresa e Maria Jovita morreram precocemente, a primeira com 11 anos e a segunda, com apenas 1. A morte de Maria Teresa marcou profundamente Prudente, como relata o jornalista e psicanalista gaúcho Gastão Pereira da Silva, um dos seus primeiros biógrafos. Segundo o escritor, o cachorrinho que a filha tanto amava quebrava a formalidade do presidente diante de seus interlocutores. O cão subia em suas pernas, pulava sobre seu colo, sujando suas roupas. Risonho, não se importava. "Numa dessas ocasiões, alguém indagou: 'O senhor tem verdadeira predileção por esse animal, hein?'. Ao que respondeu Prudente com um tom de doçura na voz: 'Não é ao cachorrinho que eu acarinho. É à lembrança de minha filhinha'".[36]

A vida do casal presidencial não foi nada fácil. Prudente passou por uma doença grave que o afastou do governo, sofreu um atentado e conviveu com conspirações de florianistas, lideradas por seu vice, Manuel Vitorino, além da oposição ferrenha de praticamente toda imprensa — apenas o "Cidade do Rio", de Patrocínio, o defendia. Segundo o historiador Costa e Silva Sobrinho, o relacionamento com Adelaide foi fundamental para que Prudente de Moraes cumprisse seu destino político e se tornasse "O Pacificador". Um lar feliz e uma esposa compreensiva deram-lhe "calma e confiança para lutar e vencer na vida pública".[37]

O dia da posse, 15 de novembro de 1894, foi um ensaio do que Prudente iria enfrentar em seu mandato. Adversário declarado do presidente eleito, Floriano Peixoto saiu do Palácio do Itamaraty a pé naquele dia, o último do seu governo. Pegou o bonde, pagando a passagem com o dinheiro do próprio bolso, e voltou para sua casa no subúrbio de São Cristóvão. Recusou-se a transmitir a faixa presidencial a Prudente, que, do outro lado da cidade, aguardava algum representante do governo buscá-lo no Hotel dos Estrangeiros, no Catete, onde estava hospedado. Em vão. Ninguém apareceu. Prudente chegou ao velho Palácio do Conde dos Arcos, sede do Senado, na atual Praça da República, no Centro do Rio, num "calhambeque em péssimo estado", conduzido por um "cocheiro mal-ajambrado", com "duas pilecas maltratadas".[38] Acabada a cerimônia no Senado, seguiu de carona na carruagem do embaixador inglês até a sede do governo. Encontrou o Itamaraty abandonado, com portas e janelas abertas. As gavetas estavam vazias e os sofás, perfurados por baionetas. Em uma sala, jazia um caixão, com "jornais, papéis rasgados e garrafas vazias de cerveja"[44]. Pouco depois, Cassiano do Nascimento, secretário de Floriano, apareceu e, em nome do marechal, transmitiu-lhe o cargo e partiu.

Pouco mais de dois anos depois, Prudente viveria a mesma situação ao reassumir o cargo, após se afastar por quase três meses para se submeter a uma arriscada operação de cálculo renal. Na manhã ensolarada de 4 de março de 1897, ele desembarcou na velha estação de trem de Triagem, subúrbio do Rio, vindo de Teresópolis. Dali, tomou um modesto carro de aluguel em direção ao Palácio do Catete, a nova sede do governo. O palácio havia sido comprado pelo vice, Manuel Vitorino, durante a interinidade. O sentinela se surpreendeu ao ver o presidente entrando pela porta da frente para reassumir o mandato. O palácio estava vazio. Vitorino pernoitara em sua casa, na Tijuca, Zona Norte da cidade.

Como descreve Gastão Pereira da Silva, Prudente era metódico e não bebia. Acordava cedo, alimentava-se sempre na mesma hora e mantinha uma caderneta onde tomava nota de toda a sua vida financeira desde as pequenas despesas, como passagens de trem e gastos com lavanderia. Na Presidência, o hábito se repetiria. Acordava às 7h e, depois de tomar um copo de leite e um café bem forte, lia os jornais e conversava amenidades com Adelaide. Trabalhava à tarde. Na mesa do jantar, era ladeado por sua mulher, à esquerda, e seu filho, Prudente, à direita. Deitava-se no máximo à meia-noite. Todos os filhos moravam no palácio presidencial, exceto Antônio, que se mudara para São Paulo para estudar.

Em seu livro, o psicanalista gaúcho reproduz um perfil de Prudente, escrito por um dos seus contemporâneos, o jornalista Ernesto Sena, no qual revela que, "nos momentos agudos do governo", Adelaide intervinha com o intuito de apoiar o marido nas decisões mais difíceis, como na da assinatura do acordo que pôs fim à guerra civil no Sul: "No dia da assinatura da paz do Rio Grande do Sul, ela não podia conter a sua alegria. Junto a uma sacada do Itamaraty, Adelaide dizia a Ernesto Sena: 'Não imagina quanto vivi aflita e quanto pedia a Deus para terminar essa luta entre brasileiros!'. E acrescentava: 'Hoje, julgo-me bem feliz e bem compensada das noites e dias aflitos que passei!'. Durante a longa enfermidade de Prudente de Moraes — diz ainda o citado autor — quantas vezes a vi, à janela de sua residência, pensativa, triste e abatida, apoiando o rosto com a mão direita e fitando o céu...".[40]

E foram muitos os momentos de aflição, já que Prudente passou o governo convivendo com ameaças de morte. E uma delas foi às vias de fato em 5 de novembro de 1897. Naquele dia, Prudente estava no Arsenal de Guerra, no Centro do Rio, para recepcionar dois batalhões de militares que retornavam de Canudos, o famoso arraial liderado por Antônio Conselheiro, no sertão baiano, cujo combate custou a vida de 25 mil pessoas e um histórico de humilhações ao Exército brasileiro.[41] Em meio às comemorações, um anspeçada (cargo inferior ao de cabo, hoje extinto na hierarquia militar), Marcelino Bispo, tentou atirar contra o presidente, mas sua arma falhou. Em seguida, puxou uma faca, golpeando mortalmente o ministro da Guerra, marechal Carlos Machado Bittencourt. Na confusão, Luiz Mendes de Moraes, sobrinho de Prudente e chefe da Casa Militar, saiu ferido.

Numa carta endereçada ao filho Antônio, ele relata como o crime afetou toda a família e deixou Adelaide de cama durante três dias. "Em nossa casa não há novidades, a não ser as apreensões resultantes do vil e infame atentado de 5 do mês passado — e a desconfiança fundada de que os meus inimigos não desistiram do seu malvado intento. Vossa mãe esteve de cama durante três dias, mas, felizmente, melhorou e já está lidando com os serviços de casa. Vossos irmãos vão bem (...). O Luiz *(Mendes de Moraes)*, apesar de ter sido bastante grave o ferimento, está quase bom, e como eu, escapou de ser assassinado", escreveu o presidente.[42]

As investigações apontaram como mandantes do crime, entre outros, ninguém menos que o vice-presidente, Manuel Vitorino, e Francisco Glicério, ex-ministro de Deodoro e presidente do Partido Republicano Federal, que lançou Prudente à Presidência. No fim, os dois políticos foram retirados do processo. O único condenado foi mesmo Marcelino, que coincidentemente tinha o mesmo nome do pai de Prudente, morto a facadas.

A tentativa de homicídio levou aos píncaros a popularidade do presidente, visto até então por boa parte da opinião pública como "prudente demais". Deixou o governo nos braços do povo. Aliás, 121 anos depois, algo parecido iria acontecer com o então candidato do Partido Social Liberal, Jair Bolsonaro, que sobreviveu a uma facada em Juiz de Fora (MG). Prudente morreria quatro anos depois de deixar a presidência da República, na madrugada do dia 3 de dezembro de 1902, vítima de tuberculose. O presidente também estava diabético. Pesava 58 quilos. Adelaide, a "virtuosa mãe e esposa", faleceria nove anos depois, em Berlim, para onde viajara para tratar da doença. Os jornais da época não revelaram a causa da sua morte.

Prudente e Adelaide passaram os últimos dias juntos em sua casa, em Piracicaba, hoje transformada em museu em memória ao ex-presidente. Após chefiar o Brasil, voltou a advogar e era visto sempre andando a pé, sozinho, pela cidade. Gostava também de colher jabuticaba no pomar do quintal de casa. Em seu testamento, o político paulista dividiu a herança com a mulher, os seis filhos e as três netas de um filho, de nome José, que teve antes do casamento quando ainda era um jovem estudante de direito. A decisão jamais foi contestada por Adelaide e seus filhos. Os restos mortais da primeira-dama encontram-se no mausoléu do marido, no cemitério municipal de Piracicaba.

ANA GABRIELA DE CAMPOS SALLES

☆ 24 de janeiro de 1850
☖ 31 de julho de 1919
• Casada com Campos Salles
• Primeira-dama de 15 de novembro de 1898 a 15 de novembro de 1902

Homem bonito, vaidoso, dono de um vasto bigode e um cavanhaque bem aparado, que "amolecia os corações casadoiros das moças de família"⁴³ em Campinas, interior de São Paulo, Manuel Ferraz de Campos Salles também se casou com uma prima-irmã por parte de pai, assim como Floriano Peixoto, por isso o mesmo sobrenome. O matrimônio aconteceu em 8 de junho de 1865, ela com 15 anos e ele, com 24. Tiveram dez filhos, e uma das meninas, Sofia, morreu com apenas 10 meses. Campos Salles chamava a mulher de Aninha.

A futura primeira-dama era filha de Maria da Costa Salles, primeira mulher de José Campos Salles, o carrancudo tio do futuro presidente. Assim como José, os pais de Maneco eram fazendeiros. "Manuel Ferraz de Campos Salles foi um típico aristocrata paulista, nascido entre parteiras e mucamas, em uma família riquíssima de cafeicultores na Vila de São Carlos, hoje Campinas", descreve o escritor Paulo Schmidt.[44] O marido de Aninha formara-se em direito na faculdade do Largo de São Francisco, em São Paulo, tendo como colega de turma Prudente de Moraes e Bernardino de Campos, deputado e senador por três mandatos. Os três amigos cerraram fileira no movimento republicano. A mulher de Campos Salles, segundo o escritor Antônio Joaquim Ribas, era grande incentivadora do jovem advogado em sua causa pela República, mas insistia que ele tomasse cuidado. Entusiasta do novo regime, mantinha-se a par de cada plano do marido, a ponto de sempre fazer uma recomendação quando ele saía para os perigosos encontros com os outros propagandistas: "Vá... e hoje se lembre que tem mulher e filhos!".[45]

Com a proclamação da República, Campos Salles foi nomeado ministro da Justiça do governo provisório de Deodoro da Fonseca. Ele teve que viajar para o Rio, deixando a mulher e os filhos em São Paulo. Apesar da distância, Campos a informava dos bastidores de tudo o que acontecia na política. Era sua principal confidente. Numa carta a Aninha, de 17 de novembro de 1889, dois dias depois da proclamação, ele revela sua emoção diante das homenagens que recebera ao desembarcar na capital federal. "Acabo de chegar, e você não imagina o que foi a recepção que tive na estação. Uma multidão enorme, que enchia literalmente a estação e que estendia-se, compacta, à grande distância do edifício, abraçava-me freneticamente, aclamando a República, os membros do governo provisório etc. Nunca, absolutamente nunca assisti a uma cena grandiosa como esta (...)", descreve.[46]

Em outra carta, enviada no dia seguinte, conta suas impressões do primeiro dia no ministério. Revela uma certa decepção com a rápida transmutação de velhos monarquistas em novos republicanos, de olho em seus interesses particulares. "Escrevo da Secretaria da Justiça, onde estou desde as 10 horas, hora em que tomei posse do cargo. Tem sido para mim um dia interessantíssimo, porque estou vendo cenas desconhecidas, porque são cenas de governo. Os pedintes já começam a aparecer (...). Parece que nesta terra nunca houve Monarquia, e todos dizem que, se o próprio chefe da Monarquia pactuou com a República, ninguém mais tem obrigação de ser monarquista nesta terra. Enfim, a República está feita e perpetuada".[47]

Ao se eleger presidente, a primeira ação de Campos Salles foi viajar para a Europa a fim de fechar um acordo com banqueiros ingleses de suspensão da dívida externa brasileira. A moratória durou 11 anos — a amortização do empréstimo só voltou a ser paga em 1910 — e incluía um empréstimo de 10 milhões de libras esterlinas. Como garantia do negócio, o governo cedeu as rendas da alfândega do Rio (sua principal fonte de receita), da Estrada de Ferro do Brasil e do abastecimento de água do Distrito Federal. Após fechar o acordo, Campos Salles implementou uma rígida política de contenção de gastos e elevação de impostos, o que provocou uma onda de falência e greves, mergulhando o país em recessão. "O controle sobre circulação de mercadorias foi feito colocando-se estampilhas ou selos em quase tudo, chapéus, sapatos, tabaqueiras, até artigos de toalete feminina", afirma o escritor Paulo Schmidt.[48] A medida rendeu ao presidente mais um dos inúmeros apelidos: "Campos Selos".

Para aprovar seu pacote econômico no Congresso, Campos Salles teve que se acertar com os governadores. Como a fraude tomava conta das eleições, com o voto descoberto (o votante podia ficar com um recibo por seu voto, que comprovava em quem votou, o que dava força à prática do "coronelismo") só entravam no Congresso os parlamentares indicados pelos chefes dos poderes executivos estaduais. Na chamada "política de tolerância e concórdia", anunciada no discurso de posse, o presidente deixava de se intrometer em questões dos estados e, em troca, os governadores lhe garantiriam apoio total no Congresso. Era a tal governabilidade, que entrou para a História com o nome de Política dos Governadores e perdurou até 1930. Segundo o jornalista Laurentino Gomes, o novo sistema se assemelhava ao dos velhos tempos da Monarquia. "Onde antes havia barões e viscondes, entravam os caciques políticos locais, muito deles, curiosamente, antigos coronéis da Guarda Nacional, dando origem à expressão 'coronelismo' (...). A justiça era executada à revelia da lei, de acordo com a vontade desses chefetes regionais. O antigo sistema de toma lá dá cá (...) manteve-se inabalável", afirma.[49]

Na Presidência do país, Campos Salles enfrentou também rebeliões de imigrantes italianos em lavouras de café, que protestavam contra a exploração a que eram submetidos por fazendeiros. Alguns dos protestos terminaram em mortes. Um caso mais notório envolveu o filho do irmão do presidente, o fazendeiro Diogo Salles. O rapaz tentara abusar sexualmente das três irmãs do italiano Angelo Longaretti, empregado da fazenda do pai, em Analândia, São Paulo. Em meio a uma discussão com Diogo e seu filho, Longaretti matou o irmão do presidente com um tiro de garrucha em 3 de outubro de 1900. Preso, o italiano cumpriu sete anos e meio de cadeia e, em 1908, regressou a seu país. Campos Salles ainda cogitou restaurar a pena de morte com efeito retroativo, para que pudesse ser aplicada a Longaretti, mas foi dissuadido. O caso Longaretti é até hoje citado por autores que estudam a imigração italiana para compreender as relações sociais nas fazendas de café do interior paulista daquela época.

Campos Salles saneou as contas públicas do país, mas deixou o Palácio do Catete sob uma chuva de vaias e de legumes podres. A população se aglomerou nas estações ferroviárias nos dez primeiros quilômetros de percurso do trem da Central que o levaria de volta a São Paulo, só para vaiá-lo. A janela de um dos vagões chegou a ser apedrejada. Em carta à primeira-dama, que viajou antes e não presenciou a confusão, Campos Salles relatou aquela triste despedida: "Eu saí ontem do Palácio como quem dava o último despacho. Limpei as pastas e os poucos papéis que ainda restam para despacho, trouxe-os comigo para o hotel (...) Vou passando bem, mas estou me achando muito só. Já chego a desejar os cacetes".[50]

A vida do impopular presidente no Palácio do Catete era como uma extensão da fazenda. Aninha cuidava dos serviços domésticos, enquanto o marido governava. Na gestão de Campos Salles, os jardins do Catete foram abertos ao público. Acompanhado da família, o presidente costumava andar diariamente de bicicleta pela Praia do Flamengo, na tentativa de reduzir um pouco a barriguinha que o incomodava, para assim vestir melhor a sobrecasaca. A família cultivava os hábitos simples e informais do interior e não costumava usar a carruagem oficial para ir ao Centro.

Um dos habitués do Catete era o advogado Francisco de Paula Rodrigues Alves, que sucederia a Campos Salles na Presidência da República. Quando Rodrigues Alves foi eleito governador de São Paulo, Maneco convidou o amigo e sua família para um jantar em comemoração. O convite foi feito por um bilhetinho — aliás um costume do presidente que seria seguido, nos anos 1960, por outro presidente, Jânio Quadros. "Mandarei às seis e meia dois carros para trazê-los ao Palácio. O jantar é às sete, mas uma meia hora de antecedência não será demais para a prosa. Não sei se disse que é sem casaca. Fica-se mais à vontade", escreveu.[51]

Os Rodrigues Alves foram a terceira família a ocupar o Palácio do Catete, que havia se tornado residência oficial pelo vice-presidente do governo de Prudente de Moraes, Manuel Vitorino. Antes de Rodrigues Alves e sua prole, Ana e Campos Salles moraram no local, hoje Museu da República, no bairro do Catete, onde Getúlio Vargas cometeu suicídio. Ana de Campos Salles escreveu uma carta à filha do presidente eleito, Catita — que faria papel de primeira-dama porque ele era viúvo —, que evidencia a simplicidade da vida dos governantes na época e o papel da mulher como a responsável pelo lar. Nada da pompa, circunstância e batalhão de seguranças com fones de ouvido de hoje em dia.

Catita:
Apresso-me em responder à sua carta, dando-lhe os esclarecimentos precisos. Há três anos que tenho aqui ao meu serviço um casal de serviço, copeira e cozinheira, que já tinham me servido em São Paulo mais de um ano. São muito sérios, já de meia-idade, preenchem muito bem as funções e mostram desejos de continuar ao serviço do palácio. Penso que seria acertado tomá-los pelo menos para os primeiros tempos, até a senhora conhecer

bem a casa e as suas necessidades, reservando-se o direito de despedi-los, se não a agradarem. A criada de quarto vai comigo. Quanto à lavagem da roupa, penso também que a senhora deve começar lavando a roupa fora, até poder ajuizar por si mesma se convém fazer esse serviço em casa. Se quiser, lhe recomendarei a lavadeira que me serviu durante quatro anos. É muito séria, muito pontual, lava e engoma bem. Mora na Ladeira do Ascurra, e não em cortiço, o que é uma garantia. O palácio possui roupa de cama completa e de mesa, para uso diário e banquetes.

Desculpe ter descido a particularidades, se o faço é lembrando-me do embaraço em que me vi, entrando para o palácio alheia a tudo, e tendo ao meu serviço um pessoal incompetente. Pretendo deixar a casa muito em ordem, de modo que a senhora encontrará tudo aquilo de que precisa.[52]

Importante destacar que quem pagava os empregados dedicados ao serviço doméstico, bem como as despesas da casa, era o dono da casa. Dos cofres públicos saíam recursos para pagar empregados diretamente relacionados ao exercício da Presidência, como os "contínuos e outros servidores da parte oficial do palácio".[53]

A paz da família Campos Salles no Catete, porém, foi quebrada pelo menos uma vez. No meio de uma festa oficial, com a elite da República presente no palácio, Aninha sentou o leque de plumas na cara de uma bela senhora que cedia aos galanteios do presidente. A senhora, esposa do jornalista Oliveira Rocha, tivera um "romance outoniço" com o presidente e já tinha sido vista por pessoas indiscretas em seus braços em um dos cômodos do Catete.[54] A história caiu na boca do povo, como relata João Lima, um dos mais famosos jornalistas políticos da República Velha: "Por ocasião de inauguração do monumento a Pedro Álvares Cabral, no Largo da Glória (*atual Largo do Machado, Zona Sul do Rio*), foi dado ao presidente, ladeado pelo ministério e altas dignidades políticas, galgar um degrau do monumento, que, como se sabe, é todo de granito. E quando aquele chegou ao ponto culminante, para dar início à cerimônia, ouviu-se um grito do seio da multidão que enchia literalmente o grande logradouro carioca: 'Só o presidente pode trepar na Rocha'".⁵⁵

A vaidade do presidente também era bastante explorada pelos caricaturistas dos jornais da época. Campos Salles ganhou os apelidos de Pavão do Catete e Baiacu, em alusão ao peixe que se estufa ao menor toque. Em uma ocasião, o ministro plenipotenciário de Portugal, general Francisco Maria Cunha, fora convidado pelo presidente para um tour pelo palácio. Depois de ver objetos, quadros, tapetes e estátuas, o curioso visitante virou-se para Campos Salles e perguntou sobre o pavão do Catete. Queria conhecer a tal ave. "O presidente esboçou um sorriso e inteligentemente respondeu que no fim o mostraria. Quando o general Cunha ia sair, diz-lhe: 'O Pavão do Catete sou eu! Mas não acredite no que dizem. Não é verdade...'".⁵⁶

Conhecido por sua honestidade, Campos Salles deixou a Presidência pobre. O chamado "consolidador do crédito nacional" voltou para sua fazenda, conhecida como Baranhão, em Jaú (SP). Não tinha dinheiro para pagar um administrador. Todas as tardes recebia os colonos e tomava ele próprio as contas, enquanto a esposa e as filhas se revezavam no serviço doméstico, da cozinha aos quartos de dormir. Endividado, teve que hipotecar a fazenda para amortizar parte das dívidas. Depois mudou-se para a capital paulista, onde mantinha uma casa, que também acabou sendo vendida. Aninha, aliás, não suportava ouvir ilações que colocavam a honra do marido em jogo, como lembra o biógrafo Antônio Joaquim Ribas: "O presidente procurava tranquilizá-la, acalmá-la, dizendo-lhe que política era isso mesmo, e que ela estava no dever de tudo sofrer pela República. 'Não; isso, não!', protestava a esposa. E na sua indignação: 'A República tem direito à sua vida; mas à sua honra, não!'".⁵⁷

Reeleito senador, em 1911 o ex-presidente morava numa casa modestíssima de um só pavimento no Rio de Janeiro. "Em agosto de 1913, chega ao Rio o general Julio Roca. Vai visitar Campos Salles em sua casa, parede e meia com outra, sem tapetes ou objetos de luxo, e pergunta-lhe, espantado: 'É aqui que você mora?'. Responde-lhe o velho político: 'Sim. É o que eu possuo! Não sou rico, como você sabe'. Julio Roca o abraça, comovido, e tem expressiva frase que merece o acatamento de todos: 'São homens assim que fazem a grande riqueza deste país!'", escreve o biógrafo Raimundo de Menezes.[58]

Campos Salles morreu no Guarujá, na noite de 28 de junho de 1913, um sábado, vítima de uma embolia cerebral. Estava ao lado da mulher. A primeira-dama viria a falecer seis anos depois, em 31 de julho de 1919. Tinha 69 anos. O casal está enterrado no Cemitério da Consolação, em São Paulo, em um suntuoso túmulo esculpido por Rodolfo Bernardelli, em 1921, a pedido da Câmara Municipal de São Paulo.

MARIA GUILHERMINA DE OLIVEIRA PENA

☆ 21 de junho de 1857
✝ 14 de julho de 1929
- Casada com Afonso Pena
- Primeira-dama de 15 de novembro de 1906 a 14 de junho de 1909

"Negrão". Era assim que Maria Guilhermina chamava, na intimidade, Afonso Pena, primeiro mineiro a assumir a presidência da República. A futura primeira-dama nasceu em Barbacena, filha do comendador João Fernandes de Oliveira Pena e de Guilhermina Teodolinda Augusta. O marido era natural de Santa Bárbara do Mato Dentro. Afonso Pena a chamava de Mariquinhas ou Garrinchinha, um dos nomes da Cambaxirra, ave comum no Brasil, pequenina e agitada. Como o povo o havia apelidado de "Tico-Tico", por ser pequeno e energético, eram dois pombinhos arrulhando pelo Catete. E como arrulhavam... Casaram-se em 23 de janeiro de 1875, ela com 17 anos, ele com 28, e tiveram 12 filhos, seis homens e seis mulheres. Três deles morreram nos primeiros dias de vida. Logo após o casamento, Afonso Pena levou a esposa para conhecer o Rio de Janeiro. Visitaram a ilha de Paquetá, Niterói e a Quinta da Boa Vista, onde foram recebidos pelo imperador Pedro II.

Afonso Pena era um homem culto, com doutorado em direito, e foi o primeiro chefe da República a fazer uma caravana pelo país para conhecer seus problemas, antes de assumir o cargo de presidente. Percorreu 21.459 quilômetros do Amazonas ao Rio Grande do Sul, durante pouco mais de três meses. Na viagem, enviou várias cartas à mulher. Numa delas, de 16 de maio de 1906, escreveu: "Querida Mariquinhas, tenho escrito todos os dias, encarregando o frio papel de levar-te as fundas saudades de teu Negrão. (...) Meu coração, o meu pensamento estarão sempre junto da adorada companheira, da dedicada amiga e virtuosa esposa que tem feito a felicidade da minha vida". E, depois de mencionar filhos e "netinhos", assina "Teu, sempre teu, Negrão".[59]

Às quatro horas da manhã do dia 21 de junho de 1906, a bordo do paquete Maranhão, atracado na Vila do Pinheiro, no interior do Pará, o presidente escreve uma carta apaixonada à mulher por conta do aniversário dela. "Minha adorada Mariquinhas, passa hoje o teu aniversário e eu me acho separado de ti por distância superior a 850 léguas. Não! Não é possível! Onde quer que eu esteja, qualquer que seja a distância material que nos separe, meu coração, toda a minha alma está e estará sempre junto de ti, a esposa amiga e dedicada, a companheira adorada que Deus me concedeu, na sua infinita bondade, para fazer a felicidade de minha vida! Amo-te hoje como no dia em que te recebi junto do altar! Que sacrifício estou fazendo, Santo Deus! Longe de ti e dos filhos, e fazendo-te também sofrer! Tu, inocente, sacrificada pela carreira que adotei! Perdoa-me querida e adorada esposa, atendendo à pureza de minhas intenções, ao patriótico intuito que me inspirou".[60]

Segundo a jornalista Eneida de Moraes, no governo de Afonso Pena foi criado o corso, ancestral dos atuais carros alegóricos, no qual os foliões desfilavam em automóveis abertos e ornamentados pelas ruas do Rio. Fantasiados, eles jogavam confetes, serpentinas e esguichos de lança-perfume nos ocupantes dos outros veículos. A brincadeira teria surgido com as filhas do presidente no carnaval de 1907, que a bordo do Landau presidencial desfilaram pela Avenida Central (atual Rio Branco). "Esse ato parece que entusiasmou aqueles que no momento possuíam carros, e logo depois várias pessoas começaram a ir-e-vir pela avenida, subindo-a e descendo-a em automóveis (...)", afirma Eneida.[61]

Afonso e Guilhermina enfrentaram um duro golpe com a morte do filho Álvaro, oficial de gabinete do pai e responsável por sua correspondência. Álvaro, nascido em 1881, morreu de tuberculose em 1908. Afonso Pena sentiu demais a perda do filho, ocorrida durante o período de mais uma crise política na República. O presidente vinha recebendo críticas por levar para o governo jovens parlamentares, como Davi Campista (Fazenda) e Miguel Calmon Du Pin e Almeida (Indústria, Viação e Obras Públicas), tornando seu ministério conhecido como "Jardim da Infância". Mas foi um movimento inédito de renovação na política e no governo, o que, claro, provocou incômodos em antigos aliados, como Hermes da Fonseca, que se demitiu da pasta da Guerra, em maio de 1909, e começou a fazer campanha para a sucessão. Já fragilizado emocionalmente, Afonso Pena viria a morrer de pneumonia em 14 de junho de 1909, no Palácio do Catete, ao lado dos filhos e de sua amada Mariquinhas. Ela foi viúva por 20 anos: faleceu em 14 de julho de 1929, aos 72 anos.

ANITA DE CASTRO BELISÁRIO DE SOUSA

☆ 21 de março de 1876
✝ 9 de abril de 1960
- Casada com Nilo Peçanha
- Primeira-dama de 14 de junho de 1909 a 15 de novembro de 1910

Filha, neta e bisneta de nobres, Anita nasceu em Campos dos Goytacazes, região do Norte Fluminense. Era ávida leitora de jornais, acompanhava a vida política do país e foi formalmente apresentada a Nilo Peçanha pelo pai, João Belisário Soares de Sousa, numa viagem de trem para o Rio. Nilo já era deputado distrital da região, e a jovem o conhecia não apenas das notícias de jornal: uma década antes, jogara uma goiaba podre contra o garoto que, ao passar a cavalo diante de sua casa, lhe dirigira um gracejo, chamando-a de "menina bonita".[62]

O romance começou ali na estação de trem e seguiu com oposição de praticamente toda a família da moça, com exceção do pai. Anita anotou em seu diário: "Tirando papai, todos estão carrancudos para mim".[63] Campos, àquela época, era um próspero município, a Pérola do Paraíba, movido a engenhos de cana-de-açúcar e lavouras de café, e de tal maneira importante que foi o primeiro do país a ter iluminação elétrica. O imperador Pedro II hospedara-se na casa dos pais de Anita para participar da inauguração de tal feito.[64] Já Nilo era o filho de um padeiro, que nascera e passara parte da infância no Morro do Coco, um distrito de Campos.

Se o pai de Anita admirava Nilo e até se confessava seu eleitor, o mesmo não acontecia com a mãe, Ana Raquel Ribeiro de Castro. Detalhe ilustrativo do preconceito racial e social que sempre marcou a sociedade brasileira: "A mãe da noiva, Raquel, não se aproximou em momento algum do casal. Nem na igreja, nem enquanto viveu. Não se conformou em ter por genro um 'Moleque Presepeiro', expressão que, para *(a escritora)* Thereza Mello Soares, foi um apelido depreciativo que ganhou quando chegou à Presidência, devido à sua origem humilde".[65] Com a morte do pai, a situação de Anita se complicou: a mãe a impediu de ver Nilo, não permitindo que ele entrasse em sua casa. Anita, enfim, decidiu ir morar com seu tio e padrinho, Bernardo Belisário, no bairro de Botafogo, no Rio, para fugir da pressão da mãe e poder se casar.

Anita e o primeiro presidente negro — ou mulato, como passou à História — casaram-se em 6 de dezembro de 1895, na capital federal. Ela tinha 22 anos e ele, 28. A mãe, as irmãs e o cunhado da noiva não foram à cerimônia, na Igreja de São João Batista, na Rua Voluntários da Pátria. "Anita está radiante no seu lindo vestido de noiva, confeccionado na Mlles. Barbat, *couturières*, Rua Senador Vergueiro nº 4", conta Brígido Tinoco, biógrafo de Nilo Peçanha.[66] A lua de mel do casal foi no Hotel White, no Alto da Boa Vista, na Floresta da Tijuca.

Eles tiveram quatro filhos, duas mulheres e dois homens. A primeira não resistiu ao nascer e os outros três morreram muito cedo. O último faleceu em 1910, ano em que se encerrou o mandato de Nilo, que, como vice-presidente, assumira o cargo de presidente após a morte do titular,

Afonso Pena, em 1909. Raquel, sogra de Nilo, jamais se aproximou da filha e do genro após o casório. Viveu cerca de cinco anos a mais sem sequer entrar em contato com ambos.

Apesar desse infortúnio e dos problemas relacionados ao racismo, Anita e Nilo viveram bem, apaixonados. Ela o ajudou bastante na carreira política. O jornalista João Lima, em seu livro "Como vivem os homens que governaram o Brasil", conta que Anita ouviu uma conversa entre o senador e líder gaúcho Pinheiro Machado e o general José Bernardino Bormann, ministro da Guerra, na qual tramavam um golpe contra o governador do Amazonas, general Antônio Bittencourt. Pinheiro Machado queria dar o cargo ao desembargador Sá Peixoto, seu aliado. Anita relatou a conversa ao marido, que abortou a tramoia. Quando Pinheiro Machado encontrou Anita, disse: "Esta menina não gosta de mim e eu, entretanto, gosto muito dela". E a primeira-dama respondeu: "Para mim seria mais interessante, general, que o senhor gostasse do meu marido".[67]

Anita trabalhou intensamente pela candidatura de Nilo quando ele tentou voltar à Presidência, em 1921. A derrota para o mineiro Arthur Bernardes, que representava os interesses de seu estado e de São Paulo, foi uma grande decepção para ele e para a esposa, que participou inclusive das viagens da campanha. Além de ser uma mulher politizada, vigiava o marido de perto. Não há registros de casos extraconjugais de Nilo, mas, quando era ministro do Exterior do presidente Hermes da Fonseca, teria dito que não resistia à beleza de uma linda secretária da delegação britânica, Miss Parr. Dizia que lançava a ela "meu olhar de gato ladrão".[68]

À época, Petrópolis ainda era o centro dos ricos e poderosos, como fora nos tempos do Império. "No verão, Petrópolis era a capital da moda, da cultura, da política e do *flirt*...", na definição de Nair de Teffé, segunda mulher do presidente Hermes da Fonseca, em seu livro de memórias.[69] Algo como Campos do Jordão para a elite paulista, ou Itaipava e Angra dos Reis para a "gente de bem" do Rio, ou Tiradentes para a elite de Minas Gerais. Nair conta em seu livro que o governo de Nilo, embora curto, foi bem agitado em eventos sociais na cidade imperial da Região Serrana.

O Palácio Rio Negro, construído em 1889 por um dos milionários que o café produziu no país, o Barão do Rio Negro, fora incorporado aos bens do governo federal e servia de residência oficial de verão dos presidentes da República desde a gestão de Rodrigues Alves. Filha de nobres, Nair lembra que certa vez, numa das recepções, Nilo a cumprimentou e disse que era uma honra recebê-la porque queria marcar seu governo "como um traço de união entre a República e a nobreza".[70] Uma reconciliação, talvez, para além da política, com a própria família de Anita.

Nas fotos do casal guardadas no Museu da República, Anita e Nilo aparecem em poses pouco convencionais para a época, bem próximos, quase agarradinhos, evidenciando uma relação afetuosa. O arquivo histórico do museu também guarda notas de compras de secos e molhados feitas por Anita e receitas de queijo, pão de queijo e outros quitutes anotadas em papel timbrado da presidência do Senado Federal.

Defensora da República, mesmo sendo descendente de nobres, letrada e politizada, que ousou se casar com um negro, a despeito da oposição da família, de certa maneira manteve um laço com um dos grandes nomes da Música Popular Brasileira. Anita levou para o Palácio do Catete o cozinheiro Luís Cipriano, que conhecera numa visita a uma prima, em Macaé, município também no Norte Fluminense. Cipriano era o avô materno de Angenor de Oliveira, nome de batismo do grande compositor da Mangueira, Cartola.[71]

A avançada primeira-dama morreu aos 87 anos, em 9 de abril de 1960. Na ocasião do falecimento do marido, em 19 de março de 1924, foi implacável com os inimigos. "Quando o presidente Arthur Bernardes enviou-lhe sentimentos de pesar do governo, ela revidou: 'Não posso aceitar condolências de um usurpador, a quem devo a morte de meu marido.'"[77] Tornou-se uma grande defensora da memória de Nilo. Comparecia a homenagens que lhe eram feitas e inaugurações de obras com o nome dele. Continuou sendo, em sua longa viuvez, a mulher apaixonada por seu companheiro.

ORSINA FRANCIONE DA FONSECA

☆ 17 de dezembro de 1859

✞ 30 de novembro de 1912

• Primeira mulher de Hermes da Fonseca

• Primeira-dama de 15 de novembro de 1910 a 30 de novembro de 1912

Quando a mãe de Hermes da Fonseca decidiu sair do Rio Grande do Sul para viver no Rio de Janeiro, hospedou-se com os quatro filhos que levara com ela na casa da irmã. Hermes tinha então 11 anos. Foi assim que ele e a prima Orsina Francione da Fonseca, morando na mesma casa, se tornaram próximos ao longo de toda a adolescência. O casamento aconteceu em 17 de dezembro de 1877, exatamente no dia em que a noiva completava 18 anos. Tiveram oito filhos, cinco homens e três mulheres. A pecha de agourento do militar começaria já no dia do casamento, na Capela do Bom Jesus do Calvário, no antigo Morro do Castelo. A cerimônia atrasou uma hora porque o padre alegava cansaço e não queria subir a ladeira. O noivo e alguns companheiros de armas tiveram que buscá-lo.[73]

Hermes da Fonseca, que era sobrinho do primeiro presidente do país, Deodoro da Fonseca, teve como um dos apelidos ao longo de sua carreira pública o de Dudu Urucubaca — a palavra urucubaca, aliás, teria sido inventada na época pelo cartunista Max Yantok para se referir ao enorme azar do presidente. Vários acontecimentos contribuíram para que o militar baixinho, careca e de traços fortes, características que animavam os caricaturistas e chargistas políticos, ganhasse fama de quem traz má sorte. Dizem que foi tão agressivo ao pedir demissão do governo de seu antecessor, Afonso Pena, no qual ocupou o cargo de ministro da Guerra, que apressou a morte do presidente mineiro, já abalado pela perda do filho Álvaro.

Como presidente eleito, visitava o rei de Portugal Manuel II quando este recebeu a notícia de que se tornara o último monarca português, porque um golpe de estado, em 4 de outubro de 1910, removeria os nobres do poder e instalaria a República no país europeu. Até as finanças do Brasil seriam atingidas pela fama de azarento: entre 1911 e 1912, seu governo conseguiria um empréstimo de 2,4 milhões de libras junto ao Lloyds Bank, e metade desse valor, depositado em um banco russo, foi encampada pelos bolcheviques na Revolução Russa de 1917.[74]

A fama de pé-frio de Hermes da Fonseca, somada a uma forte inclinação autoritária, transformou sua gestão num caldeirão, abalada por intervenções em governos estaduais, revoltas e guerras. Governou por dez meses sob estado de sítio, durante o qual perseguiu opositores e jornalistas. Em 23 de setembro de 1910, uma semana após o marechal colocar a faixa presidencial no peito — cerimônia criada por ele próprio —, eclodiu a Revolta da Chibata, organizada por marinheiros do encouraçado Minas Gerais, fundeado na Baía de Guanabara, no Rio de Janeiro. Estavam cansados dos castigos corporais da época da escravidão, ainda mantidos pelos oficiais da Marinha. Os líderes da revolta, entre os quais João Cândido Felisberto, o Almirante Negro, foram presos, apesar da promessa de anistia anunciada por Hermes.

Foi também durante o governo do marechal, em outubro de 1912, que se travou a Guerra do Contestado, uma espécie de reedição de Canudos, na divisa entre Santa Catarina e Paraná. O conflito opôs tropas federais e estaduais contra posseiros fanáticos liderados por um soldado desertor da Força Pública paranaense, caboclo e desdentado, que se dizia herdeiro espiritual de João Maria, um líder religioso misteriosamente desaparecido no Brasil na primeira metade do século XIX. A exemplo da batalha contra o arraial de Antônio Conselheiro, na Bahia, a Guerra do Contestado matou mais de 20 mil pessoas, entre homens, mulheres e crianças, e só terminou quatro anos depois, em 1916. Por fim, no último ano de sua administração, o marechal Hermes da Fonseca viu explodir a Primeira Guerra Mundial.

Se a fama de agourento e autoritário do marido ia de mal a pior, a de Orsina seguia na direção oposta. Íntima da feminista Leolinda Daltro, recebia a militante da causa das mulheres em sua residência e apoiava as iniciativas do Partido Republicano Feminino, fundado pela amiga em 1910. Um ano depois, o presidente e a primeira-dama apareceriam em foto na revista "O Malho" participando de uma sessão solene na sede da legenda, que marcava a mudança de nome do Instituto Profissional Feminino, construído em 1898, para Escola de Ciências e Artes Orsina da Fonseca. O prédio em estilo neoclássico construído na Tijuca, Zona Norte do Rio, foi demolido em 1964 por ordem do então governador Carlos Lacerda, em nome do "progresso da educação brasileira". Segundo a professora Teresa Vitória Fernandes, que era responsável pelo Centro de Memória da Escola Municipal Orsina da Fonseca, em 2017, o real motivo, porém, seria o fato de a escola abrigar um foco de resistência estudantil à ditadura militar.[75] Em novo prédio, a instituição existe até hoje.

A primeira-dama viria a falecer pouco depois de a família do presidente se mudar para o Palácio Guanabara, que, segundo a lenda, era mal-assombrado. Erguido em 1853 pelo português José Machado Coelho, teria sido amaldiçoado na primeira reforma que sofreu, ainda na Monarquia. Dizia-se que um escravo torturado por um feitor prometera que nenhum morador viveria em paz enquanto ali residisse. O episódio é relatado no livro "O Rio pitoresco", do historiador Sebastião Kastrup.

São vários os fatos citados pelos supersticiosos para confirmar a má fama do belo prédio, situado no bairro de Laranjeiras, Zona Sul do Rio de Janeiro, contra seus inquilinos. O primeiro deles, a expulsão do país da princesa Isabel com a proclamação da República. Ela foi a primeira governante a ocupar o palácio, por 24 anos, de 1865 a 1889. Outro exemplo é a morte do rei Alberto I, da Bélgica, que lá se hospedou em sua visita ao Brasil, em 1920, e, depois de voltar para a Europa, acidentou-se e morreu.

Hermes da Fonseca foi o primeiro a ocupar o Guanabara após ser transformado em residência oficial dos presidentes da República. Morava lá e despachava do Catete. Seus sucessores, porém, optaram por viver no Catete. Em 1926, Washington Luís voltou a ocupar as dependências do Guanabara. Não conseguiu terminar o governo. Foi deposto por um golpe militar que levou Getúlio Vargas ao poder em 1930. Exilado, Washington Luís só retornaria ao Brasil em 1947.

O próprio Vargas, que morou no Guanabara entre 1933 e 1945, enfrentou no período duas revoluções, liderou um golpe de estado, sofreu outro e perdeu o filho mais novo, vítima de poliomielite. Em 1938, viveu uma noite de terror no palácio, sitiado por um grupo de integralistas que, fardados de fuzileiros navais, invadiram o local com metralhadoras. O intenso tiroteio durou algumas horas. Garçons, empregados e até a filha do presidente, Alzira, pegaram em armas. Alzira não chegou a usar seu revólver. Confinados nos dormitórios, Vargas e sua família saíram ilesos graças ao amadorismo dos invasores. Em 1945, ainda como hóspede da mal afamada residência oficial, Getúlio Vargas foi derrubado por militares ex-aliados.

Em 1946, o Guanabara tornou-se sede da prefeitura da capital do Distrito Federal e, na sequência, oito dos nove prefeitos não concluíram o seu mandato. Em 1960, com a inauguração de Brasília, o palácio passou a ser sede do governo estadual. Atualizando a maldição do escravo, dos 14 governadores, eleitos pelo voto direto ou não, entre 1960 e 2019, seis foram presos. O próprio palácio, aliás, só se tornou propriedade da União definitivamente em 6 de dezembro de 2018, quando o Superior Tribunal de Justiça pôs fim, depois de 123 anos, ao mais longo processo da Justiça brasileira. Desde a proclamação da República, o imóvel era requerido por herdeiros da família imperial.

A morte de Orsina nas dependências do Guanabara comoveu o país. Acometida inesperadamente por uma uremia — elevação de ureia no sangue, que provoca insuficiência renal —, seguida de um derrame cerebral, a primeira-dama foi encontrada desmaiada no banheiro do palácio às 11h do dia 25 de novembro de 1912, pouco antes do almoço de domingo com a família. Foram cinco dias de angústia entre a vida e a morte. O drama, que os jornais relatavam em detalhes, era acompanhado atentamente pela população. Os médicos tentaram de tudo para salvar-lhe a vida. Em coma, consumiu nove balões de oxigênio. Até um homeopata foi chamado, mas nada adiantou. Às 6h54 do dia 30 de novembro, a primeira-dama morreria. O velório aconteceu no próprio Palácio Guanabara, e milhares de pessoas seguiram o cortejo fúnebre até o Cemitério do Caju, na Zona Norte do Rio.

"A hora em que saiu o enterro, o terraço e mais dependências exteriores do Palácio Guanabara apresentavam um aspecto tocante e solene, deixando grande impressão. Centenas de pessoas de todas as classes sociais ali estacionavam, uns para tomar parte no funeral e outros para assistirem a este ato, que a nossa população acompanhou pesarosa (...). Eram 5 horas e meia, quando foi fechado o caixão, que pouco depois desceria as escadas brancas do palacete", relatou o "Correio da Manhã", na edição do dia 1º de dezembro de 1912. Orsina tinha 53 anos, dos quais 30 vividos ao lado do primo e marido Hermes.

Mas o luto do viúvo foi bem menor do que o costumeiro para a época.

NAIR DE TEFFÉ VON HOONHOLTZ

☆ 10 de junho de 1886
✞ 10 de junho de 1981
• Segunda mulher de Hermes da Fonseca
• Primeira-dama de 8 de dezembro de 1913 a 15 de novembro de 1914

Um ano e oito dias depois da morte da primeira mulher, o presidente Hermes da Fonseca casava-se novamente. A esposa era 31 anos mais nova. Nair de Teffé von Hoonholtz tinha apenas 27; e o marechal, com 58, estava mais para pai do que para futuro marido. A diferença de idade equivalia quase ao tempo de vida do filho mais velho do presidente, o deputado Mário Hermes, com 32 anos. Poliglota, educada na Europa como uma princesa, Nair era oriunda da mais pura linhagem aristocrática: neta do conde prussiano Frederico Guilherme Von Hoonholtz e filha do almirante Luiz von Hoonholtz, o Barão de Teffé, herói da Batalha do Riachuelo, uma das mais importantes contendas travadas na Guerra do Paraguai. Sua mãe, Maria Luísa Dodsworth, era irmã de outro barão, o de Javari, Jorge João Dodsworth, cujo filho, Henrique, médico, viria a ser prefeito interventor do Distrito Federal durante o Estado Novo.

Ela desembarcou de volta ao Brasil com a família no Natal de 1905, após estudar na Europa, e logo estava enfronhada no mundo artístico e cultural da capital federal. Tocava piano, fundou uma companhia de teatro e vivia rodeada por algumas das mulheres mais antenadas do seu tempo, como Laurinda Santos Lobo, grande mecenas da *Belle Époque* carioca, e a jornalista Eugênia Moreyra, que costumava andar pelas ruas fumando cigarrilha, vestida de terno e gravata, com chapéu de feltro. Foi assim, aliás, que Eugênia bateu à porta do jornal "A Rua" para pedir emprego. E conseguiu. "Defensoras da liberdade de as mulheres terem presença e autonomia, essas moças transformaram-se nas locomotivas da sociedade, despertando a atenção de todos. (...) Foram as primeiras a raspar os cabelos e a usar perucas. Pretendiam, com isso, ridicularizar os homens, que ficavam surpresos de vê-las a cada dia com um cabelo diferente (...)", afirma o historiador Antonio Martins Rodrigues em seu livro sobre Nair de Teffé.[76]

Desde os 9 anos, Nair tinha o talento para o desenho e suas caricaturas logo chamaram a atenção da sociedade. Ela passou a colaborar para diversas revistas nacionais e internacionais, assinando seus trabalhos com o anagrama Rian. O primeiro foi publicado na revista "Fon Fon", de 31 de julho de 1909: um *portrait-charge* da atriz francesa Gabrielle Réjane, que se apresentara no Teatro Municipal do Rio, naquele mês. Rian foi a primeira caricaturista do Brasil e há quem afirme que tenha sido a primeira mulher no mundo a publicar uma caricatura. A carreira de Rian, porém, foi breve. Sua fase de maior produção ocorreu entre 1906 e 1913. Ao se casar, parou de publicar seus desenhos, optando pela vida de mulher de presidente. Voltaria a fazer charges nos anos 1950, a pedido do escritor Herman Lima, que as usaria num livro sobre a história da caricatura no Brasil.[77]

Caricatura da atriz francesa Gabrielle Réjane feita por Nair de Teffé, que assinava como Rian: publicada em 1909 na revista "Fon-Fon"

A irreverência de Rian parecia mesmo não combinar com o estilo sisudo do chefe da nação. Dá para imaginar, então, o escândalo que foi o anúncio do casamento entre os dois. "Toda a sua vida foi avaliada pelo casamento com o marechal. Uma menina culta e inteligente não poderia acabar na cama de um velho militar, esses eram os modernos que falavam de Nair. Os conservadores achavam que o escândalo estava muito mais no desrespeito à viuvez, pois com relação à idade era tradição os homens escolherem moças mais jovens (...)", avalia Rodrigues.[78]

Ambos se conheceram no verão de 1913, em Petrópolis. A cidade das hortênsias transformava-se, na estação mais quente do ano, no polo nacional da política, da moda, da cultura e, claro, da paquera. "Nair criou uma imagem que expressou bem esse movimento da cidade. Como gostava de ver as modas e o burburinho das pessoas, ia à estação de trem para apreciá-los, e nomeou o último que chegava à plataforma de 'trem dos maridos'", conta Rodrigues.[79] E justamente de um "trem dos maridos" desembarcou o marechal Hermes da Fonseca no dia 6 de janeiro de 1913. Na estação, o Barão de Teffé e sua filha o aguardavam para recepcioná-lo. Nair não queria ir, mas o pai insistiu, pois gostaria de retribuir a gentileza que fizera o presidente ao visitar meses antes a exposição de caricaturas da filha, no "Jornal do Commercio". Mal sabia o barão que ele se transformaria no cupido. Nair relata o encontro em seu livro de memórias: "Quando o marechal desembarcou, achei-o abatido, triste e com a fisionomia carregada, mal cumprimentando os presentes. Quando chegou a vez de papai cumprimentá-lo, disse: 'Presidente, trouxe a minha filha para apresentá-lo'. Notei que os seus olhos ficaram diferentes. Apertou a minha mão e olhou-me com viva ternura. Percebi que não era um olhar qualquer. Os seus olhos falaram tal qual os de um rapaz de 25 anos. Não dei muita importância, estava acostumada a esses olhares".[80] Mas, como se sabe, o diabo mora nos detalhes.

Dias depois, ambos se encontraram durante uma cavalgada. O marechal arrumou uma desculpa esfarrapada para se aproximar de Nair, alegando que ela corria perigo ao andar de cavalo sozinha pelas ruas. Dizia que, se sofresse um acidente, ninguém iria socorrê-la e que, portanto, acompanharia a donzela até sua casa. Ao chegar, já na presença do amigo Barão de Teffé, perguntou-lhe se poderia ter a companhia de sua filha em outras cavalgadas. O pai, coruja, consentiu, mas desde que estivesse junto. E foi durante uma cavalgada, aproveitando-se de um descuido do barão, deixando-o a sós com Nair, que, no dia 20 de janeiro, o marechal revelou o desejo de casar-se com aquela senhorita. Não havia completado nem dois meses que Orsina, a primeira esposa de Hermes, falecera.

Nair se achava muito nova para casar e pediu um tempo para pensar. Dias depois, revelou à família o desejo do presidente. Exceto por um dos quatro irmãos, toda a família de Nair, inclusive o Barão de Teffé, foi contra o enlace matrimonial. A futura primeira-dama era o xodó do pai, que a considerava uma menina-prodígio. O nome do casarão onde a família morava em Petrópolis, construído em estilo mexicano, com um grande pátio interno cercado de plantas exóticas, era uma homenagem à menina: Villino Nair. "Quando contei tudo aos meus pais, papai se opôs de maneira intransigente. Fiquei inquieta e aborrecida. (...) O 'Conselho de Família' reuniu-se e todos foram da opinião que eu era muito moça para ele e tinha um gênio alegre, extrovertido, com alma de artista e um tanto irreverente, estouvada e estourada", conta Nair.[81]

O fato é que a moça já estava decidida. Sem atacar a visão tradicional da época, que via com naturalidade o casamento de homens mais velhos com mulheres mais novas, Nair vislumbrou no enlace a oportunidade de se libertar da guarda dos pais — em especial do barão —, embora eles continuassem presentes em sua vida. Havia também o entusiasmo, claro, de se transformar na primeira-dama do país. O romance foi mantido em segredo — um segredo de Polichinelo, como ela dizia.

O anúncio do noivado foi em 6 de setembro de 1913, no Palácio Monroe, durante uma recepção promovida pelo embaixador norte-americano. No dia seguinte, no desfile militar de 7 de Setembro, no Campo de Santana, no Centro do Rio, o marechal cavalgou até o camarote onde estava a família da futura esposa e pediu ao seu pai o consentimento para revelar o noivado ao público presente. Os filhos do marechal também nunca esconderam o desgosto pela opção do pai. Sequer apareceram no almoço oficial organizado para comunicar o noivado aos ministros e chefes dos poderes Legislativo e Judiciário, no Palácio do Catete, dias depois. Nessa tarde, o marechal apresentou-se de "luto de sua exma. esposa, trajando sobrecasaca e *plastron* negro com uma belíssima pérola cor de rosa".[82]

Nair escolheu o dia 8 de dezembro de 1913, Dia de Nossa Senhora da Conceição, de quem era devota, para se casar com o marechal no Palácio Rio Negro, residência oficial da Presidência da República em Petrópolis. Nair estimou um público de seis mil pessoas presentes ao evento. A cidade, claro, parou para ver o desfile de carruagens. Naquele tempo, os homens ainda pagavam um dote para desposar as moças solteiras, mas, no caso do marechal, nada foi oferecido ao Barão de Teffé. Ao pai de Nair, o presidente disse ser um homem pobre, que vivia do seu soldo de militar apenas, segundo o relato de sua segunda esposa. E tudo ficou por isso mesmo. A lua de mel foi no Villino Nair, cedido pelos pais de Nair que se mudaram momentaneamente para um hotel da cidade. Os pombinhos ali permaneceram por oito dias. E depois desceram para o Palácio do Catete.

A passagem de Nair pelo Palácio das Águias entrou para a História. Inicialmente, porém, a primeira-dama estranhou a vida de casada. Como suas antecessoras, ela tinha que tomar pé da organização do palácio e das despesas domésticas. Menina criada com todo o mimo, Nair se viu assustada. Os pais em Petrópolis contavam com 11 empregados, dirigidos por sua mãe. "Eu não sabia nada... nada... nada... nada dos afazeres de uma dona de casa. Mamãe cuidou da casa até três meses antes de falecer. Eu só entendia de arte, pintura, boas maneiras, leituras, saraus de piano e dança", lembra.[83] Logo ela descobriu que o Catete estava sob o comando do mordomo Oscar Pires, um velho empregado da família Fonseca.

O mordomo era conhecido pelo apelido de O Sogra, porque em tudo se imiscuía. Sabia das intimidades do presidente e de seus filhos e gostava de uma intriga. Só não prestava atenção nos gastos domésticos. A primeira-dama descobriu que o armazém, o açougue e a padaria não queriam mais vender fiado. O principal inquilino do Palácio do Catete estava com o nome sujo. Hermes devia 50 contos de réis e sequer sabia. A primeira providência foi demitir O Sogra e pagar as dívidas. "Daí em diante implantei um regime de economia. Todas as manhãs verificava se o presidente tinha algum convite pessoal ou oficial para almoçar ou jantar fora. Só cozinhava quando não tínhamos compromisso. As minhas festas, tão criticadas na época, eram feitas na base dos meus tempos de solteira (...), onde cada convidado levava alguma coisa para o *lunch*", relata Nair.[84]

As festas promovidas pelo casal presidencial no Catete — e que fizeram o jurista Rui Barbosa compará-lo a uma "Versailles do século XVII" — marcaram época. Duas, em especial, se destacaram. A primeira foi numa noite em fins de maio de 1914, quando os convivas puderam se deliciar com modinhas e serestas tocadas no violão pelo poeta Catulo da Paixão Cearense. Apesar do Cearense no nome artístico, Catulo nasceu em São Luís, capital do Maranhão, em 1863. No Rio, trabalhou na estiva e depois na casa do conselheiro Silveira Martins, o mesmo que roubou o coração da amante de Deodoro da Fonseca, levando o tio de Hermes a proclamar a República.

O poeta ludovicense, é fato, já tinha tocado nos jardins do Catete, a convite de Nilo Peçanha, mas nunca numa recepção oficial, cuja audiência era composta pela mais fina flor da elite carioca, como Laurinda Santos Lobo, o médico Moura Brasil, o jurista Ataulfo de Paiva e o senador Pinheiro Machado. A ideia partiu do próprio marechal, amigo e admirador de Catulo. O violão — instrumento de boêmios e baderneiros — entrava definitivamente nos salões da alta sociedade. "Essa audição de Catulo, no Palácio do Catete, constituiu o maior sucesso que o verdadeiro artista poderia aspirar em toda a sua vida. Catulo, ao término de cada canção que interpretava, recebia da culta assistência uma ovação delirante. Todos o aplaudiam de pé", conta Nair.[85] No dia seguinte, a imprensa e "a turma do contra", como dizia a primeira-dama, caíram em cima do casal presidencial.

Em termos de escândalo, porém, aquela noite em nada se comparou à do dia 26 de outubro do mesmo ano, quando o famoso "Corta-jaca", um maxixe de autoria da maestrina Chiquinha Gonzaga, foi executado ao violão pela primeira-dama, entre os "aplausos alegres dos convidados".[86] Seria como se hoje o casal Bolsonaro assistisse, num jantar no Palácio da Alvorada, a um *pocket show* da cantora Jojo Todynho ou de Pablo Vittar. O maxixe era o funk da época. Nos salões, predominavam valsas, polcas, trechos de óperas e operetas, cantadas em outros idiomas. O "Corta-jaca" havia sido composto por Chiquinha Gonzaga para uma peça em 1895 e editado sob o nome de "Gaúcho, tango". Em 1904, ganhou letra, com alguns trechos bem sensuais, típico do maxixe: "Ai!... que bom cortar a jaca/ Sim!... meu bem ataca/ Assim, assim!/ Toda a cortar...".

A noite do "Corta-jaca" marcou o último *soirée* de Hermes e Nair no Catete e deu o que falar. "Foi aquele Deus nos acuda... a turma do 'contra' usou o 'Corta-jaca' numa girândola de pilhérias cediças e bombásticas contra mim e o marechal, numa campanha injusta e abominável sob a 'batuta' do oráculo do civilismo", lembra Nair.[87] O "oráculo do civilismo" era o senador Rui Barbosa, adversário de Hermes, com quem disputou a eleição presidencial em 1910. Na ocasião, o senador lançou a campanha civilista, percorrendo várias cidades de São Paulo, Minas, Rio e Bahia, onde fazia comícios contra a volta dos militares ao poder, representados pelo marechal. Rui foi derrotado, mas sua campanha entrou para a História como a primeira disputa eleitoral moderna do país.

No dia 11 de novembro de 1914, o jurista fez um pronunciamento no Senado contra o presidente e o famoso maxixe de Chiquinha, deixando escapar seu preconceito com aquela música "chula". "Mas o 'Corta-jaca' de que ouvira falar há muito tempo, que vem a ser ele, Sr. Presidente? A mais baixa, a mais chula, a mais grosseira de todas as danças selvagens, a irmã gêmea do batuque, do cateretê e do samba. Mas nas recepções presidenciais o 'Corta-jaca' é executado com todas as honras de música de Wagner, e não se quer que a consciência deste país se revolte, que as nossas faces se enrubesçam e que a mocidade se ria!", discursou Rui Barbosa.[88]

A primeira-dama, por sua vez, afirma que nunca foi atingida pelas pedras atiradas pelo senador: "Elas dormem esquecidas no fundo do mar ou da terra e só serviram para assinalar a luta que enfrentei contra os preconceitos de então".[89] Apesar de o "Corta-jaca" ter se eternizado como uma ideia de Nair, há quem diga que foi coisa do marechal. Segundo a historiadora Isabel Lustosa, Hermes tinha simpatia pela música brasileira e, ainda no tempo de casado com Orsina, assistiu com sua família no Catete a cenas do enredo "A corte do Belzebu", apresentadas pelo rancho carnavalesco Ameno Resedá.[90]

Nair de Teffé e o marido, a quem ela chamava carinhosamente de "velho", nunca tiveram filhos. Em suas memórias, "A verdade sobre a Revolução de 22", a primeira-dama não explica o motivo. Anos depois da morte do marido, ela adotou oficialmente três crianças — Carmem Lúcia, Tânia e Paulo Roberto. Criou também uma quarta, não oficialmente adotada, que depois se afastou da artista. O livro é uma ode à memória do marechal, com quem viveu por quase dez anos. Nair pouco fala de si. Há lacunas sobre sua vida como caricaturista, atividade que a tornou famosa. "Os segredos de suas atitudes só são mencionados após o casamento, como que a dizer que até esse momento ela era uma moça comum que, embora inteligente, era dada a futilidades. (...) O livro é a constituição de um cenário para o artista principal, Hermes da Fonseca. Nair é mera atriz coadjuvante", afirma o historiador Antonio Rodrigues.[91]

O próprio biógrafo ressalta a inexperiência da caricaturista em lidar com homens antes do casamento. Até então, Nair teve um namorado norte-americano, Fernan O'Connell, que conhecera num baile do Clube Naval. O romance durou um mês. O rapaz era um investidor e estava no Brasil em busca de negócios. Ficou pouco no Rio, logo viajou à Bahia para investir em uma fábrica de aviões e na exploração de coco de babaçu. O negócio não deu certo. Fernan rumou para Portugal e foi visto, por um amigo de Nair, "levando uma vida desregrada de boêmio"[92], para a desilusão de sua namorada.

A outra história envolveu o presidente da Argentina, Julio Roca, que, em visita ao Brasil, jogou e ganhou uma fortuna em uma corrida de cavalos, cujo prêmio levava o seu nome, no antigo prado do Derby Clube, onde hoje se encontra o estádio do Maracanã, na Zona Norte do Rio. Mulherengo, Roca fez questão de doar todo o prêmio a Nair, em homenagem à sua beleza. Sem se dar conta da situação que causaria a notícia na sociedade carioca, Nair chegou a fazer planos para gastar o dinheiro, mas foi impedida pelo pai. Irritado, o Barão de Teffé queria obrigar a filha a devolver o mimo ao presidente argentino. Para evitar o embaraço diplomático, o Visconde do Rio Branco, então ministro das Relações Exteriores, deu a ideia de anunciar a doação do dinheiro a instituições de caridade. E assim foi feito.

São inúmeros os adjetivos com os quais a primeira-dama descreve o marido em seu livro de memórias. O marechal, para ela, tinha uma "alma generosa, doce e suave" e era sempre "gentil" e "encantador". Dizia ainda que o presidente era "culto e inteligente" como se quisesse se opor a outra pecha pela qual Hermes ficou conhecido, além de azarento: a de burro. As anedotas sobre a falta de inteligência de Hermes são muitas. O jornalista Medeiros e Albuquerque, contemporâneo do presidente, conta que durante os dez meses em que governou o Brasil sob estado de sítio, a polícia proibiu que a imprensa publicasse qualquer palpite no burro no jogo do bicho, então liberado. Segundo o jornalista, isso poderia soar como uma alusão ao marechal. "Embora inacreditável, isto é rigorosamente verdadeiro, e, de resto, suscetível de prova. Basta recorrer a qualquer jornal daquela época: há palpites em todos os outros 24 bichos da série famosa, menos no burro", diz Medeiros e Albuquerque.[93] Em 1981, a escola de samba União da Ilha do Governador fez uma homenagem a Nair de Teffé, contando sua história no enredo cujo título brincava com a suposta burrice de Hermes da Fonseca: "1910, burro na cabeça", uma referência ao apelido nada agradável e ao ano da eleição do marechal.

"A verdade sobre a Revolução de 22" termina com a morte do marechal. É como se a vida da caricaturista não tivesse mais importância dali pra frente. Hermes da Fonseca morreu na manhã do dia 9 de setembro de 1923, no Villino Nair, em Petrópolis, em consequência de complicações de uma angina, agravada durante os seis meses em que ficou preso num navio fundeado na Baía de Guanabara. O marechal havia sido levado à prisão por seu envolvimento no movimento militar, conhecido como a Revolta dos 18 do Forte de Copacabana.

Nair tinha então 37 anos quando Hermes faleceu. Recolheu-se com os pais à sua casa, em Petrópolis, e só reapareceu um ano depois. No dia 20 de dezembro de 1924, o "Jornal de Petrópolis" publicava uma entrevista com a caricaturista na qual falava, pela primeira vez, sobre questões feministas. Nair revela que, no passado, era contra o direito do voto à mulher, mas que, com o avançar dos anos, mudou de posição. "A posição vexatória em que os países sul-americanos colocaram a mulher desde que se tornaram livres, negando-lhes até o direito de voto na eleição dos seus 'Lycurgos', tende, dia a dia, a desaparecer por completo", afirma.[94] Mais adiante, porém, ela revela não ter certeza sobre quais vantagens a participação feminina na política traria para o Brasil: "No triunfo do feminismo há vantagens... prováveis, porém, afirmar não posso". Sobre as inconveniências da mulher na política, ela se sai ironicamente: "Inconvenientes — é claro — podem existir na vitória feminina... para os homens. A completa emancipação de grande parte das nossas graciosas melindrosas não deixará de melindrá-los (...). O que dirão os maridos depois de concedidos os direitos eleitorais às esposas?".[95]

A sexta e última pergunta — "Não seria melhor que a mulher continuasse na sua função de mãe e preceptora dos brasileiros?" — traz um assunto caro à ex-primeira-dama, uma mulher que não teve filhos por opção ou não. Nair é direta: "Não há dúvida no que diz respeito àquelas que têm filhos. Porém, (...) labuto da seguinte dúvida: qual a missão que caberá então às que não os têm... o de educadora ou preceptora dos filhos dos outros? O papel das brasileiras estéreis ou celibatárias não deixa de ser um tanto ingrato, pois é sobejamente conhecida a indisciplina e o caráter independente da nossa raça, cujo temperamento não subordinará nunca os nossos conterrâneos e preceptoras que pretendessem educá-los".[96]

A entrevista ao "Jornal de Petrópolis" reacendeu o interesse da sociedade por Nair de Teffé. Ela, por sua vez, também resolveu voltar à vida artística. Mergulhou no teatro — outra de suas paixões — e com algumas amigas, entre as quais Laurinda Santos Lobo, organizou e apresentou a peça "O futurismo em caricatura", de sua autoria, que estreou no dia 30 de janeiro de 1925, no Teatro Capitólio, em Petrópolis. A peça foi ovacionada pela crítica. Rian renascia. Em 1928, a caricaturista foi eleita presidente da Academia Petropolitana de Letras e, um ano depois, ocupava uma cadeira na Academia Fluminense de Letras.

Com a morte dos pais, Nair se mudou para o Rio, onde comprou um casarão no número 2.965 da Avenida Atlântica, em Copacabana. Ali, criou o Cinema Rian em 28 de novembro de 1932. Era um dos cinemas mais bem-conceituados da cidade e chegou até a ser citado em letras de música.[97] O Rian serviu de palco para se dançar o rock pela primeira vez no Brasil, durante a apresentação do filme "No balanço das horas", com Elvis Presley. A plateia, composta em sua maioria por jovens, não resistiu e saiu dançando pelos corredores. Nair, porém, vendeu-o para o grupo Severiano Ribeiro, que, como locatário do imóvel, tinha direito de compra. "Perdi o cinema, mas ficou o nome. (...) Nas trevas da noite destacava-se o meu pseudônimo Rian todo iluminado", disse a artista em entrevista.[98] O Rian foi demolido em 16 de dezembro de 1983.

Em 1952, Nair foi procurada pelo crítico de arte cearense Herman

Lima, que estava escrevendo sua monumental "História da caricatura no Brasil". O autor queria incluir as charges da ex-primeira-dama na obra, mas seus desenhos estavam mal conservados e, assim, ele insistiu para que ela os refizesse. Em seu livro, Herman Lima comenta a história com admiração: "Não escondo o pasmo, diante daquela verdadeira ressurreição de um lápis endiabrado, que me parecia adormecido para sempre sob as cinzas do tempo".[99] Nair voltaria a encarnar Rian, desenhando em público mais uma vez. Foi no programa "Desafio 67", da TV Tupi de São Paulo, apresentado aos sábados, sob o comando de Goulart de Andrade. A ideia era mostrar ao telespectador algo que seria quase impossível de se fazer. No caso, o desafio era criar uma caricatura do presidente Artur da Costa e Silva. A viúva de um marechal aceitou fazer a charge de outro marechal, ressaltando-lhe defeitos que só este tipo de desenho permite, em pleno período de radicalização do regime militar.

Nair se animou com a TV e os desdobramentos que dali decorreram e, em dois anos, escreveu o livro de memórias sobre sua vida com Hermes da Fonseca. Em 16 de dezembro de 1974, no lançamento da obra, no Forte de Copacabana, mesmo palco da batalha militar que levou seu marido à prisão em 1922, ela desabafou: "Tem muitos livros aí de História do Brasil repletos de críticas injustas contra meu marido. Acho que chegou a hora de botar tudo em pratos limpos para que essa geração e as futuras saibam realmente quem foi o ex-presidente da República".[100] A última noite de autógrafos do livro ocorreu em 5 de junho de 1979, em Niterói, cidade que escolhera para morar com os três filhos adotivos. No carnaval daquele ano, a escola de samba Canários de Laranjeiras, do Rio de Janeiro, homenageou a caricaturista. Em 1981, seria a vez de a União da Ilha do Governador contar sua história. Em maio daquele ano, a artista apresentou um quadro de insuficiência cardíaca, infecção pulmonar e foi internada em um hospital em Niterói. Ao meio-dia do dia 10 de junho, ao completar 95 anos, Nair de Teffé faleceu. Estava lúcida. Curiosamente, dias antes de morrer, disse que faleceria no dia de seu aniversário. O pressentimento se confirmou.

MARIA CARNEIRO PEREIRA GOMES

☆ 19 de agosto de 1875
✝ 14 de agosto de 1925
- Casada com Venceslau Brás
- Primeira-dama de 15 de novembro de 1914 a 15 de novembro de 1918.

Quando Maria Carneiro se casou com Venceslau Brás — ou Wenceslau Braz, na grafia antiga — era uma adolescente: acabara de completar 17 anos. Ele tinha 24 anos e se tornaria o até agora mais longevo ex-presidente que o país já teve: viveu até os 96 anos. Maria, porém, teve a existência mais curta entre as primeiras-damas da República: morreria cinco dias antes de completar 50 anos. Venceslau Brás permaneceu viúvo até o fim da vida.

Maria e Brás nasceram em Itajubá, no Sul de Minas. Ele no distrito de São Caetano da Vargem Grande, hoje uma cidade chamada Brasópolis. A moça era filha do major João Carneiro Santiago Filho e de Lucinda Guimarães Pereira Santiago. O avô pelo lado paterno, João Carneiro Santiago, "era um dos súditos de maior confiança de Dom Pedro II, que o recebia com honras no Palácio".[101] Santiago ganhou o título de comendador e com ele pavimentou o caminho da política para a família. Como se dizia no interior, eles eram "gente de bem", e também de bens, embora tivessem um estilo de vida simples. Formavam um núcleo político que atuava efetivamente para o desenvolvimento de sua terra. O irmão de Maria, Theodomiro Carneiro Santiago, foi um dos fundadores da atual Universidade Federal de Itajubá.

O casal teve sete filhos, e o casarão em estilo eclético no qual a família vivia, no Centro de Itajubá, construído entre 1911 e 1912 e tombado pelo Instituto Estadual do Patrimônio Histórico e Artístico de Minas Gerais, é hoje ponto turístico da cidade. Além do tradicional jeito mineiro de fazer política, com paciência e malícia, uma característica de Brás que passou à história foi seu bom humor. Dizem que mantinha malas prontas para não perder a oportunidade de pescar em sua terra, no Rio Sapucaí, ou isolar-se em sua cabana na Serra da Mantiqueira. A paixão pela pesca lhe valeu o apelido de Solitário de Itajubá.

A passagem de Maria pela função de primeira-dama ficou marcada por sua dedicação às obras sociais, particularmente ações de amparo à velhice e em prol dos flagelados do Nordeste. Em oposição ao estilo *grand monde* de sua antecessora Nair de Teffé, Maria imprimiu discrição ao posto, e não dava festas no Palácio Guanabara.[102] O governo de Brás, que coincidiu com a Primeira Guerra Mundial, foi marcado pela austeridade. Às vésperas de sua posse, ainda estava em vigor o estado de sítio decretado pelo presidente Hermes da Fonseca. Na economia, a inflação era o grande problema. Brás pediu ao Congresso a redução de seu salário em 50%, mas os parlamentares determinaram um corte de apenas 20%. Ele proibiu o uso de carros oficiais para fins pessoais, inclusive para a sua família.

Quando o assunto eram as obras sociais da primeira-dama, porém, o estilo contido ficava de lado. Até porque ações de caridade, como se sabe, sempre renderam bons dividendos políticos. A edição do dia 18 de outubro de 1915 do jornal "A Gazeta de Notícias" traz, na primeira página, informações e fotos de uma grande festa, no dia anterior, na Quinta da Boa Vista, no Rio, em benefício das vítimas da seca no Nordeste. Com o título "Pelos Flagelados — Festa da Quinta da Boa Vista sob patrocínio de Mme. Wenceslau Braz", a reportagem diz que 20 mil pessoas foram ao evento. "Os jogos esportivos, o fogo de artifício, o cinematógrafo foram números de extraordinária atração da festa. Mas a nota mais brilhante do festival foi a festa veneziana nos lagos da Quinta. O aspecto era deveras deslumbrante, coalhado de barcos iluminados, que queimavam bengalas." A reportagem não diz quanto custou a festa e quanto foi arrecadado para os flagelados.

Já no fim do governo de Brás, em 1918, a gripe espanhola chegou ao Rio e se espalhou pelas principais cidades do país. Só na então capital federal morreriam 15 mil pessoas; em São Paulo, oito mil. Até o presidente que sucederia a Brás, Rodrigues Alves, seria vítima da doença. Vitorioso nas urnas, não chegou a tomar posse. Delfim Moreira, primo de Brás, assumiria o posto de chefe do Executivo até a realização de novas eleições. Maria, que presidia o comitê de mulheres da Cruz Vermelha do Brasil, comandou a assistência às vítimas da terrível gripe: arrecadou alimentos, medicamentos e deu assistência à população carente.

Os sete anos em que viveu após o marido deixar a Presidência, em 1918, foram passados em Itajubá. Maria ainda teria tempo para inaugurar mais uma obra social, o Asilo Santa Isabel, dedicado ao acolhimento de "meninas desvalidas", para que pudessem estudar. Morreu em 14 de agosto de 1925.

FRANCISCA RIBEIRO DE ABREU

☆ 9 de outubro de 1873
☦ 18 de julho de 1965
- Casada com Delfim Moreira
- Primeira-dama de 15 de novembro de 1918 a 27 de julho de 1919

Chiquinha, como era conhecida, casou-se com seu primo-irmão Delfim Moreira da Costa Ribeiro aos 17 anos, em 11 de abril de 1891. Ele tinha 22 anos. Primo de Venceslau Brás, era tido como uma pessoa simples, amável. Mineiro da cidade de Cristina, foi governador de seu estado durante o governo de Venceslau, incentivado e apoiado pelo primo presidente.

O casamento aconteceu um ano após a formatura de Delfim na tradicional Faculdade de Direito de São Paulo. Membro da imponente família mineira Moreira da Costa, Delfim fez parte da geração de republicanos históricos da famosa faculdade do Largo de São Francisco. Chiquinha também pertencia a uma família tradicional de Santa Rita de Sapucaí, no Sul de Minas, cidade em que ele foi criado.

Por influência de Venceslau Brás, Delfim Moreira se tornou candidato a vice-presidente da chapa encabeçada por Rodrigues Alves, formando a dupla que representava a corporificação da política do Café com Leite: um paulista e um mineiro. Os dois se elegeram e Rodrigues Alves tornou-se o primeiro presidente reeleito da jovem República brasileira, em março de 1918. Mas ele contraiu a gripe espanhola e, em novembro, notificou o Congresso Nacional de que Delfim assumiria como presidente interino. Rodrigues Alves passou a despachar regularmente com Delfim no Flamengo, perto do Palácio do Catete. "Como esses despachos se tornaram rotina, o povo apelidou jocosamente a residência da Rua Senador Vergueiro de 'Catetinho'. No Catete, onde deveria desempenhar suas funções, Delfim Moreira vagava silencioso pelos salões, sem ser importunado, já que ninguém o procurava."[103]

Ao fim de dois meses, em janeiro de 1919, Rodrigues Alves não resistiu ao vírus influenza, que matou 15 milhões de pessoas no mundo. Delfim assumiu a Presidência, mas por pouco tempo: a Constituição dizia que se o presidente não cumprisse ao menos metade de seu mandato, novas eleições seriam convocadas. Epitácio Pessoa foi eleito para o restante do período. No governo de Delfim, o ministro da Viação de Obras Públicas, Afrânio de Melo Franco, era quem exercia o poder de fato.

Durante o breve período do mineiro à frente do Executivo, a República conheceria uma primeira-dama de hábitos simples, interioranos, mas cheia de personalidade. "Todo ano passávamos os três meses de férias com minha bisavó Chiquinha na casa dela, em Santa Rita do Sapucaí. Minha mãe foi praticamente criada por ela, porque meus avós viajavam muito. Meu avô Delfim, pai da minha mãe, foi ministro. Também me lembro de minha mãe falando da bisa. Ela era uma mulher diferente para sua época, de personalidade forte, muito ativa e nem um pouco submissa. Participava das reuniões de política e também dava opiniões, apesar de na época as mulheres só serem admitidas na sala onde havia políticos para servir o café. Mas ela, não. Era muito forte e não se importava com a opinião dos outros. Quando foi morar no Catete, varria a rua e a entrada do palácio porque adorava varrer", conta Renata Borlido, bisneta de Chiquinha, neta de seu filho Delfim Moreira da Costa Ribeiro Júnior, que foi ministro do Tribunal Superior do Trabalho (TST).

Delfim Moreira, o presidente, morreu com apenas 52 anos. Os livros registram sua saúde frágil, denunciada por sua aparência assim que chegou à capital federal. A doença mental teria se manifestado quando ainda era governador de Minas Gerais. Dizia coisas sem nexo, ou tinha atitudes incomuns. A historiadora Isabel Lustosa conta que, certa vez, Delfim vestiu casaca num dia normal e exigiu motorista e batedores para ir ao Centro comprar um colarinho de ponta virada numa loja da Rua do Ouvidor.[104]

Uma vez fora da Presidência, Delfim Moreira voltou para Santa Rita do Sapucaí. Seis meses depois, em 14 de janeiro de 1920, sua filha Alzira, então com 12 anos, faleceu. A morte da criança foi um duro golpe, do qual ele não se recuperaria. Em 1º de julho daquele ano Delfim Moreira morreu, cercado por seus familiares. Chiquinha tinha apenas 47 anos quando perdeu o marido, mas viveria até os 91 anos, tempo suficiente para ver crescer seus 29 netos.

MARIA DA CONCEIÇÃO MANSO SAYÃO

☆ 3 de junho de 1878
✝ 31 de outubro de 1958
- Casada com Epitácio Pessoa
- Primeira-dama de 28 de julho de 1919 a 15 de novembro de 1922

Maria da Conceição tinha o apelido de Mary porque era loura, *avis rara* nos trópicos, o que lhe dava ares de estrangeira. Casou-se com Epitácio Pessoa em 8 de novembro de 1898, aos 20 anos. Ele tinha 33 anos e era viúvo. Sua primeira mulher, Francisca Justiniana das Chagas, a Chiquita, com quem se casara em 1894, morreu 11 meses depois ao dar à luz o primeiro filho do casal, um bebê natimorto. Mary e Epitácio tiveram três filhas, às quais ele se dedicou com inusitado carinho para a época. Nascido em Umbuzeiro, na Paraíba, e órfão desde os 8 anos, quando perdeu pai e mãe, vítimas da varíola, Epitácio teve uma infância dura. Foi entregue aos cuidados de um tio que o despachou para um internato, aos 9 anos. A disciplina era extremamente rígida, com castigos como manter crianças trancadas em cubículos escuros por dias seguidos, após puni-las com a palmatória. O garoto se salvou por sua inteligência excepcional, que fazia os religiosos donos da escola aturarem o menino indisciplinado.

Mary teve vida completamente diferente. Nascida no Rio de Janeiro, era filha de um médico famoso, José Francisco Manso Sayão, e de Maria Olímpia Manso Sayão, ambos descendentes de famílias de Vassouras, no Sul Fluminense, terra de fazendeiros poderosos e influentes desde o Império. Ela era uma mulher da alta sociedade e manteve a pompa da família mesmo depois do casamento: não abriu espaço para que representantes da oligarquia paraibana tivessem acesso ao Catete. "Dos selvagens paraibanos, o melhorzinho era mesmo Epitácio".[105]

No livro que escreveu sobre o pai, Epitácio Pessoa, Laura Sayão da Silva Pessoa, que se tornaria Laura Pessoa Raja Gabaglia após o casamento, conta que sua mãe teve uma educação pouco comum para as moças da época, graças à atitude enérgica da avó, Maria Olímpia. "Aos 15 anos, prestara com brilhantismo três exames finais públicos no Ginásio Nacional (atual Pedro II). Falava com fluência o francês, o inglês e o alemão, e era pintora de talento, premiada com menção honrosa pela Academia Brasileira de Belas Artes."[106]

Treze anos mais velho que Mary, Epitácio usou e abusou da poesia para conquistar a moça da qual admirava "a candura infantil", conta Laura. No aniversário da amada, dedicou-lhe um soneto:

Rubra surge a alvorada, um banho vaporoso
De perfume e de luz lhe envolve a loura coma;
Do firmamento azul na límpida redoma
Deus parece sorrir, soberbo, glorioso...

De luz se inunda o espaço, o denso vale umbroso
Tem mais falenas d'ouro, as flores mais aroma;

Como que a primavera inteira agora assoma
Na curva auroral do claro céu radioso...

Doce e brando se evola o cântico dos ninhos;
O branco nenúfar do rio o dorso fere,
Na corrente mirando a túnica de arminhos.

É um hino festival que a criação desfere,
Num concerto de amor, de galas, de carinhos
Às vinte primaveras fúlgidas de Mary... [107]

O casamento foi na Igreja da Candelária, no Centro do Rio, que, após 123 anos de construção, havia sido inaugurada em 10 de julho de 1898, um ano e meio antes da proclamação da República. Na época, era chique casar por lá no horário das 19h30. Uma semana depois do casório, Epitácio Pessoa assumiria o ministério da Justiça e Negócios Interiores de Campos Salles, cargo que exerceu de 15 de novembro de 1898 a 6 de agosto de 1901. Como esposa do ministro, Mary estreou no mundo da política durante a visita do presidente da Argentina, general Julio Argentino Roca. Laurita conta que Ana Gabriela, mulher do presidente Campos Salles, estava em "luto pesado" pela morte de um filho e não se expunha publicamente. Naqueles longínquos tempos em que não havia toda a "evasão de privacidade"[108] a que nos acostumamos com as redes sociais, sofrimento era sentimento que "se guardava". Com a primeira-dama a "guardar luto", Mary "abriu a quadrilha de honra, no baile do Catete, pela mão do general Roca. Estreava-se deste modo nos deveres de representação social a que o casamento constantemente a obrigaria e a que fora, sem o saber, preparada por aquela sua caprichada educação."[109]

Nair de Teffé se lembra do casal Epitácio Pessoa como um dos que mais gostavam de "receber em *petit comité*" em Petrópolis, na residência dos sogros. Diz, em seu livro de memórias, que Mary era uma "excelente criatura, culta, muito inteligente". Mas, alguns parágrafos adiante, destila um certo veneno: "Mary era amiga de mamãe e, naqueles tempos, quando se recebiam visitas, os filhos eram obrigados a 'fazer sala'. (...) Mary, quando aparecia, era invariavelmente para se lamentar e choramingar. Vivia queixando-se: 'Não sei, senhora baronesa, o que tenho. Choro à toa. Qualquer coisa que me aborrece, choro. Se uma empregada quebrar uma xícara, choro. Sou capaz de chorar três dias'. Anos mais tarde, nos acontecimentos de 1922, lembrava-me de Mary. Será que ela chorou pelos mortos e presos da Revolução?".[110]

Nair de Teffé refere-se a um momento culminante da grave crise política que o governo de Epitácio Pessoa enfrentou. No Exército a situação era tensa, com forte descontentamento, que eclodiu em 1922, com influência na vida política do país dali para a frente. A República teve, naquele ano, uma das mais acirradas campanhas à sucessão presidencial, com direito até a *fake news*, no estilo das campanhas de Donald Trump e Jair Bolsonaro. Só que em jornal impresso no lugar das redes sociais.

Os grupos que dominavam a política no Rio Grande do Sul, na Bahia, em Pernambuco e no Rio de Janeiro queriam levar Nilo Peçanha de volta ao poder, e ele contava com o apoio ativo de sua mulher, Anita. São Paulo e Minas Gerais haviam fechado acordo em torno do nome de Arthur Bernardes como candidato à Presidência da República, e já tinham decidido até que Washington Luís deveria sucedê-lo. A disputa entre Bernardes e Nilo foi uma das mais acirradas da República Velha.

Como se a confusão fosse pouca, o Clube Militar, comandado pelo marechal e ex-presidente Hermes da Fonseca, queria que Arthur Bernardes desistisse da disputa. Os militares estavam magoados com as cartas publicadas pelo jornal "Correio da Manhã", falsamente atribuídas a Bernardes, e que atacavam Hermes e o Exército. O fechamento do Clube Militar e a prisão do marechal, em 2 de julho de 1922, seriam o estopim da Revolta do Forte de Copacabana, no Rio de Janeiro. Os militares queriam tomar o poder, mas, com o país já sob estado de sítio, a iniciativa fracassou e morreram centenas de militares rebelados no episódio que passou à História como "Revolta dos 18 do Forte de Copacabana". Surgiria daí o Tenentismo.

Mas antes de o país mergulhar em mais essa crise política, Mary Pessoa e o marido puderam dedicar-se até a receber um rei de verdade. Em 1920, o rei e a rainha da Bélgica, Alberto I e Elisabeth da Baviera, vieram ao país, onde passaram mais de um mês. Era a primeira visita de um rei europeu à América do Sul. Para recepcioná-los, o presidente fez várias obras na capital federal, e deu ao soberano belga a honra de inaugurar a Avenida Niemeyer, que liga o bairro do Leblon a São Conrado.

Alberto I e Elisabeth ficaram hospedados no Guanabara, completamente remodelado para recebê-los. A decoração do palácio e dos jardins ficou a cargo da primeira-dama, com o apoio de senhoras da sociedade. Um roseiral foi plantado e floresceu justamente na chegada dos reis. No mês em que permaneceu no Brasil, o casal real viajou de trem a São Paulo e a Minas Gerais, onde conheceu uma mina de ouro subterrânea. No Rio, eles subiram a serra e visitaram Petrópolis e Teresópolis.

Foi justamente nesta última cidade que surgiu um pedido que deixou todos os organizadores da visita preocupados, inclusive Epitácio Pessoa. Alberto I e Elisabeth teimaram em acampar no meio de uma mata virgem. E não houve solução, a não ser ceder aos desejos do casal real. "Numa floresta perto de Teresópolis, armaram-se as barracas onde os belgas passaram três dias, em companhia de ajudantes de ordens brasileiros empenhados em poupá-los dos incômodos da situação, mas céticos em relação ao prazer que aqueles europeus, habituados a uma natureza doméstica e branda, podiam experimentar no calor e por entre os mosquitos da nossa brenha tropical. Se realmente os reis encontraram prazer na novidade ou se o disseram apenas por gentileza, nunca haveremos de saber!".[111]

O casal real deixou o Brasil em 16 de outubro de 1920. Em abril do ano seguinte, o jornal "A Noite" publicava uma longa reportagem, denunciando que a recepção aos reis da Bélgica havia custado quase 30 mil contos de réis, uma fortuna saída diretamente dos cofres do Tesouro Nacional. O jornal afirmava ainda que o Congresso concedera créditos ilimitados ao presidente para gastar com os visitantes ilustres.[112] Epitácio, que escreveu um livro para dizer que não enriqueceu como homem público, rebateu as acusações, afirmando que os custos não ultrapassaram 12 mil réis. Sobre a carta branca do Congresso, elencou uma série de situações vividas por governos anteriores nos quais créditos ilimitados foram aprovados. Tudo bem que eram recursos para obras emergenciais contra a seca no Nordeste, para cobrir despesas do Brasil na Primeira Guerra Mundial, para viagens presidenciais à Argentina ou para financiar os custos com o Tratado de Petrópolis, que permitiu ao Brasil ter a posse definitiva do Acre. Nada se comparou aos créditos ilimitados para que o casal Epitácio Pessoa recebesse seus amigos da casa real da Bélgica.

Os adversários de Epitácio Pessoa também acusavam Mary de esbanjar com eventos no palácio. "Festas ostentatórias, de espantosa prodigalidade, delírios de megalomaníaco", dizia a reportagem da revista "Manchete", dedicada às primeiras-damas da República, publicada em 1965.[113] A matéria afirmava ainda que ela havia sido responsável pelas grandes festas comemorativas do centenário da Independência do Brasil. Resultaram da efeméride, resistindo até os dias atuais, o Petit Trianon, réplica do Palácio de Versalhes que abrigou o Pavilhão da França na Exposição do Centenário da Independência do Brasil, doada após o evento à Academia Brasileira de Letras; e o prédio na Praça XV, também no Centro do Rio, que viria a se tornar sede do Museu da Imagem e do Som em 1965.

Mas Mary não foi só balada e ostentação. Ela teve atuação importante nas questões de assistência social e legou à cidade do Rio de Janeiro uma iniciativa que funciona até hoje, na rua que leva seu nome, no bairro da Gávea: a Casa Santa Ignez. Mary fez a primeira obra de caridade da instituição, oferecendo tratamento para trabalhadoras domésticas vítimas de tuberculose. Pouco antes de morrer, em 1958, doou documentos de seu marido ao Museu Histórico Nacional, posteriormente transferidos para o Museu da República.

CLÉLIA VAZ DE MELO

☆ 4 de fevereiro de 1876
✝ 10 de junho de 1972
- Casada com Arthur Bernardes
- Primeira-dama de 15 de novembro de 1922 a 15 de novembro de 1926

"Nasci sob o signo da política. Menina ainda, em casa do meu pai, só ouvia falar de eleições, cabos eleitorais, chapas de partido. Depois, foi sempre a mesma coisa. Filha de um senador, fui esposa de um presidente e mãe de um ministro de Estado". Assim, Clélia se definiu ao jornalista Caio de Freitas, que publicou o perfil da ex-primeira-dama na revista "Manchete", em setembro de 1964.[114] Tinha 46 anos quando o marido Arthur Bernardes assumiu a Presidência da República, em 15 de novembro de 1922. Foi a mais longeva primeira-dama: morreu lúcida, aos 96 anos.

A menina Clélia pertencia a uma tradicional família de políticos de Viçosa, na Zona da Mata Mineira. O pai, Carlos Vaz de Melo, rico fazendeiro da região, foi deputado, presidente da Câmara na época do Império e, por fim, senador. Quando Deodoro da Fonseca fechou o Congresso Nacional, em 3 de novembro de 1891, Vaz de Melo se envolveu no movimento que estourou em Viçosa contra a decisão do então presidente. Preso, foi anistiado pelo governo do marechal Floriano Peixoto. Virou fã do Caboclo do Norte, como Floriano era chamado, adoração que influenciou o futuro genro-presidente. O que talvez explique a maneira repressora e violenta com a qual Bernardes comandou o Brasil, a exemplo do militar alagoano.

O casal se conheceu ainda na adolescência. Entre namoro e noivado, foram dez anos. O pedido de casamento aconteceu quando Arthur ainda era estudante, mas o pai da noiva julgou que o futuro genro deveria, primeiro, se formar e montar banca de advocacia, para depois casar. E assim se deu: o futuro presidente se formou na Faculdade de Direito de São Paulo em 1900. Voltou para Viçosa para trabalhar com o pai, que era "solicitador", advogado não diplomado. O casamento ocorreu na Fazenda Pretória, de propriedade do senador Vaz de Melo, em 15 de julho de 1903. Ambos tinham a mesma idade: 27 anos. O casal teve oito filhos, entre os quais Arthur Bernardes Filho — o ministro citado por Clélia, que ocupou a pasta da Indústria e Comércio no governo Jânio Quadros, foi deputado federal, senador e vice-governador de Minas Gerais.

Na aliança de casamento de Clélia, havia um dado curioso: estavam gravadas as datas de 24/6/1903 e 15/7/1903. Ao repórter da "Manchete", a ex-primeira-dama explicou: "Até no meu casamento a política interveio. Estava marcado para o dia 24 de junho, mas papai teve que viajar, para tomar posse no Senado, e fui obrigada a adiá-lo. Só me casei quase um mês depois."[115] Outra curiosidade está no local de nascimento de Bernardes. Assim como a esposa, o presidente dizia também ser de Viçosa, mas alguns historiadores afirmam que ele nasceu na pequena Cipotânea, cidadezinha com cerca de 6.500 habitantes, segundo o Censo de 2010. Na época, era um distrito rural de Paciência, terra de sua mãe, Maria Aniceta. "No livro de tombos, que registra os batizados, consta que ele nasceu aqui", garantiu o padre Rogério Venâncio Resende, que, em 2011, era responsável pela paróquia de Cipotânea.[116]

Há quem diga que Bernardes escondia suas origens por vergonha. Por isso dizia ser de Viçosa, uma cidade maior e importante na Zona da Mata. Mas o fato é que, para Clélia, os melhores momentos de sua história com o marido ocorreram ali. "Foi a época mais feliz da minha vida. Casada, criando meus filhos, vivendo na Viçosa daquele tempo... Meu mundo era pequeno, mas cheio de afeição! À tarde, com os meninos brincando no jardim, eu e Arthur sentados num banco, conversávamos, conversávamos. Tranquilidade e despreocupação".[117]

Logo, logo, aquela tranquilidade iria ceder lugar ao tortuoso caminho que o marido percorreria na vida pública nacional. De família simples, Bernardes deve ao sogro a sua entrada na política. Graças ao prestígio do senador Vaz de Melo e também à sua tenaz paciência, Bernardes se tornou vereador em Viçosa, onde chegou a presidir a Câmara. Depois, foi eleito deputado federal duas vezes, nomeado secretário de Finanças de Minas Gerais e, em 1918, assumiu o governo do estado, terminando seu mandato em 1922. Como governador mineiro — ou presidente, como eram denominados os chefes políticos estaduais —, Bernardes retribuiu o apoio ao sogro criando uma colônia agrícola com o seu nome e a Escola Superior de Agricultura de Viçosa, no terreno de uma antiga fazenda do senador, mais tarde transformada na Universidade Federal de Viçosa.

"Desde o Palácio da Liberdade, acabou-se a vida tranquila que levávamos. Vieram anos de atribulação, cheios de ameaça e perigos", afirmou Clélia, que viveu nos tempos em que Belo Horizonte ainda era conhecida como "Cidade do Lá Vem Um", uma referência ao reduzido movimento nas ruas.[118]

Um ano antes de Bernardes deixar o Palácio da Liberdade, as oligarquias paulista e mineira, dentro da política do Café com Leite, o escolheram como candidato à sucessão do presidente Epitácio Pessoa. Elas não esperavam, porém, a forte oposição do Rio Grande do Sul, que, com o apoio de aliados do ex-presidente Hermes da Fonseca, da Bahia e do Rio de Janeiro, lançaram o nome de Nilo Peçanha como opção ao indicado pelas oligarquias. Era a Reação Republicana, que resultou nas chamadas cartas falsas atribuídas a Bernardes contra Hermes e os militares, e eclodiu na Revolta dos 18 do Forte de Copacabana. Sob estado de sítio, no dia 15 de novembro de 1922, o mineiro de Cipotânea recebeu a faixa presidencial das mãos de Epitácio Pessoa, que pouco antes confidenciara a alguém: "Bernardes não aguentará 24 horas no Catete".[119]

Alto, esguio, nariz aquilino e grande, cabelos ralos, que não escondiam sua calvície, discreto bigodinho e, sobre os olhos, um indefectível pincenê. Era um tipo bem peculiar o presidente Arthur Bernardes. Não renunciou, como imaginara seu antecessor, mas, para governar, manteve o estado de sítio por quase toda a sua gestão — precisamente 42 meses. O mandato começou com a prisão dos sambistas Freire Júnior e Luís Nunes Sampaio, o Careca, autores da marchinha "Seu Mé", a favor de Nilo Peçanha, e que animou o carnaval de 1922. "Seu Mé" era uma alusão galhofeira à cara de cabrito do presidente, que teve outros apelidos, como Rolinha, Calamitoso e Tarado de Viçosa. A letra dizia o seguinte: "Ai, seu Mé! Ai, seu Mé!/ Lá no Palácio das Águias, olé!/ Não hás de por o pé.../ O zé-povo quer a goiabada campista/ Rolinha, desista/ Abaixa essa crista.../ Embora se faça uma bernarda a cacete/ Não vais ao Catete!/ Não vais ao Catete!".

O governo viveu aos sobressaltos. O presidente instaurou a censura, perseguiu jornalistas — o "Correio da Manhã" foi fechado —, cassou políticos e decretou intervenção na Bahia e no Rio de Janeiro. "O período de Arthur Bernardes foi marcado pela violenta repressão aos movimentos militares que eclodiam em vários pontos do país", afirma a historiadora Isabel Lustosa[120]. Era o Tenentismo, que veio dar na Coluna Prestes, surgida em 1924, durante seu governo. A exemplo de seu ídolo Floriano Peixoto, o presidente deportou opositores para a porção setentrional do Brasil. Na erma Clevelândia do Norte, no Oiapoque, no Amapá, na fronteira do Brasil com a Venezuela, criou uma colônia penal, que se transformou numa espécie de campo de concentração. Ali, morreram quase mil prisioneiros e opositores do regime, vítimas de maus-tratos, fome e doenças.

Veio daí mais um dos seus apelidos: Presidente Clevelândia.

Em um perfil de Arthur Bernardes, publicado em 1926, o jornalista Assis Chateaubriand o definiu como um "homem de rara polidez de maneiras, um tirano azul, acessível e gentil"[121]: "Só alguém nascido e criado nessas condições (originário na Zona da Mata Mineira, estigmatizada por produzir os mais duros e intratáveis senhores de escravos, a ponto de a pior ameaça que se podia fazer a um escravo que cometesse faltas era prometer vendê-lo a um senhor da Zona da Mata) (...) e com a educação recebida por ele no Seminário do Caraça, famoso pela dureza medieval e pela intolerância com que tratava os alunos, seria capaz de confessar desconsolado a um amigo, depois de quatro anos na Presidência da República: 'Foi-se o meu quadriênio e eu ainda não acabei de me vingar de todos'."[122]

As conspirações se multiplicavam e, por muitas noites, a família do presidente, por prudência, teve que dormir fora do Catete. Em novembro de 1924, o encouraçado São Paulo, comandado pelo tenente Hercolino Cascardo, chefe da seção de tiro, liderou uma rebelião contra o governo federal, na Baía de Guanabara, e ameaçou a apontar seus canhões para o palácio. Do navio, veio o ultimato para Bernardes: ou renuncia ou o Catete será bombardeado.

O presidente esperou o desjejum com a família e revelou a situação à esposa, pedindo que deixasse o local. Clélia despachou os filhos para a casa de amigos da família, em Santa Teresa, próximo dali. "Bernardes recolheu-se ao seu gabinete, onde combinava providências de reação com o seu ministro da Marinha, almirante Alexandrino de Alencar. De repente, a porta se abriu. Era Clélia. Interrompendo a conferência presidencial, aproximou-se de Bernardes e disse-lhe com aquela voz suave que todos lhe concedem, mas com admirável determinação no olhar: 'Os meninos já saíram todos, Arthur. Mas eu não: onde você ficar, eu fico'", afirmou o jornalista Caio de Freitas na "Manchete".

A historiadora Isabel Lustosa descreve de outra maneira a descoberta da ameaça vinda do encouraçado São Paulo. Segundo ela, o presidente soube do ultimato por meio de um assessor quando estava reunido com 30 deputados: "Fez-se silêncio. O único barulho que se ouvia era o tinir das xícaras de café nas mãos dos deputados, transidos de medo. Em poucos minutos o salão se esvaziou"[123]. O São Paulo, acompanhado do torpedeiro Goiás, entrou em confronto com tropas leais ao governo ainda na Baía de Guanabara. A tripulação do torpedeiro se rendeu e o São Paulo fugiu para o Sul do país. O único tiro que se ouviu do navio rebelado foi parar bem longe dali, no pátio do Ministério da Guerra, no Centro, matando um sargento. Não importa, porém, qual seja a versão. Clélia, de fato, não saiu do lado do marido naquele momento tenso.

Como era a regra na época, Bernardes se tornou senador, por ser ex-presidente da República. Mas não chegou a concluir seu mandato. Fez uma longa viagem com a família pela Europa. Na volta, apoiou a Revolta Constitucionalista em São Paulo, entre julho e outubro de 1932, e foi preso. Ficou confinado na Ilha do Rijo, uma pitoresca formação rochosa no fundo da Baía de Guanabara, onde, algumas vezes, coincidentemente abrigou sua família durante as ameaças que sofrera quando era presidente. Depois, foi transferido para o Forte Vigia, no Leme, e de lá rumou ao exílio em 4 de dezembro de 1932. No embarque, no cais do porto, Clélia viveu o momento mais tenso de sua vida. Acompanhada de suas filhas, Conceição e Pompéia, já no tombadilho do navio Astúrias, que as levaria junto com o ex-presidente para Portugal, viu seu filho Arthur Bernardes Filho ser baleado na perna. O confronto, com mais de 200 disparos, ocorrera entre partidários do ex-presidente e de Getúlio Vargas.[124] "A roupa branca, que seu filho usava, tornava ainda mais visíveis as manchas de sangue. E, enquanto isso, o navio ia se afastando, se afastando devagar e ela, mãe extremosa, vendo-o caído no cais, sem nada poder fazer...", descreve Caio de Freitas.

No texto, o jornalista ressalta que Clélia chora ao lembrar daquele momento. Outro ferido foi o irmão da primeira-dama Cyro Vaz de Melo, cujos getulistas ameaçaram jogar no mar. Apesar do susto, ambos sobreviveram. Por conta da censura, nenhum jornal pode publicar a história do confronto. Arthur voltou em 1934 a tempo de participar, como deputado constituinte, das sessões da nova Carta Magna. Três anos depois, com o Estado Novo, perdeu o mandato. O ex-presidente morreu às 7h30 do dia 23 de março de 1955, aos 79 anos, vítima de infarto.

Clélia viveu 52 anos ao lado de Arthur Bernardes. Foi uma companheira dedicada e discreta. Sua viuvez durou 17 anos. Quase no fim da vida, morava em um apartamento no Leme, Zona Sul do Rio, ao lado de sua companheira fiel, a empregada Deolinda. Duas de suas filhas também habitavam o mesmo edifício. Fã de Carlos Lacerda, então governador da Guanabara, lia diariamente três jornais, via todos os programas políticos da TV e dormia com o radiozinho de pilha na cabeceira: "Sei lá! Posso acordar à noite e pegar alguma notícia importante...".[125]

SOFIA PAIS DE BARROS

☆ 27 de setembro de 1877
✞ 28 de junho de 1934
- Casada com Washington Luís
- Primeira-dama de 15 de novembro de 1926 a 24 de outubro de 1930

Ainda que nenhum livro registre claramente a vida de Sofia ao lado de Washington Luís, certamente não foi o sétimo céu. Eles se casaram em 4 de março de 1900, quando ela tinha 23 anos e ele, 31. Invariavelmente descrito como um homem muito bonito, que adorava a vida boêmia, Chinton, como um dos irmãos o apelidara, tinha casos rumorosos desde os tempos de estudante, era alegre e bem-humorado, mas podia tornar-se violento quando contrariado. E era "o homem mais teimoso do século", como definiu o jornalista João Lima. Os dois livros escritos por Lima, duas raridades, estão na biblioteca da Casa de Rui Barbosa, no bairro de Botafogo, Zona Sul do Rio. E foi justamente Washington Luís quem determinou que a casa do jurista fosse preservada. Uma coincidência histórica: fatos da intimidade e da alcova do ex-presidente vêm à tona graças ao trabalho da instituição criada por ele.

Sofia acabaria seus dias exilada na Suíça com o marido, depois que um golpe de estado, a Revolução de 1930, pôs fim ao seu governo e impediu Júlio Prestes, que havia sido eleito, de tomar posse como presidente, enterrando a República Velha. A ex-primeira-dama voltaria ao Brasil dentro de um caixão, trazido por dois de seus quatro filhos, para ser enterrada no Cemitério da Consolação. No livro "Como vivem os homens que governaram o Brasil", João Lima classifica de "ingratidão" o gesto de Washington Luís de enviar os "despojos da inditosa senhora, que foi tão digna quanto sofredora" para o Brasil apenas em companhia dos filhos, posto que Sofia lhe dera "amor, prestígio, fortuna, sem os quais não seria fácil o seu acesso na vida pública". E atribui o desejo do ex-presidente de permanecer em Lausanne a uma mulher, um "tipo loiro, leve e vaporoso", que teria envolvido "em morna carícia o vulto forte e varonil do septuagenário brasileiro". Com a "alma clareada por dois olhos azuis", faria inveja a "um fauno adolescente dos trópicos". Lima conta, ainda, que havia outra versão, que obteve de "boa fonte": Washington Luís estaria de casamento tratado com uma "senhora francesa já na maturidade".[126]

O jovem Washington conheceu Sofia num sarau de música e canto na residência dos segundos barões de Piracicaba, Rafael Tobias de Barros e Maria Joaquina de Oliveira Barros, em Batatais, no interior de São Paulo. A moça era a sétima filha do casal de nobres, também grandes cafeicultores, o que sedimentou seus laços com a oligarquia paulista. Como o bonitão de Macaé — município do Norte Fluminense onde nasceu Washington Luís —, ela também "cultivava a voz".[127] O pedido de casamento foi feito por carta à baronesa, já viúva, que respondeu: "Tendo consultado minha filha e a todos os demais de minha família sobre a pretensão de V.Sª, tenho a dizer que sendo do agrado de todos (...) aceito o seu pedido e espero que nos dará hoje à noite a satisfação de vir tomar uma chávena de chá em nossa casa."[128]

A partir de então, Washington desenvolveu grande parte de sua atividade profissional e política no estado de São Paulo. Rapidamente passou de advogado em Batatais, no interior, a vereador e presidente da Câmara local. Foi deputado estadual, prefeito da capital paulista, presidente do estado. Acabou, por isso, ganhando o apelido de "paulista de Macaé".

Washington Luís iniciou seu governo tentando apaziguar o clima criado por seu antecessor, Arthur Bernardes, que manteve o país sob estado de sítio durante praticamente todo o mandato. Desfilou em carro aberto no dia da posse, no meio da multidão; tomou algumas medidas como permitir a legalização do Partido Comunista Brasileiro (PCB), então chamado Partido Comunista do Brasil; mandou libertar opositores e acabou com presídios terríveis, como o de Clevelândia do Norte, em Roraima. Manteve como lema de seu governo a célebre frase "governar é construir estradas", o que já tinha feito como presidente do estado de São Paulo. Construiu a rodovia que liga o Rio de Janeiro a Petrópolis, e que hoje leva seu nome, e a estrada unindo a capital federal a São Paulo. Aliás, foi como prefeito da capital paulista, em 1914, que criou as feiras livres tais como as conhecemos ainda hoje. A intenção era controlar a disparada dos preços e ajudar os pequenos agricultores, suprimindo os intermediários. Seria também sob sua gestão à frente do Executivo que a Coluna Prestes, último foco de revolta armada no país, iria depor armas, após se refugiar na Bolívia.

Dois anos antes de assumir a Presidência, em outubro de 1924, após deixar o governo paulista, Washington Luís partiu com Sofia para a França. Alegava que faria um tratamento de saúde, que duraria "alguns meses". Na capital francesa, Sofia sofreu um grave acidente. Foi atropelada às 15h do dia 2 de dezembro, quando atravessava a Rua Galilée, na esquina da Avenida Champs Elysée. Teve que ser operada e ficou internada até o dia 29 daquele mês. O fato foi pouco noticiado, muito menos do que seria, quatro anos depois, com ele já presidente da República, uma outra ocorrência ligada à saúde. Desta vez, a saúde dele.

A notícia e suas repercussões ocuparam as primeiras páginas dos jornais da capital federal. Internado de emergência na Casa de Saúde Pedro

Ernesto, na madrugada do dia 23 de maio de 1928, o presidente foi operado pelo cirurgião doutor Brandão Filho. Boletins médicos davam conta de que ele tinha retirado o apêndice. Mas não tardaram a correr pela cidade boatos de que uma marquesa italiana de apenas 28 anos e separada do marido, Elvira Vishi Maurich, hospedada havia um mês no Hotel Copacabana Palace, teria atirado no presidente, seu amante, por ciúmes, após um jantar fartamente regado a champanhe.

A descrição feita por João Lima fornece a mais saborosa crônica produzida sobre o incidente, com alusão inclusive ao casamento do presidente que, segundo a definição do jornalista, não frequentava com assiduidade seu leito conjugal. "A versão oficial era de que o chefe da nação havia sido acometido de mal súbito, constatando o exame médico de manifestação de apendicite, o que o levara à mesa de operação com visível êxito. Por uma outra, que andou em caráter reservado, o presidente teria sido vítima de um atentado em esfera amorosa longe dos aposentos conjugais do Palácio Guanabara, a que não parecia tão assíduo. Como todo homem de bom gosto, em horas calmas da noite, sem modificar os hábitos românticos de São Paulo, nunca foi infenso ao amor e, assim, tendo inspirado intensa paixão, seguida de forte ciúme a certa dama internacional, teria sido por esta ferido no abdômen, alta madrugada, ocasionando a perfuração dos intestinos, o que tanto trabalho dera ao cirurgião Brandão Filho, a quem, após, coube a missão de costureiro no afã de cerzir com cuidado de modista de luxo as concavidades produzidas por balas de revólver ou por mui resistente alfinete de chapéu de senhora. Organismo forte, de resistência à prova de fogo, não tardou o presidente a ver o médico assistente lhe retirar as costuras do ventre, deixando o leito, em menos de uma quinzena."[129]

Mas antes de curar-se e voltar ao batente em 15 dias, como sugere Lima, Washington Luís — e, claro, sua esposa Sofia — enfrentou uma outra onda de boatos. Quatro dias depois da suposta apendicite, em 28 de maio, Elvira se jogou do quarto que ocupava, no quinto andar do belo edifício na Praia de Copacabana. Suspeitava-se que policiais teriam pressionado a moça, que morreu ao cair da janela.

O jornalista relata que, anos depois, um encontro na Avenida Rio Branco, no Centro do Rio, o fez lembrar do acontecido. "Em 1936, o acaso fez com que eu revivesse o episódio numa conversa na Avenida Rio Branco, com um cavalheiro que me reconstituiu a cena de modo impreciso, embora revelando profunda convicção da veracidade do fato", conta João Lima, que estava conversando com o tal cavalheiro quando seu interlocutor afastou-se para falar com outro homem. Ao voltar, interrogou ao jornalista: 'Viu aquele moço de branco com quem conversei? Foi o autor da façanha, que lançou janela abaixo a marquesa italiana. Em seguida, demitiu-se da polícia para aceitar rendoso emprego numa empresa particular, onde se encontra sem o menor incômodo, mesmo depois da revolução'."[130]

As tensões provocadas pela crise mundial que se avizinhava, e que teria seu ápice na quebra da Bolsa de Valores de Nova York em 1929, complicaram a situação política do governo de Washington Luís, com desastrosas consequências econômicas para o Brasil. O fim de seu mandato não seria nada fácil, sepultando o clima de abertura inicial. Ao indicar Júlio Prestes, então presidente de São Paulo, para sucedê-lo, em 1929, abriu uma grave crise política. O presidente já havia se recusado a permitir que o Banco do Brasil comprasse a safra excedente de café, encalhada por conta da quebradeira mundial. Sua mais importante base de apoio, a oligarquia cafeeira paulista, tornou-se então mais uma força de oposição. Dezessete estados apoiaram a indicação de Júlio Prestes, mas Paraíba, Minas Gerais e Rio Grande do Sul, com Getúlio Vargas, que havia sido seu ministro da Fazenda, se rebelaram. Washington Luís, "o homem mais teimoso da história", ficou irredutível. Acabou apeado do poder, com o Palácio Guanabara cercado.

Ele e Sofia partiram para o exílio, após a sua deposição pelos líderes da Revolução de 1930, em 20 de novembro daquele ano, no vapor Alcantara, da companhia Mala Real Inglesa. Faltavam 21 dias para o término de seu mandato. Sofia escrevia às irmãs reclamando de saudades. Por fim, tornou-se a única ex-primeira-dama a morrer no exílio e Washington Luís, o ex-presidente a passar mais tempo no exílio, 17 anos. Só retornaria em 1947, dois anos após a deposição de Vargas, em 1945, com o fim do Estado Novo. Morreria dez anos depois, sem jamais ter voltado a se envolver com política nem se casado novamente.

CAPÍTULO 2
ERA VARGAS

Conhecido como a "Era Vargas", o período que se inicia com a Revolução de 1930 e termina em 1945, com a queda do Estado Novo[1], foi marcado por profundas mudanças na sociedade brasileira. Os revolucionários, liderados por Getúlio Vargas, então governador do Rio Grande do Sul, derrubaram o presidente Washington Luís em 24 de outubro de 1930 e interromperam a chamada política do Café com Leite, pondo fim à hegemonia de paulistas e mineiros na Presidência da República. Terminava, assim, a República Velha, das oligarquias cafeeiras, e dava-se início ao Brasil moderno.

Como diz o historiador José Murilo de Carvalho, o fato é que o povo entrou pela porta da frente da política nacional "na carona de um grande conflito de elites".[2] Vargas ficou 15 anos no poder, dos quais oito como ditador. Voltaria pelo voto popular, em 1950, mas não cumpriria o mandato. Matou-se com um tiro no peito em 24 de agosto de 1954, saindo "da vida para entrar na História".[3] "Seu Gegê" criou as bases para a industrialização do Brasil, que deixou de ser um país essencialmente agrário. Petrobras, Companhia Siderúrgica Nacional, Companhia Vale do Rio Doce e Eletrobras são alguns exemplos mais eloquentes dessa transformação.

A entrada do povo na política, como assim se refere José Murilo, ocorreu por meio de uma política social sistemática. No auge da maior repressão de seu governo, com prisões e torturas de adversários, Vargas instituiu a Consolidação das Leis do Trabalho (CLT), com salário-mínimo, limitação da jornada, férias remuneradas, entre outros benefícios — o 13º salário seria criado por seu seguidor, João Goulart, em julho de 1962. Para os defensores de Vargas, em nenhum outro momento da História brasileira houve avanços comparáveis nos direitos dos trabalhadores. Para os críticos, a legislação, demasiadamente protetora, onerou as empresas e inibiu investimentos, impactando no chamado custo Brasil.

Com Vargas, o movimento tenentista, iniciado em 1922, sob a liderança do marechal Hermes da Fonseca, chegava ao poder. Daquele grupo, três vieram a se tornar presidentes com o golpe de 1964 — Castelo Branco, Emílio Garrastazu Médici e Ernesto Geisel. Um filho e um neto de tenentes de 1930 também chegaram ao cargo máximo da nação: Fernando Collor de Mello e Fernando Henrique Cardoso.

Getúlio Vargas foi o primeiro presidente a fazer no Brasil propaganda pessoal em larga escala, o culto à personalidade, prática típica do nazifascismo e do stalinismo, ancestral do marketing político moderno. O presidente se comunicava de maneira simples e clara com as massas, usando o rádio como arma. Ele também contava com o poderoso Departamento de Imprensa e Propaganda (DIP), responsável pela censura e difusão da ideologia do Estado Novo. Vargas era apresentado como conciliador entre as classes e protetor dos oprimidos, o que consolidaria sua imagem como "pai dos pobres".

No período varguista, o movimento feminista obteve avanços. Em 24 de fevereiro de 1932 foi criado, por decreto, um novo Código Eleitoral, que estendia às mulheres o direito ao voto. A legislação colocava um ponto final na polêmica questão que já vinha se prolongando desde 1928, quando o governo do Rio Grande do Norte permitiu o alistamento de eleitores sem distinção de sexo. A professora Celina Guimarães Viana, de Mossoró, foi a primeira mulher a se alistar para votar na eleição do governo daquele estado, realizada em 15 de abril de 1928. Outras 19 fariam o mesmo, mas apenas 15 efetivamente iriam participar do processo eleitoral. Os votos acabaram sendo anulados após parecer do Congresso Nacional, que evocara a Constituição para impugná-los, alegando que o ato interromperia uma "uma tradição mansa e pacífica".[4]

Celina entrou para a História como a primeira mulher a votar no Brasil, mas o título é contestado. Anos antes, em 1905, três mulheres da cidade de Minas Novas (MG) — Alzira Vieira Ferreira Netto, Cândida Maria dos Santos e Clotilde Francisca de Oliveira — já haviam se alistado e votado, com base em um parecer judicial. Assim como Celina e suas amigas, porém, os votos das três mineiras também foram impugnados. Frustrada em seu direito de cidadã, Alzira conseguiu, no entanto, obter uma grande vitória: concluiu em 1920 o curso de medicina, transformando-se na primeira médica formada em Minas Gerais.

Em 3 de maio de 1933, foram realizadas eleições para a Assembleia Nacional Constituinte, quando as mulheres finalmente romperam, de maneira legal, com a "tradição mansa e pacífica" e votaram pela primeira vez no Brasil em eleições nacionais. Foi o primeiro pleito com voto secreto sob o comando da Justiça Eleitoral, instituída pelo Código de 1932. Entre os 254 constituintes, estava a médica Carlota Pereira de Queiroz, primeira mulher eleita deputada federal no país. Carlota, que participou da Revolução Constitucionalista de 1932, obteve mais de cem mil votos no estado de São Paulo. Entre os deputados eleitos pelas categorias profissionais havia ainda uma segunda mulher, Almerinda Gama, representante classista do Sindicato dos Datilógrafos e Taquígrafos do Distrito Federal. Porém, com a instituição da ditadura do Estado Novo, em 1937, as mulheres — e os homens — deixaram de participar do processo político nacional. Só voltariam a votar em 1945, com o fim da Segunda Guerra Mundial e a redemocratização do país.

Apesar de defender a extensão do direito ao voto às mulheres, Getúlio era um típico homem do seu tempo. Não gostava de ver suas filhas adolescentes dançando e dizia que mulher "foi feita para tomar conta da casa", "saber música, costurar e cozinhar".[5] Nessas horas, era a primeira-dama, Darcy Vargas, quem se contrapunha docemente ao marido — sempre com um sorriso nos lábios. Apesar de não ter completado os estudos porque se casou cedo, a primeira-dama lutou para que os filhos se formassem, incluindo as filhas.

O presidente também era contra o divórcio, como disse a filha Alzira numa entrevista a uma jornalista argentina em 1936. Ela era a favor. "Papai (...) sempre respeitou minha liberdade de pensar. Deu-me, porém, uma aula sobre os perigos e desvantagens do divórcio no Brasil. Argumentamos algum tempo sem que um demovesse o outro. Para encerrar o assunto, deu-me uma pancadinha carinhosa na cabeça e disse: 'Além do mais, sua topetuda, só serei a favor do divórcio no Brasil no dia em que Sebastião Leme (*arcebispo do Rio de Janeiro*) e Luizinha (*mãe do chanceler Oswaldo Aranha*) me pedirem'. Estava encerrado o assunto. Enquanto ele fosse governo, não haveria divórcio".[6] Getúlio vocalizava o pensamento machista da época, para o qual o casamento significava família, enquanto as eventuais traições eram "coisa de homem". O próprio movimento feminista dos anos 1930 e 1940 não negava o papel da mulher na sociedade como mãe e esposa.[7] Para o presidente, a indissolubilidade matrimonial trazia-lhe um certo conforto de consciência, ao encarar como "natural" suas puladas de cerca.

Em outubro de 1934, Darcy Vargas iria ser a grande patrocinadora do 3º Congresso Feminino do Brasil, realizado no salão do Automóvel Clube do Brasil, no Centro do Rio de Janeiro. Entre as palestrantes, estavam as principais lideranças do movimento feminista nacional, como a bióloga Bertha Lutz, a advogada Maria Luiza Bittencourt e a poetisa Ana Amélia Queirós Carneiro de Mendonça, além da deputada Carlota Pereira de Queiroz. "As congressistas foram recebidas pelo presidente no Catete, no primeiro dia, e um almoço em sua honra e de Darcy, no Jockey Club, marcou o encerramento do encontro", relata a jornalista Ana Arruda Callado em sua biografia sobre a mulher de Vargas.[8] O presidente foi saudado por Bertha Lutz como o "presidente feminista da República brasileira". Ele discursou, mas Darcy — embora patrocinadora do Congresso — manteve-se calada. A força feminina da primeira-dama iria transparecer de outra maneira.

DARCY LIMA SARMANHO

☆ 12 de dezembro de 1895
✝ 25 de junho de 1968
- Casada com Getúlio Vargas
- Primeira-dama de 3 de novembro de 1930 a 29 de outubro de 1945 e de 31 de janeiro de 1951 a 24 de agosto de 1954

Darcy — ou Dárcy, com a tônica na primeira sílaba, como pronunciavam seus parentes gaúchos — era uma mulher elegante. E muito. Gostava de acompanhar a moda. Nos anos 1930, quando assumiu o papel de primeira-dama do Brasil, aparecia sempre trajada nos famosos conjuntos: peças, como vestidos, saias ou casacos, que podiam ser combinados entre si e coordenados com luvas, chapéu, cachecol ou bolsa. Os cabelos eram primorosamente penteados em ondas — o padrão de corte curtíssimo, dos anos 1920, tinha ficado para trás.

Sabia da liturgia do cargo e, como mulher do interior, não queria passar vergonha em seus primeiros anos morando na capital federal. "Graças a Deus tive uma educação fina e pude conviver sem problemas com a sociedade carioca", diria anos depois à neta, Celina.[9] A vaidade que Darcy não escondia queria ver espelhada nas filhas. Em Alzira, mais afeita à política, não teve sucesso. Dizia-lhe: "Quem não se enfeita, por si enjeita. (...) Já que não gostas de maquiagem, ao menos deixa que eu te ponha um pouco de batom nos lábios".[10]

O colunista Chermont de Britto, do "Jornal do Brasil", surpreendeu-se com aquela mulher. Ele foi o primeiro jornalista a entrevistá-la assim que ela desembarcou no Rio de Janeiro, em novembro de 1930, acompanhando o marido, Getúlio Vargas, que acabara de assumir o cargo de chefe do governo provisório da vitoriosa revolução: "Impressionou-me sobremodo a sua mocidade. Ela completaria 35 anos já como primeira-dama do Brasil. A doçura do trato marcava todos os seus gestos, e conquistava logo simpatia e admiração. Não parecia assustada com os graves acontecimentos que tinham sacudido o país de norte a sul, estava preparada para desempenhar o grande papel que o destino lhe reservara".[11]

A elegante e simpática Darcy[12] — primeira-dama que ficou mais tempo no cargo, 18 anos e sete meses — foi também um dínamo. Com exceção de uma ou outra, suas antecessoras limitaram-se ao recolhimento e às tarefas domésticas quando alçadas à posição de primeira-dama. Darcy, não. Ela simplesmente deu novos contornos ao cargo. Com um grande poder de mobilização, criou e liderou diversas ações voltadas à assistência social que levaram o Estado brasileiro a incorporar a pobreza e a miséria ao discurso oficial.[13] A partir dali, as primeiras-damas passaram a ser vistas como as responsáveis pela política social dentro do governo dos maridos no município, no estado e na União. Somente em 1993, com a regulamentação da Lei Orgânica da Assistência Social (Loas), prevista na Constituição de 1988, foi que a assistência social tornou-se política pública, deixando de ser — pelo menos na letra da lei — um apêndice à mercê dos interesses do chefe do Executivo.

Darcy não gostava de falar em público. Deu poucas entrevistas ao longo da vida. Dizia não ter apreço pela política, mas sabia que suas ações assistencialistas ajudavam na imagem pública do marido e de seu governo.

Na biografia romanceada sobre a esposa de Getúlio, Chermont de Britto, que se tornara grande amigo da primeira-dama, conta que ela se mostrou preocupada com a repercussão negativa criada no Rio com a publicação de fotos de cavalos amarrados por voluntários gaúchos no Obelisco da Avenida Rio Branco, no Centro da capital federal, um dia após o fim da Revolução de 30. A cidade, dizia o jornalista, sentia-se humilhada com aquele gesto impensado. E Darcy tinha que fazer algo para reduzir o clima de hostilidade. Logo nos primeiros dias como moradora da cidade, ficara impressionada com a situação de penúria dos pequenos jornaleiros, meninos magros e sujos que andavam pelas ruas berrando as manchetes para atrair compradores de jornais.

Num jantar com o marido, disse que iria reeditar no Palácio do Catete o Natal dos Pobres, campanha de doação de brinquedos, roupas e alimentos para crianças carentes que realizava em sua cidade natal, a pequena São Borja, no sudoeste gaúcho. A festa, organizada pelos pais de Darcy, havia sido criada por ela quando ainda era uma criança de apenas 9 anos. Chermont refaz o diálogo entre os dois. Diz Getúlio:

— A ideia é linda. Mas, pensas que isto aqui é São Borja?
— Sei bem da distância que nos separa de São Borja, mas nem por isso desanimarei — responde a mulher.
— Com que recursos vais fazer essa festa? A crise é terrível. Apesar de desejá-lo, querida, não te posso auxiliar. Os ministérios não têm verbas para despesas. A prefeitura muito menos. A falta de dinheiro é geral.
(...) Darcy alegre, entusiasmada, expôs ao marido o plano: pedir aos amigos que contribuíssem para o Natal dos Pobres na medida das suas posses, solicitaria dos fornecedores do governo que concorressem com algumas doações, apelaria para as grandes fábricas de tecidos e de brinquedos que a ajudassem.[14]

Segundo o jornalista do "JB", Getúlio ficou inquieto com a idéia, pensava que a campanha seria muito exaustiva para a mulher. Na resposta,

Darcy mostrava como estava consciente de seu papel político: "Nada. E isso atrairá simpatia para o teu governo". O primeiro Natal dos Pobres foi realizado em dezembro de 1931 e reuniu dez mil pessoas no Palácio do Catete. Não parou mais. Em todo o período que Vargas esteve no poder, a campanha foi realizada. No último, em 20 de dezembro de 1953, o Catete já não suportava tanta gente e a festa acabou transferida para o estádio do Maracanã, inaugurado três anos antes para a fatídica Copa de 1950. Foram para lá mais de 110 mil pessoas, a maior parte crianças. "A entrega dos pacotes de presentes — roupas, brinquedos e alimentos — foi seguida de leite gelado e refrigerantes. (...) Houve um show com a Banda dos Fuzileiros Navais, artistas de rádio e circo. Darcy permanceu no estádio das 11h até cerca das 20h, participando ativamente da entrega de presentes. O presidente Getúlio Vargas compareceu, acompanhado do general Caiado de Castro, chefe do gabinete militar, sendo recebido na tribuna de honra pelo prefeito do Distrito Federal, coronel Dulcídio do Espírito Santo Cardoso", relata a jornalista Ana Arruda Callado.[15]

Quando a revolução que alçou o marido ao poder central do país foi deflagrada, em 3 de outubro de 1930, Darcy, então primeira-dama do Rio Grande do Sul, arregimentou várias mulheres da elite gaúcha e fundou a Legião da Caridade, cuja função era fornecer roupas para os soldados e assistir seus familiares com remédios e mantimentos. "As voluntárias, atendendo ao chamamento de Darcy, vão também recebendo os tecidos, botões, linhas, novelos de lã e cobertores que empresários fornecem espontaneamente, e confeccionam uniformes, agasalhos e mantas para os homens que partem. Ela tudo organiza: a turma de corte, a da costura, a do crochê. A distribuição de víveres e roupas se faz sem interrupção", descreve Ana Arruda Callado.[16] O Palácio Piratini, sede do governo gaúcho, transformou-se no quartel-general das voluntárias da Legião da Caridade. Em julho de 1932, com a eclosão da Revolução Constitucionalista, em São Paulo, Darcy, já primeira-dama do Brasil, reeditaria a Legião da Caridade, a fim de ajudar os soldados do governo e seus familiares na luta contra os rebeldes paulistas.

Nos mais de 18 anos como primeira-dama do Brasil, Darcy lançou, organizou e apoiou diversas obras sociais, como o Abrigo Cristo Redentor (1936), a Fundação Darcy Vargas (1938) e a Casa do Pequeno Jornaleiro (1940), esta a sua mais querida iniciativa e pela qual se dedicou até a morte, em 1968. Como o próprio nome sugere, a Casa do Pequeno Jornaleiro foi fundada para dar abrigo aos meninos esquálidos que vendiam jornais nas ruas, e que sensibilizaram a esposa de Getúlio assim que desembarcou no Rio. A proposta era oferecer, além de alimentação, cursos profissionalizantes que lhes dessem uma nova opção de vida. A Casa se fundiu à Fundação Darcy Vargas, que funciona até hoje na Gamboa, Zona Portuária do Rio. Em 2016, a entidade virou escola de ensino fundamental gratuita voltada a crianças e adolescentes em situação de risco.

O passo mais significativo de Darcy, no entanto, foi a Legião Brasileira de Assistência (LBA), criada em 28 de agosto de 1942. Ela herdara algumas atividades da antiga Legião da Caridade, mas adquiriu novas funções no quadro da administração pública. Sua finalidade era "promover a proteção à maternidade, à infância e à velhice, o incentivo à educação e a atenção à saúde e à habitação popular".[17] Seria a primeira entidade pública de assistência social de âmbito nacional. Até então o Estado não considerava as questões sociais como um problema público, mas algo ligado exclusivamente à Igreja e às associações particulares, como as Santas Casas de Misericórdia. À frente dessa revolução estava uma mulher. "Darcy Vargas e a Legião Brasileira de Assistência possibilitaram o surgimento de um modelo de atuação para o primeiro-damismo brasileiro, nas cercanias do poder presidencial, como a mulher responsável pela condução das políticas públicas", pontua a professora Ivana Guilherme Simili, da Universidade Estadual de Maringá (PR), que escreveu uma tese de doutorado sobre a atuação política da mulher de Vargas.[18]

Poucas primeiras-damas, no entanto, quiserem formalmente dar continuidade à obra criada por Darcy. Das 19 que a sucederam, apenas quatro assumiram a presidência da LBA — Eloá Quadros, Maria Thereza Goulart, Yolanda Costa e Silva e Rosane Collor. Rosane acabou demitindo-se do cargo depois de ver sua gestão envolvida em corrupção. No período de existência da LBA, duas primeiras-damas preferiram tocar seus próprios projetos sociais: Carmela Dutra e Sarah Kubitschek.

Em 31 de agosto de 1942, três dias depois da criação da LBA, o Brasil declarou oficialmente guerra aos países do Eixo — Alemanha, Itália e Japão —, como resposta aos frequentes bombardeios a navios mercantes brasileiros, realizados por aquelas nações. A instituição, então, passaria a ajudar as Forças Armadas, preparando a população para o conflito mundial. Diversos programas foram criados para mobilizar a sociedade e apoiar os pracinhas, ancorados em uma massiva propaganda governamental, típica de regimes autoritários — ainda estávamos no Estado Novo. Havia, por exemplo, cursos como o Hortas da Vitória, que ensinava a população a transformar seu quintal em pequenos centros de produção de alimentos para uma eventual escassez de gêneros; o programa Legionárias da Costura, responsável pela produção de materiais médico-hospitalares para uso no front; e a Campanha da Madrinha dos Combatentes.

"Cada expedicionário tinha na sua madrinha de guerra um ponto de contato com o Brasil e com a sua família; era ela quem levava à LBA a relação de suas necessidades e as de seus parentes, para o atendimento imediato, e era quem escrevia cartas no caso de familiares analfabetos. A campanha recebia donativos de mais diversas pessoas e organizações, como por exemplo: o Cassino Copacabana enviou mil suéteres de lã; a revista 'O Cruzeiro' (...) contribuiu com 20 mil maços de cigarros Liberty; a gráfica B. Bloch e Irmãos imprimiu dois mil cartazes de incentivo à campanha", relata a jornalista Ana Arruda Callado.[19] A atividade mais diretamente ligada às Forças Armadas foi o Corpo de Voluntárias de Defesa Passiva Antiaérea. Uniformizadas com farda militar — apenas a saia substituía a calça masculina —, essas mulheres eram treinadas para orientar a população em caso de bombardeio. O curso durava três meses e era supervisionado por um coronel do Exército. Todas as atividades da LBA voltadas para o "esforço de guerra" reforçavam a imagem da mulher como guardiã dos filhos e dos bens da nação. Segundo Ivana Simili, o pressuposto de que "pobre é coisa de mulher, que tem coração, e não de governo, que tem razão" justificou o arranjo entre os sexos para o conflito mundial que se desenrolava no coração da Europa.[20]

A LBA, afinal, refletia a personalidade de Darcy, uma mãe dedicada e uma esposa consciente de seu papel político ao lado do marido-presidente, sem, no entanto, desafiá-lo ou sobrepor-lhe publicamente. Em uma rara entrevista, concedida ao jornalista e expoente compositor da Bossa Nova, Ronaldo Bôscoli, em abril de 1960, para a revista "Manchete", ela se revelou um pouco: "Getúlio nem sabia o que eu fazia. O meu maior empenho era o de não preocupá-lo. Mas, desde menina, eu fui assim. Sempre cismei em fazer alguma coisa em favor dos necessitados, em me tornar útil aos outros. Por isso, quando necessário, ele me entregou o primeiro tijolo para a construção da Casa do Pequeno Jornaleiro... E nunca deixou de aprovar tacitamente as coisas que eu fazia".[21]

Darcy adotou o sobrenome Vargas em 4 de março de 1911, quando oficializou no civil o casamento com Getúlio, então deputado estadual, com 27 anos — a cerimônia religiosa só ocorreria em dezembro de 1934. Ela era uma menina de apenas 14 anos e para se casar precisou de autorização do pai, registrada em cartório, já que na época a idade mínima para o matrimônio era de 15 anos. Getúlio e Darcy se conheceram em 1910. Foi durante um baile à fantasia na casa dos Sarmanho. Os pais do casal, Antonio Sarmanho e Manuel de Nascimento Vargas, eram muito amigos. Fantasiada de "bonequinha de Paris", a pequena Darcy quebrou a timidez e dançou com o jovem deputado, que sustentava vasto bigode. Na capital gaúcha, o coração de Getúlio era disputado ainda pela filha do governador do estado, Carlos Barbosa Gonçalves. Ele, porém, optou pela "pudica açucena missioneira".[22]

No dia seguinte ao baile, Getúlio deveria voltar a Porto Alegre e, na despedida, perguntou à futura mulher o que desejaria de presente. A menina, prontamente, respondeu: um "Almanaque do Tico-Tico".[23] A deliciosa história, reveladora do traço ainda infantil de Darcy, entrou por algum tempo para o index da família. Segundo a filha Alzira, a mãe não gostava que a contassem.[24] Na entrevista concedida a Ronaldo Bôscoli, em abril de 1960, Darcy revelou a história e falou do primeiro encontro com Getúlio:

"Recordo-o cruzando o umbral daquela porta enorme, com um sorriso irresistível. Eu estava no meio do salão, encolhida na minha timidez de menina. Mesmo assim, conversei com ele e, quase no fim da visita, Getúlio me disse: 'Darcy, parto amanhã para Porto Alegre e, sinceramente, não sei que presente escolher para uma menina de 13 anos. O que tu gostarias de ganhar?'. Respondi, sem pestanejar: 'Uma coleção do Tico-Tico'. Foi assim que começou nosso namoro. Dois anos depois estávamos casados".[25]

Em 1911, mesmo ano do casamento, Darcy perdeu a mãe. No ano seguinte nasceu o primeiro filho, Lutero. Depois vieram Jandira, Alzira, Manoel Antonio (Maneco) e Getulinho. Todos os "pinguins", como os chamava carinhosamente o pai, nasceram num intervalo de apenas seis anos. Como uma mulher do seu tempo, Darcy foi educada para o casamento e a maternidade. Inicialmente o casal morou em São Borja, em uma casa transformada hoje no Museu Getúlio Vargas. O político, porém, elegeu-se deputado federal e depois foi nomeado ministro da Fazenda do presidente Washington Luís. A família mudou-se para o Rio, onde morou em duas casas. Voltaram em janeiro de 1928, quando Getúlio assumiu o governo do Rio Grande do Sul. A arrumação da casa e a educação dos cinco filhos ficou sempre a cargo de Darcy, uma mulher "rígida, dada a zangas sempre que contrariada", como descreve o jornalista Lira Neto, autor da mais completa biografia de Getúlio Vargas.

Lira Neto registra as impressões dos filhos sobre Darcy: "'Nós a atormentávamos, considerando-a uma velha matrona e rabugenta, porque exigia que sempre estivéssemos limpos, que fôssemos educados e comportados', relataria a filha Alzira, em suas recordações. 'Ela era muito severa', confirmaria Lutero, que guardaria na memória o maior de todos os suplícios de seus tempos de meninice: ter de ouvir ópera obrigado pela mãe, já que ela fazia questão de repassar aos filhos rebeldes, em cujas veias corria o sangue alvorotado dos Vargas, a mesma educação recebida no Solar dos Sarmanho. 'Era meio agitada, prepotente', atestaria Maneco. Mas, de todas as frases ditas pela mãe, a mais temida pelos cinco filhos era mesmo uma só: 'Eu conto a seu pai'".[26]

O pai temido pelos filhos não resistia a um rabo de saia. Tabu familiar, os casos extraconjugais do presidente ficaram famosos e eram constantes motivos de brigas com a mulher. O biógrafo de Getúlio lembra que ele, ainda morando em Porto Alegre, era frequentador assíduo do Clube dos Caçadores, um misto de cabaré e cassino que marcou época na capital gaúcha. Lá, Getúlio nunca jogou. Gostava mesmo era de assistir ao desfile das "borboletas" paraguaias, argentinas e uruguaias. Todas, invariavelmente, chamadas de "francesas". Mais tarde, Maneco diria que não via como problema o pai ter frequentado o local: "Era clube dos homens, não era considerado um erro, era consenso geral, e as mulheres fingiam que não viam".[27]

Darcy, porém, não fechava os olhos para as puladas de cerca. Mesmo quando era apenas alarme falso. Foi o que aconteceu quando a mulher descobriu, entre os alfarrábios do marido, uma foto da lânguida e sensual atriz Pina Menichelli, diva do cinema mudo italiano. Getúlio tentou explicar que se tratava apenas de um cartão-postal, enviado por um amigo em tom de brincadeira. De nada adiantou, e a cena de ciúme explícito descambou para uma briga de casal. Só anos mais tarde Darcy admitiria o equívoco.

Os alarmes falsos, porém, soaram poucas vezes. Na extensa lista de mulheres que teriam sido amantes de Getúlio estão a atriz do teatro de revista Virgínia Lane, as cantoras Linda Batista e Ângela Maria, e a poetisa Adalgisa Néri, esposa de Lourival Fontes, diretor por alguns anos do famigerado Departamento de Imprensa e Propaganda (DIP), responsável pela censura no governo de Vargas. Virgínia, a Vedete do Brasil, alcunha dada por Getúlio, entrou para a história como a mais famosa amante do presidente, a ponto de ser enredo da escola de samba Nenê de Vila Matilde, no carnaval de 2000, em São Paulo. "O fato de a atriz ter também baixa estatura (1,50m) contribuiu — segundo confidência do próprio presidente — para que Vargas se interessasse por ela", ressalta o historiador Fábio Koifman.[28] A atriz teria sido também amante de outro presidente: Juscelino Kubitschek. Em fins dos anos 1950, ela aparecia sensual em um vídeo cantando a marchinha "Bom mesmo é mulher", cujo o refrão era: "Dinheiro é bom/ Bebida também é/ Tudo é bom/ Mas bom mesmo é mulher". Vestia um maiô brilhante, justíssimo e cavado, exibindo suas famosas pernas, luvas e um grande chapéu preto com plumas.[29]

Ao que se sabe, o romance com a vedete não durou muito. O caso mais avassalador e que balançou completamente o coração de Getúlio — e seu casamento — foi com Aimée Sotto Mayor Sá, casada com Luís Simões Lopes, chefe do Gabinete Civil do presidente. Nos "Diários", escritos íntimos de Getúlio só revelados em 1995, a primeira referência à amante surge no início de maio de 1931, quando ela ainda era noiva de Simões Lopes. O presidente escreveria: "À tarde, uma visita agradável, interrupção de três anos e meio de vida regular. Uma sinalefa!!".[30] Em fonética, sinalefa é o fenômeno da linguagem oral de transformar duas sílabas em uma só. A dica ajudou a descobrir, mais tarde, quem era a misteriosa "bem-amada" (*bien-aimé*, em francês), com a qual o presidente se referia a sua amante. Outro detalhe interessante: os dois pontos de exclamação — pouco usual nos escritos íntimos de Getúlio — demonstravam um claro entusiasmo com aquele encontro.[31] Morena, alta, olhos verdes e modos refinados, e uma beleza estonteante que lembrava a da atriz italiana Sophia Loren, a comprometida Aimée tinha 27 anos. Getúlio beirava os 50.

Aimée Sotto Mayor Sá, a amante de Getúlio que abalou o casamento do presidente com Darcy

Segundo Lira Neto, naquele início dos anos 1930, após o convívio de duas décadas, o casamento com Darcy Vargas mergulhava em um "estágio de morna conveniência". "Quando noivo, o deputado estadual Getúlio Vargas chegara a enviar cartas amorosas a ela. (...) Não há, porém, ao longo das centenas de páginas dos treze cadernos que compõem o diário íntimo de Getúlio, nenhuma palavra de ternura explícita em relação à mulher, sempre tratada com polida consideração, mas também com notório distanciamento".[32] Lira Neto sustenta que o caso extraconjugal entre Getúlio e Aimée teria começado naquele maio de 1931, mas, pela leitura dos "Diários", não é possível confirmar a versão. Ao longo dos anos seguintes, o presidente trata a futura amante apenas como "senhora" ou "esposa" de Luís Simões Lopes. Aquele primeiro encontro pode ter sido furtivo, sem compromisso. Em 1934, Getúlio passa o carnaval na residência oficial em Petrópolis na companhia do ajudante de ordens João Machado e de Simões Lopes, ambos com suas esposas, mas não cita uma linha sobre a futura amante. Darcy decide viajar para a estância hidromineral de Poços de Caldas, em Minas Gerais, com as filhas, Jandira e Alzira.[33] Dois anos depois, em abril de 1936, descreve um passeio de carro com Simões Lopes, acompanhado de Aimée e sua irmã, Vera, "duas alegres e inteligentes companheiras".[34]

O romance clandestino começa a ser revelado nas páginas dos escritos íntimos do presidente, de fato, a partir de 17 abril de 1937, quando ele cita um novo encontro amoroso com Aimée, dois dias antes de completar 55 anos — "uma ocorrência sentimental de transbordante alegria", definiria. Dali pra frente, o caso extraconjugal é exaustivamente abordado nos "Diários". Em julho de 1937, o presidente se mostra completamente apaixonado e perde o recato ao se referir à amante, descrevendo-a como "luz balsâmica" e "encanto da minha vida".[35] Getúlio chegou a manter uma *garçonnière* exclusivamente para receber a "bem-amada". Os encontros ocorriam sempre nos dias de semana, no meio ou no fim da tarde. "Terminando o expediente, saí à tardinha para um encontro longamente desejado. Um homem no declínio da vida sente-se, num acontecimento destes, como banhado por um raio de sol, despertando energias novas e uma confiança maior para enfrentar o que está por vir. Será que o destino, pela mão de Deus, não me reservará um castigo pela ventura deste dia?", questionava-se um culpado Getúlio em nota escrita em seu diário íntimo no dia 29 de abril de 1937.[36]

Em 9 de novembro de 1937, passou mais uma tarde com a eleita. Era a véspera do histórico dia em que daria o golpe, levando o país ao Estado Novo. O presidente contava com os préstimos de Iedo Fiúza, diretor do Departamento Nacional de Estradas de Rodagem (DNER), para levá-lo de carro até o "ninho de amor", como se referia à *garçonnière*. O alcoviteiro Iedo foi o candidato do Partido Comunista Brasileiro à presidência da República, em 1945, mas acabaria derrotado pelo general Eurico Gaspar Dutra.

Pelo amor da amada, o presidente cometeu imprudências. No fim de março de 1938, viajou a Poços de Caldas, onde Darcy e a família curtiam o verão com uma convidada especial: Aimée. Nas conversas com a primeira-dama, ela queixava-se do marido e dizia estar pensando em separação. "Não faça isso", aconselhou Darcy.[37] A separação, porém, já era fato consumado. No Rio, antes de embarcar para a famosa estação das águas mineiras, o presidente receberia uma carta de José Simões Lopes, revelando que a mulher o traía e pedia o afastamento momentâneo de suas funções públicas para tentar colocar a cabeça em ordem — na época, ele presidia o Conselho Federal do Serviço Público Civil. Aparentemente, Simões Lopes não desconfiava de que o destinatário de sua missiva era justamente o amante. Getúlio não apenas o manteve no cargo, como o nomeou para a direção do Departamento Administrativo do Serviço Público (Dasp), em junho daquele ano. O órgão foi responsável por fazer a reforma administrativa do serviço público federal. Em dezembro de 1944, assumiria ainda o cargo de presidente da recém-criada Fundação Getúlio Vargas (FGV).

Boatos sobre o romance extraconjugal entre os dois já circulavam na capital federal. Nos dias de descanso em Poços de Caldas, o presidente revelava-se indeciso. Falava de um encontro afetuoso com Darcy, embora com "algumas queixas habituais", e sobre as tentações de uma paixão avassaladora, que poderia levá-lo a uma "atitude inconveniente". "(...) Um passo arriscado ou uma decepção. O caminho se bifurca", anota em seu diário.[38] O passo arriscado foi dado. No dia 30 de março de 1938, Getúlio se encontraria com Aimée numa floresta à beira da estrada. "Para que um homem de minha idade e da minha posição corresse esse risco, seria preciso que um sentimento muito forte o impelisse. E assim aconteceu. Tudo correu bem. Regressei feliz e satisfeito, sentindo que ela valia esse risco e até maiores."[39]

De Poços de Caldas, o presidente, a família e a "bem-amada" seguiriam para São Lourenço, outra famosa estância termal. Naquela temporada em Minas, a diversão eram as partidas de golfe no hotel. Os encontros com Aimée se sucederam, levantando suspeitas na primeira-dama, que abreviou sua estadia na cidade mineira. Segundo Alzira, a mãe "deu-se mal com as águas de São Lourenço".[40] Mas Lira Neto revela o real motivo: "Darcy ficou arrasada ao perceber que o marido, sempre pontual e aguardado para o início de uma partida de golfe, estava demorando mais do que o costume. A ausência simultânea de Aimée serviu para corroborar as desconfianças da esposa e provocar um visível constrangimento entre os presentes. Contrariada, Darcy retornou ao Rio de Janeiro antes dos familiares".[41]

O caso do presidente com Aimée chegaria ao fim em maio de 1938, quando a "bem-amada" decidiu exilar-se em Paris. Há informações de que, na Europa, a ex-amante trabalhou por algum tempo como agente secreta do Estado Novo.[42] Getúlio precisava de informações sobre o que vinha acontecendo no Velho Continente depois da ascensão do nazismo — a Segunda Guerra começaria dali a um ano. E por ser bela e poliglota — dominava o inglês, francês, italiano e um pouco de alemão —, Aimée era a pessoa certa para circular no *jet set*, conhecendo gente importante das nações europeias. Dinheiro também não lhe faltaria. Era financiada pelo governo brasileiro.[43] Numa passagem em seus "Diários", Getúlio revela em 1939: "Escrevi e enviei auxílio ao meu amor ausente".[44] Anos depois, a ex-amante se casaria com o milionário norte-americano Rodman Arturo de Heeren, herdeiro da rede de lojas de departamento Wanamaker. Dali para frente, seria chamada de Aimée de Heeren.[45]

Pouco depois da partida da "bem-amada", Darcy e Getúlio passariam a dormir em quartos separados — uma decisão que, segundo o presidente, foi da esposa. A desculpa era uma gripe do marido, cujo espirros e tosses incomodariam a primeira-dama.[46] A gripe, claro, foi embora e os dois continuaram a deitar em camas diferentes até o último dia de vida de Getúlio. Os costumes da época forçavam casais, mesmo infelizes, a manter a união conjugal — uma mulher desquitada era mal vista na sociedade. O positivista Getúlio e a católica Darcy não deveriam fugir à regra. Eram, afinal, o casal presidencial e, portanto, um exemplo de virtude matrimonial.

Aimée, transmutada em senhora Heeren, encontraria Darcy Vargas mais uma vez. Foi numa festa de arromba no dia 4 de agosto de 1952, em Paris, no Castelo de Coberville, de propriedade do famoso estilista Jacques Fath. Patrocinada pelo empresário e jornalista Assis Chateaubriand, na época senador, o "carnaval em Paris", como definiu a revista "O Cruzeiro", do próprio Chatô, tinha o objetivo de divulgar os produtos da fábrica de tecidos Bangu, do amigo e anunciante Joaquim Guilherme da Silveira.[47] Cerca de três mil convidados participaram do evento, entre socialites, músicos e cantores de rádio, como Ademilde Fonseca e Elizeth Cardoso. Entre as celebridades internacionais, apareceram por lá os atores Clark Gable, Orson Welles e Ginger Rogers. O público dançou e se esbaldou a noite toda ao som de xaxado, baiões, frevos e samba.[48] Aimée surgiria em uma liteira, carregada por quatro homens negros, representando uma "sinhazinha dos velhos engenhos pernambucanos".[49] Com peito exposto por conta de uma camisa quase totalmente aberta e trajando uma calça justa, o estilista da alta-costura Jacques Fath, embalado por algumas taças de champanhe, deixava-se ser fotografado ao lado da sorridente Darcy, que viajara acompanhada da filha Alzira.

A imprensa de oposição não perdoou. "A festa de 6 milhões", escrevia em letras garrafais a revista "Manchete": "1.400 garrafas de uísque, 2.000 de champanhe, conhaque, licores e 100 garrafas de cachaça especialmente transportadas do Brasil transformaram a festa do algodão do Seridó numa completa loucura que será lembrada por muitos e muitos anos", cravava o redator do semanário. O jornalista ainda levantava a suspeita — erroneamente — de que a festança teria sido patrocinada pela primeira-dama.[50] A "Tribuna da Imprensa", do virulento Carlos Lacerda, arqui-inimigo de Getúlio, definiu o evento como "a bacanal de Corbeville". "Os telegramas que hoje descrevem a farra em Paris, com a indulgente presença da mulher do presidente da República e de sua encantadora filha, ultrapassam todas as medidas e constituem uma afronta às dificuldades com que luta o povo francês e a desgraça que aflige o povo brasileiro (...). O 'Pai do Pobres' não é capaz de explicar com que dólares foram custeados esses aviões especiais, essas cabaças e inúbias, esses pássaros tropicais, essa revoada de aventureiros e aventureiras que se transportaram a Paris para participar da dispendiosa bagunça no castelo de um novo-rico", descrevia o jornal.[51]

Darcy viu-se, decerto, envolvida naquele regabofe surrealista, elevado a tom de escândalo nacional por adversários de Getúlio para atacar a administração do marido. A primeira-dama, porém, nunca escondeu o lado festeiro. Mas como mulher de um presidente da República soube usar o status que essa condição lhe proporcionava para atingir o seu principal objetivo: angariar recursos para as diversas obras sociais que criou. Durante o mandato de Getúlio, era comum organizar eventos beneficentes em locais frequentados pela elite, como nas tradicionais corridas de cavalo no Jockey Club Brasileiro, em jantares no Copacabana Palace ou nos desfiles da famosa Casa Canadá, que ditou moda no Rio e vestiu as primeiras-damas entre 1934 e 1967.[52] Promovia ainda recepções a artistas estrangeiros ou grandes espetáculos, cuja renda era destinada à filantropia. Um desses espetáculos entrou para a história do *show business* carioca: "Joujoux e balangandãs", que estreou na noite de 28 de janeiro de 1939, no Teatro Municipal do Rio de Janeiro. O dinheiro da venda dos ingressos foi revertido para a Casa do Pequeno Jornaleiro e para a Cidade das Meninas.

Projeto criado pela primeira-dama em 1943 em uma área de dois mil hectares, em Duque de Caxias, a Cidade das Meninas tinha como missão original dar moradia e ensino profissionalizante para meninas desamparadas. Anos depois, o educandário feminino foi extinto e o local passou a receber meninos carentes, virando Cidade dos Meninos. Chegou a abrigar 400 jovens.[53] Em 1949, parte do terreno do projeto foi cedido para a construção de uma planta de produção do pesticida hexaclorociclohexano (HCH), conhecido popularmente como "pó de broca". A fábrica fechou em 1955 e, abandonada, o produto acabou por contaminar uma extensa área ao redor, levado pelo vento e a chuva. O HCH foi proibido em 1984, quando se descobriu que era cancerígeno. Suspeita-se que milhares de pessoas foram contaminadas e o problema persiste até hoje.[54]

A *féerie* de "Joujoux e balangandãs" — como foi apresentado o conjunto de cantos, bailados e esquetes — reuniu 280 pessoas, que se revezavam no palco. O escritor Henrique Pongetti fez o roteiro, enquanto o maestro Radamés Gnattali dirigiu o musical. O compositor Lamartine Babo escreveu a música-tema, cantada em dueto por Mário Reis e Maria Clara Araújo. O espetáculo foi uma reunião de nomes consagrados e marcou a volta de Mário Reis, o Bacharel do Samba, que estava há anos afastado dos palcos. A música "Aquarela do Brasil", de Ary Barroso, foi lançada naquele espetáculo, que também contou com a estreia de Dorival Caymmi, cantando pela primeira vez "O mar". O baiano subiu ao palco por insistência da primeira-dama, já que a intérprete Lucília Barroso do Amaral não pôde comparecer. "(...) Darcy, que assistia aos ensaios com Alzira e Getulinho, sugeriu ao compositor: 'Não podia o senhor mesmo cantar?'. E assim aconteceu, para delírio da plateia, segundo depoimento do jovem jornalista que cobria para o "Correio da Manhã" o espetáculo no Municipal, Antonio Callado. 'As grã-finas ficaram doidas com o Caymmi'".[55] A *féerie* foi transmitida ao vivo pela Rádio Nacional. O sucesso foi estrondoso e Darcy organizou outras cinco sessões, sendo uma popular no Teatro João Caetano.

A primeira-dama gostava de cartomantes e quiromantes e, em 1931, pouco depois de se mudar para o Rio, junto com Getúlio e a família, foi levada pela cunhada, Morena, a uma das mais famosas, que morava no Flamengo, na Zona Sul da cidade. Era Armênia Peçanha, irmã do ex-presidente Nilo Peçanha. Na sessão, relatada de maneira romanceada pelo jornalista Chermont de Britto, foi surpreendida pelo que diziam as cartas:

— *Vejo um grave perigo… A sua vida esteve por um fio. É uma estrada deserta, e bruscamente o desastre. Todos temem sua morte, mas de repente, à última hora, a senhora se salva.*
Darcy respira aliviada.
(…)
— *Não me peça para lhe dizer o que vejo… Não me peça.*
— *Mas quero saber. Por favor, diga-me tudo.*
Armênia reexaminou as cartas, longamente. Estava pálida, tão pálida que dava a impressão de todo o sangue ter-lhe fugido do rosto.
— *Vejo três mortes que farão a senhora sofrer muito, muitíssimo. Duas de morte violenta, a outra de grave moléstia, que zombará da ciência e dos médicos.*
— *As cartas dizem isso, Armênia?*
— *Estão aqui, vejo bem: três mortes que farão sangrar o seu coração de filha, de mãe e de esposa.*
E para não dizer mais:
— *Perdoe-me. Está encerrada a consulta.*[56]

Os eventos que teriam sido previstos pela cartomante famosa, de fato, aconteceram e marcaram profundamente a vida de Darcy Vargas. O acidente de carro que colocou sua vida "por um fio" ocorreu no fim da tarde do dia 25 de abril de 1933, no quilômetro 53 da rodovia Rio-Petrópolis. Chovia e ventava bastante. Ela, o marido e o filho mais novo, Getulinho, acompanhado pelo ajudante de ordens Celso Pestana, voltavam do Rio para o Palácio Rio Negro, residência de inverno da presidência da República, quando um estrondo os assustou. Todos viajavam no banco detrás do Lincoln presidencial conversível, modelo 164-A, de oito cilindros, quando uma pedra de 80 quilos rasgou o capô de lona do veículo, atingindo em cheio o ajudante de ordens, que morreu na hora. A cadeira e o corpo da vítima foram projetados para frente, pressionando as pernas do presidente, que estava à sua frente. Em seguida, a pedra rolou, destruindo totalmente o assento dobrável ao lado de Pestana. Darcy, que viajava com as pernas esticadas, ficou presa às ferragens. Assim como o motorista Euclides Fernandes, Getulinho nada sofreu. O menino cogitara ir naquele assento dobrável, mas desistiu e foi ao lado da mãe.

O motor do Lincoln ainda funcionava e Euclides seguiu para Petrópolis, levando os feridos à Casa de Saúde São José, das freiras da Congregação de Santa Catarina. Os médicos constataram três fraturas nas pernas do presidente. O quadro de Darcy era mais grave: teve fratura exposta da tíbia esquerda. Uma grave gangrena se formara. A junta médica cogitava amputar a perna da primeira-dama. A pedido de Getúlio, o médico Pedro Ernesto, então prefeito do Distrito Federal, foi chamado para dar a palavra final. Ele examinou o quadro e concluiu que "a gangrena não era gasosa, mas seca, menos grave e, segundo ele, curável clinicamente".[57] Graças ao tratamento de Pedro Ernesto, Darcy teve como sequela apenas um encurtamento de dois centímetros da perna.

Três anos depois, porém, o mesmo médico que livrou a primeira-dama do procedimento extremo seria preso pela polícia política de Getúlio, acusado de financiar comunistas. Em seu "Diário", o presidente dá a entender que havia sido compelido a tomar aquela decisão e expõe um certo remorso. "Embora as circunstâncias me forçassem a consentir nessa prisão, confesso que o fiz com pesar. Há uma crise na minha consciência. Tenho dúvidas se este homem é um extraviado ou traído, um incompreendido ou um ludibriado. Talvez o futuro esclareça".[58] Pedro Ernesto ficou um ano e quatro meses encarcerado. Solto, fez campanha contra o governo federal. Após a instauração do Estado Novo, em 1937, foi novamente preso, desta vez por três meses. Desgostoso, afastou-se da política definitivamente, vindo a falecer em 10 de agosto de 1942.

As mortes que fariam "sangrar o coração" de Darcy seriam as de Getulinho; de Alda, a irmã mais velha; e do marido. O filho mais novo — o predileto da primeira-dama — morava em São Paulo quando foi acometido por uma grave doença. Logo os médicos descobriram o que era: paralisia infantil. Getúlio Vargas Filho nasceu em 24 de agosto de 1918, no mesmo dia em que 36 anos depois o pai daria um tiro no peito. Estudara química industrial na Universidade de Johns Hopkins, nos Estados Unidos. Ao regressar ao Brasil, foi contratado pela companhia paulista Nitro Química. Os primeiros sintomas da doença se manifestaram no dia 23 de janeiro de 1943. Dez dias depois, ele viria a falecer. Tinha 23 anos. O pai, que estava em Natal para um encontro inicialmente secreto com o presidente Franklin Roosevelt, conseguiu embarcar para a capital paulista a tempo de ver o filho ainda no leito de morte.

Darcy foi abatida por uma forte depressão. Afastou-se das funções de presidente da LBA. O relato do filho mais velho, Lutero, reproduzido no livro da jornalista Ana Arruda Callado, é comovente: "Minha mãe acabou-se, era como se tivesse morrido também e acompanhado seu filho. Mais de um ano passou-se sem que retomasse o trabalho. Quando eu lhe dizia 'mas minha mãe, ainda lhe sobram outros filhos, pense em nós', respondia-me, 'estivestes sangrando em meus braços mais de uma vez, mas me abraçavas, jamais pensei que ia perder um filho sem que ele pudesse pelo menos me abraçar antes de morrer'".[59] A partir dali, em todos os eventos públicos, Darcy Vargas passou a usar um adereço de lapela: um broche redondo com a imagem de Getulinho. Adquiriu também o hábito de todos os domingos depositar flores no túmulo do filho, no Cemitério São João Batista, na Zona Sul do Rio.

Ao longo de todos os anos em que esteve no cargo de primeira-dama, Darcy nunca participou de uma reunião ministerial. Naquela madrugada do dia 24 de agosto de 1954, ela faria, então, o seu *debut*. O encontro tenso iniciara às 2h. A oposição acusava Getúlio de estar por trás do atentado da Rua Toneleros, que feriu o governador da Guanabara, Carlos Lacerda, e matou o major da Aeronáutica Rubens Vaz. Havia insatisfação no meio militar. E o presidente era pressionado a renunciar. "A reunião estava nesses instantes iniciais quando a porta se abriu violentamente, provocando o sobressalto de todos. Era Alzira que adentrava a sala, alheia aos fatos, enquanto aqueles senhores decidiam os destinos do governo — e de seu pai. Atrás dela, aproveitando a ocasião e a porta aberta, ingressaram Darcy, Lutero, Maneco, Ernani (do Amaral Peixoto, marido de Alzira) e o deputado Danton Coelho. O marechal Mascarenhas de Moraes, com sua característica rigidez militar, estranhou que uma reunião que começara 'majestosa' fosse invadida por amigos e pessoas da família do presidente e, segundo ele, 'gradativamente desvirtuada, tornando-se verdadeiramente teatral'", descreve Lira Neto.[60]

O relógio marcava 4h20 quando Getúlio saiu da sala de despachos do Catete, onde encontrara os ministros. Havia decidido que iria pedir licença do cargo. Era um blefe. Às 8h35, um barulho seco ecoou do quarto do presidente no terceiro andar do palácio. Logo em seguida, Lutero, Alzira e Darcy, que dormiam em aposentos próximos, correram para lá. Getúlio deu um tiro no próprio coração e o sangue escorria pelo pijama de listras verticais em tons de bordô, cinza e branco. O revólver Colt calibre 32, com cabo de madrepérola, havia caído de sua mão direita. Darcy ficou inconsolável. Um amigo da família que chegou em seguida viu a primeira-dama segurando os pés do marido, dizendo: "Não foi isso que combinamos! Íamos embora juntos!".[61]

O coração abalado da primeira-dama ainda foi impactado pela notícia da morte de sua irmã Alda, tida por ela como sua segunda mãe. Alda sofrera um infarto fulminante ao ouvir, pelo rádio, a notícia do suicídio de Getúlio. As previsões da cartomante Armênia Peçanha, assim, se confirmariam.

Darcy, a mulher que redefiniu o cargo de primeira-dama no Brasil, continuou administrando suas obras sociais até o fim da vida. Morreu no dia 25 de junho de 1968, véspera de uma passeata contra a ditadura militar que entrou para a História pela quantidade de manifestantes que atraiu: cem mil.

CAPÍTULO 3
REDEMOCRATIZAÇÃO

Com o fim do Estado Novo, após a derrubada de Getúlio Vargas do poder pelo general Góes Monteiro, o país viveria um período de democracia plena de 1946 a 1964. Menos pelo esforço dos líderes políticos nacionais, mais pelo efeito de euforia vivida no planeta após o fim da Segunda Guerra Mundial e a derrota do nazismo de Hitler e do fascismo de Mussolini.

Getúlio até tomou medidas para abrandar a ditadura que impôs ao país durante oito anos e fez manobras políticas na tentativa de se manter no poder. Marcou eleições presidenciais para dezembro de 1945 — nas quais o general Eurico Gaspar Dutra seria eleito — e pôs o líder comunista Luís Carlos Prestes em liberdade após conceder anistia aos presos políticos. Mas foi em vão. Acabou deposto em 29 de outubro de 1945. No Estado Novo, Getúlio havia abolido o cargo de vice-presidente, fechado o Senado e a Câmara. Por isso, quem assumiu a Presidência após sua deposição foi a autoridade civil máxima naquele momento, o presidente do Supremo Tribunal Federal (STF), José Linhares.

A duração do mandato de Linhares — de 30 de outubro de 1945 a 31 de janeiro de 1946 — foi inversamente proporcional à quantidade de casos e piadas que ele proporcionou ao anedotário político nacional, como a nomeação de um número assombroso de parentes e amigos para cargos no governo. Foram tantos que o povo logo produziu um aforismo: "Os Linhares são milhares". O jornalista, escritor, poeta e imortal Raimundo Magalhães Junior, em memorável reportagem na revista "Manchete" sobre a transformação do Palácio do Catete em museu, em razão da transferência do Poder Executivo para Brasília, traça um painel de seus ocupantes ao longo da República e afirma que, se houve algo a ser destacado como positivo no mandato-tampão de Linhares, foi o fato de ter durado pouco. "Fez, em três meses, um governo lamentável, cujo único mérito foi o da brevidade".[1]

Linhares, porém, dizia preferir sofrer ataques da opinião pública durante um tempo a passar o restante da vida aturando parentes que, tendo alguém da família no cargo mais alto do país, não tivesse arranjado emprego para todos. Já a primeira-dama, Luzia Cavalcanti Linhares, filha de Amaro Cavalcanti, um famoso jurista e ex-prefeito do Rio, então Distrito Federal, participou de um único evento de maior relevância durante os 95 dias em que ficou no cargo. E foi uma cerimônia privada: o casamento de uma filha com um médico. Luzia não quis assumir a presidência da LBA, transferindo a incumbência para uma diretora do órgão.

Luzia, mulher de José Linhares, foi primeira-dama por apenas 95 dias, após Getúlio ser deposto

Mas foi sob a batuta de Linhares, o presidente que tão desavergonhadamente praticou o nepotismo, que se realizou a eleição mais democrática do país até então. "Pela primeira vez apresentaram-se às massas partidos com identidades políticas bem demarcadas e representando vários segmentos da sociedade brasileira. Pela primeira vez, o comunismo era reconhecido como ideologia compatível à competição democrática, uma vez que o partido que o representava saíra da ilegalidade", descreve a historiadora Isabel Lustosa.[2]

O país teria uma nova Constituição, promulgada em setembro de 1946, a qual retomou alguns pontos da Carta de 1934, retirados pela de 1937, que marcou a fundação da ditadura do Estado Novo. A independência entre os poderes foi restabelecida, assim como o direito de greve, e baniu-se a pena de morte — questões que, na Constituição de 1967, seriam mais uma vez retiradas, restringindo-se novamente as liberdades individuais e democráticas.

Mesmo assegurada pela Constituição, a legalidade do Partido Comunista duraria pouco, apenas dois anos. Quando se esgotou a "herança bendita" que Dutra recebeu de Getúlio — as reservas nacionais acumuladas durante a Segunda Guerra Mundial, a exportação de produtos primários garantida e a expansão da indústria nacional propiciada pela substituição de importações em consequência do conflito —, mais uma grave crise econômica se impôs, a partir de 1947. E, como reza o dito popular, quando a necessidade entra pela porta, o amor sai pela janela: os comunistas seriam novamente considerados inaptos à disputa democrática e postos na ilegalidade.

Aliás, até que sobreviesse a anistia, em 1979, e depois a Nova República, que se seguiu à ditadura militar (1964-1985), o PCB viveria mais tempo na ilegalidade do que participando abertamente do jogo democrático. Fundado em março de 1922 em Niterói, então capital do Estado do Rio, já em junho do mesmo ano foi posto na ilegalidade pelo presidente Epitácio Pessoa. Em janeiro de 1927, o partido recuperou a legalidade, mas em agosto do mesmo ano seria proscrito. Em 1933, o PCB participou das eleições para a Constituinte sob a legenda da União Operária e Camponesa, mas não elegeu ninguém. Com o fracasso da Intentona Comunista de 1935, foi novamente posto na ilegalidade. Ao longo da ditadura de Vargas, a partir de 1937, o PCB se desarticulou completamente. Em 1945 se recompôs e, em outubro, retornou à legalidade, obtendo seu registro eleitoral. O prestígio angariado pela então União Soviética, com sua decisiva contribuição para a derrota dos exércitos de Hitler, fez com que o partido crescesse: elegeu 14 deputados federais para a Assembleia Nacional Constituinte. Mas, de novo, a legalidade do PCB não duraria muito. Em abril de 1947, o Tribunal Superior Eleitoral (TSE) cancelou seu registro, argumentando que o partido era um instrumento da intervenção soviética no país. No ano seguinte, os parlamentares eleitos pela legenda do PCB perderam seus mandatos. Começava ali mais um período na clandestinidade, desta vez muito longo.

Getúlio voltou ao poder, como ele próprio havia vaticinado, em 1950, eleito com 48,7% dos votos. E deixou o Palácio do Catete em agosto de 1954, morto. Seu suicídio é um dos capítulos de maior impacto da História do Brasil, um daqueles momentos que quem vivenciou recorda exatamente onde estava e o que fazia, mesmo que fosse criança. As acirradas disputas políticas que o levaram a pôr fim à própria vida foram uma marca do período da redemocratização. A outra seria a arrancada desenvolvimentista, que teve seu ápice com Juscelino Kubitschek, que prometeu fazer "50 anos em 5" em seu governo — slogan criado pelo poeta Augusto Frederico Schmidt, seu conselheiro na Presidência.

Por todos os ângulos em que se examina, parece que nunca fomos tão felizes como no governo de JK, um homem charmoso, descendente de ciganos que adorava dançar e se divertir. O ex-presidente Lula se referia frequentemente ao mineiro de Diamantina como seu espelho político, tanto na atitude positiva quanto na busca pelo crescimento econômico e social — embora os detratores de JK salientem que a conta do desenvolvimentismo veio depois na forma de inflação e aumento do déficit público e da dívida externa.

Não à toa, ganhou o apelido de "presidente bossa nova", por conta de suas atitudes modernas, arrojadas, e por ter sido em seu governo que surgiu a Bossa Nova, num momento de grande efervescência da arte e da cultura, abertamente apoiadas pelo chefe do Executivo. Juscelino enfrentou o turbilhão político, "passando o cargo ao sucessor de acordo com as normas constitucionais. O seu governo aparece como um caso atípico de estabilidade política, num panorama de instabilidade crônica", afirma a historiadora Maria Victoria de Mesquita Benevides, que entrevistou JK em março de 1974 para a pesquisa "Trajetória e desempenho das elites políticas brasileiras", do Programa de História Oral do Centro de Pesquisa e Documentação de História Contemporânea (CPDOC), da Fundação Getúlio Vargas.

Mas o próprio JK não teve uma vida tão feliz como a que proporcionou aos brasileiros nos anos 1950 e 1960, sendo ainda nos dias de hoje um dos presidentes mais admirados. Ele sofreu com um casamento que se tornou infeliz com o tempo e com um secreto amor outonal do qual se viu apartado pelo exílio. Depois ficou muito doente e morreu num acidente. Sarah Kubitschek foi fundamental na construção da *persona* política de JK, inclusive porque lhe deu acesso às famílias que controlavam Minas Gerais, mas também foi profundamente magoada não só pela infidelidade do marido como também por uma vida que não desejou.

Jânio Quadros sucedeu a JK e foi sua antítese: aparência desleixada, desprovido de charme e atabalhoado. Teve na jovem Eloá um apoio fundamental para a carreira política — e para toda a vida. Descrito como um homem muito inteligente, atribui-se ao seu equivocado cálculo político a situação que levou os militares ao poder, com o golpe de 1964. Ele já havia se utilizado da ameaça de renúncia para conseguir seus objetivos em outras ocasiões, e tentou a mesma cartada na Presidência: anunciou que abdicaria do mandato acreditando que o clamor popular o conduziria de volta ao cargo, ou que o temor provocado nas elites por seu vice, João Goulart, o Jango — representante da ala mais à esquerda do PTB —, poderia fazer com que aceitassem suas condições para não renunciar. Mas nada disso ocorreu: nem o povo foi para as ruas nem a elite se ajoelhou diante dele, e Jango acabou assumindo o poder num clima de efervescência e disputa políticas que levaram o país a uma ruptura institucional, mergulhando-o em uma ditadura que durou 21 anos. Jango partiu para o exílio com a mulher, Maria Thereza, sempre lembrada como a mais bonita primeira-dama que o Brasil já teve.

Além de Luzia Linhares, o período da redemocratização teve outras quatro mulheres em mandatos-tampão de primeira-dama, três delas entre o período do suicídio de Getúlio Vargas e a posse de JK: Jandira Café, Graciema da Luz e Beatriz Ramos. A quarta, Sylvia Mazzilli, ocupou a função em dois momentos: entre a renúncia de Jânio e a posse de Jango e novamente entre a deposição de Jango e a posse de Castelo Branco, o primeiro presidente imposto ao país pela ditadura militar.

Jandira Carvalho de Oliveira casou-se com Café Filho em setembro de 1931. Ambos eram de Natal, capital do Rio Grande do Norte. A história curiosa é que os dois se conheceram nos gramados de um campo de futebol. Em 1919, Café Filho era goleiro profissional do Alecrim, quando procurou o Centro Esportivo Natalense, um pequeno clube da época, com a proposta de formar um time feminino. Se hoje as mulheres ainda lutam para serem reconhecidas profissionalmente no mundo da bola, naquela época, então, pode-se imaginar a dificuldade. Apesar do preconceito, Café conseguiu formar o escrete, que tinha como *center-half* — posição vulgarmente chamada hoje de volante — a sua futura esposa.[3]

No livro "Presidentes do Brasil", Jandira é descrita como "muito importante na existência e na carreira de Café Filho", e teria se apaixonado pela política, apesar de inicialmente não gostar da atividade. Mas, como boa volante, Jandira teve força e coragem para apoiar o marido, que largou o esporte em 1920 para atuar como jornalista e nunca deixou de ser perseguido pela oligarquia de seu estado natal. O país do futebol teve um presidente jogador profissional, ainda que por breve período.

Curioso que Café Filho, craque e incentivador de Jandira, tenha se tornado vice-presidente de Getúlio Vargas, justamente quem assinou o Decreto-Lei 3.199, em 1941, proibindo mulher de jogar futebol. "Trazia no artigo 54: 'Às mulheres não se permitirá a prática de desportos incompatíveis com as condições de sua natureza'. O futebol era um deles".[4]

Jandira, mulher de Café Filho, jogou num time de futebol feminino antes de se tornar primeira-dama

Eleito vice-presidente apesar de suas posições políticas antagônicas às de Getúlio — na época presidente e vice eram votados separadamente —, Café Filho assumiu após o suicídio do gaúcho, em 24 de agosto de 1954. Deveria conduzir o país à eleição marcada para 1955 e dar posse à chapa Juscelino-Jango, eleita em outubro, em meio à imensa crise política que se abriu com o gesto de Vargas. Mas teve problemas cardíacos após pouco mais de um ano no cargo, foi internado e passou o bastão, em 9 de novembro de 1955, ao mineiro Carlos Luz, presidente da Câmara dos Deputados e substituto legal em caso de vacância da Presidência, de acordo com a Constituição de 1946.

Luz foi casado duas vezes: primeiro com Maria José Dantas Luz, que morreu quatro anos após o matrimônio, realizado em 1920, e deixou dois filhos. Em 1927, ele se casou com Graciema Junqueira da Luz e teve outros dois filhos. Graciema era de família tradicional da política mineira. "Pessoa inteligente, que sabia receber muito bem, tinha especial habilidade nas palavras quando o convidado era um político importante. Por outro lado, tinha fama de ser uma mulher firme, que defendia suas ideias de forma contundente, dependendo da situação".[5]

Carlos Luz era ligado às forças de direita representadas pela UDN, partido que trabalhava ativamente, junto com um grupo de militares que temia o retorno do getulismo, para impedir a posse da chapa JK-Jango. Juscelino foi o único governador — estava à frente do Executivo de Minas Gerais — a comparecer ao velório do gaúcho. Jango, que fora ministro de Getúlio, era identificado como representante da ala mais radical do trabalhismo do PTB. Para tornar o clima ainda pior para os militares, a chapa JK-Jango foi apoiada pelos comunistas. Um manifesto do PCB, assinado por Luís Carlos Prestes, declarava apoio e atacava oficiais das forças armadas. Carlos Lacerda, usando seu jornal, a "Tribuna da Imprensa", pedia a intervenção militar contra a posse dos eleitos. Mas as aspirações golpistas de Luz e seus aliados duraram três dias: ficou no cargo de 9 a 11 de novembro de 1955. Foi forçado a renunciar às presidências da República e da Câmara dos Deputados.

A enérgica Graciema, portanto, sequer teve tempo de deixar sua marca como primeira-dama. Foi substituída por Beatriz Pederneiras Ramos, mulher de Nereu Ramos, o único catarinense (de Lages) que foi presidente da República. Ficou no cargo de 11 de novembro de 1955 a 31 de janeiro de 1956. Beatriz e Nereu se casaram em agosto de 1916 e tiveram quatro filhos. Em 1935, Nereu foi eleito governador de Santa Catarina e posteriormente nomeado interventor em 1937, permanecendo no cargo até 1945. Durante o mandato do marido, Beatriz recebeu uma carta da então primeira-dama do Brasil, Darcy Vargas, pedindo que instalasse um escritório da Legião Brasileira da Assistência no estado. O pedido foi prontamente atendido. Em 30 de setembro de 1951, ela e o marido, então presidente da Câmara dos Deputados, fundaram um hospital filantrópico em Indaial, no Vale do Itajaí. Batizado Hospital Beatriz Ramos, funciona até hoje.

Ainda no período da redemocratização, entre a renúncia de Jânio Quadros e a conturbada posse de Jango, a primeira-dama foi Sylvia Pitaguary Serra, mineira de Ouro Fino e de tradicional família do estado. Ela e Ranieri Mazzilli se conheceram no Colégio Brasil, onde ambos cursaram o ginásio. Casaram-se em 1933 e tiveram três filhos.

Ranieri era o presidente da Câmara dos Deputados e, constitucionalmente, foi quem assumiu a presidência após a saída de Jânio. Ficou à frente do Executivo de 25 de agosto a 7 de setembro de 1961. Treze dias que foram, talvez, os mais longos da História do Brasil, mergulhado numa incrível crise política com a renúncia de Jânio e as dúvidas sobre a posse de Jango, odiado pelos militares.

Como preconiza o aforismo atribuído a Karl Marx, a história se repete a primeira vez como tragédia, a segunda como farsa. Ranieri Mazzilli participaria também da tragédia do golpe militar de 1964, ficando novamente 13 dias à frente do governo federal. Neste segundo período como presidente interino, Ranieri fez jus ao apelido de Príncipe: tirava casquinha do poder, mas não governava. Quem mandava mesmo era o autodenominado Comando Supremo da Revolução.

Sylvia voltaria a exercer o cargo de primeira-dama, mas, de novo, por menos de duas semanas, sem qualquer possibilidade de organizar nem mesmo frivolidades como recepções em palácio. Ao todo, somando as duas vezes em que o marido assumiu a Presidência, foram 26 dias no cargo de primeira-dama.

CARMELA TELES LEITE

☆ 17 de setembro de 1884
✟ 9 de outubro de 1947
• Casada com Eurico Gaspar Dutra
• Primeira-dama de 31 de janeiro de 1946 a 9 de outubro de 1947

Santinha, como ficou conhecida Carmela Dutra, era fervorosamente católica. Chegou ao cargo com 61 anos de idade e passou à história por sua cruzada junto ao marido para que proibisse o jogo no Brasil, o que foi feito com o Decreto nº 9.215, de 30 de abril de 1946. A legalização dos cassinos havia sido obra de Getúlio Vargas, em 1933, sob o argumento de que a arrecadação decorrente da atividade se destinaria a obras sociais.

A iniciativa de Getúlio teve como uma de suas consequências, além do aumento do volume de recursos arrecadados em impostos, um forte crescimento do mercado de espetáculos musicais e do teatro de revista, com o surgimento de artistas que se apresentavam em cassinos como os do Copacabana Palace e o Cassino Atlântico, no Posto 6 de Copacabana. Era comum a vinda de estrelas estrangeiras ao Rio, sem contar as centenas de empregos de músicos, dançarinas e técnicos que o jogo gerava. "O mais famoso cassino do Rio de Janeiro foi o da Urca, onde se apresentaram Carmen Miranda, Josephine Baker e Maurice Chevalier. Seu proprietário era Joaquim Rolla, dono também do Hotel Cassino Icaraí, em Niterói, e do Hotel Cassino Quitandinha, em Petrópolis", descreve reportagem do jornal "O Globo".[6] Sem a renda do jogo, o Quitandinha, que recebera astros como Orson Welles, Greta Garbo, Walt Disney e Bing Crosby, conseguiu se manter até 1962, quando deixou de funcionar como hotel.

Ruy Castro, no livro em que conta a história do samba-canção, revela que Santinha, "católica até quando dormia", de fato azucrinava Dutra com a toada que ouvia dos padres contra os cassinos, mas que a proibição do jogo era gestada muito tempo antes. A maioria dos jornais da época era contra, e alguns abriam páginas para noticiar suicídios de gente que perdera tudo apostando dinheiro. "Por que Dutra fizera aquilo? A medida foi atribuída à pressão de sua mulher (...) Mas, na verdade, o hidrófobo inimigo do jogo junto a Dutra era seu ministro da Justiça, o provinciano Carlos Luz, ex-vereador, delegado de polícia e inspetor escolar em Leopoldina (MG), depois fundador do PSD e deputado constituinte por Minas Gerais. Para ele, o jogo era um câncer moral, que arruinava os homens de bem e destroçava as famílias. (...) Carlos Luz assegurou a Dutra que, se quisesse tornar-se popular, era só fechar os cassinos. Dutra queria ser popular."[7]

Também por influência da primeira-dama foi erguida, nos jardins do Palácio Guanabara, uma capela em homenagem a Santa Terezinha. É uma construção em estilo neocolonial, que ficou pronta em cerca de cinco meses. Localiza-se exatamente em frente ao quarto em que Santinha dormia, e está lá até hoje. Em reportagem de fevereiro de 2009 sobre a reforma anunciada pelo governo do estado para a conservação da capela, o "Jornal do Brasil" diz que a construção foi financiada pelas sobras da campanha de Dutra à Presidência.[8] Tempos em que não havia Operação Lava-Jato...

A carola Carmela era filha de Emília Teles Leite e Manoel Antonio Leite, um grande proprietário de terras na Ilha do Governador, na Zona Norte do Rio. Ela nasceu e foi criada no próprio bairro. Quando se casou com o segundo-tenente Eurico Gaspar Dutra, em 19 de fevereiro de 1914, aos 30 anos, Carmela já era viúva havia três anos do também tenente José Pinheiro de Ulhoa Cintra, com quem teve dois filhos. Outros dois rebentos vieram no segundo casamento. O marido iria longe: seria ministro da Guerra no governo constitucional de Getúlio Vargas (1934-1937) e depois no Estado Novo (1937-1945). Chegaria à Presidência da República eleito democraticamente após a queda do caudilho gaúcho.

Carmela formou-se professora na Escola Normal do Distrito Federal, e exerceu a profissão em escolas da prefeitura e do estado. Conheceu Dutra na pensão em que o tenente morava, ao visitar uma tia que também residia lá. Dutra, que tinha 31 anos quando se casou, não era um homem atraente, mas, na época, um segundo casamento para uma jovem mulher viúva e com filhos era praticamente um prêmio da loteria. O tenente sofreu *bullying* a vida toda por conta de seus problemas de dicção: pronunciava "x" no lugar das letras "s" e "c". Talvez por isso evitasse falar, o que o fez ganhar o apelido de "o catedrático do silêncio". A historiadora Isabel Lustosa conta que, no carnaval de 1951, uma marchinha de Marino Pinto, "Voxê quê xabê", fez muito sucesso debochando "da prosódia característica do mato-grossense".

Anos depois, o humorista Millôr Fernandes recorreria ao acento e à entoação característicos de Dutra para ironizar a sucessão ao governo de João Batista Figueiredo (1979-1985), último general do regime militar. Como relata o jornalista Elio Gaspari, autor dos quatro volumes sobre a ditadura militar, que se tornaram obra de referência para quem quer entender o que foi esse período histórico, havia "dificuldades em conseguir um nome de consenso para a sua sucessão presidencial. Dentro do PDS, partido governista, Paulo Maluf, Mario Andreazza e Aureliano Chaves disputavam a preferência de seus correligionários e de alguns membros da oposição". No ano em que deveria ocorrer a eleição, 1984, Figueiredo e seus ministros militares decidiram que a escolha se daria por eleição indireta, no colégio eleitoral, mas não se sabia quais seriam os candidatos: "As negociações dentro do PDS não convergiam. Figueiredo não se mexia, Maluf não recuava, Andreazza sinalizava que não o apoiaria e Aureliano não apoiaria nenhum dos dois".

No vácuo dessa indecisão, o senador Tancredo Neves, que liderava o PMDB, partido da oposição, já tinha traçado um plano B, juntamente com o deputado Ulysses Guimarães, para o caso de a emenda Dante de Oliveira, que propunha eleições diretas para a Presidência da República, ser barrada no Congresso. Esse plano era o nome de Tancredo. "Nas fissuras abertas pelo PDS, a oposição se uniu e se mostrou forte o suficiente para liderar a abertura", escreve Gaspari.[9]

A emenda Dante de Oliveira foi rejeitada pelo Congresso. E Millôr resolveu fazer sua crítica à situação política, na revista "IstoÉ", usando a imagem de um general que, ironia das ironias, havia sido eleito num pleito amplamente democrático.

Xolilóquio da xuxexão

Neste momento em que a sucessão está cada vez mais sinistramente complicada, publico aqui o genial solilóquio do Presidente Dutra (na sua pronúncia admirável), passeando solitário no Palácio do Catete, antes das eleições de 1950.

Xerá a xuxexão
Xuxexo imenxo
que poxa xer xamada
xuxexão?
Xó, no palaxo.
Xoxegado, penxo:
Xerá xuxexo
ou xó xacoalaxão?[10]

As obras de caridade fizeram parte da vida de Carmela muito antes de ela se tornar primeira-dama. A edição matutina de "O Globo" do dia de sua morte, 9 de outubro de 1947, conta que Carmela, "espelho das virtudes da mulher brasileira", organizou "numerosas campanhas humanitárias". Com Dutra à frente do Ministério da Guerra em plena Segunda Guerra Mundial, Carmela participou de ações para dar assistência aos expedicionários e trabalhou para arrecadar fundos e donativos para a Legião Brasileira de Assistência (LBA), criada por sua antecessora, Darcy Vargas. Mas ela não presidiu a entidade. Segundo o jornal, liderou "campanhas de assistência aos filhos dos tuberculosos, às populações sertanejas, aos filhos dos lázaros, amparo às instituições de benemerência a obras de caridade, ajuda às populações dos subúrbios e dos morros do Distrito Federal". A reportagem de capa tem o título "Enlutada a sociedade brasileira", e repercute o tom de surpresa diante da morte inesperada de Carmela, que falecera na madrugada.[11]

A primeira-dama fora internada em 28 de setembro com uma crise aguda de apendicite. Foi operada, mas, durante dias, melhorava e voltava a piorar. Até que no dia 6 de outubro, uma segunda-feira, a situação se agravou de forma incontornável. "A ilustre enferma, com a fortaleza de espírito que se embebia da fé e da extraordinária capacidade de resignação, se mostrava confortada e era ela quem procurava levantar o ânimo dos circunstantes, dizendo-se submissa à vontade de Deus", descreve a reportagem.

O corpo de Carmela foi velado na capela que ela mandou construir no Palácio Guanabara. De lá seguiu para o Cemitério São João Batista, em Botafogo, Zona Sul do Rio. E Dutra, extremamente desgostoso, mudou-se do Guanabara para o Palácio do Catete. Morreu aos 91 anos, em 1974, no Rio de Janeiro.

SARAH LUÍSA GOMES DE SOUSA LEMOS

☆ 9 de outubro de 1908
✞ 4 de fevereiro de 1996
• Casada com Juscelino Kubitschek
• Primeira-dama de 31 de janeiro de 1956
  a 31 de janeiro de 1961

Apesar de ser uma das mais importantes primeiras-damas da República brasileira, ao lado de Darcy Vargas e Ruth Cardoso, Sarah virou lenda na internet graças a uma associação entre a marca de cerveja Skol e as iniciais de seu nome, Sarah Kubitschek de Oliveira. Como foi possível fazer uma conexão entre ela, uma mulher de gosto e hábitos refinados, e a suposta homenagem de uma cerveja popular, isso jamais foi explicado. Aliás, como costuma acontecer nas redes sociais…

Sarah era filha do coronel Jaime Gomes de Sousa Lemos e de Luísa Gomes de Lemos. Viúvo, de 44 anos, ele já tinha 10 filhos quando se casou com Luísa, de 18, com quem teve mais quatro. Sarah cresceu numa típica — e ilustre — família mineira, brincando despreocupada. A casa onde moravam, no bairro Floresta, em Belo Horizonte, cidade em que ela nasceu, tinha 18 quartos. Já Juscelino, mineiro de Diamantina, passou por imensas dificuldades. Foi criado pela mãe, Júlia Kubitschek, que ficou viúva quando ele havia completado 2 anos. Juscelino tinha uma irmã, a quem chamavam de Naná — ele era o Nonô. Aplicado, conseguiu ingressar na faculdade de medicina e começaria sua ascensão social.

É o próprio Juscelino quem conta como conheceu a moça que se tornaria sua mulher, numa festa beneficente. Em entrevista ao Programa de História Oral do Centro de Pesquisa e Documentação de História Contemporânea do Brasil, da Fundação Getúlio Vargas, ele disse: "Belo Horizonte era uma cidade ainda muito... Era como dizia um amigo meu: 'Um arraial com bonde elétrico'. A cidade não tinha calçamento nas ruas, não tinha conforto nenhum (...). Havia só um clube, o Clube Belo Horizonte, que estava muito além das minhas posses. Eu não poderia ser sócio do clube, mas nos grupos escolares eles faziam sempre umas festas de caridade. Numa dessas festas, no Grupo Escolar Barão do Rio Branco, eu conheci Sarah. Ela estava lá com muitas amigas, era mocinha ainda. Dancei com ela, foi o início. Depois, tive novos encontros com ela, em outras festas iguais, e a coisa foi engrenando, até me tornar noivo e casar. Isso aconteceu muitos anos depois, porque depois que me formei, eu trabalhei, fui à Europa, e só depois é que me casei. Mas conheci Sarah nessa fase do 5º ano de medicina".[12]

A mocinha de tradicional família mineira e o descendente de ciganos se casaram em 30 de dezembro de 1931, na Igreja Nossa Senhora da Paz, em Ipanema, Rio de Janeiro. A noiva não usou véu nem grinalda, e a cerimônia foi discreta. A lua de mel foi no Hotel Londres, na Praia de Copacabana, e o réveillon, no Hotel Copacabana Palace. Ela tinha 22 anos e ele havia completado 29 anos no dia 12 de setembro.

O jornalista Claudio Bojunga, na monumental biografia "JK, o artista do impossível", revela toda a tristeza de um casamento no qual o amor havia acabado há muito tempo, talvez nunca tivesse existido, mas que era sustentado porque políticos, Juscelino sabia, precisam manter as aparências. "Político mineiro e religioso, JK sabia que casamentos como o seu eram para sempre. Uma vez disse a Helena Valadares que Benedito, seu pai (*Benedito Valadares, iniciado por Vargas na vida pública, foi governador de Minas Gerais de 1933 a 1945 e chegou a senador*), se prejudicara politicamente por causa da paixão por uma amante que durara 18 anos. Quando ela o chamava, Benedito largava o que estivesse fazendo. 'Seu pai poderia ter sido presidente', disse ele, 'só não foi por causa da Nelita'. Não ter sido apaixonado por Sarah talvez tenha favorecido sua concentração na política na fase inicial da carreira. Mas o ressentimento da mulher apresentou uma conta salgada".[13]

Sarah certamente facilitou o acesso de JK, se não imediatamente à política, pelo menos ao mundo das famílias poderosas de Minas Gerais. E ele soube aproveitar: foi eleito deputado federal em 1934, três anos após o casamento; prefeito de Belo Horizonte em 1940; governador de Minas Gerais em 1950; e presidente da República em 1955. Nessa trajetória política exponencial, a contribuição de Sarah foi inegável, inclusive botando a mão na massa com a organização de comitês femininos na campanha presidencial. Antes, o havia encorajado a aceitar a prefeitura de Belo Horizonte, na qual JK fez uma gestão e tanto: em dois anos eliminou a poeira, asfaltando ruas, ampliando a rede de águas e de esgotos, dando à cidade ares de capital. E as tradições mineiras finalmente iriam encarar a modernidade com a Pampulha, que, segundo o arquiteto Lúcio Costa, fez nascer a arquitetura de Oscar Niemeyer. Era o final de 1941 e Sarah, após 11 anos de casamento, estava grávida. Márcia nasceu em outubro de 1942. Quando o marido se tornou governador, multiplicando os afazeres, as reuniões, as viagens e as noites insones, o entusiasmo de Sarah com a política arrefeceu. Ela sempre preferira uma vida mais calma e com rotinas.

Ao longo dessa vida de "mulher de político", Sarah foi muito além do papel de coadjuvante. Teve atuação inteligente e competente como primeira-dama nas três esferas de governo, e é citada pela Fundação Oswaldo Cruz (Fiocruz) como autora das primeiras iniciativas de prevenção e tratamento do câncer ginecológico no país.[14] A importância de suas obras assistenciais resistiu ao tempo, mas ela não é tão lembrada quanto outras primeiras-damas de destaque. Foi também vítima do massacre que a ditadura militar promoveu contra a imagem de Juscelino, proscrito como um corrupto que teria enriquecido ilicitamente — acusação que os militares fizeram a muitos outros inimigos políticos. JK acabou empurrado ao exílio, primeiramente no exterior e depois em seu próprio país, proibido de pisar por uma década em Brasília, a grande obra que o tornara conhecido no mundo.

Na gestão de Juscelino como governador de Minas Gerais (1951-1955), Sarah criou as Pioneiras Sociais, inicialmente um grupo de mulheres da alta sociedade mineira que trabalhava para angariar doações destinadas a crianças, gestantes e mulheres necessitadas de amparo. Os núcleos de voluntárias se espalharam por Minas e atuavam no preparo da merenda escolar e na distribuição de roupas, alimentos, cadeiras de rodas e aparelhos para deficientes físicos.

O trabalho de Sarah com as voluntárias cresceu quando o marido se tornou presidente da República. Ela não assumiu a presidência da Legião Brasileira de Assistência (LBA), que coube a Mário Pinotti, médico e farmacêutico que fora ministro da Saúde de Vargas e também de Juscelino, e conhecido por ter desenvolvido um método de combate à malária, aceito pela Organização Mundial da Saúde (OMS). Logo após a posse, a primeira-dama criou a Fundação das Pioneiras Sociais, em 22 de março de 1956. A ação das voluntárias se estenderia por dez estados, e não mais se limitava a doações: a entidade passou a prover assistência médica e também educacional aos pobres. O site da Fiocruz enumera, entre as realizações, "hospitais volantes, escolas, centro de pesquisas, ambulatórios, lactários, centros de recuperação motora, recreação infantil e cursos de artes domésticas".

A morte de Luísa Gomes de Lemos, mãe de Sarah, em decorrência de um câncer ginecológico, ainda em 1956, fez com que a primeira-dama expandisse a atuação da Fundação para a prevenção e o tratamento do câncer feminino. Em 1957, com a ajuda do médico Arthur Campos da Paz, ela inaugurou no Rio de Janeiro uma unidade das Pioneiras Sociais dedicada a pesquisas e ao atendimento ambulatorial para a prevenção e a detecção precoce do câncer ginecológico e de mama, o Centro de Pesquisa Luísa Gomes de Lemos. "A nova unidade de saúde também desenvolvia um trabalho de 'busca ativa' da população feminina com maior dificuldade de acesso à informação e aos serviços de saúde, cujo principal objetivo era trazer para a instituição mulheres que, até então, jamais houvessem feito o exame preventivo", destaca o site da Fiocruz. Em 1968, a criação da Escola de Citopatologia representou o primeiro esforço para a formação de técnicos qualificados na leitura de lâminas de exames citopatológicos, em especial do teste de Papanicolau, uma das primeiras iniciativas institucionais para o controle do câncer do colo do útero no Brasil.

A primeira-dama também se envolveu com a criação do Centro de Reabilitação Sarah Kubitschek, hoje Rede Sarah de Hospitais de Reabilitação Associação das Pioneiras Sociais, com várias unidades pelo Brasil. O primeiro hospital foi inaugurado em Brasília, em 21 de abril de 1960. A motivação para trabalhar com reabilitação originou-se na doença da filha Márcia, que aos 10 anos teve detectado um grave problema na coluna, talvez consequência do parto complicado, que quase custou a vida de Sarah. Foi operada na Europa, teve que desistir do sonho de ser bailarina, mas recuperou-se plenamente.

A adoção de Maristela, a segunda filha, mostra a dimensão humana do casal. Os Kubitschek decidiram adotar porque achavam Márcia solitária e Sarah não queria arriscar uma nova gravidez, já que havia enfrentado sérios problemas no parto. Em 1946, adotaram Maristela, então com 4 anos, de uma família que tinha 11 crianças. Nunca esconderam que eram seus pais adotivos, e incentivavam a menina a visitar seus parentes de sangue. Não faziam diferença entre as duas filhas, mas Maristela não os chamava de papai e mamãe, apenas de padrinhos. Quando completou 15 anos, em dezembro de 1957, Juscelino já era presidente e deu a ela um presente que mudaria sua vida: o decreto que concedia aos adotados os mesmos direitos dos filhos legítimos, inclusive de usar o nome da família. Sarah leu para a menina o texto do decreto. Foi quando Maristela, agradecendo o presente, chamou Juscelino de pai pela primeira vez.

A vida familiar de Juscelino e Sarah seguiu com altos e baixos. Talvez mais baixos do que altos. Ele, reconhecido como namorador, com casos extraconjugais aqui e ali. Ela, sempre atenta a seu papel para a família e para a política, mas sem deixar de pontuar ao marido o quanto era infeliz naquele arranjo amoroso, que começara numa festa de colégio e se transformara numa vida que ela não desejou, arrastada pelos acontecimentos febris da política. João Pinheiro Neto, amigo que trabalhou com Juscelino por 25 anos, contou que Sarah era o tipo de ser humano que sabia comandar: "Metódica, ciosa de seu tempo, exigente no horário, imperativa e intransigente quando era preciso".[15] Para ele, JK teve em Sarah uma companheira "leal, solidária e de pulso forte". Pinheiro Neto relata que JK, certa vez, já presidente, lhe disse: "Muita gente que não a conhece de perto se ilude com a Sarah. Por vê-la assim, tão miudinha, tão sorridente, ninguém imagina a fortaleza que ela é. Uma rocha".[16]

Mas o amigo e colaborador também via o lado complicado daquele relacionamento. Dizia que, embora Juscelino a respeitasse e admirasse, nunca houve paz entre eles. Pinheiro Neto recorda que a mãe de Sarah, Luísa, nunca simpatizou com o genro, e não fazia gosto no casamento. E o próprio Juscelino teria tentado romper o namoro quando concretizou sua viagem de um ano para se especializar em urologia em Paris, após concluir a faculdade de medicina. Sarah não quis, disse que iria esperá-lo, e assim o fez. Casaram-se logo que ele voltou. "Sarah, ao contrário de Eleonor Roosevelt ou de Jacqueline Kennedy, para citar apenas dois notórios exemplos contemporâneos, jamais se conformou com os jogos de amor do marido. Sofria com suas estripulias extraconjugais, com suas 'escapadas' desde a prefeitura de Belo Horizonte até a Presidência da República, passando pelo 'adultério estadual' no governo de Minas. Inconsolável, Sarah nunca deixou de amar o marido, mas também nunca o perdoou".[17]

Até que Juscelino se apaixonou de verdade. A bela moça, Maria Lúcia Pedroso, era mulher do deputado José Pedroso, líder do PSD, que também foi presidente da Caixa Econômica Federal. JK a conheceu num jantar em Copacabana, em 1958. Pé-de-valsa, como sempre foi conhecido, o presidente dançou a noite toda com Maria Lúcia e a convidou para um chá no Palácio do Catete. Ele e Sarah viviam no Palácio Laranjeiras, e JK despachava no Catete. Depois desse primeiro encontro, nunca mais se separaram, até a morte de Juscelino. Quando soube do caso, José Pedroso, de revólver na mão, ameaçou dramaticamente matar os dois. Contou tudo a Sarah, mas acabou resignando-se e continuou a viver com Lúcia, em quartos separados. José Pedroso tinha 20 anos a mais do que Lúcia, uma jovem de 25 anos quando dançou pela primeira vez com o presidente. (...) No diário de JK, ela é citada 338 vezes, com os codinomes de 'Espanhol', 'Constantino' e 'Audiência'".[18]

Numa entrevista intitulada "Não sou supermulher" ao caderno "Ela", do jornal "O Globo", em 29 de julho de 1972, na época voltado exclusivamente para o público feminino, Sarah revelou um travo de amargura, embora à editora interina da coluna, que não assinou o trabalho, tenha passado um tanto despercebida. "'Uma mulher formidável', era o que martelava a cabeça desta interina, descendo os sete andares do edifício Golden Gate, após entrevistar Sarah Kubitschek". O edifício era em Copacabana, na Avenida Atlântica 2.038, hoje 2.016 e rebatizado de Tancredo Neves. Na época de Juscelino, o prédio era conhecido como "edifício dos mineiros": tinham imóvel lá Magalhães Pinto, ex-governador de Minas Gerais; o banqueiro Walter Moreira Salles; além de José Pedroso e Maria Lúcia Pedroso.

Mas na entrevista, além de se mostrar "formidável", Sarah falou da liturgia do cargo e produziu uma série memorável de frases. "Para ser mulher de político, é preciso capacidade de compreensão muito larga. A renúncia vem aliada ao posto, pois o político dedicado e com prestígio pertence mais aos outros que à família". Ou ainda: "A mulher de um presidente vive num aquário, exposta a tudo. É preciso que ela tenha uma contenção de palavras e gestos. Se for um pouquinho negligente pode criar problemas". Para a editora interina que não revelou seu nome, a ex-primeira-dama contou que fazia ginástica, ioga, e estudava inglês e francês. Mas afirmou que "uma pessoa que passa por este posto não tem sua própria vida" e vive numa "solidão cercada de multidões". E concluiu: "Vivi a vida que os cargos de Juscelino me impuseram".[19]

Em 1975, quando o câncer de próstata que acometeu Juscelino já havia se espalhado pelo corpo — só Maria Lúcia e os médicos sabiam da real situação do ex-presidente —, a família e amigos próximos estavam na Fazendinha JK, em Luziânia, Goiás, onde ele vivia isolado, envolvido com criação de gado, a novidade que inventara para preencher seus dias de exílio no próprio país. A filha Márcia havia anunciado que se separaria de Baldomero Barbará Neto, que também estava no local. A conta salgada do ressentimento de Sarah foi posta na mesa naquele momento, segundo Pinheiro Neto. "Já que Márcia está se separando, não vejo mais nenhum motivo para continuar casada com Juscelino", disse ela. "É isso mesmo, Juscelino, nosso casamento não faz mais sentido. Desde que você era prefeito em Belo Horizonte, venho aguentando calada suas traições. Agora, chega. Não desfiz nosso casamento antes para não perturbar a sua carreira política. Mas como agora vejo que não posso mais prejudicá-lo, já que sua carreira política acabou, amanhã mesmo vou pedir ao (jurista) Victor Nunes Leal que inicie o processo do nosso desquite. Não aguento mais ser humilhada. E aquelas cartas de sua amante, que me chegaram às mãos, lá em Lisboa, foram a gota d'água. Chega!".[20] Pinheiro Neto, que era também primo do primeiro marido de Márcia Kubitschek, conta que a ex-primeira-dama jogou no rosto de Juscelino as cartas escritas por Maria Lúcia, que lhe haviam sido entregues durante o exílio de JK e Sarah em Portugal.

O casal partiu para o exílio depois que ele perdeu os direitos políticos, cassados por 10 anos no dia 8 de junho de 1964. Uma semana depois, Juscelino viajaria para a Europa, escapando de uma possível prisão. Os militares deixaram que o ex-presidente se encontrasse rapidamente com Maria Lúcia para se despedir, relata Cláudio Bojunga.[21] Voltou ao Brasil em 4 de outubro de 1965 e foi calorosamente recebido no Rio de Janeiro. As eleições para governos estaduais naquele ano deram a vitória a oposicionistas em dois estados, justamente a então Guanabara (ainda não havia acontecido a fusão com o Estado do Rio), com Negrão de Lima, seu correligionário e primo de Sarah, e Minas Gerais, com Israel Vargas. Foi o que bastou para os militares endurecerem ainda mais o regime, extinguindo partidos políticos e proibindo as eleições diretas também para governos estaduais. O sonho de JK de voltar à Presidência em 1965 — que os militares temiam — seria enterrado.

Juscelino partiu para o exílio de novo, em janeiro de 1966. Passou um tempo em Nova York e seguiu para Lisboa. Voltou ao Brasil em 1967 e foi ameaçado de prisão caso se envolvesse em atividades políticas, o que aconteceu em 13 de dezembro de 1968, dia em que foi promulgado o Ato Institucional nº 5, o AI-5, que radicalizou a ditadura no país. Foi detido na saída de um espetáculo do Teatro Municipal do Rio e ficou preso até o início de 1969, sem roupas para trocar, sem nada para ler, trancafiado numa cela na qual era vigiado 24 horas por dia por um buraco no teto. Solto, foi posto em prisão domiciliar por mais um mês.

O exílio longe das filhas fez Sarah sofrer demais. Quando decidiu se desquitar de Juscelino, naquela discussão em Luziânia em 1975, 44 anos após a cerimônia que os uniu em Ipanema, no Rio, o pote de mágoas transbordara. Ela pediu a Juscelino que não fosse mais à casa em que viviam no Rio. A partir de então, para não ser reconhecido em aeroportos e evitar que Sarah soubesse de suas visitas ao apartamento de Maria Lúcia em Copacabana, ele passou a viajar sempre de carro. Numa dessas idas ao Rio, saindo de São Paulo, o Opala em que viajava chocou-se violentamente com uma carreta, de frente, na Rodovia Presidente Dutra, na altura de Resende (RJ). Era o dia 22 de agosto de 1976. A jornalista e escritora Vera Brant, grande amiga de Juscelino, numa carta póstuma que escreveu a ele, descreve o comportamento da então viúva durante o apoteótico velório em Brasília: "Sarah, entre amargurada e feliz, seguiu com as filhas a procissão. Sim, procissão. Era o que parecia. Era o que era. Elas estavam muito tristes, mas muito altivas. Pareciam carregadas de orgulho".[22]

Juscelino tinha conseguido fazer o país cicatrizar as feridas do suicídio de Vargas. Sua morte, após a intensa, cotidiana e cruel perseguição dos militares, deu dimensão ainda maior ao acidente, que gerou todo tipo de teoria da conspiração. Curioso é que, duas semanas antes, havia acontecido um ensaio geral de sua morte. Uma *fake news*, que à época ainda atendia pelo nome de boato, dizia que Juscelino havia morrido em um acidente na estrada Rio-São Paulo. Foi Vera Brant que conseguiu desmenti-lo. Juscelino estava na fazendinha de Luziânia.

Após a morte de JK, Sarah se dedicou a manter a memória do marido. A maior realização foi a construção do Memorial JK, em Brasília, inaugurado em setembro de 1981, durante o governo do general João Batista Figueiredo (1979-1985). Os militares criaram problemas para a realização da obra, alegando que o projeto de Oscar Niemeyer lembrava uma foice, símbolo do comunismo. Sarah trabalhou na administração do Memorial até sua morte, em 4 de fevereiro de 1996, aos 87 anos.

ELOÁ DO VALLE

☆ 13 de junho de 1923
✝ 22 de novembro de 1990
• Casada com Jânio Quadros
• Primeira-dama de 31 de janeiro de 1961 a 25 de agosto de 1961

Jânio Quadros era uma caricatura de si mesmo. Homem esguio, usava bigodinho à *la* Groucho Marx, um óculos de aros pretos e grossos, cabelos fartos e desalinhados. Um acentuado desvio no olho esquerdo, causado por um acidente com lança-perfume na juventude, ressaltava-lhe o rosto. "O olho ferido tentava, em vão, achar o lugar certo na órbita", pontua o jornalista Ricardo Arnt em sua biografia sobre o ex-presidente.[23] "Ele era o homem mais feio que eu já conheci", disse Eloá do Valle a um jornalista da revista norte-americana "Time".[24]

Paulo Brebaldo Valle e Gabriel Quadros, pais de Eloá e Jânio, eram farmacêuticos e amigos. Quando Eloá, aos 12 anos, contraiu difteria, o pai decidiu não interná-la em um hospital de isolamento. Preferiu recorrer ao amigo, que tratou da menina. Três anos depois, em 1939, Gabriel convidaria Paulo para conhecer a casa que comprara no Guarujá, no litoral paulista. Foi a primeira vez que Eloá viu Jânio. Naquele mesmo dia, o futuro presidente confidenciaria a um amigo que se casaria com aquela moça.[25] Ela tinha 15 anos e ele, 21. O namoro durou três anos. Em 1942, Jânio se formou em direito e, em seguida, pediu a mão da namorada em casamento. A cerimônia foi na capela do tradicional Colégio Sion, em São Paulo, onde estudava a noiva, nascida na capital paulista. Eloá concluiu o ginásio — hoje, ensino fundamental 2 — e decidiu dedicar-se ao marido e à única filha do casal: Dirce Maria "Tutu" Quadros, que nos anos 1980 seria eleita deputada federal pelo PSDB.

A ausência de beleza física de Jânio somada à sua personalidade carismática o transformou em uma figura singular — o que deve ter sido um dos fatores que fez Eloá olhar de forma diferente para aquele homem esquisito. Em público, ele hipnotizava os eleitores mais pobres com seu arcaísmo retórico, herdado dos tempos em que lecionava português a alunos de colégios tradicionais paulistanos. Buscava se identificar com os mais humildes. Aparecia com a barba por fazer, vestido com terno surrado e os ombros cheio de caspas (ou talco?). Deixava-se ser fotografado com os sapatos trocados. Em comícios, comia sanduíche de mortadela ou pão com banana. "Suas maneiras de convencimento eram devastadoras. Começava a falar como hábil dominador. Cortejava cada grupo, cada classe. Tinha uma palavra de lisonja e de carinho que atingia em cheio cada segmento. A multidão parava para escutá-lo, subjugada", descreve o escritor Nelson Valente.[26]

Com um discurso moralista, adotou como símbolo de campanha uma vassoura, com a qual dizia que iria varrer a corrupção. Elegeu-se vereador, prefeito da maior cidade do país, deputado estadual, governador de São Paulo, deputado federal e presidente da República. Chefe do Executivo, fosse municipal, estadual ou federal, o autoritarismo e o carisma foram traços característicos. Seus bilhetinhos, com ordens a subordinados, se tornaram célebres — e nem mesmo a primeira-dama escapava. "A sua própria esposa, que solicitava os salões do aeroporto de Congonhas para realizar uma exposição beneficente, despachou: 'Indeferido. Encontre V. Sª outros meios. O local não existe para tais iniciativas. É favor não insistir'."[27]

No Palácio do Planalto, ao mesmo tempo em que surpreendia a ala conservadora que o apoiara nas eleições, ao se aproximar de países comunistas e condecorar Ernesto Che Guevara com a mais alta honraria do país, a Ordem do Cruzeiro do Sul, Jânio proibia as corridas de cavalo em dias úteis, as rinhas de galos, o uso de maiôs nos desfiles de misses e lança-perfume nos bailes de carnaval.[28] A renúncia sete meses depois de tomar posse no mais alto cargo eletivo do país provocou frustração popular e grande instabilidade política, abrindo caminho para o golpe militar três anos depois. Nunca mais foi o mesmo. Em 1962, perdeu a eleição ao governo de São Paulo para Adhemar de Barros, seu arquirrival. Dois anos depois, teria seus direitos políticos cassados por dez anos pela ditadura militar. Retornou à vida pública em 1982: candidatou-se novamente ao governo de São Paulo e foi o terceiro colocado.

Em 1985, lançou-se candidato à prefeitura paulistana sob protestos de Eloá, que considerava administrar a cidade uma "responsabilidade grande demais", "um trabalho insano", por conta de seus graves problemas: "São Paulo é uma cidade onde tudo está por fazer. As crianças são mais carentes hoje do que na época do Jânio governador (*1955-1959*)".[29] No fim, mergulhou na campanha, indo inclusive à TV pedir votos para o marido. Ele se elegeu, vencendo o sociólogo Fernando Henrique Cardoso, então no PMDB. Uma vez no cargo, Jânio voltou a ser o velho Jânio. Proibiu o uso de biquíni no Ibirapuera, fechou casas de prostituição, afastou alunos homossexuais da Escola de Balé do Teatro Municipal de São Paulo e fechou cinemas que exibiam o filme "A última tentação de Cristo", classificado pela Igreja como ofensivo à fé cristã.

Nos 43 anos de vida pública, Jânio sempre contou com o apoio constante e discreto de Eloá. A primeira-dama era uma "influência estabilizadora sobre o temperamento do marido. Estava próxima quando Jânio precisava, cuidava de sua roupa e da sua alimentação, segurava-lhe o microfone nos comícios e compunha o *décor* do casal como uma perfeita Amélia".[30] Ela dizia viver a vida do marido. "A mulher é a rainha do lar, mas o chefe da família é o homem. Ela tem que ser submissa e tolerante para manter o casamento", declarou à repórter Irene Vucovix, do "Estado de S. Paulo", em outubro de 1985, quando o marido disputava a sua segunda eleição à prefeitura de São Paulo.[31] Com o sugestivo título "Eloá, rainha submissa", a jornalista descrevia o cotidiano e os aspectos físicos da esposa do então candidato da coligação PTB-PFL — era uma "mulher baixa, 'cheinha' e de muitos cabelos grisalhos e voz grave". Apesar de não gostar de fazer ginástica, a ex-primeira-dama mostrava-se vaidosa, dizendo não sair de casa de "cara lavada" e estar sempre enfeitada para o marido. "Usa sempre batom, pó e, 'quando estou pálida', um pouco de rouge. Prefere vestidos às calças compridas, não gosta de decote e quase sempre cuida dos próprios cabelos. E mais: sabe cozinhar 'muito bem', segundo os amigos do marido".[32]

E foi como uma verdadeira Amélia que Eloá engoliu a seco a fama de mulherengo do marido. Embora não se saiba de nenhum romance extraconjugal de Jânio, seus galanteios a outras mulheres são famosos. Uma de suas vítimas foi Hebe Camargo. A apresentadora revelou em uma entrevista à revista "Playboy", em fevereiro de 1987, que teria sido de "tal maneira assediada pelo ex-presidente que, a certa altura, marcou um encontro com Jânio. E não compareceu".[33] A cassação de seus direitos políticos pelos militares teria sido motivada pelo ódio que o ministro do Exército e autodenominado comandante supremo da Revolução, marechal Arthur da Costa e Silva, nutria ao Homem da Vassoura, que anos antes, durante uma recepção, bêbado, teria dado um beliscão nas nádegas de Yolanda, mulher do militar.[34]

Mas a história mais famosa — e grave — ocorreu em 23 de setembro de 1955, quando o ex-presidente ainda era governador de São Paulo. Em seu gabinete no antigo Palácio dos Campos Elíseos, zona central da capital, agarrou Diva Pereira Lima dentro de um armário embutido ali existente. Ela estava entre os 11 mil servidores demitidos por Jânio logo depois de ele assumir o mandato. Desesperada, Diva tentara uma audiência com o governador a fim de conseguir sua readmissão. Jânio recuou ao perceber que a servidora não cedera ao seu assédio.

Em depoimento registrado em cartório, a servidora revelou o que acontecera: "Disse-me ele: 'Diva, vou ter uma conversa com você, porém, você não deve dizer nada a ninguém'. Respondi-lhe que sim, que nada diria. Nisso S. Exa. senta-se e diz: 'Vem cá'. Eu levantei-me e fui para perto dele e ele deu-me um beijo nos olhos, aliás, no direito. 'Você seria capaz de entrar naquela porta e ficar bem quietinha?'. Eu disse que sim. Levou-me ele até essa porta, que é um grande armário e tem dentro um porta-chapéus. Eu fiquei perto da porta, encostada na parede, e a porta ficou entreaberta. S. Exa. abraçou-me e disse: 'Você quer, então tire a roupa' e saiu de lá dentro. Acenei-lhe com a cabeça que não, é claro, pois mal podia me conter. Voltou S. Exa. dizendo que foi melhor assim. 'Foi melhor você ter-me resistido'".[35]

O caso de assédio a Diva veio à tona dois anos depois, em uma reportagem assinada por Alberto Conrado, na revista "Mundo Ilustrado". O jornalista teve acesso ao depoimento da servidora. Em seguidas matérias sobre o "Don Juan de Gabinete" ou o "Valentino dos Campos Elíseos", como a revista se referia a Jânio, Conrado revelou uma trama da qual, para abafar o caso, o governador colocou até policiais do Departamento da Ordem Pública e Social (Dops) paulista no encalço da servidora e de Arnaldo Alves Ferreira, indicado por um amigo da vítima que prometera ajudá-la. A estratégia era registrar o depoimento em cartório e entregá-lo a um deputado da Assembleia Legislativa de São Paulo, que defendia a causa dos servidores demitidos. Certo dia os agentes do Dops deram o bote em Arnaldo. "O fantasma do governador louco queria saber era do relatório. Numa dessas 'acampanações' *(da polícia)*, foi perseguido como num filme de 'gangsters' pelos carros de chapas P.38.143 e A.10.35.83. (...) Tomando a Rua Domingos de Moraes, o automóvel foi prensado pelos dois lados. O intuito era jogar o carro contra o outro a fim de deter sua marcha. O carro de chapa P.38.143

obteve o abalroamento, resultando disso sérios prejuízos materiais ao sr. Arnaldo, prejuízos que até agora o Valentino dos Campos Elíseos não se indignou a pagar. Depois os investigadores saltaram dos outros carros e levaram o sr. Arnaldo para a delegacia. Queriam saber do paradeiro de Diva, de qualquer maneira", relatava o repórter na matéria.[36]

O escândalo tomou conta da opinião pública. Dias depois, ao lado de uma constrangida Eloá, Jânio chamou as quatro emissoras de TV paulistas para, durante duas horas, denunciar que a tentativa de acusá-lo de "tarado" não passava de uma armação contra ele, liderada por "Mundo Ilustrado" e por seus adversários políticos. E ficou por isso mesmo. Em 3 de outubro de 1960, o "Valentino dos Campos Elíseos", apoiado por ampla coligação de partidos conservadores, seria eleito presidente do Brasil com 5,6 milhões de votos, a maior votação já obtida no país até então. O segundo colocado, o marechal Henrique Teixeira Lott, ficou bem atrás, com 3,8 milhões de votos.

Com Jânio presidente, Eloá seria a primeira-dama e ocuparia o Palácio da Alvorada durante os cinco anos do mandato do marido — evidentemente, se ele não tivesse renunciado. Brasília era ainda uma jovem cidade perdida no centro do país, com tudo por ser feito. A Praça dos Três Poderes se destacava em meio às ruas de terra batida. Em 30 de maio de 1959, a "Manchete" publicou uma reportagem ressaltando a importância da primeira-dama naquele momento. Bem ao espírito da mãe, da dona de casa, a mulher do presidente, pregava o semanário, teria a função de arrumar o novo lar da nação e cuidar dos seus filhos mais necessitados. Precisava ter "alma de pioneira", "coragem para fazer de Brasília o centro das atenções do país inteiro" e "espírito voltado para as obras de assistência social". "Sua vida social *(de Brasília)* terá de ser criada e não será possível fazê-la sem animar também atividades intelectuais e artísticas em caráter permanente. Haverá lugar para movimentos novos e interessantes, destinados a impulsionar a cultura: criação de museus, de salas de concerto, de teatros. Instituições beneficentes terão de ser para ali transferidas ou criadas, com tenacidade, boa vontade e intenso trabalho. A nova primeira-dama terá de estar presente a tudo isso, cooperando, animando, associando-se a empreendimentos que não surgirão ou vingarão sem a calorosa adesão dos habitantes privilegiados de Brasília. (...) A primeira-dama não deverá viver em Brasília apenas como hóspede temporária, resignada ou contrariada. Deve viver em Brasília, com Brasília e para Brasília, convertendo-se em artífice do seu polimento social, intelectual e artístico", opinava a revista "Manchete".[37]

Eloá não fez nada do que pregou a publicação. Passava o tempo recebendo senhoras de parlamentares, ministros e juízes para um chá e uma sessão de cinema no Alvorada. Em sua breve estada no palácio concebido pelo arquiteto Oscar Niemeyer, preocupou-se mais em arrumar a casa onde morava. Não gostava da decoração moderna. Redecorou-o com alguns móveis clássicos que mandou trazer dos palácios Laranjeiras e Rio Negro, em Petrópolis. Segundo "O Estado de S. Paulo", nessa época, celebrizou-se por um detalhe: foi a primeira-dama que menos dinheiro gastou na decoração do Planalto.[38] Cercou os arredores da residência oficial da Presidência da República, pois queria levar para ali um hábito trazido dos Campos Elíseos: a criação de animais. Na sede do governo paulista, ela chegou a ter um minizoológico, com antas, tucanos, coelhos, patos selvagens, cisnes, galinhas d'angola e pavões, entre outros bichos.

Eloá também achava que a Praça dos Três Poderes não tinha vida e pediu a Niemeyer que construísse ali um pombal. Meio a contragosto, o arquiteto desenhou a estrutura, de 13 metros de altura, que mais se assemelha a um prendedor de roupas. De acordo com o professor emérito da Faculdade de Arquitetura e Urbanismo da Universidade de Brasília, José Carlos Coutinho, Niemeyer achava que o tal pombal era uma interferência na concepção tão pura e limpa da praça, mas não poderia negar um pedido de Eloá, que, naquele tempo, soava como uma ordem.[39] O pombal foi a primeira construção após a inauguração da Praça dos Três Poderes, em 21 de abril de 1960. Até hoje, o exótico "prendedor de roupas", de gosto duvidoso, chama a atenção dos curiosos que visitam os prédios do Congresso Nacional, do Palácio do Planalto e do Supremo Tribunal Federal, onde trabalham aqueles que decidem os rumos da nação.

Pombal da Praça dos Três Poderes: construção exótica erguida a pedido da primeira-dama Eloá

Em uma das poucas entrevistas concedidas pela discreta primeira-dama, nos anos 1960, o jovem repórter Fausto Wolff — que depois se tornaria um nome importante na imprensa brasileira — conseguiu tirar algumas ideias de Eloá para a Legião Brasileira de Assistência, sob sua presidência. A mulher de Jânio mostrou-se tão excêntrica como o marido ao defender que as esposas dos políticos brasileiros deveriam ajudar os filhos das mulheres pobres. "Somente assim poderemos minorar a miséria de muitos lares brasileiros. Em Brasília, utilizaremos um enorme salão e providenciaremos ali a colocação de dezenas de máquinas de costura. As senhoras de vereadores, de deputados, de senadores e até de ministros de Estado passarão a costurar para os pobres", declarou ela a Wolff.[40] A entrevista ocorreu pouco antes da renúncia de Jânio e a edição da revista chegou às bancas no dia 2 de setembro de 1961, quando o ex-presidente já estava a caminho de Londres para um autoexílio ao lado da mulher.

Depois que Jânio foi cassado pelos militares, Eloá passou a ser vista como natural sucessora do janismo. Ela, porém, não quis entrar na vida político-partidária. Na campanha para a prefeitura de São Paulo do brigadeiro José Vicente de Faria Lima, em 1965, foi à televisão declarar voto ao candidato, dizendo que, se o marido pudesse, faria o mesmo. Faria Lima foi eleito e tornou-se o primeiro carioca a administrar a maior cidade do país — o outro carioca à frente do Palácio do Anhangabaú foi o mal-afamado Celso Pitta (1997-2000), preso por corrupção, morto em novembro de 2009.

Nas eleições parlamentares de 1966, Eloá participou de um movimento nacional para apoiar mulheres candidatas de políticos cassados pelo regime militar. Ela fez campanha para Irene Serpa, casada com o deputado paulista Araripe Serpa. Irene, porém, não obteve votos suficientes para conquistar vaga na Câmara. Naquele pleito, foram eleitas seis deputadas federais, das quais cinco eram esposas de parlamentares cassados. Todas perderiam o mandato após a promulgação do AI-5, em 13 de dezembro de 1968, que, entre outras arbitrariedades, puniu esposas ou descendentes de políticos tidos como nocivos ao regime.

Jânio e Eloá viveram juntos por quase 50 anos. Em 1984, a ex-primeira-dama descobriu um câncer no seio esquerdo, que foi extraído. Na ocasião, o ex-presidente escreveu, no jornal "Folha de S. Paulo", uma crônica emocionante em homenagem à mulher que "modelou minha existência" e "disciplinou meu temperamento buliçoso, senão, belicoso". "Casei, para sorte minha, com alguém que me proporcionou essa convicção da solidariedade indescritível, parceira no amanhã, jurada na nova condição, hábil no ajustar-se, hábil no ajustar-me".[41] O mesmo Jânio que se declarava publicamente à esposa foi capaz de, um ano depois, em meio à campanha eleitoral paulistana, explorar sem pudor a doença da mulher em busca de votos. "Com a sensibilidade que sempre o caracterizou, ele a apresentava no palanque dizendo: 'Aqui está minha mulher, Eloá, segurando o microfone, CAN-CE-RO-SA'".[42] Eleito, Jânio teve que se afastar algumas vezes da prefeitura para acompanhar a mulher em tratamento nos Estados Unidos. Mesmo doente, Eloá nunca deixou de cuidar do marido: levantava todos os dias antes das seis da manhã para preparar o café do então prefeito. Das 9h às 18h, dava expediente no Conselho Municipal das Voluntárias, uma espécie de LBA municipal criada por Jânio. "Ainda sobra tempo para se dedicar aos quatro cachorros do casal, Dulcinéia, Cara Preta, Pipoca e Totó, todos vira-latas. A noite fica com Jânio lendo ou assistindo a um bangue-bangue", revelava "O Estado de S. Paulo".[43]

A doença se espalhou e a ex-primeira-dama morreu aos 66 anos, em 22 de novembro de 1990. Jânio morreria dois anos depois. O político que usou como mote a luta contra a corrupção — em sua primeira campanha, seu slogan era o "tostão contra o milhão" — tinha um patrimônio que alimentou uma disputa entre a filha Dirce "Tutu" Quadros e as três netas. Segundo o "Jornal do Brasil", o ex-presidente deixou 52 imóveis, duas mansões (no Morumbi e no Guarujá), 14 terrenos em Mogi das Cruzes, um saldo de 5 milhões de cruzeiros e US$ 90 milhões em uma conta na agência do Citicorp, em Genebra, na Suíça — em outubro de 2019, esses valores corrigidos eram de R$ 236,7 mil e US$ 174,5 milhões.[44] A conta foi descoberta graças a um bilhete de Eloá à filha Tutu, escrito em 1987, no qual dava instruções para movimentá-la. Dois anos antes, durante a campanha à prefeitura de São Paulo, Jânio foi questionado por um jornalista sobre a origem de sua fortuna. "Tranquilamente, o ex-presidente observou a plateia, escolheu alguém ao acaso e pediu um cigarro. 'Foi assim', respondeu enquanto recebia o cigarro, insinuando que seu patrimônio fora construído às custas de pedidos feitos e atendidos por amigos generosos. Sem mais uma palavra, encerrou o assunto."[45]

MARIA THEREZA FONTELLA
☆ 23 de agosto de 1936 ou 1937
• Casada com João Goulart
• Primeira-dama de 7 de setembro de 1961 a 2 de abril de 1964

Em seu livro "Fábulas fabulosas", o escritor Millôr Fernandes definiu que "a beleza é a inteligência à flor da pele". É claro que o também dramaturgo e humorista carioca completou a frase: "E por isso mesmo é uma coisa tão superficial, ao contrário da feiura que, como a burrice, na maioria das vezes é profunda".[46] Mas essa segunda parte, mesmo descontada a ferina ironia de Millôr, não se aplica à vida de Maria Thereza Fontella, mulher de João Goulart, o Jango. Maria Thereza é sempre lembrada como a mais bela entre todas as primeiras-damas que o Brasil já teve — pelo menos até encontrar uma rival em Marcela Temer, mas certamente as histórias de vida dessa gaúcha de São Borja e de seu marido lhe garantem o primeiro lugar no pódio. A beleza abriu todas as portas a Maria Thereza, que soube usar a vantagem competitiva que os bons genes da mãe, uma belíssima imigrante italiana, lhe deram.

A beleza tão decantada em prosa e verso da última primeira-dama do período democrático coincidiu com um momento em que a imprensa vivia uma nova fase, no país e no mundo, com a melhoria das técnicas de impressão e de fotografia e o aumento da produção de papel, com seu consequente barateamento. Nos dois anos e sete meses em que ocupou o cargo, Maria Thereza estampou a capa de duas publicações internacionais ("Paris Match" e "Stern") e perfilou-se entre as dez mais bonitas primeiras-damas da época numa lista feita pela norte-americana "Time". No Brasil, ela era figura fácil nas capas de "O Cruzeiro", "Fatos & Fotos" e "Manchete", na qual apareceu em seis edições — após voltar do exílio, ilustraria mais duas, em abril e em novembro de 1978. O país tinha orgulho de sua primeira-dama, cuja beleza rivalizava com a da norte-americana Jacqueline Kennedy e com a de Grace Kelly, princesa de Mônaco.

Aos olhos do mundo, Maria Thereza se transformou em uma relações-públicas do Brasil, cuja imagem ainda era edulcorada pelos movimentos da Bossa Nova e do Cinema Novo. Uma legenda para a foto dela publicada numa revista italiana dizia que um "dos privilégios da democracia" era ter tornado "soberanos a graça e a beleza".[47] Sua beleza constou até de interrogatórios a presos políticos durante o governo de Emílio Garrastazu Médici, um dos períodos mais nefastos do regime militar. Ao ser detido, o professor norte-americano Warner Bauer não entendeu quando foi questionado pelos agentes do Dops se achava Maria Thereza mais bonita que Jacqueline Kennedy.[48]

"Já se disse, e convém repetir, que quando Jacqueline Kennedy, pela manhã, pergunta ao seu espelhinho mágico: 'Qual a mais linda primeira-dama na face da Terra?', já não está tão certa de ouvir unicamente o seu próprio nome. Porque o espelhinho, junto à exuberante cabeça de Jackie, outro rosto se reflete, fino, com algo de raposa nas sobrancelhas, do qual se irradia um sorriso que parece triste e que mostra uns olhos maternalmente preocupados com o destino do Brasil", brincava com as comparações o genial jornalista Carlinhos Oliveira, em texto para um ensaio fotográfico publicado em fevereiro de 1963 em "O Cruzeiro", no qual uma deslumbrante Maria Thereza aparece ao lado dos filhos João Vicente e Denize, em Vitória, no Espírito Santo.[49] O ensaio, talvez o melhor já feito sobre a primeira-dama, traz fotos em close, realçando seu belo rosto sob os "cabelos alvoroçados" pelo vento. A senhora Goulart não percebera que o autor dos instantâneos, Indalécio Wanderley, trocara as lentes para clicá-la bem de perto. "Muito de longe, ajudado pela teleobjetiva, e pelo vento que desembaraçava os seus cabelos pretos, fiz as fotografias. Ela (...) não sabia que seu rosto estava sendo fixado. Procurou ajeitar os cabelos, mas o vento felizmente não deixou", descreveu Indalécio, um dos grandes nomes do fotojornalismo brasileiro.[50]

Maria Thereza não sorria à toa. Era tímida e ao mesmo tempo ousada. Certo dia banhou-se de biquíni na piscina do Alvorada ao lado dos filhos, levando o cerimonial do palácio a proibir o uso daqueles "trajes sumários", recomendando-lhe o maiô inteiro. A calça jeans também chegou a ser questionada, mas não proibida.[51] A primeira-dama adorava se cercar de amigos e empregados gays, deixando inconformado o Itamaraty. Mas também sabia encarnar o papel da boa dona de casa e mãe de família. Cozinhava para o marido e gostava de escolher suas gravatas. E as revistas adoravam explorar este lado. Eram fartas as matérias que traziam fotos do dia a dia dos Goulart.

De fato, os dois se mostravam pais amorosos. Jango era louco por João Vicente. Denize era mais ligada à mãe. Maria Thereza também amava bichos. Não quis morar no Palácio do Alvorada, pois pareceu-lhe "triste" e "frio". Escolheu a Granja do Torto, que na época lembrava uma fazenda, com grande descampado, onde ela costumava andar a cavalo. Sofria de agorafobia (aversão à multidão), mas enfrentou o pânico ao acompanhar o marido no famoso comício da Central do Brasil, em 13 de março de 1964, que reuniu milhares de pessoas. O clima era tenso. O cardiologista e o médico particular de Jango recomendaram que não participasse do evento.

Em vão. Havia ainda ameaça de atentado contra ele, que não queria que a esposa o acompanhasse. No palanque, ela ficou ao seu lado passando as folhas do discurso até Jango decidir falar de improviso. A foto ao lado do marido discursando entrou para a História. A fisionomia calma de seu rosto escondia o imenso medo que sentiu naquele momento.

Quando criança, Maria Thereza dizia ver espíritos e na adolescência adquiriu o hábito de roer as unhas até formar feridas nos dedos. A mania foi abandonada com muito custo por insistência de Dener Pamplona de Abreu, que se tornou seu estilista oficial. Dener, porém, foi mais do que um *personal stylist*. Ensinou aquela menina tímida do interior a se portar publicamente. "Quando você for a uma festa, não precisa falar muito, apenas sorria", aconselhava.[52] Dener insistia também para que Maria Thereza usasse brincos, que detestava. Por conta deles, o casal presidencial chegou atrasado à cerimônia de recepção ao presidente da Iugoslávia, Josip Broz, o Tito, e sua esposa, Jovanka. Ao perceber que a senhora Goulart havia saído da Granja do Torto sem os brincos, Dener se jogou à frente do carro oficial com os adereços na mão. O estilista, aliás, foi a única pessoa a ligar para a primeira-dama pouco antes de ela deixar Brasília rumo ao exílio. E até naquelas horas de tensão, ele se preocupou com a aparência da sua principal cliente: "'Vou lhe pedir um favor: não vá embora do país de roupa marrom'. (...) Coincidentemente, eu também nunca gostei de marrom", ela revelaria anos mais tarde.[53]

Maria Thereza estava, definitivamente, na moda. As mulheres queriam imitar o seu penteado, o coque banana, com os cabelos presos para trás. Era uma invenção do cabeleireiro Oldemar Braga Filho, o Oldy. A ideia era dar um ar mais velho àquela jovem primeira-dama. O penteado virou sua marca inseparável e nos salões de beleza ganhou o nome de "coque à Maria Thereza".[54] A primeira-dama sabia ser linda e explorou sua beleza para arrecadar doações às obras de caridade da LBA, logo após assumir a presidência da entidade. Organizava eventos no Palácio do Itamaraty para debutantes, cuja renda era destinada a projetos sociais. "As ações que ela passou a realizar provocaram um rápido aumento das doações, mas isso, em vez de valer uma comemoração, tornava a posição da primeira-dama mais visada", conta o jornalista William Wagner em sua biografia sobre Maria Thereza.[55] A primeira-dama não era responsável pela administração fiscal da instituição, sobre a qual recaíam denúncias de mau uso de recursos advindos da administração anterior. Primeira-dama, mãe e, agora, presidente da LBA. O excesso de exposição preocupou Jango, que temia que a mulher virasse alvo da oposição crescente ao seu governo.

Mas a beleza de Maria Thereza contrapunha-se, de certa maneira, ao medo que as classes médias e altas tinham do seu marido. Jango era a própria encarnação do mal: visto como comunista e acusado de querer implantar uma república sindicalista no Brasil. O pavor que suscitava era tal que fez até Jânio Quadros renunciar à Presidência da República, achando que poderia voltar nos braços do povo, apoiado pelos militares, com poderes para governar com o Congresso nas mãos. Mandara João Goulart em missão oficial à República Popular da China, com a intenção de ampliar a imagem do fantasma do comunismo em torno do vice-presidente. A estratégia, como se sabe, deu errado e as tais "forças terríveis" que levaram Jânio à renúncia, em 25 de agosto de 1961, emudeceram. Ou melhor, arrumaram uma saída para impedir a posse do vice, como previa a Constituição. Inventaram o parlamentarismo, aprovado no Congresso Nacional no dia 2 de setembro de 1961. Jango tomou posse na Presidência da República cinco dias depois, em 7 de setembro, feriado da Independência do Brasil. Curiosamente, porém, ele não tinha independência nenhuma para governar. Transformara-se numa rainha da Inglaterra. A emenda constitucional que mudou o sistema político previa ainda um plebiscito sobre a continuidade ou não do parlamentarismo. No dia 6 de janeiro de 1963, os eleitores votaram pela volta do presidencialismo e Jango, finalmente, pôde governar de fato. Mas por pouco tempo...

Carlinhos Oliveira, no texto de "O Cruzeiro", também fazia troça com o momento político da época, alegando que o sorriso de Maria Thereza enchia o povo de esperança. "E não foi só para que as instituições não se despedaçassem: foi também para que a alegria inundasse esses olhos negros que colocamos um xis no quadradinho ao lado da palavra 'não'. Havendo presidente (eis o nosso raciocínio), continuará havendo primeira-dama...", suspirava o jornalista, ao explicar à sua maneira o triunfo do presidencialismo no plebiscito de 1963.

Maria Thereza era muito nova quando se tornou primeira-dama. Tinha 25 ou 26 anos, mas parecia menos. A idade sempre foi algo indeterminado na sua vida. Não se sabe ao certo o ano de seu nascimento, 1936 ou 1937, apenas o local: São Borja, no Oeste do Rio Grande do Sul, na fronteira com a Argentina. Filha de Dinarte Fontella, um produtor rural, e da italiana Maria Giulia, dizia não gostar de política, embora tenha crescido no meio dela. Logo cedo foi para Porto Alegre, onde morou na casa dos tios Espártaco e América Vargas, sob a responsabilidade da prima Iara. Espártaco era irmão de Getúlio Vargas. A casa vivia cheia de políticos. Aos 12 anos, a futura primeira-dama já conhecia o então deputado Leonel Brizola, frequentador assíduo dos almoços de fim de semana na casa de Espártaco. Quando os tios se mudaram para o Rio, logo após a eleição de Getúlio para a Presidência da República, em 1950, a adolescente foi entregue aos cuidados de Dinarte Dornelles, homônimo do pai de Maria Thereza, primo de Getúlio, e sua mulher, Laci. Foi por aquela época que viu, de longe, João Goulart, que não lhe chamou atenção.

Logo depois, recebeu de Dinarte Dornelles uma tarefa que iria mudar a sua vida: viajar até São Borja, a 600 quilômetros de Porto Alegre, para levar um envelope com documentos a Jango. O envelope pardo, "com mais de cinquenta folhas, lacrado com fitas adesivas que lhe davam voltas e que demonstravam a importância de seu conteúdo"[56], foi entregue em mãos em algum dia de novembro de 1950. Em sua biografia sobre Maria Thereza, o jornalista Wagner William reconstrói o encontro.

O portão estava sendo aberto por um empregado. Sem sequer erguer os olhos, ela perguntou ao motorista:
— O senhor é o doutor João Goulart?
— Sou sim, minha filha. O que queres?

— Tenho uma correspondência do doutor Dinarte Dornelles para o senhor.

João Goulart saiu do carro, pegou o envelope das mãos da menina e começou uma série de perguntas:

— Muito obrigado. Mas, tu, quem és?

— Eu... sou Maria Thereza. (...) Moro aqui em frente, com minha tia Dinda, irmã de meu pai.

— Que interessante! Como eu nunca tinha visto uma menina tão bonita que mora pertinho da minha casa?[57]

Às amigas, Maria Thereza disse que Jango era "simpático, sorridente, amável e bonito". Mas em seu íntimo pareceu-lhe um "menino mimado".[58] Já naquela época, João Goulart era um homem rico e poderoso — deputado federal pelo PTB e secretário estadual de Interior e Justiça. Ao contrário da pecha que a ditadura militar lhe imputou, não tinha nada de comunista. Formado em direito, ele não quis seguir a carreira. Assumiu as fazendas do pai e enriqueceu com a compra e venda de gado. Tornou-se um dos mais prósperos proprietários de terras do Rio Grande do Sul. Entre 1941 e 1950, já havia arrendado 16 fazendas, todas registradas em cartório.[59]

Dois anos depois da entrega daquele envelope, os dois começaram a namorar. Era um relacionamento de poucos encontros. Viam-se nos fins de semana — em Porto Alegre ou no Rio de Janeiro, quando Maria Thereza ia visitar os tios Espártaco e América. O pedido de casamento veio por conveniência. Candidato à vice-presidência da República, em 1955, Jango não poderia mais viver uma vida de solteiro. Precisava se casar, como mandava o figurino da época para aqueles que concorriam a tão elevado cargo eletivo. Mas não foi fácil convencer a namorada. Ele, por sua vez, tratou o pedido de casamento como uma compra de gado. Primeiro mandou o amigo Doutel de Andrade a São Borja para dizer à futura esposa que iria aos pais dela pedir a sua mão. Maria Thereza resistiu. Achava-se jovem demais e também conhecia a fama de mulherengo do futuro marido. Doutel foi aos pais dela mesmo assim, mas ambos mostraram-se contrariados.

"Alguns dias depois, Jango, acompanhado de Doutel, procurou Maria Thereza. Demonstrando pressa e sem muita sutileza, tentou convencê-la: 'Maria Thereza, como é que é? Estou pronto, quero casar.' 'Mas eu não estou. Não estou querendo casar.' Ele argumentou, mas Maria Thereza estava irredutível. No dia seguinte, Jango voltou a insistir. Doutel também conversou bastante com ela. Na terceira investida, Maria Thereza cedeu", conta o historiador Jorge Ferreira.[60]

Pedido aceito, Jango voltou a viajar em campanha eleitoral. A cerimônia foi marcada para o dia 26 de abril de 1955, na casa da uma tia da noiva, onde um juiz de paz iria oficializar a união civil. Contudo, uma forte tempestade se abateu sobre São Borja, impedindo que o avião do noivo pousasse na cidade. Maria Thereza acabou casando por procuração. O documento foi apresentado ao juiz por Ivan, irmão mais novo de Jango. Do lado da noiva, o pai teve que assinar a certidão de casamento, já que ela era menor de idade. Maria Thereza tinha 19 ou 20 anos e Jango, 36. O regime era de separação total de bens atuais e futuros. Por conta de um pacto antenupcial, firmado entre João Goulart e Dinarte Fontella, Jango pagou 3 milhões de cruzeiros ao pai da noiva pelo dote da filha[61] — em valores de outubro de 2019, cerca de R$ 1,8 milhão[62]. O casamento no religioso aconteceu quatro dias depois em Porto Alegre, na capela do antigo seminário da Catedral Metropolitana. Ela não usou vestido de noiva, a pedido do marido. Apareceu no altar trajada com um *tailleur* azul-claro, com um *blazer* e um vestido tomara que caia, encomendado por sua cunhada Neusa. Um arranjo de flores do campo cobria-lhe a cabeça. A mãe de Maria Thereza não foi ao casamento, preferindo permanecer em São Borja. O pai compareceu, mas manteve-se calado e distante. "Para Maria Thereza, ficou a impressão de que ele tentava esconder certa tristeza."[63] A lua de mel foi rápida: uma semana em Bariloche. Afinal, o marido, em campanha eleitoral, não poderia se ausentar por muito tempo do país.

Na volta da Argentina, a esposa pediu para ficar na casa dos tios, no Rio de Janeiro, mas ele negou e a instalou em uma de suas fazendas, a Granja São Vicente, próxima a São Borja. Era um casarão enorme, silencioso e solitário, com 15 empregados — a maioria descendentes de índios que pouco falavam o português. "Todos a olhavam de maneira estranha, como se estivessem diante de algo raro. 'Alguns deles, de olhar esbugalhado, tinham um jeito estranhíssimo... À noite, caminhavam no pátio, nas cercanias da casa em plena escuridão... Era aterrador. Pareciam zumbis. Tudo aquilo me deixou apavorada'".[64] Maria Thereza entrou em pânico. Tinha medo de ser envenenada pelos empregados. Uma amiga de infância, a pedido de uma tia, foi morar com ela. Nada adiantou. Alimentava-se mal. Emagreceu. Até que um dia tentou o suicídio: esfarelou todos os comprimidos retirados das caixas de dois medicamentos — um tranquilizante e um calmante —, que nem sabia para que serviam. Os remédios eram de Jango, que sofria de insônia. Foi salva por seu médico de infância, que a levou para a UTI do Hospital de São Borja. "Aquilo foi uma tentativa de chamar a atenção do meu esposo, que estava viajando, eu era recém-casada. Foi um pouco de imaturidade e não tinha sentido fazer aquilo, um momento de criança", afirmou a ex-primeira-dama em entrevista à "Folha de S. Paulo".[65]

Jango, que estava na Bahia, voltou às pressas para São Borja. A mulher acordou três dias depois. Sentiu-se envergonhada pelo que fez. E ele preocupado com o pior. Aquela história acabaria caindo no esquecimento. Nunca mais ambos tocaram no assunto. Jango então comprou um apartamento em Copacabana, onde foi morar com a mulher. Ali, Maria Thereza estreou numa nova vida. Ao lado da prima, Iara, fez amizades e passou a encarar o destino de ser mulher de um político famoso. A família cresceu, vieram os dois filhos, e o casal se mudou para o Edifício Chopin, endereço chique da elite carioca, na Avenida Atlântica, em Copacabana.

A menina que não queria se casar com receio da fama de mulherengo de Jango acostumou-se à situação. No Brasil dos anos 1950 era normal o marido ter suas aventuras extraconjugais. Dizia-se que era importante até para oxigenar a relação matrimonial. O machismo prevalecia mais ainda no Sul. Uma das manias de Jango que irritava Maria Thereza era o fato de ele manter o hábito tradicional dos gaúchos de andar à frente da mulher na rua. O marido só aboliu o costume depois de alertado pelo cerimonial do Planalto de que a atitude não convinha a um chefe de governo.

As amantes do marido, um homem carismático e bonitão, eram um caso à parte. Ainda quando namoravam, Jango levou Maria Thereza para conhecer a boate Monte Carlo, no Rio de Janeiro, do empresário Carlos Machado. Ficou admirada com a decoração e espantada com o grau de intimidade do namorado com as meninas do local. "Não houve uma vedete do Carlos Machado que ele não tivesse comido", revelaria ela, anos mais tarde, em uma reportagem assinada pelos jornalistas Palmério Dória e Paulo Sílber, publicada na revista "Interview".[66] A reportagem era fruto de entrevistas gravadas por Palmério com Maria Thereza. O jornalista havia sido escolhido por ela para escrever a sua biografia e, por isso, teve acesso também a seus diários íntimos, redigidos no exílio. A ideia original da ex-primeira-dama era publicar uma autobiografia, intitulada "Puertas cerradas". O livro nunca saiu. Palmério e Maria Thereza se desentenderam no meio do caminho. Mais tarde, a ex-primeira-dama escolheria o jornalista Wagner William para contar a sua história. Na entrevista à "Interview", Palmério apresentava alguns furos de reportagem, como a tentativa de suicídio de Maria Thereza, e que depois seriam detalhados no extenso e primoroso trabalho de Wagner, publicado em 2019.

Logo depois do casamento, Jango passou o recado a mulher: "Olha, Maria Thereza, eu não vou mudar. Você vai ser a primeira em tudo, vai ser sempre a minha mulher. Mas não vai me proibir, senão a gente entra em conflito".[67] E de fato ele não mudou. Manteve seus casos extraconjugais. Em dois momentos, Maria Thereza se encheu das puladas de cerca do marido e pensou em se separar. A primeira vez foi quando, já morando no exílio com Jango, no Uruguai, em março de 1971, ficou indignada com o marido que, num restaurante, dedicava especial atenção a uma loura, modelo argentina famosa. Naquele tempo, pensava em ter mais um filho numa tentativa de alegrar o marido, que se sentia cada vez mais fechado e triste por conta do desterro. Foi a gota d'água. Não chegou a pedir formalmente a separação, mas procurou os irmãos, pedindo que fossem buscá-la em Montevidéu. Queria passar um tempo com a família em Porto Alegre.

Na volta ao Brasil, o Fusca em que Maria Thereza estava com a prima Terezinha e seu marido, Pedro, foi parado pela Polícia Rodoviária Federal. A partir daquele instante viveria um dos momentos mais humilhantes da sua vida. Detidos, os três foram levados para um destacamento militar em Rio Grande. Numa sala, Maria Thereza foi revistada por uma policial uruguaia, que a obrigou a se despir. A policial deu três voltas ao seu redor e depois mandou que se vestisse. A ex-primeira-dama percebeu que outras pessoas a viram nua, pois flagrou vultos numa janela próxima. A prima Terezinha passaria pela mesma humilhação. "Até hoje penso que aquilo não tinha sentido, não tinha necessidade. Me mandarem ficar do jeito que fiquei (*nua*), foi uma coisa impressionante. Meu marido nunca ficou sabendo. Fizemos um acordo de nunca contar. Ele já sofria tanto que não era necessário", contou Maria Thereza em entrevista à "Folha".[68] Os três ficaram detidos por três dias e depois foram liberados a seguir viagem para a capital gaúcha. A ex-primeira-dama, porém, teve que voltar às pressas para Montevidéu, por conta de um grave acidente com a caminhonete do marido em uma de suas fazendas. Nada acontecera a Jango, mas ele estava traumatizado, pois um de seus empregados havia morrido no acidente.

Com todos os graves acontecimentos daqueles dias, a ideia da separação havia sido colocada de lado. Mas por um breve período. Em julho de 1972, Maria Thereza flagrou o marido abraçado à mesma loura argentina do restaurante. Eles estavam em um cassino, em companhia de amigos de Jango. A situação foi constrangedora. A ex-primeira-dama, acompanhada de uma amiga, deixou o local sem falar com o marido. Foi a uma fazenda da família, colocou algumas roupas em uma mala e viajou para Porto Alegre. Agora, estava decidida a pedir a separação. Ficaram sem se ver durante dois meses. Jango ligava diariamente, mas ela se mostrava irredutível. Chegou a comemorar o seu aniversário na capital gaúcha, longe de João Vicente e Denize, mas a saudade dos filhos a fez voltar a Montevidéu. No fim de agosto de 1972, ao aterrissar no aeroporto da capital uruguaia, foi surpreendida com Jango em pé a sua frente, segurando um buquê de flores. "(...) Acontecia ali algo que ela jamais vira o marido fazer. Uma atitude que destruiu qualquer resistência e emocionou Maria Thereza. Foi a primeira — e seria a única — vez que Jango, sozinho, deixava-se revelar em público", ressalta William Wagner em seu livro.[69]

Não fica claro se a tal loura que tirou Maria Thereza do sério era Eva de León Gimenez, uma argentina nascida em Maldo, na província de Rosário. O historiador Jorge Ferreira revela que Eva e Jango mantiveram um romance duradouro, que começou em 1970 e só terminou com a morte do ex-presidente, em 6 de dezembro de 1976. Na época que a conheceu, ela tinha apenas 17 anos e ele, 52. João Goulart passava mais tempo em Tacuarembó, uma de suas três fazendas no interior do país, enquanto a mulher e os filhos moravam em Montevidéu. "(...) Jango não fez questão de esconder *(o romance)*. A seu lado, ele frequentava restaurantes em companhia de amigos, bem como passava longos períodos em sua fazenda (...). Quando queria estar com Eva, mandava um pequeno avião buscá-la", relata o historiador.[70]

Em uma entrevista ao site Terra, em 31 de março de 2014, data dos 50 anos do golpe militar, a amante contou detalhes de sua vida com o ex-presidente, que lhe deu de presente um apartamento em Punta del Este, onde morava com o então marido, com quem casou três anos depois da morte de Jango. Dizia que vivia às turras com João Vicente e que certa vez chegaram até a parar em uma delegacia por conta de uma briga. Ela era apenas três anos mais velha que o primogênito dos Goulart.

Eva achava que Maria Thereza sabia da relação extraconjugal do marido, pois durante alguns anos moraram na mesma cidade. "Ela me via com ele e eu saía nos jornais, no Uruguai, ao lado dele. Além disso, nós duas morávamos em Punta del Este. E é impossível você não cruzar com as pessoas em Punta del Este. Agora cresceu mais, mas naquele tempo... Circulávamos todos pelos mesmos lugares e ela nunca me disse nada. Jango era muito mulherengo, acho que a vida inteira a enganou. Não sei se não me enganou também. Não creio, mas não sei", revelou.[71]

Talvez a necessidade de ter várias mulheres encontrasse respaldo no subconsciente do ex-presidente, uma forma de reafirmar sua masculinidade publicamente. Certa vez, mostrou a Maria Thereza uma foto dele, aos 3 anos, vestido de menina. Tinoca, sua mãe, havia perdido o filho mais velho, um menino, e para enganar o destino resolveu vesti-lo com roupas femininas. Prometeu ainda batizá-lo com um nome de santo: João. "Logo após ouvir essa história, Maria Thereza questionou Jango: 'Quando perguntavam teu nome, tu dizias Joana?'. Ele riu. Esperava um comentário triste, veio uma dúvida irreverente", revela o jornalista William Wagner.[72]

O mulherengo João, porém, não escondia o ciúme em relação à mulher. A beleza da primeira-dama despertou galanteios de nobres e presidentes. Um deles foi o príncipe Philip, da Inglaterra, conhecido por suas gafes e piadas de gosto duvidoso. Em viagem ao Brasil, em março de 1962, ficou deslumbrado com Maria Thereza. Na subida da rampa do Palácio do Planalto, causou constrangimento ao beijar demoradamente a mão da senhora Goulart. O presidente não se conteve e sussurrou no ouvido da esposa: "Que puxada, hein?".[73] No jantar de recepção ao casal real — sim, Philip estava acompanhado da rainha Elizabeth —, no Alvorada, o príncipe não parou um minuto de elogiar a esposa de Jango. Maria Thereza forçava o sorriso, mas em determinada hora não escondeu a repulsa ao ver o nobre inglês apagar o cigarro no mesmo prato em que comia a sobremesa.[74] Anos mais tarde, "para o bem de todos e felicidade geral dos povos", escreveria o jornalista Elio Gaspari em sua coluna, Philip, "o chato", anunciaria a sua aposentadoria da vida pública aos 95 anos. "Arrogante e impertinente, Philip foi retratado na série 'The Crown' como um jeca arrivista e no filme 'The Queen' como um dinossauro mal-educado", afirmava Gaspari.[75]

Em setembro de 1963, o país vivia um momento tenso após Jango debelar uma rebelião de cabos, sargentos e suboficiais das Forças Armadas contra uma decisão do Supremo Tribunal Federal que decretou a inelegibilidade de militares. Neste ambiente, chegava ao Brasil o marechal Tito, presidente da Iugoslávia, e sua esposa Jovanka. A visita oficial havia sido agendada por Jânio Quadros quando ainda era presidente, mas os críticos de Jango viam nela mais uma tentativa de implantar o comunismo no país. O que se viu, porém, foi o ditador nascido ainda no Império Austro-Húngaro cantar desbragadamente a mulher de Jango. No jantar no Alvorada, diante de Maria Thereza entrando no salão com um vestido salmão inteiramente bordado, sob um casaco da mesma cor, cravou: "'Que mulher! Por ela, eu faria uma revolução".[76] No jantar, a exemplo do príncipe Philip, Tito elogiou tanto a primeira-dama que a certa hora o tradutor oficial do Alvorada parou de traduzir. Mas Jango insistiu em saber o que o croata-esloveno dizia: "É melhor não traduzir, presidente, porque ele está elogiando a Maria Thereza de maneira exagerada". Um clima de constrangimento abateu-se no local. Embalados por vodca, Tito e Jovanka não perceberam nada. De volta à Granja do Torto, Jango mostrou sua irritação com os elogios do marechal a sua esposa.[77]

Outra história envolvendo a primeira-dama aconteceu fora dos círculos oficiais do Alvorada. Como presidente da LBA, Maria Thereza recebia muitas cartas e um dos seus remetentes mais frequentes era um ex-presidiário, que enviava poemas e colecionava recortes com fotos dela. Um dia, ela convidou o tal rapaz para conhecer o escritório da LBA. E lá foi ele com um poema para entregá-lo em mãos. A primeira-dama se assustou com a beleza do ex-presidiário. "Ele era lindo! Tinha uns 42 anos, era alto, olhos verdes, muito bonito e super bem-vestido", disse ela em entrevista nos anos 1990.[78] O rapaz quis retribuir a gentileza e convidou Maria Thereza para um almoço em sua casa — ele morava no Distrito Federal. E lá foi ela com uma comitiva da LBA. Ao chegar, foi recebida por vários parentes do ex-presidiário, mas não viu sua esposa. Ao perguntar sobre a mulher do autor daqueles poemas que lhe chamaram a atenção, foi pega de surpresa quando soube que ele fora preso porque tinha matado a esposa. Apesar das inúmeras cantadas e dos boatos de que Maria Thereza tinha vários amantes, alguns até publicados na imprensa, nunca se soube se ela traiu Jango. O comediante Chico Anysio chegou até a criar um personagem, o Coronel Limoeiro, um homem casado, cuja mulher, Maria Tereza, o traía. Depois da morte do marido, a ex-primeira-dama chegou a ter dois namorados — com um deles, um industrial francês, que conheceu em um voo entre Buenos Aires e o Rio, anunciou casamento, mas não foi adiante.

Um dos momentos mais tensos da vida de Maria Thereza ocorreu na noite de 1º para 2 de abril de 1964. Quando o governo de Jango ruiu e o golpe de estado saiu do ambiente das conspirações para a realidade, ela estava sozinha na Granja do Torto. Soube que Jango tinha deixado o Rio em direção a Brasília. "'Eu vou para Porto Alegre, mas fique tranquila. Não quero violência nem tumultos. Fique aqui e aguarde notícias', disse Jango a Maria Thereza, numa rápida passada no Torto."[79] Estava só com duas crianças numa cidade que ainda carecia de tudo, cercada apenas de poucos e fiéis amigos, e aguardava o desfecho daquele turbilhão político. Ela temia o que estava por vir, principalmente por causa de João Vicente e Denize. Há quase uma semana a situação tornara-se insustentável, e ela havia conversado sobre isso com o marido.

O ministro Darcy Ribeiro disse que ela deveria arrumar uma mala e se preparar para deixar Brasília, rumo a Porto Alegre. Um avião pequeno iria voar a partir da pista da Granja do Torto. Maria Thereza resistia a fazer a mala. Depois foi a vez de outro ministro, o chefe da Casa Civil, Tancredo Neves, ligar e fazer a mesma recomendação. Maria Thereza, então, dobrou "um tailleur branco, uma saia preta de couro, duas camisas de seda, dois conjuntos para as crianças, perfume, um estojo de maquiagem, alguma joias e mil dólares".[80] Colocou tudo numa pequena valise.

No Senado, o presidente da Casa, Auro de Moura Andrade, abria a sessão no começo da madrugada do dia 2 de abril de 1964, com o objetivo declarado de votar o impeachment do presidente, mas, sem quórum para tal, recorreu a uma manobra regimental irregular. Mesmo sabendo que Jango estava no Rio Grande do Sul, o deputado declarou vaga a Presidência da República e empossou Ranieri Mazzilli, presidente da Câmara. Em 21 de novembro de 2013, o Congresso Nacional anulou simbolicamente aquela tumultuada sessão, devolvendo o cargo a Jango.

Um avião pequeno finalmente desceu no Torto. As crianças foram acordadas e, assustadas, embarcaram sem levar sequer um brinquedo. A babá Etelvina não aceitou as ponderações de Maria Thereza e embarcou com ela. Disse que se apegara demais às crianças e não iria abandoná-las naquele momento. Para que a aeronave decolasse, foi preciso que os funcionários que se mantiveram ao redor do Torto garantissem a segurança da família e também reunissem os automóveis disponíveis para iluminar a pista com seus faróis.

Jango chegou à capital gaúcha por volta das três horas da madrugada do dia 2. O avião com Maria Thereza, as crianças e a babá pousou logo depois, mas não se encontraram. Nem desembarcaram — seguiram para a Fazenda Rancho Grande, em São Borja. Ao aterrissar na propriedade de Jango, já ao amanhecer, o imenso descampado coberto por um céu de azul intenso fez Maria Thereza chorar pela primeira vez desde o agravamento da crise.

Os militares estavam vigiando o movimento de aeronaves sobre São Borja, à espreita para localizar Jango, que ainda não se encontrara com a família. Não tardaram a aparecer na fazenda. Foram ao local dizer a Maria Thereza que ela teria 24 horas para sair de lá. No dia seguinte, o Cessna bimotor de Jango pousou na Rancho Grande, mas somente com Maneco, o piloto, que informou que eles iriam "dar uma voltinha no Uruguai".[81] Maneco era portador, também, de uma carta de João Goulart ao governo uruguaio, com pedido de asilo para ele e a família, que Maria Thereza deveria entregar às autoridades. Denize quis saber se no país para o qual estavam indo havia banana. João Vicente perguntou à mãe de que cor era o Uruguai. "Acho que é azul", respondeu Maria Thereza.[82]

A mais linda primeira-dama que o país já teve, que deixara a nação e boa parte do mundo ocidental hipnotizados com seu charme, iria mais uma vez recomeçar. Mas sem vestígios de sua vida anterior: não pôde carregar os lindos vestidos de Dener, suas joias, as fotos da família, os discos que ganhou de Frank Sinatra, brinquedos das crianças, quadros, cristais, presentes (como o cavalo recebido do general Amaury Kruel, que traiu seu marido e se aliou aos golpistas) e os cachorros. No exílio, que durou 16 anos, teria muitos cães, e sempre haveria um chamado Sinatra.

O governo brasileiro jamais devolveria todos os seus pertences. Alguns anos depois, emissários da ditadura militar já instaurada entregariam a parentes no Rio, em Copacabana, algumas caixas contendo roupas, cristais, quadros, livros, vários objetos embalados sem cuidados. Os vidros partiram-se, rasgaram as roupas. Parecia ser essa mesmo a intenção. Nos anos 1970, em uma de suas vindas ao Brasil, para o casamento do irmão João José, no Rio de Janeiro, Maria Thereza se deparou com a mulher de um militar que servira a Jango na Granja do Torto. Para a sua surpresa, a mulher usava uma pulseira que havia sido desenhada especialmente para a primeira-dama.[83]

De todos os sofrimentos por que passou nos 16 anos de exílio — vividos entre Montevidéu, no Uruguai (12 anos), e Buenos Aires e Mercedes, na Argentina — as maiores dores com relação ao Brasil foram as relacionadas às mortes da mãe, do pai e de Jango. O tratamento impiedoso dispensado à família pela ditadura brasileira, e também pela uruguaia, incomodavam mais à ex-primeira-dama pelo sofrimento e, ao mesmo tempo, pelo desprezo que impunham a Jango. Ela já havia se convencido de que sua vida seria mesmo naquelas paragens, e não sonhava com a volta ao Brasil como o marido.

Porém, no episódio da doença e morte de sua mãe, Maria Thereza sofreria um enorme baque. Avisada da situação, ela tentou visitá-la para ao menos se despedir. Maria Giulia adoeceu pouco mais de dois meses após a fuga da ex-primeira-dama para o Uruguai. Foi internada em São Borja. Jango já havia recebido sinal verde do governo uruguaio para o processo de exílio, mas era preciso ainda estabelecer as condições, como por exemplo saída e retorno ao país. Maria Thereza decidiu tentar entrar no Brasil pela cidade de São Tomé, na fronteira da Argentina com o Rio Grande do Sul, contra a vontade do marido. Era o dia 5 de junho de 1964. Quando já estava num barco, pronta para cruzar o Rio Uruguai, uma prima chegou em uma lancha com o recado dos militares: seria presa se pisasse em solo brasileiro. Maria Thereza chorou naquele cais por três dias: a mãe morreu na madrugada do dia 6, mas ela ficou plantada lá na esperança de que permitissem que fosse ao velório. Ainda teve esperança de ir ao enterro, o que também lhe foi negado. Mas não arredou pé, tentando ao menos a chance de fazer uma prece no túmulo da mãe. Não permitiram. A crueldade da medida e a obstinação de Maria Thereza em permanecer no cais por três dias, na temperatura gélida às portas do inverno, comoveram São Borja. Os militares foram irredutíveis.[84]

Depois foi o pai, Dinarte, que ficou doente. Ele já tinha 85 anos. Desta vez, Maria Thereza conseguiria permissão das autoridades brasileiras para acompanhá-lo no tratamento médico, no Rio. No dia 2 de outubro de 1966, ela chegava ao Aeroporto Internacional do Galeão. Passou 44 dias na cidade e provocou um verdadeiro tumulto nas redações das revistas e jornais da época. Jornalistas e fotógrafos davam plantão 24 horas por dia em frente ao Edifício Chopin, na Praia de Copacabana. Informado sobre o que acontecia no Brasil, Jango, que havia ficado no Uruguai, não gostou nada do revival da fama da mulher, não se sabe se por ciúmes ou por temer as consequências políticas daquela volta ao mundo dos flashes. Ou pelas duas razões.

Oito meses depois, o estado de saúde de Dinarte voltaria a piorar. Como haviam previsto os médicos que cuidaram dele no Rio, não teria muito tempo de vida. Em 6 junho de 1967, Maria Thereza foi ao hospital em São Borja dar adeus ao pai, mas os militares permitiram que ela passasse apenas 15 minutos, rigorosamente cronometrados, ao lado de seu leito. A crueldade do gesto irritou Jango, mas não havia nada a ser feito. Dinarte morreu pouco depois de Maria Thereza deixar a cidade. Ela não pôde ir ao enterro do pai.[85]

Mas nada iria se comparar ao que fez o general Ernesto Geisel quando Jango infartou e morreu, em 6 de dezembro de 1976, em Mercedes, na Argentina. Os últimos meses de vida do ex-presidente, como escreve Elio Gaspari, foram intensos e sofridos. "Não queria mais ficar na Argentina. Sentia-se ameaçado pela pistolagem das ditaduras. Pretendia passar um tempo na Europa, em Londres, com os filhos, ou em Paris. Emagrecera, parara de beber, mas continuava fumando (dois maços por dia). Com um passado de cardiopata relapso já atingido por dois enfartes, seu fôlego não resistia a uma caminhada. Morto, Jango não era o que fora. Transformara-se naquilo que se temia que fosse", escreveu o jornalista.[86] João Goulart morreu deitado na cama, ao lado da esposa. Tinha acabado de ler uma edição da revistinha "Tex", um dos personagens de westerns mais longevos da história dos quadrinhos, que ele adorava.

Para homenagear o marido, cujo maior desejo era voltar ao país que um dia presidira, Maria Thereza foi proibida de cruzar a fronteira seca, por terra, com o corpo dele. Uma ordem assinada por Geisel a obrigou a fazer o trajeto pelo rio, mais longo e difícil. "O Geisel foi o cão comigo. Fazia muito calor, e o corpo estava mal embalsamado. Foi um sufoco desnecessário", relatou Maria Thereza ao repórter Aydano André Motta, do jornal "O Globo", em 2004.[87]

Em 2013, 36 anos depois da morte de Jango, a Comissão Nacional da Verdade, instituída para elucidar casos de tortura e crimes cometidos pela ditadura, decidiu exumar, a pedido da família, o corpo do ex-presidente. Havia suspeitas de que João Goulart fora envenenado por agentes do regime militar. Um ano depois, porém, a perícia não encontrou a presença de qualquer substância química no corpo do marido de Maria Thereza. Jango, então, foi enterrado pela segunda vez no Cemitério Jardim da Paz, em São Borja, mas, desta vez, com as honras de chefe de Estado que lhe haviam sido negadas pelo presidente Geisel.

A Anistia Política, em 1979, e o fim oficial do exílio não significaram, para Maria Thereza, a total reconciliação com seu país. "Até hoje ela não se sente em casa no Brasil. Muda sempre de endereço. É como se não reconhecesse mais o lugar em que nasceu", disse Wagner William, biógrafo da ex-primeira-dama, em entrevista à revista "IstoÉ".[88] Passou a viver entre Rio de Janeiro, Porto Alegre, Montevidéu e Buenos Aires. João Vicente e Denize, aos quais ela tanto se dedicou, lhe deram oito netos, suas paixões.

O mito da beleza da primeira-dama, iniciado por Maria Thereza, sobrevive até hoje no inconsciente do país. Numa crônica publicada em agosto de 1999, o escritor Luis Fernando Verissimo não deixou escapar a oportunidade para brincar com o tema, ao defender o nome de Patrícia

Pillar para primeira-dama. A atriz era então namorada do ex-ministro Ciro Gomes, que se articulava para a sua segunda disputa presidencial. "Já ouvi dizerem que o cara estar namorando a Patrícia Pillar e ainda querer ser presidente é um exemplo radical de ambição desmedida, mas não é isso. O slogan da campanha de Ciro Gomes está pronto: 'Patrícia Pillar para primeira-dama'. Tem o meu voto e ainda garanto mais uns dezessete", escreveu. Ciro disputou a eleição de 2002, mas ficou em quarto lugar. Naquele pleito, deu uma declaração infeliz à "Folha de S. Paulo", ao dizer que o principal papel de Patrícia Pillar era o de "dormir" com ele.[89]

CAPÍTULO 4
DITADURA MILITAR

Após João Goulart deixar o poder, o Brasil viveria um período de 21 anos, de 1964 a 1985, de retrocesso na política, nas artes e nos costumes. O endurecimento progressivo da ditadura militar, que se instaurou com o golpe de estado, fez murchar o país orgulhoso de si mesmo que havia surgido com Juscelino Kubitschek e começara a naufragar com a insensatez de Jânio Quadros e a bagunça institucional do governo de Jango.

O período da redemocratização se encerrou como um jogo de tabuleiro em que o participante é punido com uma carta que o faz voltar várias casas. Apesar do chamado Milagre Econômico, que levou o país a taxas de crescimento de dois dígitos e fez prosperar a classe média urbana, a economia seria engessada, fechada ao restante do mundo, marcada por corrupção e com o Estado inchado por tantas "bras" surgidas ou infladas na era militar.

O Brasil não estaria sozinho no continente nessa guinada à extrema direita. Chile, Argentina, Uruguai, Paraguai, Colômbia, Peru e Bolívia também passariam por governos ditatoriais chefiados por militares nos anos 1960 e 1970, com o mesmo histórico de perseguições políticas, torturas, assassinatos de opositores e total cerceamento das liberdades democráticas. E, como denominador comum, o apoio ativo do governo norte-americano, demarcando terreno nas Américas para frear a ascensão do comunismo, no contexto da Guerra Fria com a então União Soviética.

Foram cinco generais e duas juntas militares no Brasil: a primeira, autodenominada Comando Supremo da Revolução, entre 31 de março e 15 de abril, quando o marechal cearense Humberto de Alencar Castelo Branco assumiu a chefia do Poder Executivo, com o discurso de que o governo dos militares teria um "caráter corretivo" e transitório. Sua missão seria completar o tempo para o encerramento do período em que João Goulart deveria governar, até 1965, quando estavam previstas eleições para presidente. Mas logo o mandato de Castelo Branco foi prorrogado por força de uma emenda constitucional. Entre outras medidas, ele baixou o Ato Institucional nº 2, que acabava com os partidos políticos, e instituiu eleições indiretas para a Presidência, que ganhava mais poderes. Deixou o cargo em 15 de março de 1967 e morreu em um acidente aéreo quatro meses depois. O pequeno avião em que Castelo viajava desviou-se da rota e colidiu com uma aeronave da Força Aérea Brasileira, ao invadir o espaço aéreo onde havia treinamento dos pilotos de caça da FAB. O acidente suscitou várias teorias da conspiração sobre um complô para matar Castelo, mas nada foi provado.

Depois da fulgurante Maria Thereza e do bonitão João Goulart, o país teria à frente um homem que havia sido definido como "terrivelmente feio, (...) quase um pequeno monstro" pelo general Octávio Costa e "baixo, moreno e feio" pela própria irmã[1], ao apresentá-lo a amigas — entre elas Argentina, que se tornaria mulher do marechal, a despeito da descrição desencorajadora da futura cunhada. Castelo chegaria viúvo ao cargo de mandatário da nação: Argentina morreu em 1963. O posto de primeira-dama foi ocupado pela filha do casal, Antonieta. Fim da democracia e também do glamour em torno da primeira-dama.

Em 15 de março de 1967, o gaúcho Arthur da Costa e Silva assumiu a Presidência. Octávio Costa o classificou de "bem apessoado, dinâmico, jovial, mulherengo e simpático".[2] O "gozador da vida, vivedor", nas palavras de Costa, passou à História como o homem que assinou, em 13 de dezembro de 1968, o Ato Institucional nº 5, o famigerado AI-5, que fez o regime mudar de patamar, mergulhando o país num período de perseguições políticas ainda mais intensas e cerceamento total às liberdades. Seu mandato deveria durar cinco anos, mas foi interrompido: em 27 de agosto de 1969, Costa e Silva sofreu um derrame cerebral que iria paralisá-lo. Em vez de o vice-presidente Pedro Aleixo assumir, entrou uma nova junta militar. Aleixo não era bem visto pelos oficiais mais radicais das Forças

Armadas, principalmente porque não quis assinar o AI-5. Costa e Silva morreria de um ataque cardíaco em dezembro daquele ano.

Em seu governo, o cargo de primeira-dama voltou a ser preenchido e a provocar um leve, muito leve *frisson* na nação, porque acabaram os dias de cerco total à mulher do presidente, como acontecera com Maria Thereza. Yolanda tinha muita personalidade, gostava de prazeres mundanos como a bebida e o jogo, também um conhecido divertimento do marido. E não escondia sua satisfação quando se transformava em centro das atenções num meio predominantemente masculino.

O general Emílio Garrastazu Médici, outro gaúcho, assumiu em 30 de outubro de 1969. E levaria seu mandato até o fim, em 15 de março de 1974. Um amigo do general, em entrevista à revista "Veja", disse que nem mesmo as pessoas mais próximas tinham "liberdade de lhe dar um tapinha na barriga".[3] Calado e taciturno, Médici não era mesmo dado a brincadeiras. Sua figura, somada à conjuntura em que despontou do Rio Grande do Sul para a chefia do governo, metia medo, mas até conseguiu se tornar popular por conta de sua paixão pelo futebol e a sorte de a seleção brasileira ter vencido a Copa do Mundo do México, em 1970.

Suas fotos em estádios com o radinho de pilha ficaram famosas, assim como a ingerência sobre a escalação do escrete: impôs a convocação de Dario, o Dadá Maravilha, centroavante do Atlético Mineiro. O treinador João Saldanha, comunista de carteirinha, disparou: "O general nunca me ouviu quando escalou o seu ministério. Por que, diabos, teria eu que ouvi-lo agora?".[4] Saldanha seria substituído por Zagallo no comando da seleção e, quando Médici morreu, em outubro de 1985, declarou ao "Jornal do Brasil": "Lamento a morte do cidadão Emílio Médici, mas não tenho como deixar de lamentar muito mais o assassinato cruel, sob tortura, de meus amigos do PCB e de muitos outros, durante seu governo, que qualifico como o mais sanguinário de nossa História. O episódio da seleção, considero menos grave. Ele me tirou porque me recusei a convocar o Dario, como era o seu desejo".[5]

Médici foi, de fato, como disse Saldanha, o comandante dos anos mais sangrentos da ditadura militar, em que a tortura se institucionalizou como prática no enfrentamento à oposição ao regime. Apesar de denúncias em fóruns internacionais e dos protestos de intelectuais e movimentos organizados no Brasil, o governo Médici aprofundou a bestial prática espalhando para todo o país o modelo criado em São Paulo em 1969, com o nome de Operação Bandeirante. Tratava-se de um organismo extraoficial, reunindo diferentes núcleos de segurança, com financiamento privado, que usava a sede do II Exército. Médici os organizou dentro do aparelho de Estado, sob o nome de Centro de Operação de Defesa Interna, os Codi, junto com o Destacamento de Operações de Informações (DOI). Surgiram assim os DOI-Codi nas principais capitais, com o objetivo de sufocar a oposição.

Enquanto a barbárie se desenrolava nos porões, sua mulher, Scyla, passou pelo cargo como a antítese das primeiras-damas que a antecederam em outros períodos históricos, e também muitas léguas distante de Yolanda Costa e Silva. Era a própria encarnação da discrição e do silêncio. E da anulação diante do marido. Uma pessoa sem importância, como ela disse certa vez sobre si mesma.

A passagem de bastão de Médici para Geisel, de novo um gaúcho, se deu em um contexto de completa desarticulação dos grupos da luta armada urbana, que haviam crescido na resistência ao AI-5 e ao endurecimento do regime. Restava ao general que fez a "distensão lenta, gradual e segura" colocar a pá de cal sobre a guerrilha do Araguaia — liderada pelo PCdoB, a dissidência do PCB que se postou ao lado das teorias de Mao Tsé-Tung, líder da Revolução Chinesa de 1949. A guerrilha ainda mantinha focos no campo, apesar da dura repressão.

Geisel, que tomou posse em 15 de março de 1974, concluiria o "trabalho" no fim desse ano, sem fazer prisioneiros da "guerra subversiva" que as Forças Armadas afirmavam estar em curso no país: quem não morreu em combate foi executado, assim como foram torturados e executados camponeses que nada tinham a ver com o PCdoB, mas se compadeceram dos jovens que viviam em condições duríssimas na selva, na aventura comandada de longe pelos líderes maoístas.

Descendente de alemães, disciplinado, focado, mas não tão rígido quanto Médici, o luterano Geisel foi o primeiro presidente não católico do país. Sua mulher, Lucy, postou-se ao lado das primeiras-damas de perfil discreto.

O último general presidente, João Batista Figueiredo, que encerrou o ciclo da ditadura, era rude, mal-humorado, e desde sempre se mostrou desconfortável com a missão a ele designada por seus pares nas Forças Armadas. Notabilizou-se por frases como "prefiro o cheiro dos cavalos ao cheiro do povo", ou respostas como a que deu a um menino de 10 anos que lhe perguntou o que faria se o pai ganhasse salário-mínimo: "Eu daria um tiro no coco". Também se fez notar em sua vida amorosa. Foi casado com Dulce, uma mulher que gostava de carnaval e se preocupava em manter a aparência jovem com o auxílio de cirurgia plástica. Com ela, viveu um relacionamento de aparência. Figueiredo manteve um longo romance com uma hoteleira, casada.

Paradoxalmente, nesse momento histórico em que um governo de generais — por definição idosos, uma vez que o generalato é o topo da carreira —, de ideias conservadoras e do primado da força se instalava, o movimento feminista, que avançava no Ocidente, chegava ao Brasil. A pílula anticoncepcional aportara aqui em 1962, e as mulheres passaram a buscar uma atitude mais liberal em relação ao sexo e ao comportamento em geral, deixando, aos poucos, o lugar de "belas, recatadas e do lar" que lhes era reservado.

Em meados dos 1970, o movimento feminista se destacou na luta em defesa da mulher: lançou nacionalmente a campanha "Quem ama não mata", que exigia um segundo julgamento para o playboy Raul Fernando do Amaral Street, o Doca Street, réu pelo assassinato de sua namorada, a socialite Ângela Diniz. O primeiro júri havia acolhido a tese de legítima defesa da honra e ele ficou longe da cadeia. Graças à pressão das feministas, Doca foi condenado a 15 anos de prisão em novembro de 1981.

O Movimento Feminino pela Anistia também foi um marco importante do período: denunciava a repressão que a ditadura havia imposto aos brasileiros. Grande parte do grupo da militância era composto por mulheres que tiveram maridos torturados e assassinados pelo governo militar. A luta dessas mulheres ganhou o apoio da sociedade e fez crescer a pressão sobre o regime militar, que resultou na promulgação da Lei n° 6.683, em 28 de agosto de 1979. Por conta da Lei da Anistia, mais de quatro mil presos políticos puderam retornar ao país.

As primeiras-damas da ditadura acompanharam o perfil dos maridos. Embora algumas até tirassem uma casquinha dos novos tempos, como Yolanda e Dulce, com comportamentos mais liberais, elas jamais se posicionaram publicamente sobre questões contemporâneas, entre elas o feminismo. Foram, antes de tudo, mulheres de militares do alto escalão, algumas mais discretas, outras menos, mas que em nada poderiam ser comparadas a Darcy Vargas, Sarah Kubitschek ou Maria Thereza Goulart. Ou até mesmo a Nair de Teffé.

O governo do último presidente do regime militar terminou de forma melancólica. Abatido pelo segundo choque do petróleo, em 1978, Figueiredo pagou a conta dos anos de euforia e descontrole orçamentário criado a partir do Milagre Econômico, no fim dos anos 1960 e início da década seguinte. A inflação chegou a quase 300% em 1985, contra 46% no primeiro ano de seu governo. A dívida externa dobrou no seu mandato, passando a US$ 100 bilhões em 1984. Figueiredo pediu ajuda ao FMI e os anos 1980 entraram para a História como a chamada "década perdida": recessão, empobrecimento da população e consequente aumento da desigualdade social. A herança maldita dos militares iria se agravar nos primeiros governos civis da chamada Nova República, marcados por hiperinflação e planos econômicos mirabolantes. O país só encontraria a paz monetária com o advento do Plano Real, em 1994.

YOLANDA RAMOS BARBOSA
☆ 30 de outubro de 1908
☦ 28 de julho de 1991
• Casada com Arthur da Costa e Silva
• Primeira-dama de 15 de março de 1967 a 31 de agosto de 1969

Nascida em Curitiba, numa família tradicional de militares, Yolanda[6] era filha do general Severo Barbosa e de Arminda Ramos Barbosa. Costa e Silva a conheceu ainda criança, porque Severo foi seu professor na Escola Militar, no Rio, e costumava convidar o aluno e conterrâneo a ir aos domingos à sua casa, no bairro carioca (e de militares) de Deodoro. Anos depois, Costa e Silva confessou que estava de olho na garota desde que ela tinha 10 anos e ele, 20. Disse a um amigo que se casaria com ela. Em entrevistas nos anos 1980, Yolanda revelou que o interesse do futuro marido começou ainda mais cedo: quando ela tinha apenas 9 anos. Aos

12, foi madrinha de Costa e Silva em sua formatura de aspirante a oficial. Logo depois estavam namorando.

Casaram-se em 22 de setembro de 1925, em Juiz de Fora, Minas Gerais. Ela era professora primária já formada aos 16 anos, e o então tenente do Exército em poucos dias completaria 26. Tiveram um único filho, Alcio Barbosa da Costa e Silva, que chegou a coronel do Exército e foi engenheiro da Embratel. Antes de se casar, Costa e Silva aproveitou a vida. Depois da Escola Militar no Rio, voltou ao Sul e sacramentou a fama de conquistador. Já mais velho, o general adorava jogar, como lembrou o general Ernesto Geisel: "Eu achava que o Costa e Silva era um homem que não gostava mais de estudar, de ler. Era um homem que gostava de jogar, jogar o seu pôquer, jogar nas corridas de cavalo. Isso vinha de longa data."[7] Alinhado à posição de Castelo Branco de indicar um candidato civil à sua própria sucessão, Geisel era contrário à candidatura do marido de Yolanda como segundo presidente militar da ditadura.

No gosto pelo jogo, Costa e Silva foi acompanhado pela mulher que, já primeira-dama, promovia rodadas de pôquer no Alvorada. Mas se Yolanda seguiu os passos do marido na paixão pelo pano verde, na vida cotidiana era ela quem dava as cartas. E também tomava conta das finanças da casa. Por toda a vida, desde o tempo de tenente até presidente, Costa e Silva entregava o salário para a mulher administrar. No mesmo depoimento que consta do livro organizado pelos historiadores Maria Celina D'Araújo e Celso Castro, Geisel se refere a Yolanda como sendo a pessoa que "deve ter influído muito no espírito de Costa e Silva, na ambição de se tornar presidente (...). Ela era conhecida como a pessoa que conduzia Costa e Silva para a frente, impulsionando-o. Era ambiciosa."[8]

Na edição do "Jornal do Brasil" de 16 de março de 1967, a cobertura da posse do segundo presidente militar foi da capa à página cinco. O nome de Yolanda, que assumia como primeira-dama, teve apenas cinco citações, das quais duas menções traziam alguma informação. Uma delas relatava o desconforto que sentira com o calor durante o discurso de despedida de Castelo Branco, no saguão do segundo andar do Palácio do Planalto.

Segundo o jornal, aglomeravam-se ali 1.500 pessoas. "[*Yolanda*] Usou um par de luvas brancas que trazia na mão para se abanar, conversou algumas vezes com sua nora e só devolveu sua atenção ao estrado no instante da entrega da faixa presidencial ao seu marido", descreveu o "JB".[9]

Um fato curioso é que não houve a tradicional troca da faixa presidencial entre o presidente que saía e o que entrava. A peça, com o brasão da República bordado em ouro com um brilhante ao centro, estava surpreendentemente guardada no bolso do diplomata Guimarães Bastos, um dos responsáveis pelo cerimonial do Itamaraty. Foi Bastos quem a colocou no peito de Costa e Silva, sob o olhar de Castelo. O gesto simbólico, de certa maneira, traduzia o distanciamento político entre o marechal, que preferia devolver o governo aos civis, e o sucessor, um dos líderes da chamada linha-dura, responsável por aprofundar a ditadura militar.

A segunda maior citação à esposa de Costa e Silva no primeiro caderno do "Jornal do Brasil" apareceu na página 4. O texto com nove linhas era, naturalmente, dedicado às roupas de Yolanda e de Antonieta, filha de Castelo Branco, sua antecessora. "D. Yolanda trajava um vestido de xantungue de seda pura verde, com forro e dobra azul petróleo, da mesma cor dos sapatos e do chapéu, em forma de turbante. D. Antonieta, filha do marechal Castelo Branco, estava vestida com um costume rosa *choking*, com gola e chapéu estampados no mesmo tom, sapatos e bolsa brancos."[10]

Mas, se não mereceu destaque no noticiário de política, Yolanda foi a capa do "Caderno B", caderno de cultura do "JB", veiculado naquele mesmo dia. O perfil assinado por Glória Nogueira começa com a descrição do diálogo entre ela e o pai, o general Severo Barbosa, que tinha em mãos a carta na qual Costa e Silva a pedia em casamento:

O general mandou chamar a mais velha de suas quatro filhas:
— Como é isso? Então eu sou o último a saber?
A menina balbucia:
— É, ele disse que ia me pedir em casamento.
— E você sabe o que é casamento?

Ante a resposta negativa da menina, o pai faz-lhe uma preleção, que termina com a advertência:
— Vá para o seu quarto e pense bastante no assunto.

Dias depois, conta a jornalista, Yolanda dava sua palavra final ao pai: iria se casar com o "tenente Arthur". Mas ela precisou esperar mais seis meses, porque Costa e Silva estava cumprindo pena no navio-prisão Alfenas, fundeado na Baía de Guanabara — era um dos militares envolvidos no movimento tenentista de 1922. Solto, ainda passou uma temporada em serviço numa guarnição no Rio Grande do Sul. O pai até brincou com a filha, achando que o pedido de casamento não era para valer. O perfil publicado pelo "JB" é, naturalmente, a versão oficial. E contrasta com a visão que o general Ernesto Geisel apresentou de Yolanda.

No jornal, a futura primeira-dama é apresentada como uma donzela submissa ao marido. "A casa, o filho e, mais tarde, os quatro netos — de quem é avó coruja — eram as únicas preocupações de Yolanda até abril de 64. Com a ascensão do marido ao Ministério da Guerra e sua colocação à testa de importantes decisões para o país, a política tornou-se, aos poucos, um assunto de grande interesse de Yolanda. Descobriu em si própria uma 'veia oculta' de atração para a política, que, entretanto, ainda a assustava: 'É um jogo fascinante e perigoso'."[11]

Antes da posse do marido, Yolanda, católica praticante, teve participação ativa nos grupos de mulheres que combatiam o governo João Goulart. Jango era acusado de abrir o país à penetração do comunismo internacional. Na visão dessas senhoras, o comunismo ameaçava os pilares da sociedade, como a igreja e a família. Esse sentimento era particularmente forte entre as mulheres de militares. O anticomunismo consistia na questão central que mobilizara as Forças Armadas para o golpe contra Jango. Essa convicção vinha desde 1935, quando a Intentona Comunista comandada por Luís Carlos Prestes, líder do PCB, fracassou, mas fez muitas vítimas nas tropas.[12]

Com o marido na Presidência, Yolanda se tornou uma das mais influentes, poderosas e cortejadas primeiras-damas da História brasileira. Sua imagem contrastava com a do marido, um homem de 66 anos com "uma aparência envelhecida e flácida que, somada a um par de óculos escuros dos quais não se desfazia, tornava-o um típico general latino-americano de caricaturas", descreve o jornalista Elio Gaspari.[13] Apesar de na juventude ter sido um aluno brilhante, concluindo o Colégio Militar, em Porto Alegre, como o primeiro da turma, Costa e Silva ganhou fama mais tarde de alguém desinteressado pela leitura, alvo de piadas constantes. "Numa das mais cruéis, mobilizara o Exército para descobrir quem lhe roubara a biblioteca, pois ainda não tinha acabado de colorir o segundo livro", conta Gaspari.[14] Ao marechal Cordeiro de Farias, que foi seu ministro, disse gostar só de fazer palavras cruzadas.[15]

A primeira-dama, obviamente, sempre buscou ao longo de sua vida rebater a imagem criada em torno do casal. Chegou até a publicar o livro de memórias "A verdade, nada mais que a verdade" para defender o legado do governo Costa e Silva. "Não sei por que se faz essa permanente omissão do nome do meu marido. A Ponte Costa e Silva é chamada de Ponte Rio-Niterói. O Viaduto Costa e Silva, de São Paulo, é mais conhecido com Minhocão", disse em uma entrevista à revista "Manchete", no início dos anos 1980.[16] Yolanda, certamente, foi injusta. Se foi esquecido por dar nome a grandes obras viárias, Costa e Silva sempre será lembrado como o presidente que assinou o mais nefasto instrumento do regime militar: o Ato Institucional nº 5, na noite de sexta-feira 13 de dezembro do ano bissexto de 1968. Anunciado em cadeia nacional de rádio e TV pelo locutor Alberto Curi, o documento de oito páginas conferia ao presidente da República o direito de cassar mandatos, fechar o Congresso, demitir funcionários públicos, nomear governadores e prefeitos, cassar direitos políticos de qualquer cidadão, suspender o *habeas corpus* para pessoas acusadas de crimes políticos e estabelecer a censura prévia.

Na versão de Yolanda, a autoria do AI-5 foi do próprio Costa e Silva, que o rascunhou antes de entregá-lo ao ministro da Justiça, Luís Antônio da Gama e Silva, e ao jurista Carlos Medeiros. "No dia 12 de dezembro de 1968, depois que o Congresso tinha se negado a dar licença para processar o deputado Márcio Moreira Alves, ele se trancou em seu gabinete das 16h às 2h da madrugada. Aí saiu com o rascunho do Ato. Chamou os juristas Carlos Medeiros e Gama e Silva: 'Deem uma forma jurídica a isto'. Ele estava muito abalado", disse a primeira-dama. Marcito, como era conhecido o deputado, fez um discurso dias antes na Câmara no qual exortava as moças a não namorar cadetes e alertando as mães para que proibissem seus filhos de assistir às paradas cívicas de 7 de Setembro.

O discurso era uma reação ao espancamento de estudantes durante a invasão da polícia à Universidade de Brasília e ao fechamento da Universidade Federal de Minas Gerais. Foi considerado ofensivo "aos brios e à dignidade" das Forças Armadas. Anos depois, o então ministro da Fazenda, Delfim Netto, que participou da reunião de ministros no Palácio Laranjeiras, onde foi apresentado o texto do AI-5, revelou que aquilo tudo não passou de "teatro". "Aquela reunião foi pura encenação. O Costa e Silva de bobo não tinha nada. (...) O discurso do Marcito não teve importância nenhuma. O que se preparava era uma ditadura mesmo. Tudo era feito para levar àquilo."[17]

Com o AI-5, Costa e Silva tornava-se, assim, segundo Elio Gaspari, o "barítono" do regime. Seu antecessor foi quem o apelidou dessa maneira. Ao fazer troça de sua própria impopularidade, Castelo Branco costumava contar a anedota do tenor que, cansado das vaias, parou de cantar e falou à plateia: "Esperem o barítono". Claro que Castelo não se referia ao ato institucional mais cruel da ditadura, mas, ao decidir assiná-lo, Costa e Silva cantou mais alto que o "marechal tenor", dando o tom da ópera bufa do regime dali pra frente.[18]

O período de trevas do país sob o regime do AI-5 durou exatamente dez anos e 18 dias. Nas entrevistas que concedeu, a primeira-dama disse que a ideia do marido era mantê-lo em vigor durante "uma gestação" — ou seja, nove meses. Depois, ele baixaria uma lei de anistia, trazendo o país à normalidade democrática. Costa e Silva só não o fez, segundo sua esposa, porque sofreu uma trombose cerebral que o afastou do poder. "Na realidade, o AI-5 matou o meu marido. Ele só pensava em revogá-lo", afirmou a primeira-dama em entrevista à jornalista Heloneida Studart, que anos depois viria a ser deputada estadual, no Rio de Janeiro, pelo Partido dos Trabalhadores.[19]

Yolanda sempre negou o seu poder de convencimento sobre o marido: "O Costa e eu apenas gostávamos de trocar ideias, ele pedia minha opinião, eu dava. Às vezes, acatava, outras não. O presidente era ele."[20] Yolanda tratava publicamente o marido pelo sobrenome Costa. Na intimidade, chamava-o de "paizinho".[21] O fato, porém, era que metade do país recorria ao presidente e a outra, à primeira-dama, buscando alguma benesse do governo. O ex-governador Paulo Maluf, por exemplo, foi um dos que entraram na vida pública graças a Yolanda. Eram amigos de longa data. No momento mais solene da posse de Costa e Silva, no Palácio do Planalto, pouco antes de o presidente ler o seu discurso, Maluf surpreendeu a todos. Quebrou o protocolo e subiu ao palco, deu um tapinha nas costas do marechal e, ato contínuo, tascou um beijo no rosto da primeira-dama. Perplexos, Castelo e Antonieta presenciaram a cena do beijoqueiro. Os dois eram os únicos que dividiam aquela parte do salão com os Costa e Silva.[22]

Tamanha intimidade selou o destino de Maluf. Ao escolher os nomes para o segundo escalão do governo, Costa e Silva foi surpreendido pela mulher. Para o cargo de presidente da Caixa Econômica Federal, ela sugeriu ao marido o nome do amigo, então dono da Eucatex e presidente da Associação Comercial de São Paulo. Maluf ganhou o cargo e, em troca, teria dado de presente um colar de pérolas à primeira-dama. Ela, porém, sempre negou a história: "Uma calúnia. Paulo seria incapaz disso. Só recebi dele a amizade. Ele chegou onde chegou por seus próprios méritos."[23] Da presidência da Caixa, Maluf viraria prefeito de São Paulo, iniciando uma carreira política marcada por escândalos de corrupção.

Uma discussão nos meios militares envolvendo o general Augusto Cezar de Castro Moniz de Aragão e o presidente também deixaria transparecer a influência da primeira-dama sobre o marido. Aragão tomou as dores de um colega que considerava ter sido injustamente afastado de suas funções por uma comissão de investigação do Exército e acusou Costa e Silva de favorecer um irmão e o sogro, o general Severo Barbosa. Disse que o irmão do presidente fora nomeado para o Tribunal de Contas do Rio Grande do Sul sem ter a qualificação necessária. E acusou o sogro de embolsar 80 mil cruzeiros — na época cerca de US$ 20 mil — após revisão do processo de transferência para a reserva. O processo do pai de Yolanda foi indeferido, mas, após a promulgação do AI-5, o genro reconsiderou a decisão e o sogro pôde receber o recurso da revisão da aposentadoria.[24]

Menos de um mês depois de o marido virar presidente, Yolanda assumiria a presidência da Legião Brasileira de Assistência, cargo que ocupou até praticamente o fim do governo Médici, em 1973. No discurso de posse, disse que a LBA visava a "promoção social da família, célula-mater da sociedade e sustentáculo da nação".[25] Para tocar o seu programa, a primeira-dama cresceu o olho nos recursos do jogo do bicho. O gordo dinheiro arrecadado com a contravenção poderia financiar suas obras sociais. Inicialmente, tentou a legalização da jogatina. O marido deu o pontapé inicial, anunciando que apoiava a iniciativa "em circunstâncias especiais e em épocas determinadas", por ser o jogo uma "extraordinária fonte de divisas".[26]

Yolanda pediu, então, ao diretor-executivo da entidade, o pediatra Rinaldo De Lamare, que encaminhasse um projeto nesse sentido à Comissão de Saúde da Câmara dos Deputados. A LBA pedia a legalização do jogo e a destinação de 20% do montante das apostas para os seus programas de apoio à infância. Esperava receber anualmente cerca de Cr$ 36 milhões, com base numa estimativa de que o bicho rendia por ano de "um bilhão e 800 milhões de cruzeiros antigos, nos quatro mil municípios brasileiros".[27] A preços de setembro de 2019, a LBA receberia R$ 318 milhões sobre uma receita de incríveis R$ 19 bilhões por ano.[28] Como o jogo era ilegal, a estimativa, certamente, não passava de um mero chute.

Ao longo de dois anos, a Legião Brasileira de Assistência mandou mais de um projeto à Câmara, mas a ideia de legalizar o jogo do bicho foi muito criticada por vários setores da sociedade, inclusive pelo secretário da Receita Federal, Orlando Travancas. A solução para dar recursos à LBA viria em 1969, com a criação da Loteria Esportiva, que saiu do papel apenas no ano seguinte. O primeiro teste do jogo oficial da Loteria ocorreu, curiosamente, no Estado da Guanabara, berço do bicho.

Outro traço da personalidade de Yolanda era sua desinibição. Em 1967, deixou-se fotografar ao lado de todo o ministério em um dos salões do Laranjeiras. Detalhe: sem o marido.[29] Festeira, a primeira-dama era vista nas noites do Rio, muitas vezes desacompanhada. Línguas ferinas destilavam maledicências, mas nunca se soube de nenhuma traição. Ela, por sua vez, dizia que seu marido a "obrigava a sair". "Não amei ninguém *(além do presidente)*. O que tive foram companhias. E lhe digo o seguinte: sempre tive essa liberdade mesmo durante o casamento. Quando Costa não podia sair à noite, como na época em que fez o curso de Estado-Maior, durante três longos anos, ele me incentivava a aceitar convites para compromissos sociais em companhia de amigos. Ninguém achava nada demais", disse.[30] Yolanda não perdia um baile de carnaval no Teatro Municipal ou nos clubes Sírio-Libanês e Monte Líbano. Algumas vezes com o marido presidente, foi jurada de desfile de fantasias de luxo, tendo como destaque o eterno Clóvis Bornay.

É de autoria do jornalista e imortal Murilo Melo Filho um causo saborosíssimo envolvendo a primeira-dama e o ex-presidente Juscelino Kubitschek numa noite momesca no Teatro Municipal. Em 1966, pouco antes do carnaval, JK revelou ao amigo Adolpho Bloch, dono da "Manchete", que nunca havia assistido àquela festa tão famosa e disputada. Bloch então o convidou para o camarote da revista no baile da segunda-feira de carnaval. Ao entrar no salão do Municipal, o ex-presidente, que acabara de voltar do seu autoexílio em Lisboa, foi aplaudido de pé pelos foliões. A orquestra parou de executar marchinhas e emendou "Peixe vivo" ("Como pode um peixe vivo viver fora d'água fria..."), cantiga do folclore mineiro que embalou a vida do ex-presidente e hoje é hino de Diamantina (MG), sua cidade natal. Foi de arrepiar. Menos para duas pessoas.

Dona Yolanda Costa e Silva, que ocupava o camarote presidencial, logo acima, tomou aquela manifestação como um insulto e uma ofensa. Estava acompanhada do ministro Mário Andreazza (Transportes), *que anos depois me confirmou, rindo muito:*

— Meu caro Murilo, as únicas pessoas no baile que não aplaudiram o Juscelino fomos D. Yolanda e eu.

De volta ao seu apartamento no Hotel Glória, onde estava hospedada, ela ligou para o marido, presidente Costa e Silva, acordando-o no Alvorada.

— Imagine você que este Bloch alugou 500 smokings na Casa Rollas para aplaudir o Juscelino e para me humilhar.[31]

Segundo Murilo Melo Filho, que publicou a história em setembro de 1991 na "Manchete", na quarta-feira de cinzas o governo federal encerrou o crédito que a revista tinha no Banco do Brasil e no antigo Banco da Guanabara. Seria o fim da publicação. Foi o ministro Delfim Netto, amigo de Bloch, quem contornou o problema.

Yolanda vivia nas colunas de Ibrahim Sued, de "O Globo", de quem era amiga. A amizade, aliás, deixava muitos militares de orelha em pé. Numa entrevista à "Veja", o presidente João Figueiredo deixou escapar essa insatisfação: "A tropa não gostava de Dona Yolanda Costa e Silva. Ela tinha uma mania detestável. Tudo o que acontecia no Palácio, ela ligava para o Ibrahim Sued. Adorava esse negócio de coluna social".[32] A "charmosa brunette" — como definira em documento confidencial a embaixada norte-americana, enviado à Casa Branca por conta da visita do casal presidencial a Washington — também era fascinada por ir às compras. Naquela oportunidade, Yolanda pediu um tempo livre na agenda para gastar seus dólares nas melhores lojas da capital norte-americana.[33] E, de fato, ela era ligadíssima em moda.

Numa entrevista à escritora Clarice Lispector, na "Manchete", Yolanda disse que a síntese da elegância estava em quatro fatores: "Simplicidade, bom gosto, autenticidade e adequação à idade". Pode-se dizer que a primeira-dama não seguiu muito à risca sua definição de elegância. Dos quatro fatores, o que melhor lhe cabia era a autenticidade. O bom gosto, vale dizer, ela buscava seguir também. Para Clarice, Yolanda tinha, sim, um *"physique du rôle"*.[34] Para isso, tornou-se muito amiga da estilista Zuzu Angel, que passou a confeccionar alguns de seus vestidos. Numa carta à estilista, desejou sempre "muito sucesso".[35] Ironia do destino, no governo do general Médici, por quem Costa e Silva guardava profunda admiração — era seu candidato à sucessão, mas morreu antes de vê-lo tomar posse —, Zuzu Angel teve o filho barbaramente morto no Centro de Informações da Aeronáutica, que funcionava ao lado da Base Aérea do Galeão, no Rio de Janeiro. Militante do grupo Movimento Revolucionário 8 de Outubro (MR-8), Stuart Jones Angel, após intensas sessões de tortura, teve o corpo esfolado e a boca amarrada num cano de descarga de um jipe. Morreu asfixiado e intoxicado por monóxido de carbono em 14 de junho de 1971.

Antes de ser impactada pela tragédia do filho, Zuzu Angel se viu envolvida no centro de uma polêmica com a realeza britânica. A estilista foi a autora do manto que Yolanda encomendara para presentear a rainha Elizabeth II, que visitou o Brasil com o príncipe Philip, em 1968. Em 16 de novembro daquele ano, na coluna "Hora H", do jornal "Última Hora", o jornalista Tarso de Castro expunha a questão do gasto excessivo num país que ainda não conseguira controlar a inflação, muito menos amainar a fome de milhões de brasileiros. Costa e Silva havia prometido, em seu discurso de posse, dar início à retomada do crescimento, "pois a democracia não pode florescer na pobreza". Os gastos excessivos com presentes para a rainha, porém, não caíram bem para a imagem de austeridade que os militares queriam passar.

"Como se não bastassem o problema militar e as brigas políticas, partimos para nos envolver numa nova crise junto ao governo. Desta vez será a 'crise do manto', segundo os mais categorizados porta-vozes. Yolanda ficou bastante irritada com a divulgação da série de presentes que ela iria dar à rainha Elizabeth II. A primeira-dama desmentiu, naturalmente, tais notícias, mas restou a preocupação de descobrir quem espalhou os boatos. Vai daí que a posição da costureira Zuzu Angel não seria das mais firmes. Parece que Zuzu, deslumbrada, andou querendo faturar publicidade demais", escreveu Castro.[36] O manto realmente havia aparecido, inclusive com foto, numa reportagem do diário carioca "O Jornal", em 2 de novembro de 1968, e mencionava que a peça era feita de "ouro e pedras preciosas".

Se não economizava elogios para aqueles de quem gostava, como era o caso de Zuzu, a primeira-dama não perdoava os que a criticavam publicamente. Foi o que aconteceu com o estilista Clodovil Hernandes, demitido em setembro de 1968 da Rádio Panamericana, a pedido dela. O costureiro criticou no ar um vestido da primeira-dama. Yolanda encarnava, assim, a versão feminina do estilo "bateu, levou", lançado pelo jornalista Cláudio Humberto na época em que era porta-voz do presidente Collor. O futuro político, aliás, foi um dos 150 modelos que naquele mesmo setembro de 1968 desfilou no Palácio do Itamaraty, durante um evento com a presença do estilista Pierre Cardin, de passagem pelo Brasil. A festa foi organizada, claro, pela primeira-dama. Collor tinha 18 anos.

O assunto voltou aos jornais na campanha presidencial de 1989. Líder das pesquisas, o então candidato do nanico Partido de Reconstrução Nacional (PRN) foi criticado por seus adversários. Era a primeira eleição direta para presidente da República depois de 21 anos de ditadura e qualquer ligação com o antigo regime poderia abalar uma candidatura. Uma foto de Collor no desfile chegou a circular entre empresários paulistas. Mário Covas, do PSDB, afirmou em comício que o passado condenava o ex-governador de Alagoas. Leonel Brizola, do PDT, foi mais irônico: Collor não era mais "filhote da ditadura", mas "manequim da ditadura".[37]

Depois de sofrer trombose cerebral, o marido de Yolanda foi afastado do poder. Quatro meses depois, às 15h45 do dia 17 de dezembro de 1969, morreu vítima de um ataque cardíaco fulminante. Cliente do bisturi de Ivo Pitanguy, a primeira-dama deu uma explicação inusitada para mais uma visita ao cirurgião após o falecimento do marido: "Chorei tanto com a morte do Costa que as minhas pálpebras caíram".[38]

Yolanda também morreu de enfarte, aos 83 anos, em seu apartamento em Copacabana. Ela foi sepultada ao lado do marido, no jazigo da família no Cemitério São João Batista, em Botafogo. Segundo reportagem de "O Globo", compareceram ao enterro cerca de 60 pessoas, entre parentes, amigos e integrantes do governo Costa e Silva, como Hélio Beltrão, ex--ministro do Planejamento, e Rondon Pacheco, ex-chefe da Casa Civil.

SCYLLA GAFFRÉ NOGUEIRA

☆ 4 de outubro de 1907
† 25 de janeiro de 2003
- Casada com Emílio Garrastazu Médici
- Primeira-dama de 30 de outubro de 1969 a 15 de março de 1974

Na mitologia grega, Scylla — ou Cila — era uma ninfa, cuja beleza arrebatadora despertou o amor de Glauco, uma criatura marinha, metade homem, metade peixe. Mas a ninfa desprezou Glauco, que, com a ajuda de uma feiticeira, a transformou em um monstro marinho com dorso de mulher, cintura rodeada por 12 cabeças de cachorros e seis serpentes no lugar das pernas. Scylla esconde-se entre os rochedos do estreito de Messina, que separa a Itália da Ilha da Sicília, à qual deve o seu nome. Amargurada, vive para afundar os barcos de pesca que ousam navegar por ali. Da mitologia para a vida real, Scylla Gaffré Nogueira nunca desprezou o general Emílio Garrastazu Médici. Pelo contrário, viveu sua vida para o marido e os filhos como uma mãe e uma esposa abnegada. Dois meses depois de o marido assumir a Presidência da República, publicou uma carta numa revista pelo Dia Nacional da Família, na qual mostrava toda a sua submissão ao marido, dizendo que sua "valia" era "tão pouca":

"Desde que o nome de meu marido foi escolhido para o exercício da Presidência da República, em substituição ao grande Costa e Silva, formou-se ao meu redor intenso e compreensível movimento de curiosidade. Aqui estou, mas para trazer uma palavra, fazer um aceno a todas as mulheres como eu. Sou e serei sempre o que fui: a esposa de meu marido, duas vezes mãe. Ao longo de minha vida, não me tem feito maior diferença a função que ele exerce desde que permitido me seja estar ao seu lado. Minha valia é tão pouca, minha missão é tão fácil e tão suave. A mim, toca fazer-lhe a casa amiga e serena, fazê-lo sentir-se o homem simples e confiante que sempre foi, fazer o presente encontrar-se com as raízes de si mesma no amor do nosso lar", escreveu a primeira-dama[39]. Na mensagem, ela pedia o apoio das mulheres brasileiras para a missão que o marido acabara de assumir.

O governo Médici entrou para a História como o de maior repressão no regime militar. Nele, a tortura virou política oficial. Grupos de esquerda, no campo e na cidade, foram dizimados. E o cerco alcançou também aqueles que buscavam implantar uma revolução comunista no país e que, para isso, praticavam sequestros e assaltos a banco. Sobrava também para os moderados ou para quem desafiava os "bons costumes da família brasileira". Livros de gravuras de Pablo Picasso, por exemplo, foram considerados imorais e recolhidos. Apenas no mês de janeiro de 1973, 62 revistas entraram para o index e, proibidas, deixaram de circular, entre as quais "Playboy" e a alemã "Der Spiegel". Até o programa do conservador Flávio Cavalcanti foi suspenso por dois meses depois de apresentar uma entrevista de um senhor que emprestara a mulher ao vizinho e este achou por bem não devolvê-la. O apresentador levou os três ao programa e pediu que a esposa fosse devolvida ao marido para o "bem da família".[40]

No doce lar dos Médici, porém, a vida seguia inabalável. Cada um cuidava do seu terreno, e não metia a mão na cumbuca do outro. Ambos também tinham personalidade fechada. Comunicavam-se pelo silêncio. Talvez aí estivesse a explicação para ficarem casados por 54 anos. Ela tinha 23 anos e ele, 26, quando subiram ao altar, em 1931. Scylla foi a primeira e única namorada de Médici. "Eu conhecia muitos casais perfeitos, em termos de união, um deles era papai e mamãe", declarou, certa vez, Roberto, um dos dois filhos do casal.[41] Scylla e Médici eram gaúchos de Bagé, na fronteira com o Uruguai. Os dois também vinham de famílias de prósperos estancieiros. Filha da francesa Mercedes Lucas Graffé com o português Inocente Martins Nogueira, ela era a mais nova de oito irmãos. Os pais se separaram e a mãe criou sozinha os filhos. Scylla era a preferida de Mercedes. Na intimidade, a primeira-dama referia-se ao marido por seu apelido de infância, Milito, uma corruptela de Emilito.

Scylla teve um estilo bem distinto da sua antecessora, Yolanda Costa e Silva. Sempre muito discreta, reservada e modesta, acompanhava o marido nas solenidades de maneira protocolar, mas sem vida social. Como Yolanda, gostava de se vestir bem. Tinha também o seu estilista: o gaúcho Rui Spohr, pseudônimo de Flávio Spohr, filho de um empresário do ramo de calçados e de uma dona de casa, que estudou moda em Paris na mesma escola que teve, como contemporâneos, Saint Laurent e Karl Lagerfeld. Rui conheceu a futura primeira-dama quando era uma jovem namorada de um militar. Fez o vestido do casamento e, depois, aceitou ser o seu estilista quando ela foi para Brasília, sem cobrar nada por isso. A esposa de Médici alegava que não tinha como pagá-lo. "As caixas de roupas de dona Scylla seguiam com um livrinho manuscrito por Rui, explicando como elas deveriam ser usadas, em que ocasiões, horários e temperaturas. Além disso, com os vestidos, ele enviava as meias, os sapatos, bolsa, as luvas e o chapéu, compondo a toalete inteira da primeira-dama do país", escreveu a jornalista Hildergard Angel. Segundo ela, o trabalho de marketing que Rui Spohr fez por meio da moda para o governo Médici "não teve preço": "A imagem bem-vestida, sóbria e recatada de dona Scylla transmitia uma sensação de segurança da instituição familiar do primeiro casal do Brasil, que muito contribuiu para os objetivos dos governos militares."⁴²

Outra história interessante e pouco conhecida da primeira-dama envolveu a transgênero e cabeleireira Ruddy, que, em seu livro de memórias lançado em 2007, revelou ter atendido a esposa do presidente. "A Dona Scylla Médici (...) uma vez me chamou para fazer o cabelo no Palácio Laranjeiras. Eram os anos 70. Quando eu cheguei lá, linda numa calça cheia de espelhos, o segurança quis me barrar. E olha que era uma época em que eu ainda me vestia de homem. Ele disse que eu tinha que colocar terno e gravata. Imagina? Aí chamaram o mordomo, que era militar e uma bicha maravilhosa. Ele ficou indignado. E a primeira-dama me mandou subir de qualquer jeito", revelou Ruddy, em entrevista ao ator Otávio Augusto, publicada na revista "Domingo", do "Jornal do Brasil".⁴³

Se por um lado Médici governou com o porrete na mão, respaldado pelo AI-5, por outro, ele fez a alegria das classes altas e médias na economia, que puderam comprar carros e financiar imóveis. Aproveitando-se do crédito abundante vindo do mercado internacional, o ministro da Fazenda, Delfim Netto, foi o timoneiro do chamado Milagre Econômico, que se traduziu em queda da inflação e taxas de crescimento do PIB de até 11% ao ano. A escalada da economia financiou as grandes obras do período, como a Ponte Rio-Niterói e o asfaltamento de 2,3 mil quilômetros da Rodovia Belém-Brasília. Outras obras, como a Transamazônica, que ligaria a Paraíba ao Amazonas, ficaram pelo caminho. A maior parte da rodovia até hoje não foi asfaltada.

Foi também o período do tricampeonato mundial da seleção, em 1970, que pôde ser visto ao vivo e em cores na TV pelos brasileiros. Gremista e flamenguista, Médici dava palpite no escrete canarinho e deixava-se fotografar com rádio colado ao ouvido nos estádios. A propaganda oficial massificava, com slogans ufanistas, como "Ninguém segura este país" ou "Brasil: ame-o ou deixe-o". E, assim, o presidente ganhou popularidade.

Médici morreu na manhã do dia 9 de outubro de 1985 no Hospital Central da Aeronáutica, no Rio de Janeiro. Fora vítima de insuficiência renal aguda e respiratória, um ano e dois meses depois de um acidente vascular cerebral que paralisou todo o lado direito do seu corpo. No ano seguinte, em 1º de junho de 1986, a discreta Scylla decidiu conceder a sua primeira e única entrevista na vida. O furo foi dado pela repórter Cleusa Maria e rendeu uma reportagem de página inteira no "Caderno B Especial", do "Jornal do Brasil". Nela, a viúva de Médici revelou que o marido chegou a pensar em fazer a abertura política, mas teria sido traído por seu sucessor, o general Ernesto Geisel, que ameaçou desistir da candidatura caso o presidente seguisse em frente com o intento. "Eu ia subindo as escadas do Palácio Laranjeiras — tinha saído para fazer umas comprinhas — e vi o Geisel falando agitadamente com meu marido. Fiquei fora de mim e perguntei a ele: 'Mas que horror, por que o senhor Ernesto está assim, brigando?'. E meu marido respondeu: 'Não é nada, filha, é que ele não quer que eu faça a abertura. Eu disse a ele que já há tranquilidade absoluta e eu posso fazer a abertura.' A resposta de Geisel a meu marido foi: 'Se der a abertura, eu não assumo o governo'. Isso foi nas vésperas *(da posse de Geisel)*. Seria uma revolução. E Geisel, em seguida, fez a abertura. Esse traiu", disse Scylla à repórter do "JB".[44] Dias depois o filho primogênito, Roberto, confirmou as informações dadas pela mãe ao diário carioca.[45]

No livro "A volta aos quartéis", que encerra uma trilogia com depoimentos de militares que participaram do regime, o general Gustavo Moraes Rego Reis também deu o aval à história da mulher de Médici. Moraes Rego sempre esteve muito próximo de Geisel: foi seu assistente quando o general ocupou a chefia do gabinete militar de Castelo Branco; depois, seu assessor de gabinete após ser nomeado presidente da Petrobras; e, por fim, assessor especial de Geisel presidente. "É verdade que essas questões começaram a ser examinadas em fins de 1972, em bases ainda muito teóricas, pelo professor Cândido Mendes e pelo cientista social americano Samuel Huntington. Este último desenvolveu um estudo a pedido do ministro Leitão de Abreu, chefe do Gabinete Civil do Médici e parece que aspirante a uma solução que evoluísse para uma candidatura civil: a dele. O general Ernesto nunca comentou essa versão", disse.[46] Em sua longa entrevista a historiadores da Fundação Getúlio Vargas, Geisel levantou a suspeita de que a história teria sido "fabricada" por Roberto, filho de Médici. O general optou, no entanto, por não desmentir o caso pelo jornal. Preferiu por não tomar conhecimento.[47]

Na mesma entrevista ao "Jornal do Brasil", Scylla contou que não conversava sobre tortura e repressão com o marido, não sabia que havia censura a diversas manifestações culturais no país e disse gostar das músicas de Chico Buarque, apesar de não conhecê-las muito. Considerava o compositor e cantor "muito talentoso": "Até a sua voz, que é pequena, acho simpática. Ele tem suas ideias." A ex-primeira-dama também criticou o jogador Pelé, que um dia foi a Médici pedir que desse um caminhão para seu pai trabalhar. "Um homem rico como ele", reclamou.[48]

Assim como o marido, Scylla sofreu um acidente vascular cerebral e foi levada às pressas ao Hospital Samaritano no dia 5 de janeiro de 2003. Transferida para o Hospital Central do Exército, em Benfica, Zona Norte do Rio, faleceu 20 dias depois. Sua morte, lúcida aos 95 anos, passou quase despercebida pela imprensa. Foram publicadas algumas notas em poucos jornais. Em sua coluna na "Folha de S. Paulo", dois meses depois, Elio Gaspari fez uma singela homenagem à primeira-dama, ressaltando a honestidade do casal: "Seria injusto que a vida exemplar dessa senhora não fosse lembrada pela devoção ao marido, pela austeridade e discrição pessoais. Seria ainda mais injusto deixar sem registro que a viúva Médici, nascida numa família de prósperos estancieiros, morreu em condição econômica precária (...). Seu marido foi general e presidente. Passou pelo poder com tamanho escrúpulo que vendia seus bois antes de assinar aumentos da carne. Esse é o capítulo da grandeza da família."[49]

Scylla tinha dois filhos — Roberto e Sérgio —, quatro netos e quatro bisnetos.

LUCY MARKUS

✩ 24 de novembro de 1917
✟ 3 de março de 2000
- Casada com Ernesto Geisel
- Primeira-dama de 15 de março de 1974 a 15 de março de 1979

A vida de Lucy e de seu marido, o general Ernesto Geisel, foi marcada pela morte do único filho homem, Orlando Geisel Sobrinho. O menino nascera em novembro de 1940, dez meses após o casamento de Lucy com o primo Ernesto Geisel. A vida do casal corria em paz até o início do outono de 1957, quando tudo mudaria para sempre. O então coronel Geisel estava no quartel, onde acontecia uma comemoração pelo seu primeiro ano como comandante do 2º Grupo de Canhões 90mm Antiaéreos, na Guarnição de Quitaúna, em Osasco, na Grande São Paulo, uma das unidades mais importantes do II Exército. A família, que tinha também uma menina,

Amália, nascida em janeiro de 1945, vivia numa casa na vila militar, próxima ao quartel. Orlandinho era o filho que um militar como Geisel pedira aos céus. Alto, com 1,86m, estudioso, sempre bem colocado nas escolas pelas quais passou. Já tinha também decidido que iria cursar engenharia eletrônica no prestigiado Instituto Tecnológico da Aeronáutica, o ITA. O vestibular seria no ano seguinte.

Enquanto o pai celebrava com seus pares, o rapaz pegou sua bicicleta. Iria a um jogo no campinho de futebol próximo. Ao atravessar a linha férrea que cruzava a unidade militar, foi colhido por um trem. Ninguém testemunhou o momento em que isso aconteceu. Ferido na cabeça, o adolescente morreu sobre os dormentes na tarde de 28 de março de 1957.[50] "Tinha uma passagem de nível que você precisava atravessar. Não tinha porteira, não tinha nada. Havia um campo de futebol perto, e meu filho foi para lá de bicicleta", contou Geisel em uma conversa, em 1993, com a empresária Cosette Alves, dona da famosa loja Mappin, em São Paulo. O conteúdo da conversa foi publicado na "Folha de S. Paulo" três anos depois, após a morte do general, para que, de acordo com a empresária, fosse conhecido o lado humano de Geisel. A resposta à última pergunta feita por Cosette — "O senhor é feliz?" — foi dedicada a relembrar o acidente que tirou a vida de Orlandinho. "A gente nunca se sente completamente feliz. Tenho uma família, mas tenho também um drama na vida: eu perdi um filho que era muito promissor. (...) Mais velho que Amália. Foi uma fatalidade incrível. (...) Sofri pessoalmente e sofri vendo minha mulher sofrer."[51]

Quando a família voltou para o Rio de Janeiro, Lucy colocou a foto de Orlandinho num porta-retrato. Geisel pediu a ela que tirasse. Levou uma década para aceitar que falassem o nome do garoto na sua frente. Um sofrimento que jamais foi apaziguado. "Normalmente, quando há uma morte assim, o casal se une muito ou se separa. E eles se uniram; daí a grande questão: eles se uniram em torno de mim; e tinham pavor de me perder; da mesma forma que meu irmão morreu de repente, comigo poderia acontecer o mesmo", contou Amália em depoimento ao historiador Fábio Koifman.[52] A preocupação com a segurança da filha era tamanha que o pai lhe telefonava duas vezes ao dia e pedia, com frequência, que olhasse atentamente ao atravessar a rua. A obsessão perdurou até a chegada da família a Brasília, quando Amália ganhou a companhia de dois guarda-costas.[53] O acidente abalou de tal maneira Geisel que ele proibiu a celebração do Natal em casa. "Ele dizia que o Natal era uma festa familiar e que a sua família não estava completa. (...) Isto tudo era muito difícil pra mim e para ele, nós brigávamos muito", contou Amália.[54] As celebrações natalinas só voltaram a ser feitas entre os Geisel depois que o general assumiu a Presidência, em 1974.

Lucy e Geisel eram primos pelo lado materno, descendentes de alemães e luteranos — o general foi o primeiro presidente brasileiro não católico. Ela era filha do comerciante e político Augusto Frederico Markus, prefeito várias vezes da cidade gaúcha de Estrela, e da dona de casa Joana, irmã da mãe do militar, Lydia. Conheciam-se desde pequenos, pois viviam em Bento Gonçalves, a mesma cidade onde nasceram. A diferença de idade entre os dois era de dez anos. O futuro presidente já tinha vivido alguns namoricos. As constantes mudanças de endereços por conta da carreira militar o impediam, porém, de ter um relacionamento mais sério. A saída foi resolver a questão em família, escolhendo Lucy.

Os dois começaram o namoro durante um carnaval no Rio, onde ele morava. O romance continuou por correspondência. Quando engrenou, ele incumbiu o irmão Bernardo, que morava no Sul, de procurar o pai da prima para pedir a mão dela. O noivado foi em julho de 1939 e se casariam seis meses depois, em dia 10 de janeiro de 1940. Ele tinha 32 anos e ela, 22. "Eu estava esperando que a Lucy crescesse!", disse o presidente numa entrevista.[55]

Lucy, que era professora primária, parou de dar aulas quando foi viver com o marido no Rio. O econômico Geisel tinha guardado cerca de dez contos de réis num banco — o que dava para sustentar uma família de classe média no Rio por pouco mais de quatro meses. Mas ele não mexia no dinheiro. Falava para a mulher que viviam uma "miséria dourada".[56] As receitas da família vinham apenas do soldo de capitão do Exército. A vida na Cidade Maravilhosa, portanto, não foi fácil. Moraram numa pensão na Tijuca, depois se mudaram para uma casa alugada no subúrbio de Realengo, próximo à unidade militar onde ele servia.

Quando o filho nasceu, voltaram a se mudar, desta vez para a casa do irmão de Geisel, Orlando, em Botafogo. Por fim, alugaram um apartamento em Ipanema, próximo ao areal do Leblon, que estava repleto de lotes à venda. Mas Geisel não viu futuro naquele lugar distante. "Na verdade, eu não tinha nenhum tino comercial", admitiu.[57]

Anos mais tarde, depois que o general deixou Brasília, a família foi morar em um apartamento de três quartos, no Edifício Debret, um prédio sem elevador na Rua Barão da Torre, em Ipanema. Nos fins de semana, subiam para o Cinamomos, um sítio em Teresópolis, Região Serrana do Rio, adquirido antes da Presidência. Seu patrimônio era compatível aos ganhos de um general de pijama. O Cinamomos foi vendido por Amália, após a morte do pai.

Assim como o seu antecessor, Ernesto Geisel tomou posse na Presidência da República em 15 de março de 1974 diante de uma Praça dos Três Poderes vazia de povo. Também ganhara no tapetão do colégio eleitoral. Obteve 400 votos contra 76 da anticandidatura formada pelo deputado Ulysses Guimarães e pelo jornalista e ex-governador de Pernambuco Barbosa Lima Sobrinho, do MDB. A anticandidatura foi a maneira encontrada pelo partido de oposição de denunciar o regime ditatorial, a violação de direitos e a farsa eleitoral, já que não teria nenhuma chance de vencer num colégio eleitoral em que a Arena tinha mais de 80% dos votos. Era um jogo de cartas marcadas. Na convenção do MDB que lançou os anticandidatos emedebistas, Ulysses proferiu o histórico discurso "Navegar é preciso. Viver não é preciso", cujo um dos trechos dizia: "Não é o candidato que vai recorrer o país. É o anticandidato, para denunciar a antieleição, imposta pela anticonstituição que homizia o AI-5, submete o Legislativo e o Judiciário ao Executivo, possibilita prisões desamparadas pelo *habeas corpus* e condenações sem defesa, profana a indevassabilidade dos lares e das empresas pela escuta clandestina, torna inaudíveis as vozes discordantes, porque ensurdece a nação pela censura à imprensa, ao rádio, à televisão, ao teatro e ao cinema."[58]

O regime clamava há tempos por abertura política. E, no dia 29 de agosto daquele mesmo ano, o presidente anunciou, em coletiva, o projeto político que seria a marca do seu governo: a distensão "lenta, segura e gradual" do regime militar. Era preciso, para isso, equilibrar as pressões dos setores pró e contra a abertura. O pêndulo do governo oscilou ora para um lado, ora para outro. A linha-dura resistia e pressionava Geisel, praticando tortura e morte de oposicionistas, com ou sem o consentimento do presidente, como a que levou à morte do jornalista Vladimir Herzog, em 25 de outubro de 1975, numa cela do DOI-Codi do II Exército.[59] Geisel cedeu, fechou o Congresso, cassou mandatos, reprimiu as greves de metalúrgicos do ABC, lideradas pelo então sindicalista Luiz Inácio Lula da Silva, que foi preso.

Mas também reagiu aos porões: exonerou o ministro linha-dura do Exército, general Sylvio Frota, que pressionava para sucedê-lo, e revogou o AI-5. O maior instrumento de poder e de repressão do regime militar deixou de vigorar em 1º de janeiro de 1979. O Alemão — apelido que detestava — conseguiu entregar o processo de abertura política já estruturado a seu sucessor, o general João Figueiredo, que, aos trancos e barrancos, devolveu a contragosto o poder aos civis.

No período da presidência do marido, a primeira-dama Lucy comportou-se como a mulher que sempre foi: metódica e discreta. Chegou a ser até mesmo mais reservada que sua antecessora, Scylla Médici, pois nunca deu uma entrevista a um jornal. Vivia para a família. Cuidava do marido, dos pais e dos parentes que ainda moravam na pequena Estrela. Tinha 56 anos quando tornou-se primeira-dama. Sofria de agorafobia e, sempre que possível, afastava-se de multidões. As viagens aéreas representavam um sofrimento. Só comparecia a solenidades oficiais se fosse estritamente necessário.

No Alvorada, no entanto, quem dominava era ela. "Passou pelo poder sem mudar o penteado, a cor dos cabelos ou mesmo a costureira. Ensinava os cozinheiros do Alvorada a preparar tortas. Era uma senhora da classe média europeia, daquelas que falam baixo e levam a mão à boca para encobrir uma risada. Se algum dia tratou de política com o marido, ninguém ouviu, nem a filha", resume Elio Gaspari.[60]

Segundo o jornalista, a esposa de Geisel teceu raros comentários sobre aquele período da sua vida. Apaixonou-se por um dálmata, a Duquesa, que levou do Alvorada para o sítio em Teresópolis, abrigando-a no quarto do casal. E nunca se esqueceu da mulher de um ministro que adorava decotes exagerados. Numa recepção, a primeira-dama se surpreendeu porque a viu com o vestido "fechado à altura do pescoço", mas, ao virar-se, percebeu que a dita senhora "tinha as costas nuas no limite do possível".[61]

Aquele capitão que um dia disse à mulher que viveriam em "miséria dourada", pulando de imóvel alugado para outro, já não era mais o mesmo. Em Brasília, tiveram uma vida cercada de mimos proporcionados pelo poder. No Palácio, dispunham de 73 empregados civis e uma renda anual de cerca de 500 mil cruzeiros, o equivalente a US$ 71,5 mil.[62] Muito raramente, porém, abriam as portas do Alvorada para convidados ou políticos. Geisel tinha horror em misturar sua vida privada com a pública. Num certo momento, chegou a pedir ao ministro da Justiça, Armando Falcão, que censurasse qualquer menção à sua filha Amália nos jornais. É claro que isso não foi suficiente, pois a antropóloga e professora concursada do Colégio Pedro II entrou para a História como aquela que gostava das composições de Chico Buarque — "Você não gosta de mim/ Mas sua filha gosta", cantou ele, sob o pseudônimo Julinho da Adelaide, na música "Jorge Maravilha", de 1974.

Um dos poucos que puderam estar perto do presidente no Alvorada foi o cineasta Luiz Carlos Barreto. Numa longa entrevista à TV Senado, ele revelou que a Censura queria proibir "Dona Flor e seus dois maridos", lançado em 1976, que se manteve como a maior bilheteria do cinema nacional por 34 anos, só desbancado por "Tropa de elite 2" em 2010. Barretão foi ao Ministério da Justiça, em Brasília, tentar demover os censores da ideia. Ao sair, encontrou Amália e lhe contou seu infortúnio. A filha do presidente pediu para assistir ao filme e adorou. Falou com o cineasta que marcaria uma sessão no Alvorada para mostrá-lo ao presidente. Barreto entrou no palácio, meio constrangido, para projetar "Dona Flor" a Geisel e, para sua surpresa, encontrou uma sala toda equipada para a sessão especial, com uísque e salgadinhos. Durante o longa-metragem, o sisudo general esmoreceu e riu. Muito. No fim, deu parabéns ao cineasta e disse que entraria imediatamente em contato com o Ministério da Justiça, determinando que liberasse o filme.[63]

Além de cinema, Geisel e Lucy gostavam de caminhar diariamente. Eles andavam tanto no Rio ou no sítio de Teresópolis, quanto em Brasília, na área restrita do Palácio do Planalto. Às vezes, passeavam pelo Riacho Fundo, uma casa de campo do governo, construída na época em que se ergueu Brasília. Apesar da perda trágica do filho, os dois tiveram uma vida harmoniosa durante os 56 anos de casamento. Os desentendimentos só ocorriam nos dias de faxina agendados justamente quando o metódico marido estava em casa fazendo algo ou lendo livros e jornais. Eles gostavam de jogar biriba com os poucos amigos íntimos e de escutar ópera. Geisel se divertia ao colocar uma peça na vitrola para a esposa adivinhar o nome.

O presidente morreu aos 89 anos, em 12 de setembro de 1996, de câncer generalizado. Lucy viria a falecer quatro anos depois em consequência de uma parada cardiorrespiratória provocada por um susto após ver o carro onde estava, um Santana, ter a lateral traseira atingida por um Fiat Fiorino. O motorista do Fiat avançou o sinal num cruzamento da Lagoa Rodrigo de Freitas, no Rio. No veículo da ex-primeira-dama estavam ainda a filha e o motorista da família, que nada sofreram. Lucy tinha 82 anos.

DULCE MARIA DE GUIMARÃES CASTRO

☆ 11 de maio de 1928
✝ 6 de junho de 2011
- Casada com João Batista Figueiredo
- Primeira-dama de 15 de março de 1979 a 15 de março de 1985

Manhã de segunda-feira, 18 de fevereiro de 1985. Na Sapucaí, sob um sol de 40 graus, a Beija-Flor de Nilópolis encenava a inusitada visão do paraíso de Joãosinho Trinta, transportada para o bairro boêmio dos malandros cariocas no enredo "A Lapa de Adão e Eva". A escola, comandada pelo bicheiro Anísio Abraão David, era a sexta do Grupo 1A — hoje, Grupo Especial — a entrar na Avenida. A modelo Márcia Porto, bronzeada e com seios cobertos por uma microcamada de purpurina, era Eva. O ator Paulo César Grande encarnava Adão. A atentá-los, fantasiado de serpente, o ator e bailarino gay, negro e com a cabeça raspada Jorge

Lafond, conhecido por seus trejeitos espalhafatosos.

"Um delirante ajuntamento de passistas, a neta de 10 anos do presidente da República, Tatiana, o domador de leões Orlando Orfei, jogadoras da seleção brasileira de vôlei, anões, mulheres nuas, um campeão de asa delta, bicheiros (...)", assim resumiu o jornalista Joaquim Ferreira dos Santos, em sua crônica para o "Jornal do Brasil", o que foi o desfile dos 3.500 integrantes da Beija-Flor.[64] No camarote da Presidência da República, próximo à Praça da Apoteose, uma dama de vermelho chamava a atenção do público por sua animação: era Dulce Figueiredo, avó da menina Tatiana e esposa de João Batista Figueiredo, o último mandatário da ditadura militar.

Nos dois dias de desfile, e com o mesmo vestido vermelho, maquiagem carregada, enormes brincos e o indefectível laquê armando-lhe o penteado que marcou sua imagem durante o governo do marido, a primeira-dama se fez acompanhar de cinco ciganas e caiu no samba em meio à sisudez da segurança. Refastelava-se junto aos seus cem convidados, embalados por champanhe francês e 50 garrafas de uísque Buchanan's e Dimple.[65] Estava com saudades daquela alegria dionisíaca da Sapucaí. Em 1983, vira a sua Beija-Flor ser campeã. No carnaval seguinte, não pôde comparecer: para evitar constrangimentos, o camarote presidencial permaneceu fechado. O movimento das Diretas Já chegava ao seu ápice e uma faixa de 20 metros de comprimento estendida na arquibancada do Sambódromo pedia a volta do direito do povo de escolher seu presidente.

O desfile de 1985, porém, foi diferente. A primeira-dama torcia por sua Beija-Flor, corujava a neta e também o filho, Paulo Renato Figueiredo, diretor de harmonia da agremiação de Nilópolis. Curiosamente, a escola do bicheiro Anísio, como revelaram os jornalistas Aloy Jupiara e Chico Otavio, abrigou torturadores a partir do desmantelamento dos órgãos de repressão, depois de 1974. Entre eles, estavam o coronel Paulo Malhães e o delegado Luiz Cláudio de Azevedo Viana, que trabalharam na Casa da Morte, famigerado centro de tortura de presos políticos em Petrópolis, Região Serrana do Rio.[66]

O mangueirense Figueiredo preferiu ver o desfile em casa, pela TV. Já Dulce, não. Quis encerrar sua despedida do poder em grande estilo: na balada. Dali a quase um mês o marido deixaria o Palácio do Planalto pela porta dos fundos — recusaria-se passar a faixa presidencial a José Sarney, seu desafeto. A primeira-dama nunca mais seria a mesma. Abandonaria a vida festeira para se dedicar aos filhos e netos em um luxuoso e exclusivo condomínio em São Conrado, na Zona Sul do Rio, onde vivia. Amargurada, acusaria a imprensa de perseguir o marido e a ela. A fama de pé-quente da primeira-dama por conta da vitória de sua escola em 1983 não se repetiria em 1985: a Beija-Flor ficou em segundo lugar, perdendo para a Mocidade Independente de Padre Miguel, liderada pelo bicheiro Castor de Andrade, que, assim como Anísio, abriu os braços para ex-torturadores do regime.

Dulce Maria de Guimarães Castro conheceu o futuro marido na Tijuca, Zona Norte do Rio, onde ambos moravam. Ela fazia o curso normal no Instituto de Educação ao começar a namorar o então primeiro-tenente do Exército. Era uma menina de apenas 14 anos quando subiu ao altar em 15 de janeiro de 1942, dia do aniversário de Figueiredo, que completava 24 anos. O presidente cardiopata que se vangloriava de seu preparo físico — adquirido como instrutor de cavalaria na Escola Militar do Realengo —, e que se deixava ser fotografado de sunga e tênis com meia, tinha fama de conquistador. E foi protagonista de vários casos, alguns conhecidos.

O jornalista Carlos Chagas conta que Figueiredo mantinha uma moto na Granja do Torto, usada para suas escapulidas nos fins de semana pela manhã enquanto Dulce dormia. "Blusão e calças de couro preto, botas de cavalariano e capacete de Darth Vader, trafegava em alta velocidade para as cidades-satélites da capital, onde dispunha de amigas íntimas, para encontros furtivos. Dava um trabalho dos diabos para a segurança, que, mesmo seguindo-o à distância, de vez em quando o perdia", revela o jornalista.[67] Segundo Chagas, numa manhã, o presidente foi parado numa blitz na estação rodoviária de Brasília. "O jovem tenente da Polícia Militar do Distrito Federal foi grosseiro e arrogante, até o momento em que o presidente perdeu a paciência, retirou o capacete e perguntou: 'Você está me reconhecendo?'. Antes que o policial desmaiasse, chegou a segurança, recebendo depois instruções para aproveitar o tenente numa das equipes do Palácio do Planalto."[68]

Figueiredo acabou envolvendo-se num romance com uma mulher casada. Numa festa em São Luís, no Maranhão, conheceu a empresária Myrian Abicair, na época esposa de um dos homens mais ricos da cidade. O primeiro encontro entre o presidente e sua amante, como relatou o jornalista Jorge Bastos Moreno, autor do furo histórico, foi constrangedor:

Era a sua noite de gala. A empresária atravessa o salão solenemente em direção ao convidado especial da inauguração de mais um de seus empreendimentos: Sua Excelência o presidente da República Federativa do Brasil. Até chegar ao lugar onde estava o presidente, a belíssima anfitriã percorreu 35 metros contados, passando por políticos, empresários, artistas, um batalhão de fotógrafos e uma dezena de colunistas sociais do país inteiro.

Para chegar, finalmente, ao destino, teria a empresária que atravessar a piscina. Pretendia fazê-lo com seus passos de bailarina. Mas acabou fazendo a nado. Como? Isso mesmo! Quando estava já a poucos metros do homem por quem se apaixonaria ainda naquela noite, a anfitriã foi empurrada para dentro da piscina, por uma impertinente e desagradável brincadeira de uma amiga, já bêbada.

O presidente até que ensaiou um salvamento e foi contido pelos seguranças. Mas ela viu e, portanto, valeu o gesto. Só que a anfitriã não queria apresentar-se daquela maneira ao presidente. Totalmente encharcado, o vestido colado ao corpo a deixava quase nua. Não teve alternativa, pois o presidente da República já estava à sua frente. Assim começou o romance entre o então presidente João Batista de Oliveira Figueiredo e a empresária Myrian Abicair.[69]

O caso extraconjugal acabou da mesma forma como começou: repentinamente. O general queria continuar o namoro clandestino, mas sem o compromisso de trocar a mulher pela amante. Justificava-se pelo fato de ser militar e também em memória a seu pai, que também fora militar. Myrian não engoliu: "Não posso viver num mundo de mentiras. Abandonei meu marido para poder viver um amor verdadeiro. Eu não vou continuar me escondendo. Fique aí com seu paizinho, que, mesmo estando lá em cima, não quer que o filho se case comigo".[70]

Nos anos 1990, a revista "Veja" revelou a história de Edine Souza Correa, ex-funcionária do Serviço Nacional de Informação (SNI), com quem o ex-presidente teria tido um filho, de nome David. Ambos se conheceram quando Figueiredo ainda era chefe da Casa Militar do presidente Médici, em 1971. Na época, ele dava aulas na escola de equitação do Regimento de Cavalaria da Guarda Presidencial. "Trocaram o primeiro beijo durante uma cavalgada pelo cerrado, nas imediações do regimento, e tiveram a primeira relação sexual na própria Granja, quando ela estava com 15 anos".[71] Em conversas gravadas, o então chefe da Casa Militar declarava-se, dizendo que Edine era a única, a flor do seu "jardim de muitas flores caídas".[72] A paternidade nunca foi provada. Edine foi demitida do serviço público e, dizendo-se perseguida política, entrou com uma ação de reintegração, mas não obteve sucesso.

Dulce e Figueiredo, no fim das contas, nunca se separaram. No papel, o casamento durou quase seis décadas. Viveram juntos, cada qual no seu canto. Nunca se soube de histórias de flerte ou possíveis amantes da primeira-dama. Ela gostava mesmo era de se exibir. Cafona, perua, muitos eram os adjetivos a seu respeito, uma fã incondicional do bisturi do cirurgião plástico Ivo Pitanguy. Nas viagens do casal ao exterior, Dulce aproveitava para fazer maratonas por lojas e shopping centers. Na volta, os ilustres passageiros do Sucatão, o avião presidencial, nunca foram importunados por fiscais da Receita, como viria acontecer com jogadores do escrete canarinho em 1994, flagrados com 14,4 toneladas a mais na bagagem no chamado "voo da muamba". Para liberar as malas dos tetracampeões, a CBF pagou uma multa de (irrisórios) R$ 46 mil.[73]

Dulce, aliás, costumava viajar sozinha no Sucatão ao Rio de Janeiro ou a São Paulo para fazer compras ou abrilhantar festas. Em uma delas, em março de 1981, dançou com o ator egípcio Omar Sharif na inauguração da Boate Régine's, de São Paulo. O *nightclub* era resultado da sociedade da belga Régine Choukroun, conhecida figura da noite parisiense, com o financista Naji Nahas, que entraria para história como o homem que quebrou a Bolsa de Valores do Rio, em 1989. Naquela época, porém, ele era apenas um empresário libanês "multiplicador de fortunas". Os dois investiram cerca de US$ 10 milhões no negócio, mas a filial paulista nunca alcançou o sucesso do Régine's carioca, aberto em 1976 no subsolo do antigo hotel Le Méridien.

O ambiente da pista de dança onde a primeira-dama bailou com o Doutor Jivago foi fielmente descrito por Perla Sigaud, pseudônimo da colunista Hildegard Angel: "Ali, tudo parece como que saído de um sonho mirabolante cor-de-rosa. A pista, transparente, iluminada por baixo pink. A iluminação do teto, em cúpulas quadradas de acrílico que vão, sincronizadamente, apagando e acendendo, numa sucessão hipnótica, em rosa-choque. As paredes em prata e ouro com formas de flores em relevo. O teto e colunas em ladrilhos de espelho."[74]

No mundo cor-de-rosa de Dulce, era perfeitamente possível unir badalação e caridade. Toda a renda da noite de inauguração do Régine's paulista foi doada para obras mantidas pelo Programa Nacional de Voluntariado da Legião Brasileira de Assistência, o Pronav, do qual a primeira-dama era presidente de honra — coincidentemente, anos depois, Michelle Bolsonaro, mulher do presidente Jair Bolsonaro, ex-capitão do Exército, também ficaria à frente de um programa de incentivo ao voluntariado, o Pátria Voluntária.

Dulce não quis assumir a presidência da Legião Brasileira de Assistência. Achava que era muito trabalho e cedeu o cargo à amiga Léa Leal. Na condição de presidente de honra do Pronav, ela abriu o 1º Encontro de Primeiras-Damas, em fevereiro de 1980, que contou com a presença das mulheres de todos os governadores do Brasil. Na ocasião declarou que os anos 1980 seriam a "década da justiça social". Mas não foi bem assim que aquela década entrou para a História: a "década perdida", iniciada por seu marido-presidente, acirrou a desigualdade social no país. No discurso, beirando a pieguice, declarou: "Onde brotar uma lágrima, onde um gemido se fizer ouvir, até aí irá a nossa missão."[75]

O lado social da primeira-dama pouco importava para os jornalistas. Onde quer que fosse, atrás dela seguia uma profusão de repórteres a lhe perguntar sobre suas roupas, costureiros, maquiadores — um deles, Victor, ficou conhecido por Vitória, uma drag queen que adorava dublar Billie Holiday e Maria Bethânia nas boates brasilienses. No seu entorno, um séquito de secretárias, seguranças e serviçais que Dulce carregava de um lado para outro em suas viagens nacionais e internacionais.

Ela sabia também ser simpática com quem queria. E assim aproximou-se de Julio Iglesias, apresentada por Ibrahim Sued, amigo do cantor espanhol. Dulce conseguiu que Iglesias topasse fazer um show beneficente na boate Régine's em 1982. Ao pé do ouvido da primeira-dama, num jantar oferecido pelo colunista de "O Globo", Iglesias declarou: "Minha senhora, eu tenho conhecido mulheres de chefes de Estado, mas como a senhora nunca. A sua simpatia e simplicidade são encantadoras".[76] Ao fim da conversa, Iglesias comparou aquela que um dia foi uma pacata normalista da Tijuca a Jehan Sadat, primeira-dama do Egito, agraciada por mais de 20 títulos de doutor *honoris causa* de universidades do mundo inteiro por seu ativismo na defesa dos direitos humanos em seu país. Jehan era casada com o presidente Anwar Al Sadat, Prêmio Nobel da Paz de 1978, assassinado por extremistas islâmicos em outubro de 1981.

Dulce quando queria também sabia influenciar o marido em suas decisões políticas. No início dos anos 1980, convenceu Figueiredo a autorizar a concessão do antigo canal 4 da TV Tupi a Silvio Santos, de quem era fã. O canal transformou-se em TVS e, depois, no SBT (Sistema Brasileiro de Televisão). O ex-camelô sempre foi grato ao casal. Ainda nos anos 1980, ele criou o miniprograma dominical "A semana do presidente", um boletim para promover as atividades do comandante da nação. Uma propaganda política disfarçada de jornalismo. A bajulação de Silvio Santos aos militares se manteve até recentemente. Após a vitória de Jair Bolsonaro, em novembro 2018, o SBT reeditou a vinheta ufanista "Brasil: ame-o ou deixe-o", usada no auge da ditadura em tom de recado de ameaça aos opositores do regime. A homenagem ao capitão pegou mal e a vinheta foi tirada do ar.

No fim do governo, quando Figueiredo distribuiu concessões de TV e rádio para amigos e políticos, Dulce conseguiu que uma delas fosse para a sua secretária, Helena Bicalho. Ao assumir a Presidência, no entanto, Sarney suspendeu todas as autorizações concedidas pelo antecessor.[77]

Outra história envolvendo a primeira-dama e a televisão foi contada pelo jornalista Pedro Rogério Moreira, repórter de "O Globo" que cobriu o governo Figueiredo. Em seu livro de memórias, ele revela um caso que seria um dos motivos para azedar de vez a relação do casal com Roberto Marinho, da TV Globo. Certa noite, a primeira-dama achou que ela e o marido estavam sendo retratados na série "O bem-amado", de Dias Gomes. Era um dos episódios em que o prefeito Odorico Paraguaçu, político corrupto e cheio de artimanhas, interpretado por Paulo Gracindo, alugava um táxi-aéreo para patrocinar uma viagem a Miami cheia de mordomias para a amante e as irmãs Cajazeiras, um trio divertido de solteironas sexualmente reprimidas. Na vida real, Figueiredo vinha sendo criticado pela imprensa por alugar um DC-10, da Varig, para ir à Europa. Por sua vez, a amante de Odorico guardava mesmo certa semelhança com a primeira-dama.

Figueiredo mandou chamar o jurista João Leitão de Abreu, que ocupava a pasta da Casa Civil, e desabafou: "Doutor Leitão, aguento tudo na vida. Aguento a traição de políticos, a felonia de companheiros do Exército, a mentira dentro do governo. Mas não aguento mais a Dulce me chamar a atenção para a novela da Globo. Quando a política invade a esfera da vida privada, acabou, não aguento. Eu estou quietinho lá no meu canto, tomando uma sauna, e ouço a Dulce: 'João, corre aqui para você ver o que estão fazendo com a gente na TV!'. Eu vou à sala e Dulce me mostra uma mulher cheia de trejeitos e diz que a estão retratando; me mostra o Paulo

Gracindo e diz que sou eu. No outro dia, estou quietinho no meu canto, na churrasqueira, que é longe da casa, e me vem a Dulce gritando: 'João, corre aqui pra ver o que fazem conosco na TV!'".[78]

O general João Figueiredo morreu em 24 de dezembro de 1999, vítima de insuficiências renal e cardíaca. Dois anos depois, Dulce voltou ao noticiário. Passava por dificuldades financeiras e anunciou um leilão de 218 objetos pessoais do marido, parte deles recebidos quando o general ainda ocupava à Presidência da República. O anúncio gerou polêmica e o Iphan (Instituto do Patrimônio Histórico e Artístico Nacional) entrou com uma ação para barrar o leilão, alegando que as peças eram bens públicos da União. Em vão. Entre os objetos leiloados, havia um caubói do escultor Harry Jackson, doado pelo presidente norte-americano Ronald Reagan, dois quadros de Di Cavalcanti e uma bandeja de prata, presente do ditador chileno Augusto Pinochet.[79]

Outra escultura de cavalo, que também fazia parte do catálogo de objetos de Figueiredo, virou mascote do Shopping dos Antiquários, em Copacabana, um dos mais famosos espaços de quinquilharias da Zona Sul do Rio. Com 1,85m de altura por 1,98 m de comprimento, com partes de pinho-de-riga, que imitam músculos, a escultura enfeita até hoje a vitrine de uma loja em frente ao teatro do centro comercial. O dono, que a arrematou por R$ 14 mil (R$ 20 mil em valores de outubro de 2019[80]), não a vende por nada. "É a minha maior propaganda, conhecida no mundo todo. Saiu até em uma revista italiana", afirma Manuel Machado, que diz já ter recebido oferta de R$ 1,5 milhão pela peça.[81] O corcel inodoro, porém, não agradaria ao olfato do instrutor de equitação, que, na Presidência, disse preferir o cheiro de seus cavalos ao do povo. A mulher do homem que amava quadrúpedes de crina, e que um dia declarou ser ela o colírio para seus olhos, morreu aos 83 anos, vítima de câncer. Dulce está enterrada ao lado do marido, no mausoléu da família, no Cemitério do Caju, Zona Norte do Rio. Tinha dois filhos homens e nove netos.

CAPÍTULO 5
NOVA REPÚBLICA

Uma mão segurava na outra e, numa corrente, um grupo de pessoas era puxado por quem já alcançara o alto da cúpula do Senado Federal. Outros tentavam escalá-la por conta própria. Abaixo, a rampa do Planalto e toda a Praça dos Três Poderes estavam tomadas pelo povo — nunca se vira algo parecido nos 21 anos de ditadura militar. Era 16 de janeiro de 1985. A foto de Ayres Dorgivan, na capa do "Jornal do Brasil", traduzia a euforia de todo o país assim que, às 11h34, fora anunciada a vitória de Tancredo Neves, do PMDB, no colégio eleitoral. Por 480 votos contra 180 dados a Paulo Maluf (PDS), 17 abstenções e nove ausências, o símbolo maior das Diretas Já dava início à chamada Nova República, expressão cunhada pelo próprio Tancredo. "Espero que o senhor consiga dar ao povo tudo aquilo que deseja e merece", disse ao vitorioso, por telefone, o general João Figueiredo, último presidente do regime. O autointitulado candidato da "conciliação" não conseguiu cumprir suas promessas de mudanças. Um dia antes da posse, em 15 de março, foi internado às pressas. Faleceu 38 dias depois, em 21 de abril, feriado de Tiradentes. Sua morte causou uma comoção nacional só comparável ao suicídio de Vargas, 31 anos antes.

Sob forte emoção começava o mais longo período democrático do Brasil. Trinta e quatro anos depois, o país já realizou oito eleições diretas para presidente, dois dos quais foram afastados por impeachment. Houve sete planos econômicos e, o último, o Real, derrotou a hiperinflação. Apesar das sucessivas crises econômicas e políticas, as instituições democráticas se fortaleceram, mas a desigualdade social ainda é uma chaga: afeta grande parte da população — 1% dos brasileiros ganhavam 34 vezes mais do que 50% da população em 2018.[1]

O vice-presidente José Sarney, que se tornou o *enfant gaté* do regime militar por apoiar Tancredo aos 45 minutos do segundo tempo, inaugurou oficialmente a Nova República. Sarney manteve o ministério conciliador do antecessor e seguiu parcialmente o documento de 500 páginas do PMDB, contendo propostas para o novo governo, apresentado ao então candidato Tancredo no início de janeiro de 1985.[2] Estabeleceu eleições diretas para todos os níveis da República, acabou com a censura, decretou moratória da dívida externa, convocou uma Assembleia Constituinte e congelou preços e salários. Virou Deus. Com broches e camisas de "fiscais do Sarney", milhares de pessoas saíram às ruas para defender o Plano Cruzado, obrigando a fechar os supermercados que remarcavam preços. Embalado na popularidade, o presidente segurou o congelamento, apesar de já estar dando sinais de derretimento, até as eleições estaduais de outubro de 1986. Elegeu 22 dos 23 governadores naquele ano. Sem o tabelamento, a hiperinflação voltou, os "fiscais" se sentiram traídos e surgiu a expressão "estelionato eleitoral". Em abril de 1987, o presidente teve apedrejado o ônibus da comitiva que o levava, à saída do Paço Imperial, no Rio. Vaiado, a população gritava "Fora Sarney" — grito que, aliás, se repetiria contra diversos governantes dali pra frente. Em abril de 1987, seu governo era considerado ótimo ou bom por apenas 9% dos eleitores — só Michel Temer conseguiu superá-lo, tornando-se o presidente mais impopular da Nova República, com apenas 3%.[3]

Em 5 de julho de 1988, a nova Constituição era promulgada depois de 19 meses de trabalhos legislativos e a análise de mais de 40 mil emendas e propostas.[4] Tida como uma das mais avançadas do mundo no âmbito dos direitos e garantias individuais, foi batizada de Constituição Cidadã pelo presidente da Câmara, deputado Ulysses Guimarães. O passado recente do regime militar forjou a tendência humanista, mas o texto final engessou os movimentos do Executivo, para evitar que seus ocupantes voltassem a concentrar tanto poder. O jurista Nelson Jobim, ex-ministro do Supremo Tribunal Federal e deputado constituinte, definiu o espírito daqueles dias: "Trabalhávamos com os olhos no retrovisor".[5] Para Sarney, então presidente da República, a Constituição tornara o país "ingovernável".[6] Detalhista, foi publicada originalmente com 240 artigos.

Até setembro de 2018, já tinha sido emendada 105 vezes e ainda contava com 119 dispositivos não regulamentados — em 230 anos, a Constituição norte-americana sofreu apenas 27 emendas.

No início de 1990, Sarney saía de cena, exilando-se na Ilha Curupu, no Maranhão, e entregando o manche do governo à equipe econômica, comandada pelo ministro Maílson da Nóbrega. Era o "governo Maílson", como definiu o "JB".[7] Em seu conturbado mandato, o maranhense não teve coragem de impor o empréstimo compulsório que seria cobrado de ricos e grandes empresas para pagar a dívida interna, previsto no calhamaço de propostas do PMDB entregue a Tancredo. Seu sucessor, Fernando Collor de Mello, não só o fez, como avançou sobre a caderneta e a conta corrente dos brasileiros. Sequestrou ainda o dinheiro aplicado em fundos com rendimento diário, o chamado *overnight*. Para os economistas da época, o fundo do poço para a hiperinflação era 50%. O descontrole fiscal mostrou que o buraco era mais embaixo: em março de 1990 o índice chegou a inacreditáveis 83% ao mês.

O Plano Brasil Novo, ou Plano Collor, como ficou conhecido, foi anunciado em 16 de março de 1990, um dia depois da posse, em meio a um feriado bancário decretado pelo novo presidente. O cruzeiro voltou, substituindo o cruzado novo. Em confusa explicação, numa coletiva transmitida ao vivo pela TV, a ministra da Economia, Zélia Cardoso de Mello, tentava justificar o injustificável: a partir daquele dia todos os brasileiros só teriam direito a sacar 50 mil cruzeiros, o equivalente a cerca de R$ 10 mil.[8] O restante iria ficar retido no Banco Central por 18 meses e, depois, seria devolvido em 12 prestações. "Os jornais calcularam que todo o dinheiro em conta corrente, aplicações, caderneta equivalia a 120 bilhões de dólares. Desse total, 95 bilhões de dólares foram confiscados, o que significava prender quase 30% do PIB", conta a jornalista Miriam Leitão no livro "Saga brasileira — A longa luta de um povo por sua moeda".

Sem liquidez para investir ou pagar salários, empresas fecharam, as vendas no comércio caíram drasticamente e o desemprego aumentou. A economia sofreu retração de 4% naquele ano. A inflação caiu a menos de 8% ao mês, mas logo voltou a subir. O acumulado em 1990 chegou a quase 1.500% ao ano.[9] Quanto ao dinheiro confiscado, ele foi ajustado por uma taxa fiscal, o Bônus do Tesouro Nacional, que rendia bem menos que a inflação. Milhares de brasileiros buscaram a Justiça a fim de recuperar suas perdas, em processos que correm ainda hoje nos tribunais.

Casos de enfarte, suicídio, depressão e falências se multiplicaram e abalaram lares. Miriam relata alguns deles, como o do italiano Bruno Acari Moser, pai da então jogadora da Seleção Brasileira de Vôlei, Ana Moser. Ele decidiu investir na ampliação de sua fábrica de jeans em Blumenau, mas quebrou depois da recessão que sobreveio ao anúncio do plano econômico. Nunca mais se recuperou e morreu de enfarte em 1999. "A vida dele foi encurtada pelo desgosto, tensão e aflição sem fim com que teve que conviver naqueles anos", escreveu Miriam.[10] Em uma entrevista em março de 2010 à Agência Senado, Collor pediu desculpas pelo confisco de 20 anos antes: "Peço desculpas, as mais sentidas e as mais humildes, aos brasileiros que passaram por constrangimentos, traumas, medos, incertezas e dramas pessoais com o bloqueio do dinheiro. Lamento que tenha acontecido. Hoje, não faria de novo."[11]

Descobriu-se mais tarde que a escolha do valor de limite de saque bancário foi feita por sorteio numa festa realizada na noite da posse do novo presidente na Academia de Tênis, então um dos hotéis mais luxuosos de Brasília, onde a corte "collorida" reunia-se. Naquela noite, Zélia escreveu três números em pedaços de papel — 20, 50 e 70. Entre brincadeiras, cumprimentos e sorrisos, ficou estabelecido que o limite seria mesmo o de 50 mil cruzados novos. Dias antes da fatídica semana do anúncio do Plano Collor, a ministra, de 36 anos, solteira, de ar grave e durona, engatara um romance com Bernardo Cabral, da pasta da Justiça, 21 anos mais velho, casado havia 35 anos e avô.[12] O romance começou discreto — nem Collor desconfiava — e terminou escandalosamente numa tórrida dança de 15 minutos entre Zélia e Bernardo, ao som de "Besame mucho", na festa de aniversário da ministra. A história foi publicada com exclusividade pelo "Estadão". Em um bilhete, revelado na época, Cabral descrevia a saia de

Zélia como "deliciosa". O romance foi visto como imoral e prejudicial ao governo. Os dois se demitiram.[13]

Numa entrevista bombástica à "Veja", em maio de 1992, o empresário Pedro Collor denunciou o esquema de corrupção montado pelo irmão e seu tesoureiro, Paulo César Farias. Uma CPI foi instalada no Congresso para apurar as denúncias, detalhadas em depoimento pela secretária do presidente, Ana Accioly, e por seu motorista, Francisco Eriberto. O povo nas ruas pedia o impeachment e o processo de afastamento foi aberto. Em 29 de dezembro de 1992, o presidente renunciou ao cargo, mas não adiantou. O Senado deu seguimento ao processo e Collor teve seus direitos políticos cassados por oito anos. O "Caçador de Marajás" voltaria à cena em 2006, eleito senador por Alagoas. Em 2014, foi reeleito.

Itamar Franco assumiu no lugar de Collor. O vice, que governou por dois anos e dois meses, gostava de divulgar uma imagem de simplicidade. Incentivava a fabricação de carros populares, levando a Volkswagen a relançar o Fusca, em 1994. O presidente também tinha uma característica cara à política: sabia reagir com rapidez. Entrou para a História como o presidente que derrotou a hiperinflação, dando carta branca ao seu ministro da Fazenda, o sociólogo Fernando Henrique Cardoso, na condução do Plano Real. Com o sucesso do Real, FH elegeu-se presidente da República, derrotando Luiz Inácio Lula da Silva. O petista perderia pela terceira vez em 1998, novamente para Fernando Henrique.

Em seus oito anos de governo, o tucano reconheceu a culpa do Estado pelos crimes na ditadura militar e estabeleceu indenizações às vítimas do regime. O Congresso aprovou o fim do monopólio do petróleo. A Companhia Vale do Rio Doce e a Telebras foram privatizadas. Desgastado por conta da compra de votos pela reeleição e também pela grave crise cambial, que resultou em queda na taxa de crescimento, desemprego e aumento da dívida pública, Fernando Henrique não conseguiu eleger o sucessor, o senador paulista José Serra.

Eleito, Lula tornou-se o primeiro presidente operário da História do Brasil. O petista anunciou um grande programa de combate à fome e à miséria no país, o Fome Zero. A iniciativa, no entanto, naufragou e deu lugar ao Bolsa Família, criado por medida provisória em outubro de 2003. Inspirado no Bolsa Escola, lançado pelo então governador do Distrito Federal, Cristovam Buarque, em 1995, o Bolsa Família, ainda em vigor, transformou-se em um grande programa de transferência de renda, ampliando a rede de beneficiados do Bolsa Escola ao incluir gestantes e mães em período de amamentação. A lógica manteve-se a mesma: pagamento de uma ajuda financeira às famílias em troca de algumas contrapartidas, como a manutenção dos filhos na escola. O Bolsa Família tirou milhares de brasileiros da linha da pobreza, mas não ficou imune a fraudes. Em 2018, uma auditoria da Controladoria-Geral da União (CGU) apontou desvios no pagamento de benefícios de até R$ 1,3 bilhão.[14] Em todo o Brasil, mais de 13,9 milhões de famílias ainda eram atendidas pelo Bolsa Família em outubro de 2019.

Pouco mais de um ano após a posse de Lula, estourou o escândalo do Mensalão, pagamento de propina a parlamentares em troca de votos no Congresso, denunciado pelo então deputado Roberto Jefferson, do PTB. As denúncias atingiam em cheio a cúpula petista, entre os quais o todo-poderoso ministro-chefe da Casa Civil, José Dirceu, que ouviu do petebista, na Câmara, uma declaração que entrou para o anedotário político brasileiro: "Vossa excelência desperta em mim os instintos mais primitivos". Jefferson e Dirceu acabaram presos e condenados por corrupção passiva e lavagem de dinheiro.

O presidente, por sua vez, disse que nada sabia sobre o Mensalão e seguiu surfando na sua popularidade, ancorada nos bons números da economia. O país crescia e gerava empregos. Os mais pobres tiveram acesso a bens de consumo, incentivados pelo crédito barato. Em 2008, a quebra do banco norte-americano Lehman Brothers, por conta da farra de financiamentos imobiliários nos EUA, gerou um efeito dominó e derrubou os mercados no mundo todo. Era o início da grave crise econômica mundial. O tsunami foi apelidado de "marolinha" por Lula, após adotar medidas de estímulo para anular os efeitos adversos vindos de fora, como liberação do dinheiro de bancos públicos, cortes de impostos e incentivo ao consumo.

Lula se reelegeu e, quatro anos depois, fez sua sucessora: a mineira Dilma Rousseff, ex-guerrilheira na ditadura, primeira mulher presidente do Brasil em 121 anos de República.

A crise econômica persistia e suas consequências começaram a ser sentidas no início do governo Dilma, mas a equipe econômica dobrou a aposta. Não só repetiu os incentivos dados por Lula em 2008 e 2009, como os ampliou. Medidas de estímulo à produção, desonerações e manutenção artificial de preços administrados, como conta de luz e gasolina, mantiveram os índices de inflação e desemprego baixos, mas as políticas não vieram acompanhadas de crescimento econômico significativo. Havia na sociedade um clima de insatisfação difusa. Em junho de 2013, protestos espontâneos se espalharam por todo o país. Ficaram conhecidos como as Jornadas de Junho. No segundo trimestre de 2014, o país entrou em recessão. A inflação voltou a subir, assim como o desemprego — que atingiria 8,2% da população economicamente ativa em dezembro de 2015, segundo dados do IBGE.[15]

No início de 2014, a Polícia Federal deflagaria a Operação Lava-Jato, que revelou um esquema bilionário de corrupção na Petrobras, o Petrolão. Empreiteiros e ex-dirigentes da estatal foram presos e, como delatores, revelaram a participação do PT no esquema. Em meio ao conturbado clima político somado à recessão econômica, foi aberto um processo de impeachment contra Dilma, acusada de desrespeito às leis orçamentária e de improbidade administrativa. O pedido foi aprovado na Câmara em abril de 2017 e, no mês seguinte, passou pelo Senado. O vice, Michel Temer, assumiu o cargo. Dois meses depois, Lula seria condenado em primeira instância pelo juiz Sérgio Moro, da 13ª Vara Criminal Federal de Curitiba, a nove anos e seis meses de prisão pelos crimes de corrupção passiva e lavagem de dinheiro na ação penal envolvendo um apartamento triplex no Guarujá (SP). A condenação foi confirmada em segunda instância e o ex-presidente, preso em 7 de abril de 2018. Lula tornava-se, assim, o primeiro presidente brasileiro condenado e preso por crime comum.

Em cinco anos, a Lava-Jato condenou 285 pessoas, a penas que superam mais de três mil anos. Algo em torno de R$ 1,8 bilhão já tinha sido devolvido por 221 delatores até março de 2019.[16] A operação, porém, teve sua imagem manchada por reportagens do site The Intercept Brasil, publicadas a partir de 9 de junho de 2019. Eram gravações de conversas atribuídas a Sérgio Moro e integrantes do Ministério Público, por um aplicativo de mensagens, na qual juiz e procuradores sugeriam testemunhas, davam pistas sobre futuras decisões e aconselhavam os pares, atitudes proibidas por lei. Meses antes, Moro deixara a magistratura para assumir o Ministério da Justiça do governo Jair Bolsonaro.

Temer também viu seu nome envolvido em escândalo de corrupção. Gravações feitas pelo empresário Joesley Batista, um dos donos da JBS, mostravam o presidente dando aval para o pagamento de propina ao deputado cassado Eduardo Cunha em troca do silêncio dele. Um de seus mais próximos assessores, Rodrigo Rocha Loures, foi filmado por policiais federais saindo de uma pizzaria, em São Paulo, carregando uma mala com R$ 500 mil. Em outubro de 2019, porém, o ex-presidente seria absolvido pela Justiça do crime de obstrução de investigação no processo movido pelo Ministério Público Federal com base nas gravações de Joesley. O presidente mais impopular da Nova República passaria a faixa presidencial a Jair Messias Bolsonaro, do nanico Partido Social Liberal (PSL).

Ex-capitão do Exército, Bolsonaro conseguiu aglutinar em torno de si eleitores de partidos de centro à extrema direita, além dos decepcionados com o chamado "lulopetismo", que já vinham clamando por mudanças em repetidas manifestações pelo país, nas quais as cores verde e amarela sobressaíam-se. Sem dinheiro e com pouquíssimo tempo de televisão, Bolsonaro usaria as redes sociais como arma política, sob a coordenação do filho Carlos, o 02. Em 6 de setembro de 2018, pouco menos de um mês antes do primeiro turno, Bolsonaro seria esfaqueado durante caminhada em Juiz de Fora (MG). A partir daí, passou a fazer toda a sua campanha pela internet. Vencedor no primeiro turno, disputaria o segundo contra o petista Fernando Haddad, ex-prefeito de São Paulo, ganhando o pleito com 55% dos votos válidos.

Nos 34 anos de Nova República, o movimento feminista conseguiu importantes vitórias, especialmente no caso da violência contra a mulher. Uma dessas conquistas foi a sanção da Lei 11.340, em 7 de agosto de 2006, que criava mecanismos para coibir e prevenir a violência doméstica e familiar. A lei ganhou o nome da farmacêutica Maria da Penha Maia Fernandes, que sofreu agressões no casamento durante 23 anos. O marido tentou matá-la em duas oportunidades. Na primeira vez atirou contra ela, deixando-a paraplégica. Na segunda, tentou eletrocutá-la enquanto tomava banho. Em 9 de março de 2015, outra vitória: Dilma sancionava a lei 13.104, mais conhecida como Lei do Feminicídio, que alterava o Código Penal, incluindo o feminicídio como uma modalidade de homicídio qualificado, entrando no rol de crimes hediondos.

As duas leis foram uma maneira de coibir uma realidade ainda muito cruel vivida pelas mulheres no Brasil. "Uma brasileira é estuprada a cada dez minutos. Somos o quinto país do mundo que mais mata mulheres, segundo a ONU", escreveu "O Globo", no texto de lançamento da plataforma Celina, voltada às questões femininas e de diversidade, em 8 de março de 2019, Dia Internacional da Mulher. Na reportagem, o jornal trazia números da desigualdade também no mundo do trabalho. "Além da violência, levantamento do IBGE mostra que o salário médio pago às mulheres ainda representa 77,5% do rendimento recebido pelos homens".[17]

Na Nova República, em meio à luta feminina por mais espaço e respeito, o país conheceu seis primeira-damas. Uma delas entraria para história por sua contribuição intelectual e de reorganização da política social do governo. Outra teria seu nome envolvido em um caso de corrupção, assim como o do marido, de quem se separaria depois de sair do governo. Duas mantiveram-se distantes da vida pública, dedicando-se às funções palacianas. A beleza de outra seria comparada à de Maria Thereza Goulart. E, por fim, a última, também graciosa, quebraria o protocolo do cerimonial de posse do marido, falando antes dele no parlatório através de libras, a língua brasileira dos sinais. No maior período democrático já vivido pelo país, somente dois presidentes eram divorciados: Itamar e Dilma.

MARLY DE PÁDUA MACIEIRA

☆ 4 de dezembro de 1932
- Casada com José Sarney
- Primeira-dama de 15 de março de 1985 a 15 de março de 1990

Em seu conturbado e criticado governo, o maranhense José Sarney criou uma expressão que resumia sua visão sobre a postura que o mandatário da nação deveria manter, e os rituais a cumprir: a "liturgia do cargo". Sarney foi, desde cedo, um cultuador de liturgias. Até no relacionamento com Marly: "Com ela, naqueles anos, cumpri todos os programas de namorar em São Luís. Passear de bonde, saltar na Praça Gonçalves Dias, ir à Beira Mar e, no carnaval, ir aos bailes no Casino, no Jaguarema e no Lítero..."[18]

Ele a descrevia como "a moça mais linda do Maranhão". Já ela se lembra dele assim: "Não era bonito, não, era muito magrinho e já usava bigode".[19] O farto bigode seria a marca registrada de Sarney e a alegria dos cartunistas. Uma vez na Presidência, adicionaria o jaquetão de seis botões à composição de sua figura. A marca registrada do visual de Marly era o cabelo preso na nuca.

Marly, nascida em São Luís, única filha do médico Carlos Macieira e de Vera de Pádua, que tiveram mais quatro filhos homens, conheceu o então repórter do jornal "O Imparcial" e poeta Sarney em 1946, quando tinha 14 anos e ele, 16. Ela o convidou para sua festa de 15 anos. "Recordo-a com um vestido cor-de-rosa, de saia redonda e um enfeite de pequenas rosas na cabeça. Estava deslumbrante", descreve Sarney. Ele foi o primeiro e único namorado de Marly. O matrimônio foi em 12 de julho de 1952 e o casal teve três filhos: Roseana, Fernando José e José Sarney Filho, o Zequinha.

Muitos anos depois, em junho de 1985, a cronista e escritora Maria Julieta Drummond de Andrade, filha única do poeta Carlos Drummond de Andrade, foi ao Palácio do Jaburu, residência oficial dos vice-presidentes, entrevistar Marly e acompanhar um pouco da sua rotina. O casal se preparava para se mudar para o Palácio da Alvorada.[20]

Marly morava no Jaburu desde março daquele ano. Estava se recuperando da queda de um cavalo que, mal selado, jogou-a com o rosto no chão. Dois meses já tinham se passado, mas as dores na mandíbula e nas duas costelas fraturadas ainda a incomodavam. Isso não a impedia, contudo, de cuidar das netas Ana Clara e Rafaela. "Com cinco anos, esta me olha desconfiada, aponta para um arranhãozinho no nariz e sai correndo. Conta-me depois a avó que, de tanto ouvir falar em presidente em exercício, um dia a menina perguntou: Mas por que é que meu avô precisa fazer exercício desse jeito?", relata Maria Julieta.

Marly tinha 53 anos. Na conversa com a escritora, a primeira entrevista que dava em sua vida, falou-se muito sobre o Maranhão, que a filha de Drummond não conhecia. Explicou os pratos típicos, como o arroz de cuxá, os peixes e mariscos; o folclore, os ritos religiosos, o bumba-meu-boi, o tambor de mina, as festas do Divino.

O Maranhão das doces recordações e das belas tradições culturais de matriz africana era também um dos estados mais atrasados e pobres do país — e continua sendo. No volume 3 da obra "Histórias do poder: 100 anos de política no Brasil", Sarney conta que, antes do pleito em que se elegeu governador, em 1965, um juiz descobriu uma "família Kodak" com mais de mil membros. Uma clara fraude eleitoral: retratos de moradores pobres de estados vizinhos eram levados para o Maranhão e usados na emissão de títulos de eleitor. Alguém teve a ideia de dar-lhes, como sobrenome, a marca da máquina fotográfica.[21]

A atuação política dos Sarney — Roseana e Zequinha também ocuparam cargos públicos de destaque, com ela chegando a governadora e ele, a ministro do Meio Ambiente — não foi capaz de elevar a condição social e econômica do Maranhão. Sarney, o patriarca, se despediu do Senado com 59 anos de vida pública, a mais longeva carreira política do país. Foram cinco mandatos de senador, de 1971 a 2015.

Marly já era casada com o jornalista há quase três anos quando ele se elegeu suplente de deputado federal pelo PSD e acabou ocupando a vaga. Chegou ao Rio de Janeiro em 1955. Café Filho estava na Presidência, deixada vaga pelo suicídio de Vargas. Elegeu-se de novo em 1959 para a Câmara dos Deputados, agora pela UDN. Foi vice-líder do governo de Jânio, em 1961, depois de coordenar sua campanha no Maranhão, e novamente deputado federal, de 1963 a 1966, quando assumiu o governo de seu estado.

Tornou-se governador derrotando o vitorinismo, liderado por Vitório Freire, seu grande inimigo político, senador que, certa vez, ameaçou arrancar-lhe os bigodes em plena sessão. A candidatura de Sarney teve forte apoio popular, por conta de suas bandeiras de moralização da política e da administração do Maranhão, e de um "projeto de modernização da sociedade". Mas determinante para a vitória foi a vontade do Executivo federal de afastar antigos coronéis. Para a pesquisadora Maria Virginia Moreira Guilhon, "a eleição de Sarney representou uma ruptura na história política do Maranhão, mas as condições que a determinaram conferem-lhe o caráter de uma vitória outorgada."[22]

Em seu site, Sarney conta que, à época em que se tornou governador, "herdou do vitorinismo uma realidade cruel. Todo o interior não registrava a presença de 20 médicos. A média de vida da população era de 29 anos. Cerca de 24% eram atacados pela malária e 86%, pela verminose. Persistiam altos índices de tuberculose e lepra, e a incidência da varíola ainda configurava epidemia. Em torno de 60% das crianças entre 7 e 14 anos não frequentavam a escola."[23] Em dezembro de 2018, o IBGE divulgava que o estado tinha "o maior número de pessoas vivendo em situação de pobreza" no país, de acordo com a Síntese de Indicadores Sociais (SIS). "Cerca de 54,1% dos maranhenses vivem com menos de R$ 406 por mês", valor de corte para definir situação de pobreza, e mais de 81% não possuem saneamento básico adequado, ante a média nacional de 35,9%. Trinta em cada cem maranhenses não tinham abastecimento de água.[24]

Vitorino era pernambucano e transferiu-se para o Maranhão em 1946, com o objetivo de dominar a política local e, assim, projetar-se nacionalmente. Sarney apelaria ao mesmo estratagema para se manter no Senado: transferiu seu domicílio eleitoral para o Amapá e, como representante desse estado, foi reeleito três vezes seguidas, de 1991 até 2015.

Na entrevista a Maria Julieta, em 1985, Marly reconheceu que o poder é "difícil, traiçoeiro e solitário". Lembrou que a educação dos filhos sobrou muitas vezes só para ela, com o marido político frequentemente ausente, mas que ficou uma fera quando a mulher deu dinheiro aos rebentos para que comprassem os cigarros que queriam experimentar, na tentativa de evitar que a curiosidade os levasse a "cigarros mais perigosos".

Sarney se queixaria das dores da política em 2018, ano em que o advogado Flávio Dino, do PCdoB, foi reeleito para o governo do Maranhão, derrotando Roseana. Zequinha também não se elegeu para o Senado. Mesmo antes de fechadas as urnas, Sarney já reclamava, em agosto, na sua coluna no jornal "O Estado do Maranhão", do qual é dono, da iniciativa de Lino de rebatizar os muitos prédios e vias públicas que levam o nome da família. Foram mais de cem desde que Dino tomou posse em janeiro de 2015. Nessa primeira eleição de Dino, o jornal americano "The New York Times" noticiou o fim do ciclo Sarney no estado, e mencionou o bairro Vila Sarney, a Maternidade Marly Sarney, a Biblioteca Pública Municipal

José Sarney (de São Luís), a ponte Governador José Sarney e o Fórum Desembargador Sarney Costa para ilustrar o poder da família após meio século de domínio político.[25]

"O que me fez avaliar até onde vai a mesquinharia foi querer tirar o nome de minha mulher da Maternidade Marly Sarney, que ela construiu com tanto amor", disse Sarney na coluna publicada em 11 de agosto. Mas o próprio Flávio Dino admite que, ao menos nesse caso, a medida foi inócua. "A Marly, como é chamada pelos moradores de São Luís, no entanto, só perdeu o nome oficialmente. As grávidas atendidas pela maternidade continuam se referindo ao lugar pelo nome da mulher do ex-presidente".[26] Quando as gestantes precisam de exames ou consultas, dizem "vou lá na Marly".

Sarney e Marly, casados há 67 anos, vivem hoje na mansão da Península dos Ministros, a área mais chique de Brasília. Aos 89 anos em 2019, ele se dedica a escrever sua autobiografia. Marly, porém, não gosta de frio. Quando a temperatura cai na capital federal, o casal vai para o Maranhão.[27]

ROSANE BRANDÃO MALTA

☆ 20 de outubro de 1964
• Casada com Fernando Collor de Mello
• Primeira-dama de 15 de março de 1990 a 29 de dezembro de 1992

Rosane, uma jovem representante da elite do sertão nordestino, adorava o título de primeira-dama. Refere-se a si mesma dessa maneira várias vezes em sua autobiografia, "Tudo o que eu vi e vivi", lançada em 2014.[28] O livro é apresentado como "o testemunho corajoso da primeira-dama mais jovem que o Brasil já teve", afirmação que não se pode fazer categoricamente, já que Maria Thereza Goulart tinha 25 ou 26 anos quando Jango assumiu o cargo. Rosane tinha 25 na posse do marido, em março de 1990.

Embora afirme que a pouca idade não foi um empecilho para que assumisse seu "papel de mulher, de companheira, de alicerce de um homem que, em pouco tempo, ascendeu ao topo da carreira política e dela despencou", usa sua juventude como álibi em várias passagens de sua vida. Credita à inexperiência o fato de não ter enxergado o decantado comportamento cruel e violento do marido, Fernando Collor de Mello, ou a corrupção que grassava durante seu mandato — embora registre as visitas constantes de Paulo César Farias, o PC Farias, lendário tesoureiro da campanha de Collor, que tomava café da manhã regularmente na Casa da Dinda. A narrativa da mulher-apaixonada-faz-qualquer-negócio também permeia o livro.

Assim como Yolanda Costa e Silva, Maria Thereza, Darcy Vargas e Nair de Teffé, Rosane teve a história de sua vida contada em um livro — por ela e por terceiros. Na autobiografia, porém, Rosane pouco se aprofunda em questões que poderiam contribuir para a melhor compreensão de um dos mais conturbados períodos históricos do país. O livro parece ter sido escrito para compor uma personagem ingênua, que não sabia de nada, pouco entendia do que se passava ao seu redor, mas que se recorda de cada detalhe quando se trata da divisão de bens que se arrasta na Justiça até hoje, desde a separação do casal, em 2005. Ou dos rituais de magia negra que, afirma, o ex-presidente organizava na Casa da Dinda sem a sua participação.

Mulher do primeiro presidente escolhido pelo voto direto desde a eleição de Jânio Quadros, após 21 anos de ditadura militar, Rosane conheceu Collor em sua festa de debutante. Filha do fazendeiro João Alvino Malta Brandão, um autêntico coronel sertanejo, do tipo que resolve problemas a bala, e de Rosita Brandão Vieira Malta, Rosane teve um galã em suas bodas. O então prefeito de Maceió, Fernando Collor de Mello, com 1,84m de altura, porte atlético de faixa preta de caratê e que seria eleito uma das 50 pessoas mais bonitas do mundo por uma daquelas listas de revistas americanas, foi o paraninfo da festa.

Os Malta eram aliados dos Mello desde 1950, quando apoiaram a candidatura de Arnon Afonso de Farias Mello, pai de Fernando, ao governo de Alagoas. Arnon, jornalista que cobriu a Revolução de 1932 e se casou com Leda Collor, foi também senador (1963 a 1981) e fundou as Organizações

Arnon de Mello, o conglomerado de comunicação da família em Alagoas. Também deu início ao comportamento irascível que a caracterizaria: sentindo-se ameaçado pelas acusações do senador Silvestre Péricles de Góis Monteiro, durante uma discussão em plena sessão no Senado, atirou nele, mas a pontaria falhou e matou José Kairala, suplente do senador José Guiomard dos Santos, do Acre.

Recém-separado da socialite e milionária carioca Celi Elizabeth Monteiro de Carvalho, a Lilibeth, herdeira do grupo Monteiro Aranha, com quem tinha dois filhos, o prefeito, de 30 anos, já havia se insinuado para a menina quando chegou ao baile e dito que iria dançar com ela naquela noite. Fosse por seus dotes físicos ou pela paúra que o pai da moça provocava, ou por ambas as razões, Rosane foi escolhida e dançou com Collor.

A família de Rosane estava na política desde o início do século XX. Além de seus tios-avós terem ocupado o cargo de governadores de Alagoas, representantes dos Malta mandavam em pelo menos três cidades do interior do estado — Canapi, Inhapi e Mata Grande. O pai foi prefeito de Canapi, onde ela nasceu; o primo e cunhado Vitorio Malta, marido de Rosania, irmã sete anos mais velha, chegaria a deputado federal na esteira da ascensão política do concunhado. Rosita e João Alvino eram primos, e os casamentos consanguíneos eram comuns na família Malta. De fato, eram comuns em cidades interioranas, numa época em que o pouco desenvolvimento de estradas e dos meios de transporte condenavam as localidades ao isolamento. São muitos, como se veem nas páginas deste livro, os casamentos com primas de homens que chegaram à Presidência do Brasil.

Rosane só iria rever Collor um ano depois de sua festa de 15 anos. Ela conta que topou ir ao encontro dele ao receber flores entregues pelo motorista do prefeito na porta da escola, e o fez dirigindo seu próprio carro. Seu pai lhe dera o automóvel para que se deslocasse por Maceió, onde morava desde os 10 anos para estudar, mesmo tendo apenas 16 anos na época. Carteira de motorista era um detalhe. Coisas do coronelismo: não haveria quem impedisse a adolescente filha de João Alvino de dirigir. O namoro, porém, ainda não prosperaria. O pai a proibiu de engatar o romance, sob ameaça de mandá-la a um colégio interno. Não queria a filha enrabichada pelo Don Juan das Alagoas, que ainda nem estava legalmente separado de Lilibeth.

A moral do coronel era uma versão tupiniquim da máxima "l'état c'ést moi" (o Estado sou eu), atribuída ao rei Luís XIV, da França. Alagoas era ele. As regras, João Alvino criava. As leis eram para os inimigos. A adolescente estava proibida de se relacionar com um homem separado, mas podia dirigir o próprio carro ao arrepio da lei. Se, por uma fatalidade, ferisse ou matasse alguém em um acidente de trânsito, o poder do papai estaria lá para assegurar sua liberdade, como ocorreu quando Joãozinho Malta, o mais jovem dos dois irmãos homens de Rosane, matou José Maurício Sobrinho, prefeito de Mata Grande, genro de um desafeto político, em 1987, quando Rosane já estava casada com Fernando Collor, então governador do estado.

Era o período em que o jovem político construía sua fama de "caçador de marajás", por supostamente cortar mordomias e altos salários de funcionário públicos e agir como um defensor de um Nordeste mais moderno, distanciado do coronelismo. Collor não poderia deixar o criminoso impune — ou, pelo menos, não podia dar a impressão de que o criminoso precoce sairia impune por sua inação.

Foi a primeira crise séria do casal. "Meu irmão caçula era danadinho. Ele foi a uma festa com um tio nosso, o Paulo Malta. Aos 15 anos, nem poderia estar ali, já que se tratava de um evento para maiores de idade, mas nosso tio o colocou para dentro. Lá, Paulo foi provocado por um parente do prefeito, nosso adversário político. Começou um bate-boca e um amigo do encrenqueiro sacou uma arma e atirou contra meu tio. Meu irmão, então, revidou, atirou de volta e matou o homem", conta Rosane.[29] O "danadinho" se escondeu na fazenda de Geraldo Bulhões, promotor de Justiça que, à época, era deputado federal. Bulhões chegou a governador e ganhou fama nacional depois de levar uma surra de toalha molhada da mulher, Denilma Bulhões, conhecida como "a governadora", que o expulsou do Palácio dos Martírios, sede e residência oficial do governo alagoano, ao descobrir que ele tinha um caso com uma moça 25 anos mais jovem.[30]

Rosane sabia onde estava o foragido: "Eu sabia onde meu irmão estava e até cheguei a visitá-lo — escondida, obviamente. Eu nunca diria nada para o Fernando. Afinal, como governador, ele iniciou uma caçada ao meu irmão. Colocou até aviões à procura dele. Imagine! Meu irmão era um simples adolescente e estava recebendo tratamento de chefe de quadrilha perigoso".[31] Joãozinho acabou se apresentando à polícia e foi preso. "Em condições sub-humanas, mesmo sendo só um garoto", afirma Rosane, acrescentando que foi "uma luta" soltá-lo: "Fernando achava que tinha que ser assim porque não poderia dar margem para as pessoas dizerem que ele estava protegendo o cunhado."[32]

O "danadinho" voltaria a aprontar em 1991, quando Rosane já era primeira-dama. E como reação a um momento muito crítico para a irmã: mais uma crise de seu casamento e de sua gestão à frente da Legião Brasileira de Assistência.

A entidade era uma instituição bem conhecida de Rosane, mesmo antes de namorar Collor. Ela cursava faculdade de administração e disse à mãe que gostaria de trabalhar. "Eu queria ser uma mulher independente e achei que já era tempo de dar um primeiro passo para a emancipação."[33] Rosita recorreu ao então deputado federal Fernando Collor (1982-1986), que a família Malta tinha ajudado a eleger. Leda Collor, mãe de Fernando, fora diretora do órgão no período em que seu marido, Arnon Afonso de Farias Mello, governou Alagoas (1951-1956). Rosane, então, tornou-se assistente administrativa da LBA.[34] E começou a namorar Fernando.

Em 1984, três meses depois de engatado o romance e apaziguada a ira do coronel João Alvino, que abominava a ideia de a filha de 19 anos unir-se a um homem separado, eles se casaram numa festa para 500 pessoas em Maceió, tendo Paulo Maluf como um dos padrinhos. O casal passou a se tratar como Quinho e Quinha, apelidos extraídos de "pucununinho" e "pucununinha", corruptelas do diminutivo de pequeno e pequena que usaram por pouco tempo, porque a sogra de Rosane achava feio.

Durante a campanha de Collor à Presidência, conta Rosane, ele a queria do seu lado nos palanques. Para isso, assim que acabavam as aulas na faculdade, em Maceió, "já tinha um avião me esperando para me levar aonde ele estivesse. (...) Era um jatinho do João Lyra, geralmente pilotado por Jorge Bandeira, que mais tarde viria a se tornar sócio de PC em uma empresa de táxi aéreo."[35] Lyra era usineiro, pai de Thereza Collor, mulher de Pedro Collor, o caçula da família, autor das denúncias de corrupção que levaram à CPI do Esquema PC. Thereza foi a "musa do impeachment" e alvo da ira de Rosane, que sempre desconfiou de que seu marido tivera um caso com a deslumbrante cunhada, razão pela qual Pedro o odiava.

A história foi parcialmente confirmada por Pedro Collor na bombástica entrevista à revista "Veja", de maio de 1992. Já Lyra provavelmente estava retribuindo favores a Collor ao emprestar seu jato para que os pombinhos se encontrassem durante a campanha presidencial. Havia sido um dos beneficiados pelo "acordo de usineiros" que Fernando Collor assinou quando governou Alagoas (1987-1989), um perdão de dez anos do ICMS devido pelos donos de usinas de açúcar e álcool. O tributo representava cerca de 60% da arrecadação do estado. A medida abalou a economia alagoana.[36]

Collor foi eleito presidente numa disputa repleta de baixarias no primeiro turno — com 22 candidatos na disputa — e marcada por golpes desleais no segundo, contra Lula. Além de levar a seu programa de TV uma antiga namorada do petista, Mirian Cordeiro, mãe de Lurian, que afirmou ter recebido oferta de dinheiro para que abortasse, Collor acusou o adversário de planejar o confisco da poupança, medida que ele próprio tomou assim que assumiu a Presidência, em 1990.

Uma vez instalada na capital federal, Rosane decidiu: queria ser presidente da LBA, onde tinha conseguido seu primeiro emprego. Não de honra, a exemplo das mulheres de presidentes que a antecederam e como seu marido desejava, mas de fato: "Eu poderia ter escolhido ser uma primeira-dama comum, que acompanha o marido em solenidades e viagens, realiza um ou outro trabalho social, promove alguns eventos. Mas eu decidi ir além. E, talvez, esse tenha sido meu grande erro."[37]

O orçamento da instituição equivalia, em 2014, a R$ 1 bilhão, segundo a própria Rosane. Eram 9.400 funcionários. As denúncias de malversação de recursos vinham de longa data, mas chegaram a níveis inimagináveis no governo Collor. A primeira-dama iniciou sua gestão à frente da entidade descentralizando as licitações, transferidas para as superintendências. Não demorou para que surgissem denúncias de corrupção nos estados. Entre os quais, claro, Alagoas, cuja direção era ocupada por um indicado político de Vitorio Malta, o primo-cunhado da primeira-dama.

Em 16 de fevereiro de 1992, reportagem da "Folha de S.Paulo" informava que uma auditoria interna feita na LBA encontrou "rombo de US$ 1 milhão na superintendência de Alagoas", o que correspondia a quase 25% dos recursos encaminhados pelo governo federal ao órgão no estado, justamente no período em que Rosane presidiu a entidade. "Segundo relatório da sindicância, foram detectadas irregularidades em 28 convênios e contratos feitos pela LBA em Alagoas. Desses contratos, pelo menos três envolviam os Malta, família da primeira-dama", relatava o diário.[38] Em julho de 2002, o Tribunal de Contas da União (TCU) condenou o ex-superintendente da já extinta LBA Márcio Antônio Rios a ressarcir os cofres públicos em R$ 15 milhões por irregularidades em sua gestão, nos anos 1990 e 1991.[39] Entre elas, a contratação fraudulenta de uma empresa do irmão mais velho de Rosane, Pompílio Malta, e de sua tia Esmeralda Malta, para distribuir água no sertão alagoano. A empresa, que tinha um nome acima de qualquer suspeita (Construtora Malta Ltda), nem sequer possuía caminhões-pipa.

Rosane abriu a boca depois de sete anos em silêncio em entrevista à revista "Marie Claire", em outubro de 1999, concedida "por livre e espontânea pressão" do marido. Collor tentava mudar a imagem para voltar à política. Planejava concorrer à prefeitura de São Paulo após um período de autoexílio em Miami. A ex-primeira-dama, claro, eximiu-se de responsabilidades pelas falcatruas na instituição. "As superintendências têm autonomia. Uma coisa é ser presidente da LBA, outra é você ser superintendente da LBA nos estados. Em Alagoas tinha um superintendente e, se ele cometeu erros, falhas, a culpa é dele", disse à repórter Lucy Dias[40], embora o superintendente fosse, como Rosane admite na entrevista e em sua autobiografia, da cota de seu primo-cunhado. A pressão para que a mulher falasse não surtiu efeito: a candidatura de Collor à prefeitura de São Paulo foi vetada pela Justiça Eleitoral, porque ele só iria readquirir os direitos políticos em 2001.

Rosane seria condenada em primeira instância por fraude, corrupção passiva e peculato em processo criminal na 12ª Vara de Justiça Federal, no Distrito Federal, acusada de receber cerca de R$ 600 mil de empresas beneficiadas numa licitação para a compra de 1,6 milhão de quilos de leite em pó. O preço do produto foi elevado em 41%, enquanto a majoração permitida por lei era de 25%.[41] Em 19 de abril de 2006, o Tribunal Regional Federal da 5ª Região decidiu que estavam prescritas as "pretensões punitivas relativas aos crimes de falsidade ideológica, prevaricação e formação de quadrilha" de Rosane Collor e uma extensa lista de réus envolvidos com diferentes falcatruas relacionadas à LBA.

A denúncia fora recebida em 1993. Um dos fatos que retardaram a decisão foi a eleição de um dos réus para deputado estadual, levando a mudança de foro. Restou o peculato, crime sobre o qual os desembargadores concordaram que havia "prova documental robusta" e depoimentos de testemunhas que justificariam a condenação de todos os réus a penas de até quatro anos de prisão. No caso de Rosane, seria o prazo máximo. Mas, surpresa, os julgadores também concluíram que havia "prescrição retroativa da pretensão punitiva", e nenhuma punição concreta deveria ser aplicada.

Resumo da ópera: Rosane sequer foi julgada por vários crimes porque o prazo para ser punida prescrevera. Quanto ao peculato, que não estava prescrito e sobre o qual havia abundância de provas, as penas propostas pelo TRF-5 levaram a um daqueles cálculos do Judiciário que, "noves-fora-pratrasmente", como diria o célebre personagem Odorico Paraguaçu, criado pelo dramaturgo Dias Gomes, resultam em zero punição.[42]

Naquele fatídico 1991, aliados e membros do governo passaram a questionar Collor insistentemente por causa da atuação da primeira-dama na entidade. Para piorar, surgiram boatos de que Rosane estava tendo um caso com Luiz Mário Pádua, um bonitão de 27 anos e ainda mais alto que Collor. Mineiro, "o galã do Cerrado", como ficou conhecido, tinha 1,92m e chefiava o cerimonial do governador do Distrito Federal, Joaquim Roriz. Era amicíssimo de Eunícia Guimarães, a melhor amiga de Rosane. Eunícia entrou na crônica do governo Collor não só por ter apresentado os supostos amantes, mas também porque, em 5 de julho daquele ano, Rosane deu uma festa para celebrar o aniversário da amiga no Alvorada, que foi paga com dinheiro da LBA. Anos depois, as duas devolveram o dinheiro da festança à União.

No livro "Notícias do Planalto, a imprensa e Fernando Collor", o jornalista Mario Sergio Conti relata que a então colunista social da "Folha de S. Paulo", Joyce Pascowitch, tinha publicado uma nota a respeito de Luiz Mário e Rosane. "Uma fonte de Brasília lhe contara que eles estavam encantados um com o outro".[43] As fofocas subiam de tom e afirmavam que Rosane estava grávida do suposto amante. E iriam além: Collor teria feito vasectomia antes de se casar com Rosane, sem contar a ela, razão pela qual os boatos de gravidez da primeira-dama o deixaram ainda mais enfurecido. Além dos dois herdeiros com Lilibeth, Joaquim Pedro e Arnon Afonso, ele também era pai de Fernando James, filho de Jucineide Brás da Silva, com quem teve um caso ainda casado com Lilibeth. Em sua autobiografia, Rosane desmente o romance com Pádua e a gravidez.

Como se tudo ainda fosse pouco, foi nesse momento que o "danadinho" do irmão caçula da primeira-dama voltou a aprontar. Enraivecido porque o prefeito de Canapi, Mauro Fernandes da Costa, disse que Rosane tinha um amante e era corrupta, Joãozinho Malta atirou no prefeito. "Era só para dar um susto, tanto que o sujeito saiu ileso", relata ela.[44]

O fato é que Luiz Mário Pádua sumiu de Brasília. O jornalista Mario Sergio Conti relata que o governador Joaquim Roriz ligou para o assessor e disse para que deixasse o Distrito Federal, "pois havia gente querendo pegá-lo".[45] Pádua ficou um ano e meio em Belo Horizonte. "Senti muita falta de Brasília", disse o "galã do Cerrado" ao "Jornal do Brasil", em 9 janeiro de 1993. Ele voltaria ao Planalto Central no governo Itamar.

Vivendo uma crise no casamento, Rosane não se conteve na missa pelos 49 anos de criação da LBA, em 28 de agosto de 1991. Chorou de soluçar. Collor não foi ao evento nem permitiu que seus ministros fossem: marcou uma reunião para o mesmo dia e horário. A viúva de JK, Sarah Kubitschek, entregou um lenço para que a primeira-dama enxugasse as lágrimas. No dia seguinte, a foto estava em todas as primeiras páginas dos jornais do país. Em seguida, Rosane deixou a presidência da LBA, e o casal se reconciliou.

No fim dos anos 1990, quando Collor decidiu que deveriam ser pais, o casal procurou o ex-médico especialista em reprodução humana Roger Abdelmassih, um amigo próximo, que anos mais tarde seria condenado a 181 anos de prisão por estuprar 37 pacientes. Sem mencionar a vasectomia, Rosane diz que a decisão de recorrer à ciência deveu-se ao sonho de Collor de ter um casal de gêmeas, e "nada melhor do que um tratamento em que você pode escolher logo o sexo dos bebês".[46] A ex-primeira-dama teve um aborto espontâneo e nunca mais conseguiu engravidar.

Rosane conta que o marido mostrou seu lado mais cruel e egoísta quando morreu a mãe dela, Rosita, em 2 de maio de 2004. A ex-primeira-dama ainda se recuperava de um período de depressão, que se agravou com o falecimento de Rosita, e afirma que o marido, em vez de ajudá-la, cobrava que voltasse a ser a mulher que lhe dava força e o acompanhava nos eventos sociais. Ela afirma que, a partir daí, "ficou mais forte" nela um ranço que vinha "criando há anos a alguns hábitos de Fernando. Entre eles, seu envolvimento com magia negra".[47]

Defendendo a linha mulher-apaixonada-faz-qualquer-negócio, Rosane diz que, embora nascida em "berço cristão" e criada na religião católica, Collor a convenceu, após o casamento, de que a prática era positiva e benéfica ao casal: "Eu, apaixonada, acreditei".[48] Mas reportagens em diferentes veículos de comunicação mostram que foi ela quem apresentou a Collor a pessoa que se tornaria a "mãe de santo oficial" do Planalto.

Dos conselhos de um pai de santo de Maceió de ficar um dia sem sexo e sem comer carne, as coisas evoluíram para os trabalhos mais pesados de

Mãe Cecília, de Arapiraca, que Rosane conheceu por meio de um deputado. Maria Cecília da Silva, a mais famosa ialorixá de Alagoas, trabalhava para vários políticos e queria conhecer o candidato a governador do estado. Seus rituais envolviam matança de animais. "No começo, eram só galinhas, mas, mesmo assim, eu ficava incomodada", conta Rosane.[49] Já governador, Collor encomendou um trabalho para ascender politicamente e Mãe Cecília cometeu até autossacrifício: após degolar seis animais, "passou a faca em sua mão esquerda e deixou o sangue verter em um vaso de barro".[50] Anos mais tarde, com Collor na Presidência da República, circulava uma piada de mau gosto em Brasília: dizia que seria necessário "importar" bodes de outras cidades, dada a frequência de rituais com esse animal na residência do primeiro casal. O famoso terno branco que Collor usou para subir a rampa do Palácio do Planalto foi uma indicação de Cecília, que estava ao lado direito dele na posse.

Em entrevista ao repórter Eduardo Burckhardt, da revista "Época", em setembro de 2002, Mãe Cecília contou ter abandonado os terreiros e se refugiado nas igrejas evangélicas. Segundo ela, o presidente e a primeira-dama cumpriam obrigações para com as entidades, como "abastecer o terreiro, financiar os despachos e participar regularmente das cerimônias de sacrifício". Os relatos se tornam mais assustadores, e envolvem crimes, como profanação de cadáveres. "Ela e seu grupo entravam nos cemitérios de Alagoas e abriam catacumbas para colocar amuletos na boca dos mortos e recolher ossos humanos para feitiços", relata a reportagem, acrescentando que "Mãe Cecília passou a ir até Brasília" e "ganhou emprego com carteira assinada na LBA".[51]

Os rituais no porão da Casa da Dinda já tinham sido revelados por Pedro Collor ao "Jornal do Brasil", em 13 de março de 1993, dez meses após a entrevista demolidora à "Veja". O irmão caçula do ex-presidente afirmou ter sido recebido por Fernando todo vestido de branco e descalço, e que Rosane usava um vestido de cetim vermelho, traje típico da pombagira. Pedro afirma que, no local, havia bonecos de inimigos de Collor, espetados com alfinetes.

Em seu livro, Rosane menciona a "maldição do impeachment". Diz que, em 12 de outubro de 1992, quando o helicóptero em que voavam Ulysses Guimarães, sua mulher, Mora, Severo Gomes e a mulher, desapareceu no mar entre São Paulo e Angra dos Reis, o marido comentou: "Você vê, ele fez mal para mim e recebeu de volta". Para Rosane, essa foi "a primeira manifestação do que ficou conhecido como 'maldição do impeachment', uma série de mortes trágicas de pessoas ligadas a Fernando ou ao seu afastamento"[52], inclusive Elma, mulher de PC Farias, que denunciara Collor como "chefe maior" do esquema quando ele foi preso, em 1993, e o próprio PC, morto com a namorada em 1996, após ganhar liberdade condicional. Rosane diz que não pode afirmar se todos foram vítimas de magia negra, mas o boato "faz algum sentido". E garante que ela e Mãe Cecília só não foram alcançadas pelo "bateu, levou" dos rituais porque renegaram a prática e se entregaram a Jesus na igreja evangélica.

O casamento de Rosane e Fernando Collor durou 22 anos. Resistiu até 2005. Rosane conta que desejava se separar desde a morte da mãe e Collor pedia ajuda à cunhada, Rosania, para convencê-la a mudar de ideia. Até que um dia o ex-presidente contou a Rosania que se Rosane insistisse com a separação, iria terminar sem nada. A ex-primeira-dama e seu pai haviam assinado um acordo pré-nupcial com Collor que estabelecia separação total de bens. O único bem a que Rosane teria direito era o imóvel que o casal comprou em Miami em nome dela. A ex-primeira-dama, porém, havia assinado uma procuração para que o marido pudesse vendê-lo. O negócio foi feito, mas a sua então esposa não viu a cor do dinheiro.

Mais uma vez, a narrativa da mulher-apaixonada-faz-qualquer-negócio é usada para explicar o deslize que a fez sair do casamento com "quase nada". No caso, "quase nada" é uma pensão de R$ 18 mil em 2014, na época em que lançou o livro (cerca de R$ 24 mil, corrigidos a preços de outubro de 2019[53]), e o usufruto da mansão em Maceió. "De fato, eu e meu pai tínhamos assinado um acordo pré-nupcial. Mas eu confiava em Fernando e estava completamente apaixonada. Na ocasião, perguntei se aquele papel estabelecia que ambos estávamos abdicando dos bens um do outro antes do casamento e, ao mesmo tempo, dividindo tudo aquilo que viéssemos a adquirir depois de casados. Ele disse que era isso mesmo. Meu pai, embora muito inteligente e ótimo político, lia muito mal. No tempo dele, era raro alguém ser alfabetizado no interior. Um documento com termos jurídicos como aquele era difícil para ele", escreveu a ex-primeira-dama em sua biografia.[54]

Um tempo depois de saber da existência desse papel, Rosane se despediu de Collor. Ele foi para Brasília. Ela seguiu para São Paulo, quando amigos a aconselharam a retornar a Maceió, para onde Collor também voltaria para tentar a reconciliação. Chegando em Alagoas, Rosane não conseguiu falar com o marido nem o encontrou. Passados alguns dias, um caminhão de mudanças parou na porta de sua casa para entregar várias caixas. Collor havia mandado encaixotar roupas, sapatos e bolsas que estavam nas casas de Brasília, São Paulo e Miami. As joias, diz Rosane, mesmo as que ela ganhara da família, ficaram com o ex-presidente.

Em entrevista à revista "Marie Claire" em 2011, Rosane diz que a separação foi um baque emocional, financeiro e familiar. "Não pude nem sequer voltar às minhas casas. O que sobrou de 22 anos de vida com Fernando foram 101 caixas. Estive com Fernando nos piores e nos melhores momentos. Tinha vida de rainha, mas também provações. Passei por muita humilhação. Uma vez, jantávamos em um restaurante em Araxá (MG) e uma pessoa jogou comida no rosto dele, ao meu lado. Aguentei tudo, as depressões dele. O que me entristece é construir uma vida com uma pessoa e, no final... o que sobra? Quem quer dar emprego a uma ex-primeira-dama?".[55]

A mocinha de 19 anos, que se casou virgem, de branco, e teve que pedir à irmã, por carta, instruções sobre "o que se fazia na lua de mel, pois minha mãe não tinha coragem de falar como era (o sexo) e eu não tinha coragem de perguntar como é que se fazia e nem podia comprar livros sobre o assunto...", como contou à revista "Marie Claire", passou a se dedicar à briga contra o ex na Justiça. O divórcio litigioso ainda não chegou ao fim. O processo, que corre na 27ª Vara Cível de Maceió, teve petições datadas de maio e junho de 2019: Rosane continua pedindo mais de R$ 4 milhões relativos a imóveis e carros, e Collor continua negando.

Apesar do discurso em defesa das mulheres que são enganadas por seus maridos e ex-maridos, Rosane adotou, na eleição de 2018, o sobrenome do ex-marido para disputar uma cadeira na Assembleia Legislativa de Alagoas. Segundo ela, foi necessário usar o sobrenome de Collor porque uma pesquisa indicou que o nome Rosane Malta era desconhecido. Mas talvez tenha sido a "maldição do impeachment" da vida real: teve somente 459 votos e não se elegeu.

RUTH VILAÇA CORRÊA LEITE

☆ 19 de setembro de 1930
✟ 24 de junho de 2008
- Casada com Fernando Henrique Cardoso
- Primeira-dama de 1º de janeiro de 1995 a 31 de dezembro de 2002

    A Ruth Cardoso que os brasileiros conheceram quando seu marido, Fernando Henrique Cardoso, foi eleito presidente pela primeira vez, tinha algo que a diferenciava de todas as primeiras-damas que a antecederam — e, como se veria com o desenrolar da História, das que a sucederam também. Ruth construiu uma sólida carreira como pesquisadora e professora, reconhecida no meio acadêmico nacional e internacional. Se apenas três das 34 primeiras-damas possuíam curso superior, Ruth foi a única a ir além: em 1995, quando subiu a rampa do Palácio do Planalto ao lado de FHC, já havia concluído o pós-doutorado pela Columbia University, em Nova York, há sete anos. Rompeu vários padrões do cargo de primeira-dama até então estabelecidos: sua formação educacional superava inclusive a de homens que presidiram o país até então; era uma feminista atuante, com ideias que moldaram a área social do governo, e suas ações repercutem até hoje. Iniciativas dela ou influenciadas por ela foram responsáveis pelo movimento que levou à efetiva diminuição da desigualdade social no país.

Embora a formação de Ruth seja lembrada em artigos e reportagens, raramente são citados os cursos que fez e os campos de estudo a que se dedicou. Ruth graduou-se na Faculdade de Filosofia, Letras e Ciências Humanas da Universidade de São Paulo (USP), em 1952, onde obteve o bacharelado e a licenciatura em ciências sociais. Foi também na USP que fez o mestrado em sociologia, concluído em 1959, com a dissertação "O papel das associações juvenis na aculturação dos japoneses", e o doutorado em Ciências Sociais, na área de antropologia social, no qual defendeu a tese "Estrutura familiar e mobilidade social: estudo dos japoneses no Estado de São Paulo", em 1972. Em 1988, concluiu o pós-doutorado. Foi professora e pesquisadora na USP, no Centro Brasileiro de Análise e Planejamento (Cebrap), na pós-graduação em antropologia social do Museu Nacional do Rio de Janeiro, na Faculdade Latino-Americana de Ciências Sociais (Flacso) e na Universidade do Chile, ambas em Santiago, na Maison des Sciences de l'Homme, em Paris, e nas universidades de Berkeley e Columbia, nos Estados Unidos.

Reportagem publicada na "Folha de S. Paulo" em 23 de outubro de 1996 informava que Ruth e FHC ainda eram influentes nas ciências sociais brasileiras. O repórter Ricardo Bonalume Neto foi enviado a Caxambu, Minas Gerais, para cobrir o 20º encontro da Associação Nacional de Pós-Graduação e Pesquisa em Ciências Sociais, e lá descobriu que Ruth Cardoso foi "quem mais orientou dissertações de mestrado em ciência política, levando-se em conta o universo das principais universidades brasileiras com pós-graduação na área (UnB, USP e Unicamp)". Já FHC estava em "13º lugar entre os autores nacionais mais citados nos mestrados de antropologia, com 46 referências, apesar de ser sociólogo. O antropólogo mais citado é Roberto DaMatta, com um total de 314 citações."[56] Detalhe curioso: o currículo de Ruth preenche 21 páginas; o de FHC, dez. Ambos estão disponíveis no site da Fundação Fernando Henrique Cardoso.

Nas pesquisas que fez e orientou, os temas predominantes eram movimentos sociais, classes populares, participação popular e democracia, migração, trabalho, família e mobilidade social.[57] Isso explica por que ela não hesitou na criação de um novo modelo para as ações sociais do Executivo quando chegou ao poder. No segundo ano da graduação, Ruth teve aulas com Roger Bastide, sociólogo francês que veio para o Brasil em 1938 lecionar na USP, criada em 1934, junto com outros professores da França. Ao lado de Florestan Fernandes, o grande sociólogo que se tornaria líder intelectual e deputado federal pelo PT, Bastide foi responsável por renovar a bibliografia do curso de ciências sociais e, principalmente, por levar seus alunos, Ruth entre eles, a visitar favelas para entender como viviam as classes desfavorecidas pelo capitalismo. Sacudiu a antropologia, fazendo com que fosse além do estudo de etnias indígenas.

O jurista José Gregori, que se tornaria secretário nacional dos Direitos Humanos do Brasil (1997-2000) e ministro da Justiça (2000-2001), conta que, certa vez, foi à casa de FHC e Ruth, na região central da capital paulista, para pegar assinaturas num manifesto sobre reforma agrária. Ficou admirado porque Ruth não estava em casa: dava aulas à noite, na Faculdade Municipal de Filosofia, Ciências e Letras de Sorocaba, e vencia os cerca de 100 quilômetros que separam as duas cidades dirigindo o próprio carro. Era o ano de 1955. "Tive uma curiosidade enorme em conhecer uma mulher que trabalhava à noite, dirigindo o próprio carro. Era uma coisa completamente inusitada em nossa geração, com mulheres casadas há dois, três ou mais anos, em casa cuidando dos filhos. Não era normal aquele trabalho, ainda mais noturno. (...) Foi um momento incrível, em que tive a nítida percepção de que as coisas estavam mudando, e muito, e aquela era uma geração pioneira."[58]

Para encontrar a trajetória e a influência das primeiras-damas na história da República brasileira, indo além do lugar-comum a "mulher por trás de grandes homens", foi necessário pesquisar as biografias dos presidentes com um olhar diferente, buscando nas entrelinhas dos textos a presença delas. No caso de Ruth, porém, a presença é destacada desde o início. A ela se deve a extinção da Legião Brasileira de Assistência (LBA), que chegou a níveis inéditos de corrupção e clientelismo durante a gestão de Rosane Collor, e a criação do Programa Comunidade Solidária, novo modelo de atuação social do governo, que buscava parceria da sociedade civil, do empresariado às ONGs, associações de classe e de moradores de bairros. Ruth transformou a área social, de fato, em prioridade do governo. Aplicou os conhecimentos adquiridos na academia, nas pesquisas de campo nas favelas de São Paulo e como ativista. Desde quando o marido se candidatou à Presidência, já havia dito a amigos que não queria ser "a primeira-dama", título que abominava.

Ruth nasceu em Araraquara. A mãe, Maria Villaça Corrêa Leite, a Mariquita, era farmacêutica e agnóstica, coisa rara. O pai, José Corrêa Leite, era contador, na época chamado guarda-livros, do jornal "O Popular". A consciência de que trabalhar e ser economicamente independente era fundamental foi incutida desde cedo na filha única do casal. E a mãe ensinou a menina a cozinhar, um dote que distinguiria Ruth entre amigos, colegas do meio acadêmico e da política por toda a vida. Mariquita tinha 63 anos, em 1967, quando apresentou sua dissertação de mestrado à Faculdade de Farmácia e Odontologia de Araraquara, hoje integrada à Universidade Estadual Paulista (Unesp).

Menina bonita, que disputava a atenção dos garotos de sua cidade, Ruth conheceu Fernando Henrique em São Paulo, no vestibular para a Faculdade de Filosofia, Letras e Ciências Humanas, em 1949. Ela tinha 19 anos e ele, 18. FHC já revelaria, ali, seu jeito sedutor, que tanto agradava ao público feminino, e que também encantava os homens — até adversários políticos ferrenhos reconhecem que é difícil desgostar de FHC, por sua polidez e capacidade de responder até aos mais agressivos argumentos. Pois o rapaz disse à moça que "não tinha tido tempo de estudar, me contou uma história dramática, de maneira que passei todas as fichas a ele.

Aí começou. Todos o consideravam o bonitão, mas confesso que nem era tanto. Tão magrinho!"[59]

Os namorados seguiram estudando juntos na faculdade, na qual ingressaram naquele mesmo ano. O futuro parecia estar desenhado ali: foi no histórico prédio da Rua Maria Antonia, para onde a faculdade se mudou quando Ruth e FHC estavam no segundo ano, que se formaram alguns dos políticos e intelectuais que influenciariam o destino da nação a partir dos anos 1960. Na capital paulista, a vida cultural e intelectual fervilhava. Pietro Maria Bardi e Assis Chateaubriand construíram o Museu de Arte de São Paulo (Masp), inaugurado em 1947 com o traçado imponente e supermoderno da arquiteta Lina Bo Bardi. Ali, Pietro dava cursos e formava jovens, como Ruth e FHC.

O casamento aconteceria um ano depois da formatura, em 2 de fevereiro de 1953. Foi uma cerimônia simples, no Rio de Janeiro. O primeiro filho, Paulo Henrique, nasceu em 1954. A segunda, Luciana, em 1958. Beatriz, a caçula, em 1960. Ter filhos, cuidar da casa (Ruth nunca renegou o lado dona de casa), nada a impediu de seguir em frente na carreira.

Ignácio de Loyola Brandão, araraquarense escolhido para escrever a biografia de Ruth porque já havia feito um perfil dela para a revista "Vogue" em 1999, conta que ao perguntar se trocava cartas de amor com FHC, a resposta, meio a contragosto, foi de que a geração dela havia construído uma atitude anti-romântica, então tida como moderna. "Tínhamos verdadeiro horror pelo pieguismo... (...) Era uma rebelião contra o convencionalismo, a gente se irritava com tudo, e cartas de amor entravam nessa categoria..."[60]

A atitude anti-romântica, o apurado senso de independência e um certo horror à vida pública, que para ela significava a invasão da vida pessoal e a destruição de qualquer vestígio de privacidade, explicam por que Ruth decidiu ficar em São Paulo, orientando seus alunos, quando FHC se tornou senador. Em 1978, Fernando Henrique concorreu ao Senado pelo MDB. Na época, ele era professor cassado da USP. Fora aposentado compulsoriamente. A ditadura militar havia promovido uma imensa devassa na universidade. Professores foram presos, expulsos da instituição, perseguidos por um sem-número de inquéritos policiais-militares, forçados à aposentadoria compulsória, ou simplesmente demitidos. Muitos tiveram que deixar o país. Como relata a edição especial do "Jornal da USP" sobre a Comissão da Verdade na universidade, FHC, professor de história econômica da Europa, se exilou no Chile após o golpe de 1964. Ruth e as crianças o acompanharam. "Voltou em 1968, retomou as aulas, mas foi cassado logo em seguida pelo Ato Institucional nº 5, e aposentado compulsoriamente. Considerado perigoso e subversivo, perdeu o direito de dar aulas e não podia nem mesmo fazer pesquisa."[61]

Ulysses Guimarães tinha convencido Fernando Henrique a disputar sua primeira eleição, contra a vontade de Ruth. O líder da oposição pretendia atrair a juventude para a política. FHC se elegeu suplente de Franco Montoro, que, em 1983, eleito governador de São Paulo, abriu a vaga no Senado para ele. Ruth não ficou nada feliz. Temia pela privacidade que tanto prezava. Não queria viver em Brasília, nem estar apartada da academia. Naturalmente, compreendia a importância da política para "avançar o pensamento, as ideias, a liberdade, a igualdade". Mas era a liturgia da vida política que a incomodava, como definiu o amigo José Gregori. Ele e a mulher, Maria Helena, tiveram uma longa conversa com Ruth para convencê-la da importância da chamada anticandidatura de FHC, um contraponto à velha política. Ruth fez uma profunda análise do Brasil e do que poderia realizar aquela geração que tanto tinha estudado, ido ao exterior, dado aulas em outros países e, assim, adquirido uma ampla visão do Brasil e do mundo. Tinham sido proscritos, mas voltaram e estavam prontos. Ela, então, aceitou a candidatura do marido.[62]

Com Fernando Henrique em Brasília e ela em São Paulo, viam-se nos fins de semana. Ruth passava pequenas temporadas no Planalto Central. Em 1985, FHC concorreu à prefeitura de São Paulo e perdeu por 30 mil votos para Jânio Quadros. Analistas políticos atribuíram sua derrota, na época, a declarações muito *avante-garde*. Ele admitiu que havia fumado maconha em uma de suas viagens aos Estados Unidos e, perguntado sobre religião, em vez de declarar uma, afirmou que respeitava todas. O ultra conservador Jânio soube usar tais declarações. No ano seguinte, Fernando Henrique concorreu à reeleição para o Senado e teve seis milhões de votos, a segunda maior votação numa eleição majoritária no estado até então. Voltou a Brasília. Foi nessa época que Fernando Henrique conheceu a jornalista Miriam Dutra, com quem manteve um relacionamento de seis anos.

Pelo lado pessoal do caso, a extrema discrição de Ruth — uma das características mais marcantes de sua personalidade — freou a exploração política do filho que Miriam teve e, dizia-se, era de Fernando Henrique. Do lado político, montou-se uma operação-abafa para que a candidatura dele à Presidência, em 1994, não fosse prejudicada pela revelação do caso. Havia precedente: Collor usara, de forma intensa e agressiva, o caso que Lula tivera com uma enfermeira, coincidentemente também Mirian, que engravidou de Lurian. Os ressentimentos de Mirian Cordeiro foram explorados pelos marqueteiros da campanha do "caçador de marajás", revelando que o petista, que não hesitou em registrar a filha, havia oferecido dinheiro a ela e pedido que abortasse. FHC tinha passado de chanceler do governo de Itamar Franco a ministro da Fazenda, em 1993. Estava tendo um bom desempenho diante do quadro econômico caótico, após os fracassados planos Collor I e II, Bresser e Verão, com o confisco da poupança e um inacreditável acúmulo de erros na gestão da economia. FHC estruturava o Plano Real e se cacifava para disputar a eleição presidencial.

O caso de FHC com Miriam Dutra, comentado à boca pequena entre jornalistas na época, se tornou público no livro "A história real: trama de uma sucessão", de Josias de Souza e Gilberto Dimenstein, publicado em 1994. O romance e as dúvidas sobre a paternidade do rapaz viriam novamente à tona, com contornos mais incisivos, com a aproximação da campanha presidencial, após o segundo mandato de FHC. A revista "Caros Amigos" publicou reportagem de Palmério Dória, na edição de nº 37, de abril de 2000, intitulada "Por que a imprensa esconde o filho de oito anos de FHC com a repórter da Globo?".

A reportagem afirmava que os responsáveis pelos grandes veículos de comunicação à época do nascimento de Tomás Dutra Schmidt foram contatados, mas não se obteve resposta satisfatória de nenhum deles acerca das razões que os levaram a engavetar o assunto. Todos, dizia a reportagem, tinham a história e só revelariam caso alguém tomasse a dianteira e publicasse. A tese era a de que FHC contou com o auxílio da "grande mídia" para ocultar o relacionamento adúltero e o filho ilegítimo.

O autor da biografia "Ruth Cardoso: fragmentos de uma vida" se desviou elegantemente do assunto espinhoso. "Ainda é cedo para se ter acesso a documentos íntimos, cartas privadas", escreveu Ignácio de Loyola Brandão no prefácio da obra que ele definiu como "uma crônica", não exatamente uma biografia, porque o autor subitamente entra na narrativa e faz comentários: "Historiadores e biógrafos ortodoxos podem se horrorizar".

Em 15 de novembro de 2009, um domingo, mais de um ano após a morte de Ruth, a jornalista Mônica Bergamo, que a "Caros Amigos" afirmava ter sido a repórter que a revista "Veja" mandou à Espanha para tirar a história a limpo antes da eleição de 1994 e cujo trabalho jamais fora publicado, escreveu na "Folha de S. Paulo", em um furo de reportagem: "FHC decide reconhecer oficialmente filho que teve há 18 anos com jornalista". A colunista falou com Fernando Henrique na Espanha, país em que Miriam Dutra vivia desde que deixou o Brasil, em 1992, após o nascimento de Tomás, para confirmar informações de que, aconselhado por advogados, decidira fazer o reconhecimento oficial do rapaz. "O ex-presidente negou a informação e não quis se alongar sobre o assunto. Disse que estava na cidade para a reunião do Clube de Madri", escreveu Mônica, acrescentando que Miriam não quis falar sobre o reconhecimento oficial do filho por FHC por não ser "pessoa pública".

A jornalista trabalhava para a Rede Globo havia sete anos quando saiu do país. Pediu para ser transferida, conta Mônica Bergamo, e atuou em Barcelona, Londres e Madri. "Quando FHC assumiu o ministério da Fazenda, em 1993, a informação de que ele e Miriam tinham um filho passou a circular entre políticos e jornalistas", relata a jornalista da "Folha". Eles nunca se manifestaram publicamente. Com a candidatura de FHC na rua, em 1994, "Miriam passou a ser assediada por boa parte da imprensa. E radicalizou a decisão de não falar sobre o assunto para, conforme revelou a amigos, impedir que Tomás virasse personagem de matérias escandalosas ou que o assunto fosse usado politicamente para prejudicar FHC".

Mônica Bergamo afirma que o rapaz sempre tinha sido tratado como filho pelo ex-presidente, que colaborou com seu sustento. "Nos oito anos em que ocupou a Presidência, os dois se viam uma vez por ano. Tomás chegou a visitá-lo no Palácio da Alvorada, residência oficial da Presidência da República. Depois que deixou o cargo, FHC passou a ver com frequência o filho, que na época vivia em Barcelona. Miriam o levava para Madri, Lisboa e Paris quando o ex-presidente estava nessas cidades. No ano passado, FHC participou da formatura de Tomás no Imperial College, em Londres. Neste ano, Tomás se mudou para os EUA para estudar Relações Internacionais na George Washington University."

Em 2011, o então titular da coluna Radar, da "Veja", Lauro Jardim, publicou três notas com os títulos DNA Revelador. Dizia que, no início daquele ano, dois exames de DNA mostraram que Tomás, reconhecido oficialmente como filho em 2009, não era filho biológico do ex-presidente. "FHC e Tomás (...) foram juntos ao laboratório. Antes, no entanto, FHC disse a Tomás que, qualquer que fosse o resultado, nada mudaria na relação entre os dois. Com o inesperado resultado dos exames em mãos, FHC reafirmou o que dissera. Portanto, nada muda na vida do rapaz no que diz respeito a seu ex-pai biológico."[63]

Ruth nunca falou sobre o romance extraconjugal de Fernando Henrique publicamente. A antropóloga inicialmente foi contra a candidatura do marido, porque sempre temeu a perda de privacidade que a política impõe. Assim como a mãe, as filhas Luciana e Beatriz também não eram favoráveis à candidatura do pai à Presidência. Paulo Henrique era seu único aliado.

Com o marido eleito, porém, Ruth se instalou de armas e bagagens em Brasília, e daria início ao trabalho na área social. Não sem antes provocar um estrago, com uma pequena diatribe, uma introdução ao modo Ruth de encarar o pragmatismo das alianças políticas. Antes da posse de Fernando Henrique, fez um comentário sobre o PFL, principal aliado do PSDB, partido que Fernando Henrique ajudara a fundar em 1988 na campanha presidencial. Ruth disparou contra a legenda que indicara o vice-presidente para compor chapa com seu marido: "O PFL tem Antonio Carlos *(Magalhães)*, mas tem Gustavo Krause e Reinhold Stephanes". Fernando Henrique considerou a frase infeliz e pediu desculpas ao grande cacique do partido, ACM, mas sua mulher também havia classificado de "fisiológico" o partido aliado, que, a seu ver, mudara "não porque é bonzinho, mas porque perdeu poder". Marco Maciel continuou como vice-presidente, e seriam os dois reeleitos graças ao sucesso do Plano Real, que debelou a hiperinflação e devolveu ao país uma verdadeira moeda.

Ruth presidiu, de 1995 a 2002, o Conselho do Programa Comunidade Solidária, cuja função era coordenar as ações dos vários ministérios e articular as parcerias com a iniciativa privada. O órgão tinha dez ministros e 21 representantes da sociedade civil. Quando deixou o governo, ficou à frente da Comunitas, uma ONG criada para assegurar a continuidade das iniciativas do Comunidade Solidária, até sua morte. A capacitação das pessoas e a organização das comunidades eram as principais vertentes da ONG. Informações publicadas no obituário do jornal "O Globo", em 25 de junho de 2008, davam conta de que o projeto Alfabetização Solidária, em parceria com várias instituições, ensinou a ler 2,5 milhões de jovens dos municípios mais pobres do país. O Universidade Solidária engajou estudantes e professores universitários. E o Capacitação Solidária treinou mais de cem mil jovens para o mercado de trabalho nas grandes regiões metropolitanas.

As ações são reconhecidas até hoje como fundamentais no combate à pobreza. Os projetos nas áreas de educação, saúde, trabalho e saneamento deram "nova feição às políticas públicas", como assinalou a socióloga Ana Maria Pelliano, secretária-executiva do programa de 1995 a 1998.[64]

Os problemas de saúde de Ruth haviam começado por volta de 1998. Ela teve diagnosticada uma hipertensão, que evoluiu para doença coronariana. Já tinha dois *stents* no peito e andava sentindo dores na região. Em junho de 2008, internou-se para averiguar as razões dos sintomas. Foi submetida a um cateterismo e voltou para casa. Sentia-se bem. No dia 24 de junho, uma terça-feira, teve um dia normal e arrumou as flores que recebera na alta hospitalar. FHC foi para o trabalho e depois teria uma palestra. À noite, Paulo Henrique, filho que Ruth adorava, passou no apartamento dos pais. Conversavam na cozinha quando, de repente, ela levou a mão ao peito, emitiu um grito abafado e caiu. Eram 20h40m. Até na hora de morrer Ruth foi discreta.

Fernando Henrique, com quem completaria 55 anos de casada naquele ano, foi avisado. Deixou o evento correndo. Por volta das 21h30m, chegaram ao apartamento do ex-presidente o governador José Serra e sua mulher, Mônica. Serra era um dos maiores admiradores de Ruth, gostava de conversar com ela antes de tomar decisões. A sessão solene que haveria no Congresso em comemoração aos 20 anos de fundação do PSDB, no dia seguinte, foi cancelada. Serra decretou luto oficial por três dias no estado. "A Ruth era uma pessoa muito especial, para sua família, para seus amigos, para nosso país. Um exemplo de dignidade, delicadeza, inteligência e carinho pelas pessoas. É uma dor imensa a que sinto neste momento. Nossa, como vai fazer falta...", disse.

Em nota, o presidente Luiz Inácio Lula da Silva lamentou a morte da ex-primeira-dama. "É difícil acreditar que aquela intelectual determinada que conheci muitas décadas atrás, com convicções firmes, gestos nobres e ao mesmo tempo sensibilidade para o drama da desigualdade social, tenha nos deixado. É uma grande perda para o país". No velório, uma cena acabaria se tornando emblemática: o abraço comovido de FHC, com os dois às lágrimas. Fernando Henrique retribuiria o gesto na morte de Marisa Letícia. Imagens que dizem muito sobre a importância do convívio civilizado de oponentes políticos, tão caro à democracia e tão raro nos dias que correm.

MARISA LETÍCIA ROCCO CASA

☆ 7 de abril de 1950
✞ 3 de fevereiro de 2017
• Casada com Luiz Inácio Lula da Silva
• Primeira-dama de 1º de janeiro de 2003 a 31 de dezembro de 2010

Marisa Letícia tinha 9 anos quando foi trabalhar como babá dos filhos de Jaime Portinari, sobrinho do pintor Cândido Portinari, dentista em São Bernardo do Campo, na Região Metropolitana de São Paulo. O município para onde imigraram no início do século XIX as famílias italianas Rocco e Casa, antepassados daquela menina-babá, foi o berço do sindicalismo moderno no país, onde surgiu seu mais importante líder, Luiz Inácio Lula da Silva. A família de Lula se mudou para São Paulo em meados do século XX, fugindo da fome no Nordeste. Iriam passar 43 anos juntos, até a morte de Marisa Letícia, que sofreu um derrame em 24 de janeiro de

2017 e faleceu dez dias depois. Mas, até que se encontrassem na sede do Sindicato dos Metalúrgicos de São Bernardo do Campo e Diadema, ambos passariam por tragédias pessoais que marcaram suas vidas, mas serviram para aproximá-los.

A menina de cabelos loiros e olhos verdes era filha de Antonio João Casa e Regina Rocco, agricultores cujas famílias se instalaram na área rural de São Bernardo do Campo. Antonio e Regina tiveram 15 filhos. Três morreram no parto. O casal deixou a roça quando Marisa Letícia tinha 5 anos e se mudou para o Centro da cidade, onde os irmãos já trabalhavam como operários. A menina não estudou, como contou ao jornal "O Globo" sua irmã, Teresa Otília Casa. "Para o meu pai, os filhos não podiam estudar, e as filhas só podiam fazer até o quarto ano primário. Foi isso que nós estudamos."[65]

Com 14 anos, a italianinha deixou de ser babá e se tornou operária da fábrica de doces Dulcora, que produzia o famoso drops campeão de vendas nas décadas de 1960 e 1970. O prédio da empresa chamava a atenção na Via Anchieta — que liga a cidade de São Paulo à Baixada Santista, no litoral sul do estado, passando por São Bernardo do Campo — pelos imensos drops usados para formar o logotipo da marca. Com 19 anos, Marisa Letícia deixou o emprego para se casar.

O primeiro marido da jovem operária era metalúrgico. Marcos Cláudio dos Santos também tinha 19 anos quando se casou com Marisa Letícia, que engravidou na lua de mel. Com a mulher em casa, esperando o primeiro filho, ele passou a dirigir o táxi do pai, Cândido dos Santos, depois do turno na fábrica. Estavam casados há seis meses quando, num assalto, Marcos teve o dinheiro da féria, seu relógio e a carteira roubados. Os criminosos atiraram. O rapaz morreu na hora.[66] Os três meses finais da gestação da viúva Marisa Letícia prosseguiram à base de remédios para não perder o filho, que nasceu saudável e foi batizado com o nome do pai.

Lula, que era então operário das Indústrias Villares, havia perdido a mulher, Lourdes, vítima de hepatite, em maio de 1971. Ela estava grávida, e o filho que gestava morreu também. Tornara-se, em 1972, primeiro-secretário do departamento jurídico do Sindicato dos Metalúrgicos. Em 1973, vencera o luto e estava "vivendo inúmeras aventuras amorosas".⁶⁷ Como voltava tarde para casa, tinha que pegar táxi. Tornou-se freguês do motorista de um Fusquinha, que um dia lhe contou que perdera o filho único, um metalúrgico que dirigia o táxi depois do expediente na fábrica, assassinado num assalto. E mostrou-lhe a foto da nora.

No dia seguinte, ao chegar ao sindicato, Lula pediu que, se alguma jovem viúva fosse ao departamento jurídico, ele deveria ser avisado. A moça não tardou a procurar a instituição para conseguir o carimbo necessário à liberação da pensão do marido. Lula deu um jeito de fazer com que Marisa Letícia voltasse outras vezes, até conseguir seu telefone. Passou a ligar para a casa da moça insistentemente. Descobriu o endereço dela e, uma noite, foi até lá. "Marisa estava esperando seu namoradinho ir apanhá-la e ambos chegaram juntos. Sem cerimônia, Lula dispensou o moço e avisou à mãe de Marisa que ele, Luiz Inácio da Silva, era o namorado dela".⁶⁸

Maria Letícia foi apresentada à família de Lula num churrasco na Praia Grande, então uma praia popular da Baixada Santista, que também abrigava várias colônias de férias de operários e outros trabalhadores. Dona Lindu, mãe de Lula, aprovou a escolha. Do momento em que botou o namorado de Marisa Letícia para escanteio até o casamento, em 25 de maio de 1974, passaram-se sete meses. A cerimônia foi na Capela de Santo Antônio, que um dos avós da noiva havia construído no Bairro dos Casa, e a lua de mel, em Campos do Jordão. Lula já era primeiro-secretário do sindicato.

No ano seguinte, o marido de Marisa Letícia foi eleito presidente da entidade. Começava ali a carreira de líder que o levaria à Presidência do país. O primogênito do casal, Fábio Luís, já tinha nascido no dia da posse de Lula no sindicato, que reuniu autoridades, entre elas o governador de São Paulo, Paulo Egydio Martins. O casal criava também o menino de Marisa, Marcos, que, ao completar 10 anos, pediu ao padrasto que o adotasse como filho.

O sindicato que Lula presidiria mais uma vez, reeleito em 1978, fora criado em 1933. Na época, representava os metalúrgicos de todo o ABC: Santo André, São Bernardo do Campo e São Caetano. Com a instalação da indústria automobilística na região, em 1959, cresceu em importância e representatividade. Formou-se ali a elite do operariado, que iria desempenhar importante papel na retomada da democracia, por meio da luta contra o arrocho salarial que se seguiu ao Milagre Econômico do governo Médici. Em 1976, os metalúrgicos marcariam presença no cenário político com uma grande manifestação no 1º de Maio. No ano seguinte, os metalúrgicos do ABC fizeram uma campanha por reposição salarial de 34,1%, porque o próprio governo admitira que manipulara os índices e os salários perderam poder de compra com reajustes menores.

O ano de 1978 assistiria ao ressurgimento das greves de operários na região. Novamente, uma grande manifestação em 1º de Maio deixaria os militares de orelha em pé. Onze dias depois, os operários da Scania entraram na fábrica, bateram o cartão e cruzaram os braços. Eles tinham recebido o comprovante de pagamento com o reajuste determinado pelos militares e que fora aceito pela federação dos metalúrgicos, em mãos de dirigentes submissos ao governo, os pelegos. Começava a greve que iria mudar a história do sindicalismo e da luta política no país. O movimento se espalhou pelo ABC e outras regiões. Foram centenas de paralisações que desafiavam a lei de greve e a política econômica da ditadura.

Em 1979, o movimento cresceu ainda mais. Uma assembleia convocada para o estádio de futebol da cidade, de Vila Euclides, lotou o espaço. Sem sistema de som, as falas de Lula e demais dirigentes eram repetidas pelos operários mais próximos, pelos que estavam em seguida, e assim sucessivamente, para que, em ondas, pudessem ser ouvidas. Dias depois, começou a greve geral de metalúrgicos que acabou arrancando um acordo melhor das montadoras. "As fábricas pararam em São Bernardo, Santo André, São Caetano e depois em São José dos Campos e Jundiaí. No quarto dia já eram 170 mil os grevistas. A cada dia a Polícia Militar aumentava a repressão, espancando, prendendo, mas a greve não cedia. Nas negociações, os representantes dos empresários não ofereciam nada de concreto.

Em assembleias lotadas, os trabalhadores decidiam continuar parados."[69]

No nono dia de greve, a ditadura decretou a intervenção nos sindicatos de São Bernardo, Santo André e São Caetano. Mas a greve ainda resistiria. Foram 41 dias de paralisação. A diretoria que Lula encabeçava foi cassada. A mulher de Lula, além dos problemas que vivia com a repressão ao movimento dos metalúrgicos, reviveu a dor da perda do primeiro marido. O pai dele, Cândido, foi assassinado da mesma forma que o filho: num assalto ao táxi que ainda dirigia.

Com a cassação da diretoria do sindicato, Marisa Letícia viu a casa em que morava com Lula e os filhos transformada no quartel-general do movimento. A polícia passou a vigiar o imóvel, comprado através do BNH, o Banco Nacional de Habitação, que construía moradias populares. Marisa Letícia temia pela vida das crianças — além de Marcos Cláudio e Fábio Luís, já tinham outros dois filhos, Sandro e Luís Cláudio — e também pela do marido. E pela sua sorte. O jornalista Vladimir Herzog foi assassinado nas dependências do II Exército, em São Paulo, em 1975, e sua mulher ficara sozinha com os filhos para criar. O mesmo havia acontecido ao também operário metalúrgico Manoel Fiel Filho, em 1976, morto sob tortura nas mãos dos militares. Era casado e tinha duas filhas.

Na madrugada do dia 19 de abril de 1980, os temores de Marisa Letícia se confirmaram: a polícia foi à sua casa para prender Lula. Era o 17º dia de mais uma greve que ele liderava. Lula foi enquadrado na Lei de Segurança Nacional (LSN) e ficou 31 dias na cadeia. Marisa Letícia levava os filhos ao Dops para visitá-lo. Ela ajudou a organizar e liderou uma passeata de mães, mulheres e filhos de sindicalistas presos pelo regime. Solto em 20 de maio, Lula — com sindicalistas, trabalhadores de outras áreas, estudantes e intelectuais — fundaria naquele mesmo ano o Partido dos Trabalhadores. Maria Letícia lembrou que tinha guardado em casa, há tempos, um corte de tecido vermelho. Aplicou nele uma estrela branca de cinco pontas e o nome do novo partido. Era a primeira bandeira do PT. Essa história foi revelada por ela ao site da campanha do marido, em 2006.

Em 1981, Lula foi julgado pela Justiça Militar por seu envolvimento nas greves do ABC em 1978 e 1979, e condenado com outros dez sindicalistas, por "incitamento à desobediência coletiva às leis" com base na Lei de Segurança Nacional. A pena era de três anos e seis meses de reclusão, mas puderam recorrer em liberdade. Foram muitas as manifestações pela absolvição dos sindicalistas. Em 1981 houve um segundo julgamento. "Os seguranças não vetaram o uso de cartazes pelos manifestantes presentes. (...) Acompanharam o processo o senador Teotônio Vilela, o então suplente de senador Fernando Henrique Cardoso, o procurador Hélio Bicudo, o bispo de Santo André, Dom Cláudio Hummes e o bispo auxiliar da Abadia de Westminster (da Inglaterrra), Dom Victor Guazelli".[70]

O caso foi ao Supremo Tribunal Militar. Em abril de 1982, Marisa Letícia acompanhou Lula a Brasília. Era a primeira vez do casal na capital federal. A pompa e a ostentação a assustaram. "Marisa foi objetiva e direta: 'Lula, vamos parar com tudo isso, esses caras não vão deixar você chegar ao poder nunca'. A corte decidiu, por maioria de votos (9 a 3), encaminhar o caso à Justiça Federal para ser julgado sob a Lei de Greve. (...) A ação foi prescrita antes de chegar a julgamento na Justiça Federal."[71]

Marisa pouco apareceu nas campanhas de 1982, quando Lula concorreu ao governo de São Paulo, e em 1986, ao ser eleito deputado federal. Na primeira campanha presidencial, em 1989, que ele perdeu para Collor e o relacionamento com Miriam Cordeiro veio à tona, Marisa também não teve participação ativa, assim como nas eleições à Presidência de 1994 e 1998. Mas foi importante na campanha de 2002. "Quando Lula despontava como favorito na eleição presidencial, Marisa passou por uma transformação no visual. Mudou o corte de cabelo e a maquiagem. Sofisticou o guarda-roupa e fez um *lifting* facial. Tudo para acompanhar as mudanças do marido, que passou a usar ternos bem cortados e a barba aparada."[72]

Seus amigos a descreviam como uma mulher que vivia para a família, era vaidosa e tinha muito ciúme de Lula. Não sem motivo. Lula teria mantido um caso extraconjugal desde o início da 1990 com Rosemary Noronha. Os dois se conheceram numa agência bancária no Centro de São

Paulo, onde ela trabalhava. Segundo a irmã, Sônia Nóvoa, Lula levava a amante para suas viagens ao exterior, inclusive quando assumiu a Presidência da República. "Ela me chamava para os jantares românticos com o Lula. E eu ia. Eu até consegui convites para shows do Roberto Carlos e do Roupa Nova. Só pude assistir porque minha irmã me convidava", contou Sônia em entrevista à revista "IstoÉ", em janeiro de 2019.[73]

Em 2002, Lula nomeou Rosemary assessora de gabinete no escritório da Presidência em São Paulo. Quatro anos depois, ele a promoveu à chefia do gabinete. Foi quando Marisa Letícia desconfiou do relacionamento. À revista, Sônia disse que a primeira-dama nunca gostou da assessora. Rosemary, no entanto, só foi afastada do cargo em 2013, após ser indiciada pela Polícia Federal nos crimes de formação de quadrilha, tráfico de influência e corrupção, resultado da operação Porto Seguro, deflagrada em 2012. A ação investigava um esquema de favorecimento a empresários em nomeações para cargos públicos. Em 2014, a Justiça a transformou em ré e, desde então, a família nunca mais teve notícias de Rosemary, segundo a irmã.

Marisa Letícia teve atuação discreta nos dois mandatos do marido, atuou nos bastidores. "Ao contrário de grande parte delas, (...) Marisa não se importa de ser chamada pelo pomposo título de primeira-dama. Filha de lavradores, gosta da terra e de plantas e vai sentir muito a falta do sítio, onde, nos fins de semana, costuma reunir a família. Como em toda família descendente de italianos, no sítio as tarefas são divididas: ela e o marido, o presidente eleito Luiz Inácio Lula da Silva, cozinham, um dos filhos arruma a mesa e outros lavam os pratos. Por enquanto, Marisa quer continuar sendo mãe, mulher e companheira. (...) 'Pretendo, se puder, me dividir entre Brasília, ajudando Lula, e São Paulo, cuidando dos netos', afirma Marisa", escreveu Jorge Bastos Moreno no jornal "O Globo" em reportagem de 3 de novembro de 2002, quando Lula foi eleito para seu primeiro governo.

Ao longo das duas gestões de Lula à frente do Executivo, Marisa não exerceu cargo filantrópico, mas mantinha uma sala ao lado do gabinete presidencial, no terceiro andar do Palácio do Planalto. O país tinha notícia dela principalmente nas viagens internacionais em que acompanhava o presidente. Como primeira-dama, ficou conhecida pelos churrascos de fim de semana e pelas festas juninas que organizava, nas quais aparecia a caráter ao lado do marido. Ela também foi criticada quando fez um canteiro de flores vermelhas reproduzindo a estrela do PT nos jardins do Palácio da Alvorada e da Granja do Torto. Os canteiros foram removidos.

Quando Lula deixou o poder, esteve ao seu lado durante o tratamento contra o câncer a que ele se submeteu, em 2011. "Dizia-se, na época, que ela controlava quem podia e quem não podia visitá-lo, para evitar que se cansasse".[74] Marisa Letícia virou ré em uma ação penal da Operação Lava-Jato em dezembro de 2016, acusada de crime de lavagem de dinheiro ao lado do marido. De acordo com a denúncia, teria incentivado Lula a aceitar o apartamento triplex do Guarujá, que seria um presente da construtora OAS. A Lava-Jato também afirmara que Marisa Letícia teve ingerência na decoração do sítio de Atibaia, reformado por empreiteiras interessadas em negócios com a Petrobras.

Em depoimento ao então juiz Sérgio Moro, em 10 de maio de 2017, em Curitiba, o ex-presidente Lula atribuiu as decisões a respeito do apartamento triplex no Guarujá à ex-primeira-dama, já falecida. O petista havia negado ser dono do imóvel. "Eu ouvi falar desse apartamento em 2005, quando comprou, e fui voltar a ouvir falar do apartamento em 2013. Ninguém nunca conversou comigo. Eu não sabia que esse apartamento estava na OAS. Eu queria pedir uma coisa. É muito difícil para mim toda hora que o senhor cita a minha mulher sem ela poder estar aqui para se defender. Uma das causas que ela morreu foi a pressão que ela sofreu", disse o ex-presidente.[75]

Reportagem publicada pela revista "Época" de janeiro de 2017, quando Marisa teve o AVC, informava que a ex-primeira-dama "sabia havia alguns anos da existência do aneurisma (dilatação anormal de uma artéria), que provocou o acidente vascular cerebral hemorrágico". Os médicos decidiram não operá-lo porque era pequeno. "Nos últimos meses, o aneurisma cresceu até atingir pouco menos de um centímetro. A consequência foi um sangramento discreto no lado esquerdo do cérebro."[76]

Marisa estava consciente quando foi levada para o Hospital Sírio-Libanês, em São Paulo. Tinha recebido um primeiro atendimento no Hospital Assunção, em São Bernardo do Campo, com pressão arterial 18 por 12. Morreu dez dias depois, em 3 de fevereiro. Será sempre lembrada como a primeira representante da classe operária a se tornar primeira-dama, a "primeira-companheira".

MARCELA TEDESCHI ARAÚJO

☆ 16 de maio de 1983
- Casada com Michel Temer
- Primeira-dama de 31 de agosto de 2016 a 31 de dezembro de 2018

A comissão especial da Câmara dos Deputados que analisava o impeachment já havia aprovado, por 38 votos a favor e 27 contra, em 11 de abril de 2016, a admissibilidade do bota-fora da presidente Dilma Rousseff quando a revista "Veja" publicou o famoso perfil da então segunda-dama do país. Intitulado "Marcela Temer: bela, recatada e do lar"[77], foi ao ar no site da revista na data em que Eduardo Cunha, então presidente da Câmara, entregou a Renan Calheiros, que presidia o Senado, os 34 volumes do processo de 12.044 páginas. Era o dia 18 de abril de 2016, uma segunda-feira. A polêmica se instalou na internet.

Muita gente viu no texto uma ode ao retrocesso nas conquistas feministas, por exaltar a submissão da moça, dedicada ao marido e à criação do único filho do casal, sem uma carreira própria. Uma enxurrada de memes tomou conta das redes sociais. Afinal, o país se encantara com aquela bela jovem, ex-modelo de 1,72m, já na posse de Dilma em seu primeiro governo. Marcela roubou a cena da primeira mulher à frente da Presidência, com os longos cabelos presos numa trança e um vestido cuja parte de cima, em tom terroso, deixava os ombros e braços de fora. Na falta de uma primeira-dama, o país se contentava com a segunda. Em 2016, ela reinaugurava o primeiro-damismo, após seis anos de vacância do cargo.

Curioso é que poucas pessoas notaram que Marcela não foi ouvida para a reportagem. Sabe-se que ela sempre foi recatada graças à irmã mais nova, Fernanda Tedeschi, e que o casal pensou que estava grávido de novo, mas era rebate falso, por conta da língua comprida da tia Nina. Uma estilista diz que ela curte vestidos na altura do joelho, e um cabeleireiro de ricas e famosas, que a definiu como "educadíssima", aproveitou para contar que Athina Onassis também é sua cliente.

Certamente a disputa política do impeachment turbinou a repercussão do material produzido pela "Veja". Muito antes, em 15 de fevereiro de 2011, após a posse para o primeiro mandato de Dilma, a revista "TPM" produziu um alentado perfil sobre Marcela.[78] A repórter Ariane Abdallah foi duas vezes à residência do casal Temer, no Alto de Pinheiros, bairro chique e tradicional da cidade, para entrevistar Marcela e o marido — ou Mi e Mar, como se tratam na intimidade, segundo a reportagem. Teve acesso até ao closet da então segunda-dama, e acompanhou a escolha do modelito da cerimônia, "chamado de 'ousado' pela consultora de moda Costanza Pascolato".

O texto revelava que era Coco Chanel o perfume usado por ela no primeiro encontro, em 2002, num evento da campanha do à época candidato a deputado federal. De acordo com a revista, o tio Geraldo e a mãe de Marcela, a dona de casa Norma Tedeschi, a acompanharam a um comitê por sugestão do pai da então modelo, o economista Carlos Antonio Araújo, que tinha bom trânsito com os políticos de Paulínia, cidade natal da moça, no interior de São Paulo. Marcela foi formalmente apresentada a Temer. "Era um contato profissional que poderia me ajudar a dar um *up* na carreira *(de modelo)*. Mas achei ele charmosão", disse à revista "TPM".

Dois meses depois da apresentação formal, o pai sugeriu que ela mandasse um e-mail a Temer parabenizando-o pela eleição para a Câmara. Ele telefonou para Marcela três dias depois. Numa noite daquele mesmo mês de novembro, Temer foi buscá-la para um encontro. O primeiro beijo foi 40 minutos depois. Quando ela voltou para casa, ele ligou e gritou: "Te amo, te amo, te amo". Surgiram críticas a essas revelações quando o texto de "Veja" foi divulgado. "Eles praticamente entregaram uma mulher virgem para casar. Parece que está se falando de um casamento do Oriente Médio, em que se entrega uma menina a um velho rico. E chamam isso de conto de fadas", disse Maria Fernanda Salaberry, do Coletivo de Mulheres da UFRGS e da Marcha das Vadias, ao jornal gaúcho "Zero Hora", em 2016.[79]

Em 15 de outubro de 2015, dez meses antes de Temer assumir a Presidência, ele e Marcela deram uma rápida entrevista ao "Programa Amaury Jr" e contaram mais uma vez sobre como se conheceram. Ele disse que se encantou "logo no primeiro momento" e, olhando para a mulher, indagou: "E ela teve suas simpatias por mim, não é?". Marcela reafirmou que o ex--presidente foi o primeiro e único namorado. "Namoramos oito meses", disse ela, que tem o nome do amado tatuado na nuca. Casaram-se em 26 de julho de 2003. Marcela tinha completado 20 anos dois meses antes; Temer faria 63 dois meses depois.

Mas, se existia encantamento com a formosura de Marcela, havia também estranhamento, quase na mesma medida. Cartunistas se fartaram ao retratar a belíssima moça ao lado do "vampiro", figura com a qual o ex-presidente é frequentemente comparado. Um homem bem mais velho, 43 anos a mais que Marcela, bem mais baixo e imensuravelmente mais feio. Marcela foi Miss Paulínia e ficou em segundo lugar num concurso de Miss São Paulo. Teve uma rápida experiência profissional como recepcionista. Além da irmã Fernanda, que falou sobre seu recato à "Veja", tem um irmão mais velho, Karlo.

Marcela formou-se em direito na Fadisp, Faculdade Autônoma de Direito, instituição "com 18 anos de tradição" e que, informa em seu site, "integra o Grupo José Alves (GJA), com tradição e longa experiência de atuação em diversos segmentos do mercado nas Regiões Centro-Oeste e Sudeste do Brasil."[80] Mas não chegou a fazer o exame da OAB para exercer a profissão, porque Michelzinho nasceu em 2008, ano em que ela se formou.

Uma vez no cargo de primeira-dama, retomou uma prática de mulheres de presidentes, deixada para trás por Ruth, que criara uma nova abordagem para as questões sociais, e por Marisa Letícia, que não quis se envolver com trabalho relacionado à Presidência: o assistencialismo. Foi nomeada embaixadora do programa Criança Feliz.

Em abril de 2016, antes de se tornar primeira-dama, Marcela foi chantageada por Silvonei José de Jesus Souza, que teria clonado seu celular e pedido R$ 300 mil para não divulgar uma conversa dela com o irmão, na qual se referiam a um marqueteiro do então vice-presidente. Dizia-se que o *hacker* pediu dinheiro para não revelar fotos íntimas de Marcela. A Polícia Civil de São Paulo, na época chefiada pelo atual ministro do Supremo Tribunal Federal (STF) Alexandre de Moraes, que se tornaria ministro da Justiça de Temer, criou uma força-tarefa para prender o *hacker*. Em fevereiro de 2017, ele foi condenado a cinco anos e 11 meses de prisão por estelionato e extorsão. Silvonei obteve liberdade condicional em maio de 2018, após cumprir um terço da pena.

A passagem de Marcela pelo cargo de primeira-dama foi discretíssima, à parte o alvoroço causado por sua beleza. Mas um gesto seu arrancaria interjeições de ternura da plateia. Em abril de 2018, pulou de roupa e tudo no lago do Palácio da Alvorada para salvar o cãozinho Picoly, da raça jack russel, que entrou na água para perseguir patos e não conseguia sair. Uma agente do Gabinete de Segurança Institucional (GSI), que acompanhava o passeio da primeira-dama com o filho Michelzinho pelos jardins da residência oficial e não foi capaz de salvar Picoly, acabou sendo retirada da segurança pessoal de Marcela.[81] O amor por cães não era novidade. Em 2011, quando a revista "TPM" entrevistou Marcela, ela estava muito entristecida com o câncer terminal de Bandy, da raça bernesse.

No livro de poesia que Michel Temer lançou em 2012, "Anônima intimidade", um dos poemas, "Vermelho", faz referência explícita a um momento de amor do casal. Ao comentar a abertura da Olimpíada do Rio, em 2016, o humorista inglês John Oliver, que apresenta na TV americana o programa "Last week tonight with John Oliver", declamou a tradução dos versos quentes: "De vermelho / Flamejante / Labaredas de fogo / Olhos brilhantes / Que sorriem / Com lábios rubros / Incêndios / Tomam conta de mim / Minha mente / Minha alma / Tudo meu / Em brasas / Meu corpo / Incendiado / Consumido / Dissolvido / Finalmente / Restam cinzas / Que espalho na cama / Para dormir". E concluiu: deve ser por isso que Temer foi vaiado no evento...

Dias duros chegariam para Marcela com a prisão do ex-presidente, denunciado pela Lava-Jato. Em março de 2019, ela teve o celular e um iPad apreendidos pela Polícia Federal quando seu marido foi levado de casa, em São Paulo, para a sede da Federal no Rio. Contratou advogados para pedir ao juiz Marcelo Bretas, da Lava-Jato no Rio, que devolvesse seus pertences, inclusive um talão de cheques, já que ela não era investigada. E conseguiu. O presidente voltaria a ser preso em maio, por pouco tempo. Ela se manteve em casa, longe de holofotes. A exemplo dos memes na época de sua libertação, o presidente mais impopular da Nova República, por enquanto, pôde voltar a dormir de conchinha com sua bela, no recato do lar.

MICHELLE DE PAULA FIRMO REINALDO

☆ 22 de março de 1982
- Casada com Jair Messias Bolsonaro
- Primeira-dama desde 1º de janeiro de 2019

A chuva não caiu em Brasília no dia 1º janeiro de 2019, apesar da previsão. Em frente ao parlatório, a multidão aguardava, ansiosa, o ponto mais alto da posse: a troca da faixa presidencial e o discurso do capitão Jair Messias Bolsonaro, eleito com 57,8 milhões de votos. Passava um pouco das 16h30 quando Michel Temer, acompanhado de sua mulher, Marcela, receberia os novos inquilinos do Alvorada. Trocada a faixa, veio a primeira surpresa da festa: o negro e surdo Sandro Santos, no palanque principal, interpretava o hino nacional em libras, a língua brasileira dos sinais, a convite da nova primeira-dama. Pelo cerimonial, caberia a Bolsonaro discursar em seguida. Mas não foi assim. Michelle deu um passo à frente e falou antes do marido, por 3 minutos e 31 segundos em libras, acompanhada pela voz da intérprete Adriana Ramos. Usava não apenas o gestual das mãos, mas também expressões faciais. Naquele momento, a primeira-dama adentrava à História do país com uma inédita atitude inclusiva. Citou Deus três vezes, lembrou dos momentos difíceis com o marido no hospital após a facada, agradeceu as orações de brasileiros, da família e dos amigos. No fim, pediu apoio ao marido. A multidão, em coro, gritou: "Beija, beija, beija". Ela tomou a iniciativa, virou e deu um selinho no presidente, que pediu outro, plenamente atendido.

Apresentada como uma pessoa discreta, tímida, que prefere os bastidores, Michelle se surpreendeu consigo mesma. "Nunca me vi falando para uma multidão. Não falo nem mesmo para a minha igreja. Foi um momento divino", disse ao programa "Domingo espetacular", da TV Record, 19 dias depois da posse.[82] Na entrevista, jurou que não se tratou de um golpe de marketing e que a ideia teria sido sua. Escreveu o discurso com a ajuda de Adriana, a intérprete. Era um segredo das duas. Na véspera, elas foram ao parlatório para um ensaio às escondidas. "Foi um momento cômico, porque uma pessoa do alto escalão do cerimonial ficou extremamente em pânico: 'A senhora vai discursar? O presidente já sabe?'. Eu falei: 'Não'. 'Como assim o presidente não sabe?'. Eu disse: 'Qual o problema?'".[83] A primeira-dama contou que o presidente só soube de sua ideia na manhã de 1º de janeiro, duas horas antes de o casal deixar a Granja do Torto para seguir em carro aberto até o Congresso. "Na verdade, foi um comunicado", afirmou. O presidente riu e sugeriu, segundo Michelle, que ela discursasse primeiro, pois corria o risco de as pessoas não a ouvirem.

Se houve ou não golpe de marketing, o fato é que a iniciativa da primeira-dama contribuiu para a imagem do presidente mais do que mil tuítes do enteado Carlos, o "02", responsável pela campanha do pai nas redes sociais. Afinal, Bolsonaro construiu sua trajetória política ancorada em posições polêmicas, como o apoio a torturadores, declarações racistas, machistas e homofóbicas. E foram inúmeras.

"Meu marido é romântico do jeito dele. É carinhoso, prestativo, se preocupa com a família. Quer saber se a Laurinha já chegou... Isso pra mim tem mais valor", defendeu Michelle, em entrevista um dia depois de confirmada a vitória de Bolsonaro. Laurinha, a quem ela se refere, é a filha Laura, de 8 anos, que nasceu depois que a primeira-dama convenceu o marido a reverter uma vasectomia. Na entrevista, Michelle revelou que se blindava internamente sobre assuntos polêmicos: "Foi uma forma que eu tive até com a própria imprensa. Eu me blindo para não sofrer."[84]

Blindagem é uma palavra presente no entorno da primeira-dama. Uma das explicações estaria na sua personalidade introvertida. Outros fatores também justificavam a *entourage* de assessores, parentes e conhecidos que a deixaram quase inacessível durante a corrida eleitoral. Os motivos, porém, eram desconhecidos da grande imprensa. Se revelados, poderiam municiar adversários. Os poucos políticos que topavam falar sobre ela não avançavam além de adjetivos elogiosos e genéricos.

Em abril de 2018, o site UOL publicou um dos primeiros perfis dela. A matéria trazia três fotos retiradas do Facebook de Michelle: uma do casamento com o deputado; outra na qual aparecia em look sensual, deitada numa *chaise longue*, descalça e com um vestido de um ombro só, com flor na alça; e a última no Maracanã, com boné e camisa do Flamengo, ao lado do marido, botafoguense. "Michelle faz o estilo sapatilhas, jeans e blusinha. Adora uma Zara. Com uma camisa de oncinha, noite dessas, parou para comer lanche de carrinho de rua com Bolsonaro. Traçaram salgadão com Guaraná. Ela, de pé, Bolsonaro, sentado num banquinho", escreveu a jornalista Juliana Linhares. O entretítulo da reportagem era "Uma mulher do povo".[85] O texto comentava ainda que, na rede social, Michelle contava ter estudado farmácia na Universidade Estácio de Sá: "A instituição, no entanto, informa que ela se inscreveu em farmácia, mas não fez o curso. Fake news? Não, só um mal-entendidozinho de rede social, claro."

No mês seguinte, a "Folha de S. Paulo" publicava uma reportagem sobre a blindagem de Michelle — "há poucos rastros seus na rede" — e revelava que o seu perfil no Facebook foi apagado depois de sair no site UOL. Dizia ainda que sua participação seria discreta na campanha do marido. A única vez em que apareceu foi no programa eleitoral de TV do PSL, três dias antes do segundo turno. Nele, Michelle buscava suavizar a imagem do candidato num momento de radicalização, quando o petista Fernando Haddad acusava Bolsonaro de fascista. O marido, para ela, tinha "um brilho no olhar diferenciado, um cara humano, que se preocupa com as pessoas".

À TV Globo, um dia depois da eleição de Bolsonaro, a deputada Joyce Hasselman (PSL-SP) definiu a futura primeira-dama como "a cinderela do Brasil". Todos sabiam que Michelle era uma menina pobre, que nasceu em Ceilândia, uma das cidades-satélites mais violentas e populosas do Distrito Federal, com quase a metade de seus habitantes vivendo do trabalho informal e com renda per capita inferior a R$ 1 mil.[86] Conseguiu num movimento raro ascender ao topo do poder. Tinha um histórico familiar tumultuado.

Parentes da esposa de Bolsonaro se envolveram em graves problemas no passado. Se vazados durante a campanha, poderiam comprometer a imagem do marido — uma de suas principais bandeiras eleitorais fincava-se na defesa da moral e dos bons costumes da família brasileira. A própria Michelle os escondeu, mesmo depois de assumir a posição de primeira-dama. O assunto só veio a público depois das eleições, em agosto de 2019, primeiro no site Metrópoles, e em seguida na revista "Veja": a avó materna da primeira-dama cumprira pena por tráfico de drogas; a mãe fora indiciada por uso de documento falso e havia registro na polícia contra ela por agressão; um tio estava foragido da Justiça por estupro a duas sobrinhas de 5 e 10 anos; outro tio havia sido preso por suspeita de integrar uma milícia que atuava em grilagem de terras.[87]

As histórias eram fortes e sobre elas pairava o silêncio da primeira-dama, que o manteve mesmo depois de reveladas. Foi Bolsonaro quem falou em defesa da esposa: confirmou as informações e disse que sua mulher estava "arrasada". Por fim, questionou o "ganho jornalístico" com a divulgação dos fatos. Em novembro de 2018, a TV Brasília, numa parceria com o "Correio Braziliense", rompeu o cerco bolsonarista e levou ao ar uma matéria de 12 minutos sobre a família de Michelle. Durante três dias os repórteres Paulo Silva Pinto e Roberta Belyse estiveram em Ceilândia e entrevistaram a tia Angela Maria, a avó Maria Aparecida Firmo Ferreira e a mãe Maria das Graças Firmo Ferreira. Nada foi veiculado sobre as denúncias contra a mãe e a avó. A reportagem mostrava o local simples onde morou a primeira-dama na infância e adolescência. Detalhou ainda a vida sofrida da avó, que, junto com Angela Maria, dividem com outros parentes uma casa com paredes sem emboço, numa viela de terra batida em Sol Nascente, uma das favelas mais violentas de Brasília, com mais de cem mil habitantes, conhecida pelo nome de "Rocinha brasiliense".

O repórteres acompanharam a avó, de muletas, até o posto do governo do Distrito Federal para retirar uma cesta básica. Aos jornalistas, ela revelaria que não via a neta há quatro anos, desde o enterro do marido, Ibraim Firmo Ferreira, assassinado num assalto em Planaltina, outra cidade-satélite de Brasília. Michelle pagou o funeral. A avó, a mãe e a tia assistiram à posse pela TV. Não foram convidadas para a cerimônia. "Fiquei muito feliz. Ela nem pensa como eu fiquei feliz por ela, de eu saber que ela era quem ela era, tadinha, e hoje ela é daquele jeito porque ela teve atitude, procurou, correu atrás. Toda a vida ela trabalhou", contou Maria Aparecida Firmo Ferreira aos repórteres do "Correio", exibindo com carinho, fotos do casamento de Michelle e Bolsonaro, em 2013.

Maria Aparecida tinha 78 anos em agosto de 2019. Vinte e dois anos antes, em 1997, fora flagrada carregando uma sacola com 169 pacotinhos de merla, um subproduto da cocaína usado no consumo de crack. Foi condenada por tráfico. Na época, Michelle tinha 15 anos. A avó cumpriu dois anos de prisão. Ganhou liberdade em 1999. Seis meses depois de dar entrevista ao "Correio", Maria Aparecida caiu e quebrou o quadril. Ficou dois dias em uma maca improvisada nos corredores do Hospital Regional de Ceilândia, à espera de atendimento. Após a história ser contada pela "Folha de S. Paulo", a avó de Michelle foi transferida para um hospital estadual com mais estrutura por ordem do governador Ibaneis Rocha.[88] Mais uma vez, a primeira-dama não se pronunciou. Apenas o presidente comentou o episódio de abandono de Maria Aparecida no hospital de Ceilândia: "O SUS é para todos. Não vai ter um SUS pessoal para o Bolsonaro, presidente. O SUS é para todo mundo."[89] Ao receber a facada, em Juiz de Fora, o presidente logo que pôde deixou a Santa Casa de Misericórdia e se transferiu para o Hospital Albert Einstein, um dos mais caros do país. No último procedimento que realizou para retirar uma hérnia no abdome, Bolsonaro se internou no Vila Nova Star, da Rede D'Or, inaugurado em maio de 2019, em São Paulo.

As desventuras da família Firmo Ferreira não se limitaram à avó de Michelle. Maria das Graças, a mãe da primeira-dama, já usou o nome Mirele das Graças Firmo Ferreira numa certidão de nascimento. O documento era tão irreal como uma nota de R$ 3. Foi presa, acusada de falsidade ideológica, mas não cumpriu pena por conta da prescrição do crime. Com o documento forjado, conseguiu se tornar beneficiária do programa habitacional Morar Bem, lançado na gestão do governador petista Agnelo Queiroz. O auxílio prevê a pessoas de baixa renda condições facilitadas de pagamento da casa própria. Em nome de Mirele consta ainda ocorrência de lesão corporal, registrada em 2007: ela agrediu a pedradas um homem de 62 anos, inquilino de uma de suas casas, por atrasar o pagamento do aluguel.[90] A única vez em que a filha ilustre falou sobre a mãe foi durante o programa eleitoral do marido, então candidato do PSL — uma frase com apenas 14 palavras: "Minha mãe sempre nos ensinou que não devíamos negar água e comida para ninguém."[91]

O pai de Michelle, Vicente de Paulo Reinaldo, parece ser um dos poucos parentes da primeira-dama com acesso livre ao Alvorada. Natural de Crateús, no Ceará, ele trabalhou como motorista de ônibus e hoje está aposentado. Vicente é chamado de Paulo Negão pelo presidente, que já o citou em discursos ao se defender de acusações de racismo. Assim como os parentes maternos da primeira-dama, Vicente mora com a mulher, Maísa, em Ceilândia. O casal estampa camisetas da Igreja Adventista da qual faz parte, e que a filha ilustre costumava frequentar.

Michelle completou o ensino médio em uma escola pública em Ceilândia. A tia Angela Maria conta que a sobrinha já trabalhou como manequim: "Ela era muito apegada a mim. Eu desfilava e levava ela pra fazer a abertura dos desfiles. Ela sempre foi uma pessoa humilde, simples, uma menina doce".[92] A carreira de modelo foi curta. Michelle a trocaria pela de promotora de produtos em supermercados. Também não durou. Em 2004, foi contratada para trabalhar na gerência de vendas da vinícola Aurora, em Brasília. De lá, ganhou os corredores da Câmara, onde ficou como secretária nos gabinetes dos deputados federais Vanderlei Assis (PP-SP) e Dr. Ubiali (PSB-SP). Em 2007, estava na liderança do PP, partido ao qual Bolsonaro era filiado à época. Foi naquele ambiente que se apaixonaram. "A Michelle estava a dez metros de mim e eu não enxergava, pois vivia um momento onde tudo parecia não dar certo. Resolvi, então, novamente buscar a felicidade e me aproximei dela", disse Bolsonaro a uma revista de noivas.[93]

Pouco tempo depois, ela foi trabalhar no gabinete do capitão, a convite dele. A nomeação foi oficializada em 18 de setembro do mesmo ano de 2007. Segundo a "Folha de S. Paulo", nove dias depois os dois firmaram o pacto pré-nupcial e, após dois meses, oficializaram a relação. Com a certidão de casamento assinada, Michelle ficou um ano empregada pelo marido. Seu salário quase triplicou.[94] Ela só foi exonerada em novembro de 2008, dois meses depois de o Supremo Tribunal Federal consolidar o entendimento sobre a prática de nepotismo na administração pública.

A cerimônia religiosa só aconteceria em 2013, abençoada pelo pastor Silas Malafaia, da Assembleia de Deus Vitória em Cristo, na Barra da Tijuca, bairro do Rio onde o casal mantém sua casa. A festa teve cerca de 150 convidados, incluindo desembargadores, juízes, promotores e oficiais-generais. Michelle é 27 anos mais nova que o marido. Ele é católico e ela, evangélica. Participava — algumas vezes acompanhada do marido — dos cultos da igreja de Malafaia até 2016, ano em que o pastor se tornou alvo de uma investigação da Polícia Federal. Na época, Malafaia cobrou que Bolsonaro se posicionasse a seu favor, mas o deputado não respondeu da maneira como queria o religioso.[95] Meses depois, a mulher do presidente passou a frequentar a Igreja Batista Atitude, também na Barra.

A primeira-dama, que prefere ser chamada por seu nome composto,

Michelle de Paula, tem, além de Laura, filha do casamento com Bolsonaro, Letícia, de 16 anos, de um relacionamento anterior com Marcos Santos da Silva. Ele se casou com Michelle em Brasília e se mudara para o Rio quando a filha era bem pequena, como a ex-mulher contou no programa evangélico "Ser feliz".[96] "Eu me casei e vim morar no Rio e aqui foi bem complicado. Eu saí da minha terra natal, a cultura daqui (*do Rio*) é bem diferente de Brasília... Então isso me entristeceu um pouco. Me senti muito sozinha, apesar de ter a minha filha (...) e eu não consegui me adaptar", disse. Michelle caiu em depressão e buscou "aceitar Jesus" novamente — na adolescência, chegou a frequentar a Primeira Igreja Batista de Ceilândia. No Rio, ela foi à Universal do Reino de Deus, mas a trocou pela Assembleia de Deus, de Malafaia e, por fim, abrigou-se na atual Igreja Batista Atitude.[97]

A enteada de Bolsonaro revelou a um site voltado para adolescentes que gostaria de morar com o pai, mas explicou por que vive com a mãe. "Porque ele (o pai biológico) é praticamente um irmão, temos a mesma mente (risos). Porque gosto de ter uma referência feminina em casa... e lá eu não teria", afirmou.[98] A menina chama Bolsonaro de "papi 2". Numa entrevista à apresentadora Luciana Gimenez, após assumir o cargo de presidente, o capitão falou do amor pela filha Laura, que "amoleceu" seu coração, e também sobre a enteada.

> Luciana Gimenez — *Você já tem uma outra menina, né?*
> Bolsonaro — *Eu tenho uma menina de 8 anos e a outra é uma enteada, que tem 16 anos.*
> Luciana — *Então, mas está vivendo junto, acaba virando filha junto...*
> Bolsonaro — *Mas é mais da responsabilidade da mãe, menos minha.*
> Luciana — *Entendi...*
> Bolsonaro — *Mas já deve estar dando trabalho, com toda a certeza.*
> Luciana — *Todo mundo dá trabalho hoje em dia, mas a gente tem que levar do jeito que as pessoas saibam o que é certo ou errado.*[99]

Bolsonaro está no terceiro casamento. A primeira mulher, Rogéria Nantes Nunes Braga, é a mãe dos três políticos, Flávio, Carlos e Eduardo. Com Ana Cristina Valle, a segunda mulher, teve Renan. O relacionamento com Rogéria degringolou depois que a esposa, eleita duas vezes vereadora no Rio com a ajuda do marido, passou a ensaiar um voo solo. Em 2000, Rogéria buscava o terceiro mandato pelo PMDB, mas o capitão lançou na disputa eleitoral o filho, Carlos, então com 17 anos, contra a própria mãe. Com a estratégia, Bolsonaro atraiu boa parte dos seus eleitores para o filho, elegendo-o. Rogéria ficou fora da Câmara. Em entrevista à revista "IstoÉ Gente", em fevereiro de 2000, o presidente falou do divórcio com Rogéria: "Meu primeiro relacionamento despencou depois que elegi a senhora Rogéria Bolsonaro vereadora, em 1992. Acertamos um compromisso. Nas questões polêmicas, ela deveria ligar para o meu celular para decidir o voto dela. Mas começou a frequentar o plenário e passou a ser influenciada pelos outros vereadores. Eu a elegi. Ela tinha que seguir minhas ideias. Acho que sempre fui muito paciente e ela não soube respeitar o poder e liberdade que lhe dei."[100]

Talvez por precaução, Michelle nunca buscou sobressair-se ao marido — exceto na cerimônia de posse. Na campanha eleitoral de 2018, durante um culto, ela endossou uma fala sexista do então candidato do PSL. Na ocasião, Bolsonaro afirmou que "graças a Deus, os filhos homens são homens e a mulher é mulher". Baixinho, Michelle disse amém.[101] Já Rogéria aparentemente reconciliou-se com o Bolsonaro, filiou-se ao PSL e ganhou um cargo no gabinete do deputado estadual Anderson Moraes, também do PSL.[102]

Antes de se mudar para o Palácio da Alvorada, a primeira-dama viu seu nome envolvido no escândalo encabeçado pelo policial militar aposentado Fabrício Queiroz. Funcionário do gabinete do então deputado estadual Flávio, filho mais velho do presidente, Queiroz teve uma conta bancária turbinada com parte dos salários de assessores da Assembleia Legislativa do Rio, numa prática conhecida como "rachadinha". Dinheiro público, portanto. Na conta movimentada por Queiroz foi compensado um cheque de R$ 24 mil em benefício da primeira-dama. Bolsonaro alegou que era um pagamento referente a parte de uma dívida de R$ 40 mil que o policial aposentado tinha com ele.

Com o marido empossado, Michelle se tornou presidente do conselho executivo do programa Pátria Voluntária, voltado para a população mais vulnerável. As ações beneficentes da primeira-dama, porém, não ganharam tanta visibilidade como as polêmicas criadas por ela mesma ou pelo marido nas redes sociais. Em agosto de 2019, em meio à troca de acusações com Emmanuel Macron, motivadas pelos incêndios na Amazônia, Bolsonaro zombou da aparência física da esposa do presidente francês, Brigitte, 25 anos mais velha. O presidente respondeu a um comentário sexista de um internauta sobre uma montagem na qual Brigitte era comparada com Michelle. A postagem dizia: "Entende agora porque Macron persegue Bolsonaro?". Ao internauta, Bolsonaro comentou: "Não humilha cara. Kkkkkk". A atitude do presidente causou grande repercussão no Brasil e na França.

Também nas redes sociais a discreta Michelle provocou furor ao publicar imagens de lingeries que ganhou de uma empresa. Eram exibidos dois conjuntos de calcinha e sutiã, preto e bege, e quatro cintas modeladoras. A jornalista Ruth de Aquino, em sua coluna em "O Globo", resumiu o sentimento de espanto: "Adianto logo. Meu espanto nada tem a ver com o fato de uma celebridade político-evangélica em Brasília postar lingeries (supostamente) sensuais. Porque seria uma boba repressão. Afinal, mulheres cristãs, evangélicas, espíritas ou de qualquer crença, ou sem crença alguma, que sejam independentes e bem resolvidas, têm todo o direito de se mostrar sexy na cama com o marido ou com quem quer que seja. Até que eu saiba, porém, pela regra básica do decoro, o que a primeira-dama veste ou despe na hora de dormir com o presidente da República deveria ficar na esfera do privado, entre quatro paredes."[103]

Meses antes da histórica posse na qual discursou na língua dos sinais, a primeira-dama anunciara que iria se dedicar à causa dos surdos e de pessoas com doenças raras. Em seu perfil, disponível na internet, diz ser intérprete de libras, profissão que passou a se dedicar por conta do tio Gilberto, surdo de nascimento. "É um chamado que eu tenho, né? Tive essa aproximação com as pessoas com deficiência, os surdos. Tenho muito amor por essa comunidade. Quero fazer o melhor", declarou à TV Globo, após a confirmação da vitória do marido.[104] Gilberto, no entanto, ainda vive com a tia Angela Maria e a avó de Michelle na favela Sol Nascente, a 26 quilômetros de distância do Palácio da Alvorada, a casa da atual "cinderela do Brasil".

CAPÍTULO 6
QUASE PRIMEIRAS-DAMAS

A Presidência do Brasil não foi ocupada apenas por homens casados e suas primeiras-damas. Ao longo dos 130 anos de República dois políticos chegaram ao cargo máximo da nação viúvos: o advogado Francisco de Paula Rodrigues Alves e o marechal Humberto de Alencar Castelo Branco. Itamar Franco era divorciado. A única mulher a figurar na galeria dos 38 presidentes, Dilma Vana Rousseff, também já não estava mais casada quando assumiu. Rodrigues Alves, responsável por iniciar a grande reforma urbana e sanitária do Rio de Janeiro no início do século 20, e Castelo Branco, o primeiro general do regime militar, delegaram o cargo de primeira-dama às filhas.

No alvorecer da Nova República, o país chorou. Tancredo Neves, eleito no colégio eleitoral, seria o primeiro presidente civil após 25 anos de alternância de generais no poder, mas morreu sem assumir. Risoleta, a viúva, tinha todos os atributos para o cargo de primeira-dama: elegante, discreta, corajosa. Emocionou o país ao discursar na sacada do Palácio da Liberdade, em Belo Horizonte, pedindo paciência e calma para milhares de pessoas que se amontoavam para tentar se despedir de seu marido.

Foi preciso esperar mais cinco anos para que o povo elegesse o seu presidente diretamente depois de 21 anos de ditadura. Fernando Collor de Mello não terminou o mandato. Acusado de corrupção, acabou apeado do poder por um processo de impeachment, cedendo a vaga ao vice, Itamar Franco. O mineiro de Juiz de Fora, dono de um vistoso topete, superou a insegurança política e estabilizou a moeda depois de anos de hiperinflação. Os assuntos econômicos, porém, dividiam as páginas dos jornais, e as conversas de botequim, com outros temas mais mundanos: os galanteios e casos amorosos (supostos ou não) do chefe da nação. Quase perdeu o cargo por isso.

Dezesseis anos depois do namoradeiro Itamar, a divorciada Dilma assumiria a Presidência apoiada na popularidade de Luiz Inácio Lula da Silva. A "gerentona" do governo — como a chamava o petista por conta do seu rigor à frente dos ministérios das Minas e Energia e da Casa Civil na gestão do padrinho político — também não terminou seu mandato. Sofreu impeachment por desrespeito à Lei Orçamentária e por improbidade administrativa. No tempo em que se manteve no Planalto, teve no ex-marido e amigo Carlos Araújo um apoio emocional e político. Ele lhe dava conselhos. Virou uma espécie de primeiro-cavalheiro da presidente.

O VIÚVO DE GUARATINGUETÁ

Ana Guilhermina de Oliveira Borges morreu em 29 de dezembro de 1891, 11 anos antes de Rodrigues Alves chegar à Presidência da República. Eram primos-irmãos. Casaram-se em 11 de setembro de 1875, quando ela tinha 20 anos e ele, 27. Daí para a frente, enquanto viveu, Ana Guilhermina iria dividir seu marido com a política. Depois de sua morte, duas de suas filhas fariam o papel de primeira-dama: Ana Rodrigues Alves (Catita) e Maria Rodrigues Alves (Marieta).

O casamento de Rodrigues Alves e Ana Guilhermina foi celebrado em Guaratinguetá, então próspera cidade do Vale do Paraíba, interior de São Paulo, onde a família dele e a dela enriqueceram com o café. Ana Guilhermina era neta do Visconde de Guaratinguetá, que patrocinava a carreira política de Rodrigues Alves, e deixou uma herança que ilustra bem a posição da família na sociedade da época: "Mais de mil contos de réis, que correspondia a toda a circulação monetária do país. Note-se que a imensa fortuna de Rodrigues Alves não deriva dessa herança, mas da fortuna do pai e de seus negócios na lavoura e na exportação do café."[1]

Tiveram oito filhos e uma vida sem maiores sobressaltos. Rodrigues Alves não era dado a casos extraconjugais e sempre pareceu apaixonado e ligado à mulher por laços de profunda amizade. Ana Guilhermina morreu em decorrência de problemas de parto 16 anos depois do casamento, com apenas 36 anos, um mês depois de o marido tomar posse no Ministério da Fazenda, no governo de Floriano Peixoto. Ele, rico e bem posto na política, tinha 43, e não voltaria a se casar. Nos primeiros meses do mesmo ano de 1891, outro baque já havia marcado a vida de Rodrigues Alves e, provavelmente, contribuiu para que Ana Guilhermina não tivesse forças para reagir à doença pós-parto que a acometeu: a filha mais velha, Guilhermina Maria, morrera de tifo.

Assim que se manifestaram os primeiros sintomas da infecção puerperal de Ana Guilhermina, o marido pediu licença do ministério e foi para Guaratinguetá. Levou com ele uma das maiores sumidades médicas da época, o professor Francisco de Castro, que nada pôde fazer. "Voltou ao exercício da pasta em 10 de janeiro de 1892. Daí por diante dedicou-se desveladamente à criação e educação dos filhos e filhas, tudo fazendo para substituir a mãe ausente", relata o biógrafo Afonso Arinos de Melo Franco.[2]

Rodrigues Alves sentado com as filhas Marieta (no centro) e Catita (primeira à direita, olhando para o lado), que fizeram o papel de primeiras-damas

A educação que o futuro presidente da República dava a seus filhos e filhas decorreu num clima de liberdade raro para a época. As crianças, inclusive, o chamavam de você, e não de senhor. Quando foi eleito chefe do Executivo, Catita, a filha mais velha, assumiu o cargo de primeira-dama de 1902 a 1904. Depois foi substituída por Marieta, que ficou no posto até o fim do mandato do pai, em 1906. A gestão de Rodrigues Alves na Presidência da República ficou marcada por dois fatos importantes, relacionados entre si: a Revolta da Vacina, que levou a população do Rio de Janeiro, então Distrito Federal, a se rebelar durante quase uma semana contra a obrigatoriedade da vacinação antivaríola; e a modernização da capital federal, tocada pelo prefeito Pereira Passos, que, a pretexto de controlar epidemias, teve ruas alagadas e vários cortiços destruídos.

Os Rodrigues Alves foram a terceira família a ocupar o Palácio do Catete, que havia se tornado residência oficial durante o curto período em que o vice-presidente do governo de Prudente de Moraes, Manuel Vitorino, assumiu a Presidência. Antes de Rodrigues Alves e sua prole, Ana e Campos Salles moraram no local, hoje Museu da República, no bairro do Catete, Zona Sul do Rio de Janeiro. Sem primeira-dama para amenizar a imagem de sua gestão, com o Catete cheio de filhos para criar e as medidas impopulares para sanear o Distrito Federal, até que Rodrigues Alves não se saiu mal: "Andava pelas ruas em carro aberto, sem segurança ostensiva, e era sempre carinhosamente acolhido pelo povo."[3] O conselheiro do Império e presidente da República que lançou as bases do Rio de Janeiro moderno morreu em janeiro de 1919, vítima da gripe espanhola, depois de ser eleito para um segundo mandato à frente do Executivo (1918-1922), mas nem tomou posse. Está enterrado ao lado de Ana Guilhermina no Cemitério da Irmandade do Senhor dos Passos, em Guaratinguetá.

A SOLIDÃO DO MARECHAL

O primeiro presidente da República da ditadura militar, marechal Castelo Branco, havia enviuvado há um ano quando assumiu o poder, em 15 de abril de 1964. Argentina Viana morreu após sofrer dois enfartes, em 23 de abril de 1963. Estavam casados há 41 anos. Quem assumiu o cargo de primeira-dama, quando era requerida uma companhia para o marechal, foi a filha, Antonieta Castelo Branco Diniz, a Nieta. Uma dessas ocasiões foi no jantar oferecido em 1965 ao xá Reza Pahlavi e à imperatriz Farah Diba, do Irã.

Nieta, porém, dizia não se sentir confortável como primeira-dama. "Gosto da minha casa, de cuidá-la, de vivê-la intensamente. Estou tentando fazer do Alvorada como se fosse a casa da gente", disse ao jornal "O Globo".[4] À primeira vista, a filha do marechal achou o Alvorada "às vezes frio" e se assustava com os conjuntos de estofados espalhados por todos os cantos, "sem flores, sem quadros, despidos de calor humano". Meses depois de o pai assumir a Presidência, ela redecorou o palácio a seu gosto. "Tinha plena liberdade de ação. (...) Comprava tudo que era necessário para o Alvorada", disse à "Manchete".[5] Certamente, o Instituto do Patrimônio Histórico e Artístico Nacional não ousou levantar voz em contrário...

Antonieta, filha de Castelo Branco, nunca se sentiu confortável ocupando o lugar de primeira-dama

Para "O Globo", a filha do marechal contou que o pai, desde a morte da esposa, não quis mudar nada na casa onde morava em Ipanema, no Rio: "Seus retratos *(da mulher)* ainda ficam, apesar de ele ter levado consigo uns três ou quatro para colocá-los em seus aposentos em Brasília". Em 1964, o caderno "Ela", suplemento feminino do diário carioca, escolheu Nieta como a personalidade daquele ano por ser uma "dona de casa e mãe de família dedicada aos problemas do lar".[6] Era formada em biblioteconomia, mas nunca exerceu a profissão.

Nos preparativos para o golpe de 1964, o marechal escolheu como um dos locais para reuniões com outros artífices do movimento — como os generais Cordeiro de Farias, Ernesto Geisel e Golbery do Couto e Silva — a casa do filho, Paulo, oficial da Marinha, localizada no Leblon, Zona Sul do Rio. Na época, Paulo estava nos Estados Unidos fazendo um curso de aperfeiçoamento militar. Nieta acompanhava o pai, mas não participava das reuniões. Ficava em uma sala ao lado, lendo livros. A filha do marechal disse ter sido pega de surpresa quando o pai foi indicado para comandar o país após a queda do presidente João Goulart. "Eu ouvi o primeiro comentário no dia daquela Marcha da Família, mas não acreditei", afirmou, referindo-se à famosa Marcha da Família com Deus pela Liberdade, no Rio de Janeiro, que reuniu um milhão de pessoas no dia 2 de abril de 1964 para saudar e dar apoio à intervenção militar concluída na véspera.[7] Essas ações eram lideradas por senhoras católicas das classes média e alta, agrupadas em associações femininas de direita, que desfilavam com terços na mão contra uma suposta instauração de um governo comunista no Brasil. Houve várias várias marchas pelo país afora, mas as que mobilizaram mais gente foram as de São Paulo e do Rio de Janeiro, que ficou conhecida como a Marcha da Vitória.

Na edição do dia 16 de março de 1967, o jornal carioca "Correio da Manhã" noticiava, na primeira página, a chegada de Castelo Branco ao Rio, um dia depois de deixar o cargo, "em completo silêncio". Antonieta o acompanhava. Foi a última viagem deles no Viscount presidencial. Desceram no Aeroporto Santos Dumont e, sem dar entrevistas, rumaram para o apartamento da família na Rua Nascimento Silva 518, em Ipanema. Apenas o filho Paulo falou algumas palavras. Disse que o marechal "agradecia a atenção da imprensa, mas nos últimos dias pronunciou quatro discursos e não encontra inspiração para falar novamente."[8]

À "Manchete", Nieta disse que seu pai lhe confidenciou algumas vezes que sofreu com algumas decisões do regime militar, como cassações de direitos políticos e demissões sumárias de funcionários públicos e militares considerados "subversivos", promovidas logo após a promulgação do Ato Institucional nº 1, assinado em 9 de abril de 1964 pelo autodenominado

Comando Supremo da Revolução. "No período das cassações, sofreu muito. Se aparecia um nome de um amigo, papai se torturava", contou.[9] A filha dá a entender que o marechal também teria se arrependido de ter assinado o AI-2, que aumentava o poder dos militares no governo. O Ato Institucional encerrou com as eleições diretas para presidente e governadores, dissolveu todos os partidos que atuavam na época, ampliou o número de ministros do Superior Tribunal Federal para permitir maior influência do regime nas decisões da Corte e autorizou o presidente a decretar estado de sítio por 180 dias sem a aprovação prévia do Congresso Nacional.

Castelo Branco morreu no dia 18 de julho de 1967, quando o avião que o levava a Fortaleza colidiu com um caça da Força Aérea Brasileira na altura do distrito de Mondubim, na capital cearense. O militar voltava de uma viagem à fazenda da escritora Rachel de Queiroz, de quem era muito amigo. Castelo Branco foi sepultado no Rio de Janeiro e, em julho de 1972, seus restos mortais e os de sua esposa foram levados para Fortaleza, sua cidade natal.

Avessa aos holofotes enquanto seu pai foi presidente, Antonieta, que se casou com Salvador Nogueira Diniz e teve quatro filhos, tornou-se uma figura da sociedade carioca depois que o marechal deixou o poder. Morreu em 31 de outubro de 2010, dia em que os brasileiros foram às urnas e elegeram a primeira presidente mulher da República, Dilma Rousseff, que havia dedicado toda a sua juventude ao combate ao regime instaurado pelo pai de Antonieta.

DUAS MULHERES NO VELÓRIO

Dizia-se que Tancredo Neves sempre foi o fiel da balança da democracia brasileira. Costurou uma ampla aliança para se sagrar presidente do colégio eleitoral, trazendo para si votos de deputados da base do governo militar. Assim como na política, equilibrou-se com maestria na vida privada, sem perder a discrição. Foi casado por 47 anos com Risoleta Guimarães Tolentino, mas manteve um relacionamento com a goiana Antônia Gonçalves de Araújo, que viria a ser sua secretária por 14 anos.

A história era conhecida nos bastidores de Brasília, mas só foi plenamente revelada em 2017, com a publicação da biografia sobre o político mineiro escrita pelo jornalista Plínio Fraga.[10], que fez uma longa entrevista com a secretária. Antônia, conta o jornalista, foi impedida pela família de entrar no velório de Tancredo para se despedir do amante. Só conseguiu furar o cerco após ser levada pelas mãos do então senador Fernando Henrique Cardoso e do ministro José Aparecido de Oliveira. Segundo Fraga, Antônia apresentou um argumento irrefutável: "Tinha direito a se despedir do amor de sua vida".[11] De certo, a cena deve ter causado constrangimento à família e, em especial à viúva, mas nada saiu do script do cerimonial.

Assim como o marido, Risoleta era conhecida pela reserva e pelo comedimento, mas não só por isso. Outros dois adjetivos emolduraram a sua história: coragem e firmeza. Com essas qualidades, acompanhou os 38 dias da enfermidade que levou o marido em 21 de abril de 1985. "Segundo um médico de São Paulo *(Tancredo ficou internado no Instituto do Coração do Hospital das Clínicas)*, ela passa quatro horas por dia à cabeceira do marido e cinco atendendo ministros, governadores e outros visitantes. 'Ela fica contrita na UTI, depois tira o avental, põe o sorriso e vai receber os visitantes'", relatava a "Manchete" em abril de 1985.[12] A partir dali, a revista passaria a chamar Risoleta pela alcunha de "mulher-coragem".

Risoleta com Tancredo Neves: a "mulher-coragem" que virou símbolo após o marido ficar doente

Tancredo passou por quatro cirurgias, três ainda no Hospital de Base de Brasília, onde ficou 12 dias internado. Jornalistas queriam ver imagens do presidente. Havia uma pressão pública para saber a verdade sobre seu estado de saúde. As informações eram desencontradas. Risoleta e os médicos, então, autorizaram Antonio Britto, porta-voz de Tancredo, a fazer fotos para mostrar que ele estava bem. Era uma farsa. O político aparecia com uma roupão vinho e uma echarpe quadriculada, sentado num sofá, rodeado pela equipe médica. Risoleta também estava na cena em algumas imagens.

Logo se descobriu que um dos médicos mantinha a mão por trás do sofá, para esconder o soro do paciente. A echarpe encobria o cateter de nutrição parenteral. "No começo da noite, pouco mais de três horas depois de ter sido divulgada a foto que mostrava ao país a 'recuperação' de Tancredo, a hemorragia agravou-se", conta Plínio Fraga em seu livro.[13] Transferido para o Hospital das Clínicas, o presidente morreu no dia 21 de abril, vítima de infecção generalizada provocada por complicações decorrentes da retirada de um tumor benigno no intestino. Por 20 anos foi mantida a versão oficial de que Tancredo havia morrido em consequência de uma diverticulite.

A morte parou o país. Embalsamado, o corpo do presidente percorreu ruas e avenidas — sempre apinhadas de gente — de São Paulo, Brasília, Belo Horizonte e São João Del Rey. Foram três dias de velório. Calcula-se que o esquife de Tancredo foi seguido por cerca de dois milhões de pessoas pelas cidades por onde passou.[14] Tornou-se unanimidade nacional, quase um santo. Ao seu lado, o tempo todo, estava a irredutível Risoleta. No velório, em Brasília, sofreu duas crises de taquicardia. Era resultado de noites mal dormidas, má alimentação e forte emoção do momento — também esquecera, naquele dia, de tomar o calmante habitual.

Em Belo Horizonte, uma multidão rompeu o portão principal do Palácio da Liberdade, sede do governo estadual, onde estava sendo velado o corpo do presidente ao som da música "Coração de estudante", de Milton Nascimento e Wagner Tiso, lançada em 1983 e transformada em hino da campanha Diretas Já. A muito custo, a polícia conteve a população, mas o clima era de tensão. Foi quando Risoleta foi à sacada do palácio e discursou para as pessoas que ali se aglomeravam: "Mineiros, Mineiros. Minha gente, meu coração está em pedaços. (...) Assim, eu pediria a vocês, eu sei que cada um está ansioso para, diante do seu ataúde, dar um (chora, palmas prolongadas)... Eu sei que vocês querem render a ele o preito da sua admiração e o preito do seu amor. Ele aceitará. Hoje, toda a noite. Viemos especialmente para passar horas maiores junto do povo mineiro. Peço que tenham paciência e venham calmamente, para que ele tenha a alegria de sentir cada um, cada um da sua gente acariciando-o, rezando por ele, chorando por ele e dizendo 'Tancredo, nós acreditamos em você' (...)".[15]

Naquela sacada, pela primeira vez, Risoleta chorou em público. A mulher-coragem não aguentara tanta emoção e devoção do povo por seu marido. Lembrara que ali Tancredo discursou para os mineiros depois de eleito no colégio eleitoral, em 15 de janeiro de 1985. Em Brasília, depois das crises de taquicardia, o irmão Múcio Tolentino contou que ela sempre suportou com firmeza e força todos os momentos difíceis atravessados pela família desde a morte do pai, Quinto Alves Tolentino, quando era uma menina de apenas 14 anos; da mãe, Maria Guimarães Tolentino, a Dona Quita, em 1982; e do irmão Quintinho. "Em todas estas ocasiões, Risoleta sempre foi um ponto de apoio para os irmãos e familiares", disse Múcio na época.[16] A força daquela mulher-coragem poderia se explicar por sua fé. Era muito católica. O marido também era, mas em proporção menor.

Risoleta esteve próxima ao marido não apenas nos momentos finais de sua vida. Aquela distinta senhora, que gostava de usar grandes óculos escuros e tailleur, ficou algumas vezes ao lado dele nos palanques de diversos comícios realizados no país durante as Diretas Já. "Tancredo, meu destino está ligado ao seu. Você tomou um decisão e a minha decisão é a mesma", costumava dizer.[17] Quando Tancredo foi empossado no governo de Minas, em março de 1983, ela presidiu a Servas (Serviço Voluntário de Assistência Social), instituição do estado, e destacou-se como boa gestora. A Servas tinha cinco centros infantis que abrigavam 650 crianças e um centro de formação profissional, com 300 alunos, quando Risoleta assumiu sua direção. No fim da gestão do marido, a entidade, sob o comando da primeira-dama do estado, já tinha estendido suas atividades da capital mineira para 140 municípios, beneficiando 400 mil pessoas em 326 entidades comunitárias.[18]

Risoleta nasceu na Fazenda da Mata, em Cláudio, pequena cidade do oeste mineiro, a 140 quilômetros de Belo Horizonte. O município ficou conhecido nacionalmente durante a campanha eleitoral para a Presidência da República, em 2014. Na época, o Ministério Público investigava o pagamento de R$ 14 milhões (o que equivalia a pouco mais de R$ 18,5 milhões em outubro de 2019[19]) por uma área de propriedade da família Neves para a construção de um aeroporto. A negociação ocorreu quando o senador Aécio Neves, neto de Risoleta e então candidato a presidente pelo PSDB, era governador.

A futura mulher de Tancredo era a única mulher de uma prole de seis filhos do casal Quinto e Quita. Baiano de Lençóis do Rio Verde, atual Espinosa, o pai era representante comercial de empresas do Rio e se estabeleceu em Minas depois de conhecer Quita em um passeio de férias a uma estação de águas do estado. A mãe de Risoleta era filha do coronel Domingos José Guimarães, conhecido chefe político da região e descendente de barões de café do século XIX.[20] Em Cláudio, Risoleta morou até os 10 anos de idade, quando foi mandada pela família para estudar no rígido Colégio Nossa Senhora das Dores, dirigido por freiras vicentinas, em São João Del Rey, a 150 quilômetros de distância. Lá, terminou o curso de professora primária.

A normalista do Nossa Senhora das Dores era famosa na cidade. Em 1935, tinha sido eleita rainha do carnaval. Desfilou em um carro alegórico em forma de navio, cercada por soldados romanos.[21] "Risoleta tinha um comportamento exemplar, era filha de Maria, muito religiosa, e sempre tirava notas boas", lembrou Edite de Souza Oliveira, sua contemporânea no educandário, em entrevista ao "JB".[22] Bonita, ela chamava a atenção dos rapazes nas viagens de trem entre São João Del Rey e Cláudio. Tancredo, claro, não resistiu aos seus encantos e pediu a bela rainha em namoro.

"Conheci Risoleta quando ela estudava no colégio. Nós ficávamos esperando as meninas na saída do colégio. Acontecia o que todo mundo sabe muito bem: piadas, bilhetinhos, os irmãos com raiva. E tudo aconteceu de uma hora para outra", contou certa vez o futuro marido, que na época era promotor.[23]

O casal de namorados subiu ao altar no dia 25 de maio de 1938. Ele tinha 28 anos e ela, 21. Tancredo foi o primeiro e único namorado de Risoleta. Os dois tiveram três filhos: Inês Maria, Maria do Carmo e Tancredo Augusto. Após a morte do marido, ela se manteve discreta. Criou uma fundação para erguer um memorial em homenagem a ele, inaugurado em 8 de janeiro de 1990. O prédio funciona até hoje num casarão do século XIX, em São João Del Rey.

Risoleta chancelou o neto, Aécio Neto, como herdeiro político do avô. Ele se elegeu deputado em 1986 e governador de Minas em 2002 com forte apoio da matriarca da família. A viúva de Tancredo, porém, não conseguiu votar em Aécio para governador. Em sua seção eleitoral, ela descobriu que o título de eleitor havia sido cancelado por não ter justificado a ausência em pleitos anteriores. Morreu aos 86 anos, vítima de diverticulite. Está enterrada ao lado do marido no cemitério da Igreja São Francisco de Assis, em São João Del Rey.

A PEÇA AUSENTE NO CARNAVAL DE ITAMAR

O carnaval da Marquês de Sapucaí, a tradicional avenida sobre a qual se ergueu o Sambódromo do Rio, já tinha visto de tudo em termos de exploração da nudez nos desfiles das escolas de samba. A expressão "genitália desnuda" entrou para a história depois que Enoli Lara interpretou Afrodite, a deusa grega do amor, no enredo "Festa profana", da União da Ilha, em 1989. Foi o primeiro nu frontal da Sapucaí. Enoli trajava apenas dois lenços brancos, que se abriam generosamente enquanto ela simulava movimentos de uma relação sexual com Eros, o deus do amor. No ano seguinte, a nudez total foi proibida, mas, em 1992, seria a vez de um homem, o ator Torez Bandeira, deixar a genitália ao léu no enredo "Há um ponto de luz na imensidão", da Beija-Flor. Reza a lenda que foi sem querer — o esparadrapo que escondia as partes íntimas do rapaz perdeu a cola e custou dois pontos à azul e branco de Nilópolis.

Nos anos seguintes, genitálias ficariam ocultas durante os desfiles. Já nos camarotes não foi bem assim. Primeiro presidente da República a assistir às escolas de samba no Sambódromo, Itamar Franco chegou à Sapucaí na noite de domingo, 13 de fevereiro de 1994. O Plano Real estava sendo preparado, com Fernando Henrique Cardoso à frente do Ministério da Fazenda. Poderia ter entrado para a crônica do carnaval mais famoso do país como uma visita do chefe do Executivo que conseguiu botar a economia do país nos trilhos, com a estabilização da moeda. Mas Itamar esteve seriamente ameaçado pela falta de uma... calcinha.

Itamar era divorciado de Ana Elisa Surerus, com quem se casara em 1968. A união durou dez anos, e o casal teve duas filhas, Georgiana e Fabiana. Não era um homem bonito nem feio, mas tinha uma característica que logo capturou a atenção dos cartunistas: o topete. Sua carreira política começou em Juiz de Fora, Minas Gerais, onde foi batizado e criado. Itamar nasceu num navio que fazia a rota Salvador-Rio de Janeiro, e foi registrado na Bahia.[24] Elegeu-se prefeito da cidade da Zona da Mata em 1966 e foi reeleito em 1972. Tornou-se senador em 1974, e reeleito em 1982. Em 1984, concorreu ao governo de Minas Gerais, mas foi derrotado. Seu mandato no Senado acabaria em 1990. Há quem diga que Itamar teria aceitado ser candidato a vice na chapa de Fernando Collor de Mello temendo não conseguir novamente lugar no Senado. Com o impeachment do "caçador de marajás", chegou à Presidência. Em pouco tempo, determinado a organizar as contas públicas e domar os dois grandes problemas herdados do governo militar — a hiperinflação e a crise da dívida externa —, enfrentou resistência nos quartéis e no Judiciário, por causa de reajustes salariais.

Naquela noite de carnaval no Rio, Itamar estava acompanhado de seu ministro da Justiça, Maurício Correa, e do secretário-geral da Presidência,

Mauro Durante, que o havia convencido a ir ao Sambódromo. Uma das escolas a desfilar no domingo era a Unidos do Viradouro, de Niterói, com o enredo "Tereza de Benguela — Uma rainha negra no Pantanal". A modelo cearense Lilian Ramos era um dos destaques e vinha em cima de um carro alegórico, com os seios à mostra. Ao fim do desfile, foi convidada a visitar o camarote do presidente da Liga das Escolas de Samba, onde estava o presidente. Tirou o biquíni metálico que a machucava nos quadris e ficou com a meia-calça transparente, cor da pele, que as passistas em geral usam para esconder imperfeições e deixar as pernas com aparência mais firme. Por cima, vestiu uma camiseta branca com estampas frontais.

A camiseta, como ela diria depois, nem era tão curtinha assim. Mas Lilian se empolgou após ficar um bom tempo de mãos dadas com Itamar e levantou os braços para cantar o samba da escola que passava. Postado na Avenida, o fotógrafo Marcelo Carnaval, do jornal "O Globo", fez o flagrante que não deixava dúvidas: a moça não usava calcinha. A foto correu o mundo e provocou reações de protesto em vários países.

A célebre foto de Itamar Franco com Lilian Ramos durante o desfile das escolas de samba do Rio em 1994

Com a repercussão do caso, Lilian, que surgiu no mundo das celebridades como sósia da cantora Fafá de Belém e depois fez pontas em programas humorísticos como "Os Trapalhões" e "Viva o Gordo", virou notícia. Estava recebendo repórteres em sua casa quando o telefone tocou e, do outro lado, era o presidente. Ela deixou que o "Jornal Nacional" a gravasse enquanto atendia um dos telefonemas de Itamar — foram quatro na segunda-feira que se seguiu ao desfile na Sapucaí. O presidente a convidou para jantar, adiando a viagem para Juiz de Fora, onde continuaria a folia momesca. Mas desistiu de encontrá-la quando assistiu ao "JN". Ao deixar o hotel em que se hospedara no Rio, foi cercado por turistas que gritavam "viva o presidente".[25]

A Viradouro ficou em terceiro lugar — a campeã do ano em que seria lançado o Plano Real foi a Imperatriz Leopoldinense, com o enredo "Catarina de Médicis na corte dos tupinambôs e tabajeres" —, mas Lilian foi substituída como destaque no Desfile das Campeãs, no sábado seguinte. Ela se refugiou na casa dos pais, em Fortaleza, e depois se mudou para a Itália[26], onde os jornais haviam publicado que o presidente brasileiro se envolvera com uma atriz pornô. Itamar, no calor da folia, pareceu não se importar. Disse que a "menina do Rio" era "adorável" e ainda posou agarrado à princesa do carnaval de Juiz de Fora dias depois.[27]

Os militares, no entanto, consideraram o episódio gravíssimo. "Após a divulgação das fotos que exibiam Itamar ao lado de Lilian Ramos com o sexo à mostra, discutiu-se abertamente entre os ministros militares a hipótese de substituição do presidente. Tentava-se evitar o pior. Os ministros de farda estavam diante do que lhes parecia uma evidência irreversível: o episódio do carnaval ferira a dignidade do cargo de presidente, trincando o princípio da autoridade, tão importante para o militar quanto o ar que respira", relataram os jornalistas Gilberto Dimenstein e Josias de Souza no livro que conta os bastidores do Plano Real.[28]

A solução para acalmar a caserna foi oferecer a cabeça de Maurício Correa. O ministro tinha entornado mais álcool do que seria recomendável e, em algumas imagens ao lado do presidente, no camarote, apareceu trôpego, com um copo de uísque na mão e um olhar nitidamente perdido. Com Correa exonerado, Itamar pôde voltar a tocar o governo. Antes de passar a faixa presidencial ao seu ministro Fernando Henrique Cardoso, ele ainda engatou um namoro com uma pedagoga, Jane Drummond. Anunciou que iriam se casar, mas o romance não prosperou.

Quando assumiu o governo de Minas, em 1999, o insaciável Itamar teria mantido um relacionamento com a major Doralice Lorentz Leal, da Polícia Militar de Minas, ajudante de ordem no Palácio da Liberdade. "É com ela que o governador tem sido visto nos últimos tempos. Desde uma folga que tirou em Foz do Iguaçu, em junho, quando foi fotografado com as mãos apoiadas nos ombros da subalterna, as inconfidências estão fortes na alta sociedade mineira", contou a jornalista Cecília Maia para a "IstoÉ Gente".[29] Segundo a reportagem, havia revolta na corporação após Itamar assinar um decreto dando aumento de salário a Doralice. O namoro com a major, porém, nunca foi oficialmente confirmado.

UM PRIMEIRO-CAVALHEIRO

A primeira mulher presidente do Brasil assumiu em 1º de janeiro de 2011, após 121 anos de proclamada a República. A mineira Dilma Vana Rousseff foi eleita no segundo turno com 55,7 milhões de votos. Era uma mulher divorciada, mãe e avó. Tinha 63 anos e uma história de envolvimento na luta armada contra a ditadura militar. E foi na clandestinidade que conheceu os seus dois maridos: Cláudio Galeno de Magalhães Linhares e Carlos Franklin Paixão Araújo. Dilma e Galeno militavam na Organização Revolucionária Marxista — Política Operária (Polop), movimento que, na sua origem, era uma espécie de coalizão de dissidentes, com quadros do PCB, do PSB e do trabalhismo, além de trotskistas e outros marxistas. Ao lado dele, a futura presidente optaria pela luta armada, juntando-se ao Comando de Libertação Nacional (Colina).

Mineiro de Ferros, Lobato — como Galeno era conhecido na luta armada — e Dilma casaram-se em 1967. Caçado pelo Dops após a prisão de militantes da Colina, os dois sumiram de Belo Horizonte. Desmancharam um casamento de dois anos registrado em cartório e celebrado com festa. Dilma tentava se esconder entre Rio e São Paulo, e Galeno foi escalado para reforçar a luta contra a ditadura em Porto Alegre. Pouco depois, a Colina se fundiu com outra organização, a Vanguarda Popular Revolucionária (VPR), dando origem à Var-Palmares, da qual Galeno era um dos coordenadores no Rio Grande do Sul.

O primeiro marido de Dilma foi o mentor do sequestro de um avião da Cruzeiro do Sul, em Montevidéu, em 1º de janeiro de 1970, organizado por militantes da Var-Palmares. O voo 114, cujo destino era o Rio de Janeiro, teve sua rota desviada e pousou em Havana 47 horas depois.[30] O dinheiro pago pela libertação da tripulação e dos passageiros foi usado para financiar as ações da organização. Galeno ficou alguns meses em Cuba e depois foi para o Chile, onde se casou novamente. A nova esposa era a nicaraguense Mayra, com quem teve duas filhas. O casal mora em Manágua atualmente. O divórcio com Dilma ocorreu em 1981, de forma amigável. A ex-presidente continuou usando o sobrenome do primeiro marido até 1999.

A mesma clandestinidade que separou Dilma de Galeno a uniu ao advogado Carlos Araújo, também militante da Var-Palmares, com quem ela conviveu mais tempo. Os dois se conheceram em 1969, pouco depois da separação de Dilma. Carlos Araújo, coincidentemente, também havia deixado para trás um casamento desfeito com a arquiteta Vânia Abrantes, que lhe deu o primeiro filho, Leandro. Na época do romance, os dois se conheciam apenas pelos codinomes Max e Estela. "*(Eles)* Participaram ativamente, no plano estratégico, de inúmeras ações para arrecadação de fundos para o movimento. Incluídos aí o planejamento de assaltos a bancos e, em julho de 1969, o roubo espetacular do cofre deixado pelo ex-governador paulista Adhemar de Barros — o autor do lema 'rouba, mas faz' — na mansão da amante do político, Ana Capriglione, no bairro carioca de Santa Teresa. No interior do cofre, havia cerca de US$ 2,5 milhões, assumidos como expropriação revolucionária", escreveu o jornalista e escritor Lira Neto em um perfil sobre Carlos Araújo para o site GQ.[31] O cerco da repressão se fechou e cada um teve que seguir para um lado. Dilma foi para São Paulo e o namorado permaneceu no Rio.

Carlos Araújo, o segundo marido de Dilma Rousseff que foi o primeiro-cavalheiro da presidente

Dilma acabou sendo presa e foi submetida a tortura durante 22 dias no DOI-Codi paulista. "Arrancaram-lhe as roupas e a colocaram no pau-de-arara. Prenderam garras elétricas em várias partes de seu corpo — pés, mãos, coxas, orelhas e bicos dos seios — e sujeitaram-na a uma bateria interminável de choques. Após cada uma das sessões em poder dos torturadores, ela era atirada ao chão sujo e fétido de um banheiro de azulejos brancos e encardidos por restos de fezes, sangue e urina. Em seguida, penduravam-na de novo no pau-de-arara e recomeçavam o suplício. Como consequência, Dilma foi vítima de uma grave hemorragia. Foi mandada, esvaindo-se em sangue pela vagina, para o Hospital Central do Exército, e depois transferida para o Departamento de Ordem Política e Social (Dops)", contou Lira Neto.[32]

Somente quando Carlos leu nos jornais a respeito da prisão de Dilma, em janeiro de 1971, soube o verdadeiro nome da namorada. Os dois se casaram e foram morar em Porto Alegre. Em 1976, nasceu a única filha do casal, Ana Paula, que lhes deu dois netos, Guilherme e Gabriel. Em 1994, eles se separaram, mas dois anos depois voltaram a morar juntos. A tentativa de reconstruir o casamento não deu certo e, em 2000, romperam definitivamente.[33]

Na Presidência, Dilma viajava a Porto Alegre para ver a filha e os netos e, sempre que podia, encontrava o ex-marido para conversar e ouvir conselhos. Carlos foi, por assim dizer, o primeiro-cavalheiro da petista. E ele nunca deixou de falar de política publicamente, apesar de ter se desfiliado do PDT, partido que ajudou a fundar no Rio Grande do Sul. Nos anos 1980, chegou a ser eleito deputado pelo partido. Dizia que o impeachment de sua ex-mulher tinha sido um golpe. Carlos Araújo morreu na madrugada do dia 12 de agosto de 2017, em decorrência de complicações de doença pulmonar obstrutiva crônica, fruto de anos de tabagismo.

NOTAS

APRESENTAÇÃO – MULHERES SEM ROSTO

1. Site Nexo, "Qual a origem da expressão 'dona' e as questões que ela desperta", 6 de fevereiro de 2017. Disponível em https://www.nexojornal.com.br/expresso/2017/02/06/Qual-a-origem-da-express%C3%A3o-%E2%80%98dona%E2%80%99-e-as-quest%C3%B5es-que-ela-desperta. Acessado em 1º de outubro de 2019.
2. *Idem, ibidem.*
3. ANTHONY, Carl Sferrazza. "First Ladies, a short history", 14 de julho de 2008. Disponível em http://www.firstladies.org/documents/art_ourfirst.pdf. Acessado em 30 de setembro de 2019.
4. ECHEVERRIA, Regina. *A história da Princesa Isabel - Amor, liberdade e exílio*. Ed Versal, posição 3.615.
5. COSTA, Marcos. *O Reino que não era deste mundo - Crônica de uma República não proclamada*. Ed. Valentina, 2ª edição, 2015, pag. 215.

CAPÍTULO 1 - REPÚBLICA VELHA

1. CARVALHO, José Murilo de. *O pecado original da República*. Editora Bazar do Tempo, 2017, pag. 15.
2. CARVALHO, José Murilo de. *Op. cit*, pag. 18.
3. EDMUNDO, Luís. *O Rio de Janeiro do meu tempo*. Edições do Senado Federal, Brasília, 2003, pag. 200.
4. *Idem, ibidem,* pag. 205.
5. *Revista Mulher*, Federação Brasileira pelo Progresso Feminino. Disponível em https://cpdoc.fgv.br/sites/default/files/verbetes/primeira-republica/DALTRO,%20Leolinda%20de%20Figueiredo.pdf. Acessado em 7 de julho de 2019.
6. JÚNIOR, Raimundo Magalhães. *Deodoro: a espada contra o Império Tomo 1 – O aprendiz de feiticeiro (da Revolta Praieira ao Gabinete Ouro Preto)*. Coleção Brasiliana, Cia. Editora Nacional, 1957, pag. 44.
7. FONSECA, Roberto Piragibe da. *Manoel Deodoro da Fonseca: novo método e novos ângulos para servir a uma biografia da complexa personalidade do Generalíssimo,* ensaio produzido para o Instituto Histórico Geográfico Brasileiro, outubro de 1973.
8. MAUL, Carlos. *Imagens de alguns varões honestos*, artigo publicado em "O Dia", 28/29 de março de 1971, *in* FONSECA, Roberto Piragibe da. *Op. cit.*, pag. 179.
9. FONSECA, Roberto Piragibe da. *Op. cit*, pag. 93.

10. VOGT, Olgário Paulo; ROMERO, Maria Rosilane Zoch (Organizadores). *Uma luz para a história do Rio Grande: Rio Pardo 200 Anos - Cultura, arte e memória.* Editora Gazeta de Santa Cruz, 2010, pag. 112.

11. *Idem, ibidem,* pag. 112.

12. GOMES, Laurentino. *1889: Como um imperador cansado, um marechal vaidoso e um professor injustiçado contribuíram para o fim da Monarquia e a Proclamação da República no Brasil.* Globo Livros, 2013, posição 603.

13. *Idem, ibidem,* posição 614.

14. Depoimento do general Jacques Ourives em *Deodoro e a verdade histórica,* citado por Laurentino Gomes, *Op. cit.,* posição 728.

15. GOMES, Laurentino. *Op. cit.,* posição 3.933.

16. FONSECA, Roberto Piragibe da. *Op. cit.,* pag. 100.

17. *Idem, ibidem,* pag. 88.

18. MENEZES, Raimundo de. *A vida e obra de Campos Salles.* Livraria Martins Editora, 1974, pag. 206.

19. Em 2 maio de 2018, o Supremo Tribunal Federal decidiu, por unanimidade, reduzir o alcance do foro privilegiado de deputados e senadores somente para aqueles processos sobre crimes ocorridos durante o mandato e relacionados ao exercício do cargo parlamentar. Até então, qualquer ação penal contra os parlamentares, mesmo as anteriores ou as não relacionadas ao mandato, eram transferidas das instâncias judiciais em que tramitam para o STF. O privilégio resultava em impunidade, já que a morosidade no julgamento beneficiava os réus por prescrição das penas pelos crimes cometidos.

20. SENA, Ernesto, *Deodoro: subsídios para a História.* Coleção Biblioteca Básica Brasileira, Senado Federal, 1999, pag. 281.

21. *Idem, ibidem.*

22. *O Vassourense,* "Cartas do Rio - Pormenores interessantes", 6 de abril de 1890.

23. *O Sexo Feminino,* 7 de setembro de 1873.

24. "Rui Barbosa: correspondência com os Fonsecas", Arquivo da Casa de Rui Barbosa, Rio de Janeiro, 1994.

25. QUADROS, Jânio; FRANCO, Afonso Arinos de, *História do povo brasileiro.* J. Quadros Editores Culturais, 1967, pag. 15.

26. *O Globo,* "Romance explora a figura controversa de Floriano Peixoto", 22 de novembro de 2016.

27. MIRANDA, Salm de. *Floriano,* vol. 39, Bibliex, 1963 *in* KOIFMAN, Fábio. *Presidentes do Brasil - De Deodoro a FHC,* Departamento de Pesquisa da Estácio de Sá, Cultura Editores, 2002, pag. 39.

28. KOIFMAN, Fábio. *Op. cit.*, pag. 43.

29. *Idem, ibidem,* pags. 41 e 42.

30. Fundo Floriano Peixoto, BR_RJANRIO_Q6_GLE_FOT_0001_001, Arquivo Nacional.

31. SILVA, Erminia. *Circo-Teatro - Benjamin de Oliveira e a teatralidade circense no Brasil.* Editora Altava, 2007, pags. 134 a 136.

32. *Revista Careta,* 9 de dezembro de 1911.

33. KOIFMAN, Fábio. *Op. cit.,* pag. 52.

34. SCHMIDT, Paulo. *Guia politicamente incorreto dos presidentes da República.* Editora Leya, 2016, pag. 51.

35. Pelo lado materno, Prudente descende do famoso cacique Tibiriça, famoso chefe da tribo dos Guianás, um dos primeiros a manter relações amigáveis com os jesuítas, em São Paulo, no século XVI. Já pelo lado paterno, sua linhagem remonta ao cacique Piquerobi, chefe da aldeia em terras paulistas. Ver genealogia de Prudente de Moraes em https://www.aprovincia.com.br/memorial-piracicaba/estudos-piracicabanos/genealogia-de-prudente-de-moares-3339/. Acessado em 28 de maio de 2019.

36. SILVA, Gastão Pereira da. *Prudente de Moraes - O pacificador.* Zélio Valverde Editor, 1937, pag. 257.

37. SOBRINHO, Costa e Silva. *Santos noutros tempos.* Editora Revista dos Tribunais, 1953, pag. 571.

38. SILVA, Hélio. *Prudente de Morais - 3º Presidente do Brasil (1894-1989).* Coleção Os Presidentes, Editora Três, 1983, pag. 65.

39. SILVA, Hélio. *Op. cit.*, pag. 65.

40. SILVA, Gastão Pereira da. *Op. cit.,* pag. 255.

41. GOMES, Laurentino. *Op. cit.,* posição 5.230.

42. CARRADORE, Hugo Pedro. *A saga de Prudente de Moraes - O pacificador.* Gráfica e Editora Degaspari, 2008, pags. 63 e 64.

43. KOIFMAN, Fábio. *Presidentes do Brasil - De Deodoro a FHC,* Departamento de Pesquisa da Estácio de Sá, Cultura Editores, 2002, pag. 98.

44. SCHMIDT, Paulo. *Op. cit.*, pag. 59.

45. RIBAS, Antônio Joaquim. *Perfil biográfico do Dr. Manoel Ferraz de Campos Salles.* Editora UNB, 1983, pag. 21.

46. DEBES, Célio. *Campos Salles: perfil de um estadista.* Editora Francisco Alves, 1978, pags. 298 e 99.

47. DEBES, Célio. *Op. cit.,* pags. 299 e 300.

48. SCHMIDT, Paulo. *Op. cit.*, pag. 62.

49. GOMES, Laurentino. *Op. cit.*, posição 5.284

50. LUSTOSA, Isabel. *Histórias de presidentes: a República no Catete – 1897/1960*. Editora Agir, 2008, pag. 47.

51. *Idem, ibidem*, pag. 49.

52. FRANCO, Afonso Arinos de Melo. *Rodrigues Alves - Apogeu e declínio do presidencialismo*. Coleção Biblioteca Básica Brasileira, Senado Federal, 2001, volume 1, pag. 334.

53. *Idem, ibidem*.

54. SCHMIDT, Paul. *Op. cit.*, pag. 63.

55. LIMA, João. *Figuras da República Velha*, Tipografia Baptista de Sousa, 1941, pag. 24.

56. MENEZES, Raimundo de. *A vida e obra de Campos Salles*. Livraria Martins Editora, 1974, pag. 187.

57. RIBAS, Antônio Joaquim. *Perfil biográfico do Dr. Manoel Ferraz de Campos Salles*. Editora UNB, 1983, página 21.

58. MENEZES, Raimundo de. *Op. cit.*, pag. 232.

59. LACOMBE, Américo Jacobina. *Afonso Pena e sua época*. José Olympio Editora, Coleção Documentos Brasileiros, volume 200, 1986, pag. 320.

60. *Idem, ibidem*, pag. 335.

61. MORAES, Eneida. *História do carnaval carioca, in* LUSTOSA, Isabel. *Op. cit.*, pag. 75.

62. TINOCO, Brígido. *A vida de Nilo Peçanha*. Livraria José Olympio Editora, 1962, pag. 55

63. *Idem, ibidem*, pag. 58.

64. *Idem, ibidem*, pag. 59.

65. SOARES, Thereza Mello, *Nilo Peçanha e os bonés na varanda, in* KOIFMAN, Fábio. *Op. cit.*, pag. 155.

66. TINOCO, Brígido. *Op. cit.*, pag. 81.

67. LIMA, João. *Como vivem os homens que governaram o Brasil*. Tipografia Baptista de Souza, 1944, pag. 85.

68. KOIFMAN, Fábio. *Op. cit.*, pag. 156.

69. TEFFÉ, Nair de. *A verdade sobre a Revolução de 22*. Gráfica Portinho Cavalcanti Ltda, 1974, pag. 23.

70. *Idem, ibidem*, pag. 28.

71. Informação do jornalista Antonio Augusto Brito em https://www.curtabotafogo.com/single-post/2018/02/19/Amor-proibido e confirmada na biografia do compositor Cartola, publicada pelo Museu Afro-brasileiro: http://www.museuafrobrasil.org.br/pesquisa/hist%C3%B3ria-e-mem%C3%B3ria/historia-e-memoria/2014/12/30/cartola

72. KOIFMAN, Fábio. *Op. cit.,* pag. 156.

73. *Idem, ibidem,* pag. 172.

74. SCHMIDT, Paulo. *Guia politicamente incorreto dos presidentes da República.* Editora Leya, 2016, pags. 113 e 114.

75. *O Globo,* "Colégios da Grande Tijuca escondem muitas histórias e contam com grande acervo", publicada em 23 de março de 2017 e atualizada em 9 de agosto de 2017.

76. RODRIGUES, Antonio Martins. *Nair de Teffé - Vidas cruzadas.* Editora FGV, 2002, pag. 39.

77. LIMA, Herman. *A história da caricatura no Brasil.* Editora José Olympio, 1963.

78. RODRIGUES, Antonio Martins. *Op. cit.,* pag. 30.

79. *Idem, ibidem,* pag. 35.

80. TEFFÉ, Nair de. *Op. cit.,* pag. 31.

81. *Idem, ibidem,* pag. 33.

82. *O Imparcial,* "Primeira apresentação oficial da exma. noiva do sr. Hermes da Fonseca", 18 de setembro de 1913.

83. TEFFÉ, Nair de. *Op. cit.,* pag. 42.

84. *Idem, ibidem,* pag. 43.

85. *Idem, ibidem,* pag. 44.

86. *Idem, ibidem,* pag. 45

87. *Idem, ibidem.*

88. SANTOS, Paulo César dos. *Nair de Teffé - Símbolo de uma época.* Sermograf Editora, 2ª edição, 1983, pag. 46.

89. TEFFÉ, Nair de. *Op. cit.,* pag. 45.

90. LUSTOSA, Isabel. *Op. cit.,* pag. 102.

91. RODRIGUES, Antonio Martins. *Op. cit.,* pag. 59.

92. *Idem, ibidem,* pag. 67.

93. *Idem, ibidem,* pag. 85.

94. SANTOS, Paulo César de. *Op. cit.*, pag. 70.

95. *Idem, ibidem*, pag. 71.

96. *Idem, ibidem*, pags. 71 e 72.

97. O Cinema Rian é lembrado nas músicas "Rio antigo", Chico Anysio e Nonato Buzar ("Quero um bate-papo na esquina/ Eu quero o Rio antigo/ Com crianças na calçada/ Brincando sem perigo/ Sem metrô e sem frescão/ O ontem no amanhã/ Eu que pego o bonde 12 de Ipanema/ Pra ver o Oscarito e o Grande Otelo no cinema/ Domingo no Rian/ Me deixa eu querer mais, mais paz..."), e "Matinê no Rian", do grupo João Penca e seus Seus Miquinhos Amestrados ("Oh! meu amor, eu nasci pra você/ Eu acho legal nós dois um casal/ Diga ao seu passado bye bye/ Unir nossas mãos num fim de semana/ Andar nas areias de Copacabana/ Pegar matinê no Rian com você/ Um grande amor não será jamais démodée...")

98. SANTOS, Paulo César dos. *Op. cit.*, pag. 89.

99. RODRIGUES, Antonio Edmilson Martins. *Op. cit.*, pag. 156.

100. SANTOS, Paulo César. *Op. cit.*, pag. 100.

101. http://www.oguiadeitajuba.com.br/Personalidades/Pers_T/Theodomiro-Carneiro-Santiago.php

102. *Manchete*, "As primeiras-damas", 15 de maio de 1965.

103. KOIFMAN, Fábio. *Op. cit.*, pag. 211.

104. LUSTOSA, Isabel. *Op. cit.*, pag. 79.

105. TRIGUEIRO, Oswaldo. *A política do meu tempo, in Os presidentes do Brasil- De Deodoro a FHC*, pag. 222.

106. GABAGLIA, Laurita Pessoa Raja. *Epitácio Pessoa (1865-1942)*, Ed. José Olympio, 1951, pags. 140 e 141.

107. GABAGLIA, Laurita Pessoa Raja. *Op. cit.*, pags. 140 e 141.

108. Expressão criada pelo humorista Tutty Vasquez, pseudônimo do jornalista Alfredo Ribeiro.

109. GABAGLIA, Laurita Pessoa Raja. *Op. cit.*, pag. 148.

110. TEFFÉ, Nair de. *Op. cit.*, pag. 24.

111. GABAGLIA, Laurita Pessoa Raja. *Op. cit.*, pag. 390.

112. PESSOA, Epitácio. *Pela verdade*, Ed. Francisco Alves, 1925, pag. 640.

113. *Manchete*, "As primeiras-damas", 15 de maio de 1965.

114. *Manchete*, "Memórias de uma primeira dama", 19 de setembro de 1964.

115. *Idem, ibidem*.

116. *Correio Braziliense*, "Briga por filhos ilustres", 31 de julho de 2011.

117. *Manchete. Op. cit.*, 19 de setembro de 1964.

118. *Idem, ibidem.*

119. SCHMIDT, Paulo. *Op. cit.*, pag. 141.

120. LUSTOSA, Isabel. *Op. cit.*, pag. 151.

121. SCHMIDT, Paulo. *Op. cit.*, pag. 148.

122. KOIFMAN, Fábio. *Op. cit.*, pag. 238.

123. LUSTOSA, Isabel. *Op. cit.*, pag. 152.

124. LIMA, Alberto de Souza. *Arthur Bernardes perante a História,* Editora: I.H.G., 1983, pag. 232.

125. *Manchete. Op. cit.*, 1964.

126. LIMA, João. *Como vivem os homens que governaram o Brasil*, Tipographia Baptista de Souza, sem data, pag. 59.

127. DEBES, Célio. *Washington Luís - Primeira Parte – 1869/1924*, Imprensa Oficial do Estado de São Paulo, 1994, pag. 18.

128. *Idem, ibidem,* pag. 19.

129. LIMA, João. *Op. cit.,* pags. 52 e 53.

130. *Idem, ibidem.*

CAPÍTULO 2 - ERA VARGAS

1. Instituído em 10 de novembro de 1937, o Estado Novo é o período como ficou conhecido o governo ditatorial comandado por Getúlio Vargas. O Congresso foi dissolvido e uma nova Constituição, outorgada. Redigida pelo ministro da Justiça de Vargas, Francisco Campos, dava ao presidente poderes para nomear interventores nos estados, governar por decretos, aposentar funcionários públicos e militares por conveniência do regime e instaurava no país o estado de emergência, suspendendo as liberdades civis. Em 29 de outubro de 1945, Vargas foi deposto pelas forças militares, chefiadas pelo ministro da Guerra, general Góes Monteiro. Era o fim do Estado Novo.

2. CARVALHO, José Murilo de. *O pecado original da República*. Editora Bazar do Tempo, 2017, Rio de Janeiro, pag. 153.

3. Carta-Testamento *in* LUSTOSA, Isabel. *Histórias de presidentes: a República no Catete – 1897/1960*. Editora Agir, 2008, pag. 213.

4. Artigo "Voto da mulher", disponível em http://www.tse.jus.br/eleitor/glossario/termos/voto-da-mulher. Acessado em 1º de agosto de 2019.

5. SIMILI, Ivana Guilherme, *Mulher e política - A trajetória da primeira-dama Darcy Vargas (1930-1945)*, Editora Unesp, 2008, pag. 53.

6. Idem, ibidem.

7. Idem, ibidem, pag. 56.

8. CALLADO, Ana Arruda. *Darcy, a outra face de Vargas*, Editora Batel, 2011, pag. 88.

9. Idem, ibidem, pag. 79.

10. Idem, ibidem, pag. 65.

11. BRITTO, Chermont. *Vida luminosa de Darcy Vargas*, editado pela Coordenadoria de Comunicação Social da LBA, 1984, pags. 66 e 67.

12. Em alguns documentos oficiais, como nos escritos íntimos do marido, o nome da primeira-dama aparece grafado com "i", "Darci". Ela própria, porém, assinava seu nome com "y". Na fundação de assistência social, criada por ela em 1938, que leva o seu nome de casada, Darcy aparece com "y". Em respeito à opção da primeira-dama, os autores decidiram também usar "y" ao se referir ao primeiro nome da esposa de Getúlio.

13. CALLADO, Ana Arruda. *Op. cit.*, pag. 186.

14. BRITTO, Chermont de. *Op. cit.*, pag. 72.

15. CALLADO, Ana Arruda. *Op. cit.*, pags. 253 e 254.

16. Idem, ibidem, pags. 77 e 78.

17. Idem, ibidem, pags. 173 e 174.

18. SIMILI, Ivana Guilherme. *Op. cit.*, pags. 131 e 132.

19. CALLADO, Ana Arruda. *Op. cit.*, pags. 176 e 177.

20. SIMILI, Ivana Guilherme. *Op. cit.*, pag. 131.

21. *Manchete*, "Meu marido Getúlio", 23 de abril de 1960.

22. NETO, Lira. *Getúlio Vargas: dos anos de formação à conquista do poder (1882-1930)*, Companhia das Letras, 2012, pag. 118.

23. Na página 16 de sua biografia sobre Darcy, a jornalista Ana Arruda Callado detalha o que foi o "Almanaque Tico-Tico", a primeira revista de história em quadrinhos do país: "Fundada em 1905, fez um tremendo sucesso, com personagens como Chiquinho, baseado em quadrinho francês, Reco-Reco, Bolão e Azeitona, criação de Luiz Sá, e lançando em 1930, Mickey Mouse, com o nome de Ratinho Curioso. O logotipo da publicação foi desenhado por Angelo Agostini e nela foram revelados talentos como J. Carlos. Com a entrada no Brasil dos quadrinhos norte-americanos, a revista entrou em decadência, e nos anos 1960 circulavam apenas seus almanaques ocasionais, até que foi fechada. Entre seus leitores ilustres de várias épocas são mencionados o jurista Rui Barbosa e o poeta Carlos Drummond de Andrade."

24. PEIXOTO, Alzira Vargas do Amaral. *Getúlio Vargas, meu pai,* Instituto Estadual do Livro/Corag, 2005, pag. 28.

25. *Manchete. Op. cit.,* 1960.

26. NETO, Lira. *Op. cit.,* pags. 158 e 159.

27. *Idem, ibidem,* pag. 159.

28. KOIFMAN, Fábio. *Presidentes do Brasil - De Deodoro a FHC,* Departamento de Pesquisa da Estácio de Sá, Cultura Editores, 2002, pags. 336 e 337.

29. O vídeo está disponível em https://www.youtube.com/watch?v=KubHS5RgseM. Acessado em 3 de agosto de 2019.

30. VARGAS, Getúlio. *Diários - Volume I (1930-1936),* Fundação Getúlio Vargas Editora, 1995, pag. 60.

31. NETO, Lira. *Op. cit.,* pag. 47.

32. *Idem, ibidem.*

33. VARGAS, Getúlio. *Diários - Volume I,* pag. 264.

34. *Idem, ibidem,* pag. 496.

35. VARGAS, Getúlio. *Diários - Volume II,* Fundação Getúlio Vargas Editora, 1995, pags. 63 e 74.

36. *Idem, ibidem,* pag. 39.

37. CALLADO, Ana Arruda de. *Op. cit.,* pag. 123.

38. VARGAS, Getúlio. *Diários - Volume II,* pag. 119.

39. *Idem, ibidem.*

40. PEIXOTO, Alzira Vargas do Amaral. *Op. cit.,* pag. 307.

41. NETO, Lira. *Op. cit.,* pag. 341.

42. Site vb.com: http://vb.com/aimeedeheeren/. Acessado em 25 de agosto de 2019.

43. Idem, ibidem.

44. VARGAS, Getúlio. *Diários - Volume II,* pag. 208.

45. *Marie Claire,* "Aimée Sotto Mayor: revelada a mulher que abalou o coração de Getúlio Vargas", artigo do escritor Lira Neto, publicado em 24 de agosto de 2013, e disponível em https://revistamarieclaire.globo.com/Mulheres-do-Mundo/noticia/2013/08/aimee-sotto-mayor-revelada-mulher-que-abalou-o-coracao-de-getulio-vargas.html. Acessado em 7 de agosto de 2019.

46. VARGAS, Getúlio. *Diários - Volume II,* pag. 298.

47. Em seus escritos íntimos, Getúlio definiu Assis Chateaubriand como um homem "inteligente, ágil, debatendo questões de interesse social, mas tendo sempre, no fundo, um interesse monetário. Deve ter sangue judeu" *in Diários - Volume I*, pag. 478.

48. NETO, LIRA. *Getúlio - Da volta pela consagração ao suicídio – 1945/1954*, Companhia das Letras, 2014, pag. 235.

49. *Manchete*, "A festa dos 6 milhões", 23 de agosto de 1952.

50. *Idem, ibidem.*

51. NETO, Lira. *Op. cit.,* pag. 235.

52. CALLADO, Ana Arruda. *Op. cit.,* pag. 254.

53. *Idem, ibidem,* pag. 166.

54. *O Globo*, "Rio possui áreas contaminadas que colocam em risco a vida e a saúde de moradores e turistas", 12 de agosto de 2019.

55. CALLADO, Ana Arruda. *Op. cit.,* pag. 158.

56. BRITTO, Chermont de. *Op. cit.,* pag. 76.

57. CALLADO, Ana Arruda. *Op. cit.,* pag. 106.

58. VARGAS, Getúlio. *Diários – Volume I,* pag. 494.

59. CALLADO, Ana Arruda. *Op. cit.,* pag. 197.

60. NETO, Lira. *Op. cit.,* pag. 336.

61. CALLADO, Ana Arruda. *Op. cit.,* pag. 257.

CAPÍTULO 3 - REDEMOCRATIZAÇÃO

1. *Manchete*, "O Catete vira museu", 9 de abril de 1960.

2. LUSTOSA, Isabel, *Histórias de Presidentes - A República no Catete*. Editora Vozes e Fundação Casa de Rui Barbosa, 1989, pag. 192.

3. *Tribuna do Norte*, "O presidente e a primeira-dama que amavam o futebol feminino", 8 de junho de 2019. Disponível em http://www.tribunadonorte.com.br/noticia/o-presidente-e-a-primeira-dama-que-amavam-o-futebol-feminino/450451?utm_campaign=noticia&utm_source=rel. Acessado em 16 de setembro de 2019.

4. *O Globo*. "Quatro décadas de resistência feminina no futebol", 28 de abril de 2019. Disponível em https://oglobo.globo.com/esportes/celina/quatro-decadas-de-resistencia-feminina-no-futebol- 23627182. Consultado em 16 de setembro de 2019.

5. KOIFMAN, Fábio. *Presidentes do Brasil - De Deodoro a FHC*, Departamento de Pesquisa da Estácio de Sá, Cultura Editores, 2002, pag. 438.

6. *O Globo*, "Anos dourados dos cassinos e boates", 3 de dezembro de 2014, atualizada em 27 de janeiro de 2017, disponível em https://acervo.oglobo.globo.com/propaganda/lazer-e-cultura/anos-dourados-dos-cassinos-boates-14207525#ixzz5x04V3UgS. Acessado em 19 de agosto de 2019.

7. CASTRO, Rui. *A noite do meu bem, a história e as histórias do samba-canção*. Companhia das Letras, 2015, posição 255.

8. JB Online, "Capela do Palácio Guanabara passará por obras recuperação", 13 de fevereiro de 2009, disponível em https://www.jb.com.br/index.php?id=/acervo/materia.php&cd_matia=391332&dinamico=1&prevde 2019. Acessado em 3 de agosto de 2019.

9. Arquivo da ditadura - Documentos reunidos por Elio Gaspari. http://arquivosdaditadura.com.br/documento/galeria/medici-sucessao-presidencial, consultado em 17 de setembro de 2019.

10. *IstoÉ*, julho de 1984 *in* LUSTOSA, Isabel. *Histórias de presidentes - A República no Catete*.

11. *O Globo*, "Enlutada a sociedade brasileira", 9 de outubro de 1947.

12. Fundação Getulio Vargas, Centro de Pesquisa e Documentação de História Contemporânea do Brasil. Juscelino Kubitschek II, depoimento em 1976, pag. 16.

13. BOJUNGA, Claudio. *JK, o artista do impossível*. Editora Objetiva, 2001, pag. 872.

14. http://www.historiadocancer.coc.fiocruz.br/index.php/pt-br/imagens/pioneiras-sociais, consultado em 20 de setembro de 2019.

15. PINHEIRO NETO, João. *Juscelino, uma história de amor*. Editora Mauad, 1994, pag. 56.

16. *Idem, ibidem*, pag. 57.

17. *Idem, ibidem*, pag. 197.

18. BOJUNGA, Claudio. *Op. cit.*, pags. 669 e 670.

19. *O Globo*, "*Não sou supermulher*", 29 de julho de 1972.

20. PINHEIRO NETO, João. *Op. cit.*, pag. 195.

21. BOJUNGA, Claudio. *Op. cit.*, pag. 675.

22. Blog Vera Brant, "Causos do Juscelino". Disponível em http://verabrant.com.br/1/principal.htm. Acessado em 29 de setembro de 2019.

23. ARNT, Ricardo. *Jânio Quadros - O prometeu de Vila Maria*, Ediouro, 2004, pag. 10.

24. ALVES, Eduardo Silva. *Wherefore art thou, Jânio? - Percepções da Time Magazine sobre o Governo Jânio (1958-1961)*, Tese de Doutorado, PUC-SP, 2013, pag. 181.

25. *O Estado de S. Paulo*, "Uma vida dedicada a Jânio", 23 de novembro de 1990.

26. VALENTE, Nelson. *A vida de Jânio em quadros*, Editora Nacional, 1992, pag. 87.

27. SCHMIDT, Paulo. *Guia politicamente incorreto dos Presidentes da República*, Editora Leya, 2016, pag. 252.

28. GUEDES, Ciça; FIUZA DE MELO, Murilo. *O caso dos nove chineses - O escândalo internacional que transformou vítimas da ditadura militar brasileira em heróis de Mao Tsé-tung*. Editora Objetiva, 2014, pag. 30.

29. *O Estado de S. Paulo*, "Eloá, rainha submissa", 23 de outubro de 1985.

30. ARNT, Ricardo. *Op. cit.*, pag. 34.

31. *O Estado de S. Paulo. Op. cit.*, 1985.

32. *Idem, ibidem.*

33. KOIFMAN, Fábio. *Op. cit.*, pag. 504.

34. SCHMIDT, Paulo. *Op. cit.*, pag. 257.

35. *Mundo Ilustrado*, "Valentino dos Campos Elísios", 20 de fevereiro de 1957.

36. *Idem, ibidem.*

37. *Manchete,* "Primeira-dama", 30 de maio de 1959.

38. *O Estado de S. Paulo*, "Um vida dedicada a Jânio", 23 de novembro de 1990.

39. Portal G1, *"Por que isso é assim: conheça a história do Pombal na Praça dos Três Poderes"*, 19 de fevereiro de 2019. Disponível em https://g1.globo.com/df/distrito-federal/noticia/2019/02/19/por-que-isso-e-assim-conheca-a-historia-do-pombal-na-praca-dos-tres-poderes.ghtml

40. *Manchete*, "A primeira-dama em primeiro plano", 2 de setembro de 1961.

41. *Folha de S. Paulo*, "Eloá Quadros, um sol que ilumina marido Jânio", 18 de outubro de 1984.

42. SCHMIDT, Paulo. *Op. cit.*, pag. 258.

43. *O Estado de S. Paulo*, "Eloá ajuda Jânio e combate o câncer", 17 de julho de 1988.

44. A atualização dos cruzeiros para reais foi feita com base no Índice de Preços ao Consumidor Amplo (IPCA), do IBGE. Já a correção dos dólares se baseou no Índice USCPI31011913, do Bureau of Labor Statistics. A inflação da moeda norte-americana no período foi de 93,81%.

45. *Jornal do Brasil*, "A fortuna", 17 de fevereiro de 1992.

46. *Folha de S. Paulo*, "Série resgata o amoralismo de Millôr", 7 de novembro de 2010.

47. *Manchete*, "É primavera na Granja do Torto", 6 de outubro de 1962.

48. GREEN, James N. *Apesar de vocês: oposição à ditadura brasileira nos Estados Unidos - 1964-1985*, pag. 260.

49. *O Cruzeiro*, "Saudação à Senhora Goulart", 23 de fevereiro de 1963.

50. *Idem, ibidem.*

51. WILLIAM, Wagner. *Uma mulher vestida de silêncio - A biografia de Maria Thereza Goulart,* Editora Record, posição 1.681.

52. *O Globo*, "Confesso que vivi", página 28.

53. *Idem, ibidem.*

54. WILLIAM, Wagner. Op. cit., posição 2.941.

55. *Idem, ibidem,* posição 1.800.

56. *Idem, ibidem,* posição 106.

57. *Idem, ibidem,* posições 130 e 136.

58. *Idem, ibidem,* posições 145 e 152.

59. FERREIRA, Jorge. *João Goulart - Uma biografia*, Editora Civilização Brasileira, 3ª edição, 2011, pag. 46.

60. *Idem, ibidem,* pag. 152.

61. WILLIAM, Wagner. O*p. cit.,* posição 877.

62. Atualizado pelo Índice Geral de Preços - Disponibilidade Interna (IGP-DI), da Fundação Getúlio Vargas.

63. WILLIAM, Wagner. *Op. cit.*, posição 913.

64. FERREIRA, Jorge. *Op. cit.*, pag. 154.

65. *Folha de S. Paulo*, "Me mandaram ficar nua na prisão, Jango nunca soube, diz viúva de presidente", 14 de abril de 2019.

66. *Interview*, "A primeira-dama que levou à loucura príncipes e plebeus", edição 141, agosto de 1991, pag. 28.

67. *Idem, ibidem.*

68. *Folha de S. Paulo*, "Me mandaram ficar nua na prisão, Jango nunca soube, diz viúva de presidente", 14 de abril de 2019.

69. WAGNER, William. *Op. cit.*, posição 7.027.

70. FERREIRA, Jorge. *Op. cit.,* pag. 621.

71. Site Terra, "Não acredito em assassinato, diz paixão uruguaia de Jango", 31 de março de 2014.

72. WAGNER, William. *Op. cit.*, posição 729.

73. *Idem, ibidem,* posição 2.105.

74. *Idem, ibidem,* posição 2.111.

75. *Folha de S. Paulo*, "Boa notícia: príncipe Philip, o chato, aposentou-se", 7 de maio de 2017.

76. WAGNER, William. *Op. cit.*, posição 3.285.

77. *Idem, ibidem,* posição 3.316.

78. *Interview. Op. cit.*, pag. 29.

79. WAGNER, William. Op. cit., posição 4.080.

80. *Idem, ibidem,* posição 4.116.

81. *Idem, ibidem,* posição 4.227.

82. *Idem, ibidem,* posição 4.247.

83. *Idem, ibidem,* posições 5.988 e 5.994.

84. *Idem, ibidem,* posições 4.769 a 4.835.

85. *Idem, ibidem,* posições 5.910 a 5.941.

86. GASPARI, Elio, *A ditadura encurralada*, 2ª edição, Rio de Janeiro, Intrínseca, 2014. Legenda da foto de Jango incluída no terceiro caderno de fotos.

87. *O Globo*, "Maria Thereza e a vida que ficou para trás", 28 de março 2004.

88. *IstoÉ*, "Maria Thereza, a primeira-dama desnuda", 18 de abril de 2019.

89. *Folha de S. Paulo*, "Ciro cria situação constrangedora ao falar de Patrícia", 31 de agosto de 2002.

CAPÍTULO 4 - DITADURA MILITAR

1. D'ARAÚJO, Maria Celina; SOARES, Gláucio Ary Dillon; CASTRO, Celso. *Visões do golpe - A memória militar sobre 1964*, Editora Relume Dumará, 2ª edição, 1994, pag. 84.

2. *Idem, ibidem,* pag. 86.

3. KOIFMAN, Fábio. *Op. cit.*, pag. 676.

4. Site O Globo, "João Saldanha sai após 'peitar' Médici e não convocar Dario para Copa de 70", 7 de março de 2014.

5. KOIFMAN, Fábio. *Op. cit.*, pag. 694.

6. O nome da esposa do presidente Costa e Silva aparece grafado nas publicações consultadas com as iniciais "Y" ou "I". Os autores decidiram adotar a opção com "Y" — ou seja, Yolanda —, pois era assim que a primeira-dama assinava o seu nome em documentos oficiais e em cartas.

7. D'ARAÚJO, Maria Celina; CASTRO, Celso. *Ernesto Geisel*, Fundação Getúlio Vargas Editora, 2ª edição, 1997, pag. 198.

8. *Idem, ibidem,* pag. 201.

9. *Jornal do Brasil*, "Mais de 1500 viram Castelo passar poder a Costa e Silva", 16 de março de 1967.

10. *Idem, ibidem.*

11. *Jornal do Brasil*, "Esta é a primeira-dama", 16 de março de 1967.

12. O Exército calcula em 30 mortos, mas não os separa entre insurgentes ou legalistas, civis ou militares.

13. GASPARI, Elio. *A ditadura envergonhada*, Companhia das Letras, 2002, pag. 268.

14. *Idem, ibidem.*

15. CAMARGO, Aspásia; GÓES, Walter de. *Diálogos com Cordeiro de Farias: meio século de combate*, Biblioteca do Exército Editora, 2001, pag. 496.

16. *Manchete*, "D. Yolanda: 'a História fará justiça a Costa e Silva'", 15 de maio de 1981.

17. GASPARI, Elio, *A ditadura envergonhada. Op. cit.*, pag. 339.

18. GASPARI, Elio. *Folha de S. Paulo*. "Má notícia: a popularidade de FFHH melhorou", 15 de dezembro de 1999.

19. *Manchete*, "Iolanda Costa e Silva: 'O AI-5 matou o meu marido'", 15 de abril de 1978.

20. *O Estado de S. Paulo*, "Yolanda, sozinha, escreve as memórias", 17 de junho de 1988.

21. KOIFMAN, Fábio. *Op. cit.*, pag. 618.

22. *Jornal do Brasil*, "Beijoqueiro", 29 de junho de 1981.

23. *Manchete*, "Yolanda Costa e Silva: a verdade, somente a verdade", 15 de novembro de 1980.

24. GASPARI, Elio. *A ditadura escancarada*, Editora Intríseca, 2ª edição, 2014, pags. 73 e 74.

25. *Jornal do Brasil*, "D. Iolanda promete esforço para que não faltem nunca recursos aos planos da LBA", 5 de abril de 1967.

26. *Jornal do Brasil,* "Costa e Silva é favorável à legalização do jogo", 18 de fevereiro de 1967.

27. *Correio da Manhã*, "LBA manda outro projeto à Câmara por bicho legal", 5 de novembro de 1967.

28. Dados atualizados pelo IGP-DI, da Fundação Getúlio Vargas.

29. A foto está publicada em D'AGUIAR, Hernani. *O ato - A verdade tem duas faces*, Editora Razão Cultural, 1999, pag. 55.

30. *Manchete, Op. cit.,* 15 de novembro de 1980.

31. *Manchete*, "Um mito na trilha da História", 14 de setembro de 1991.

32. *Veja*, "Retrato fiel de uma vida", 12 de janeiro de 2000.

33. GASPARI, Elio, *A ditadura escancarada. Op. cit.*, pag. 74.

34. *Manchete*, "Já viajei por todo o mundo, mas não vi nada como a Amazônia", 5 de abril de 1969.

35. Acervo Digital Zuzu Angel. Disponível em https://casazuzu.azurewebsites.net/documental/cartao-de-d-yolanda-costa-e-silva-encaminhado-a-zuzu-angel. Acessado em 15 de outubro de 2019.

36. *Última Hora*, "Nova crise", 16 de novembro de 1968.

37. *Jornal do Brasil*, "Brizola x Collor", 4 de junho de 1989.

38. *Jornal do Brasil*, "A dama do jogo", 7 de julho de 1995.

39. GOMES, Maria do Rosário Corrêa de Salles. *Nacionalização da política de assistência social e governos estaduais no Brasil: o caso do estado de São Paulo*. Tese de doutorado apresentada ao curso de Serviço Social da PUC-SP, 2008, pag. 142.

40. VILLA, Marco Antonio. *Ditadura à brasileira: a democracia golpeada à esquerda e à direita (1964-1985)*, Editora Leya, 2014, pag. 200.

41. KOIFMAN, Fábio. *Op. cit.*, pag. 679.

42. Site da Hilneth Correia, "Café na casa da Zuzu: conheça a história de Rui Spohr", 13 de novembro de 2016. Disponível em https://hilnethcorreia.com.br/2016/11/13/cafe-na-casa-da-zuzu-conheca-a-historia-de-rui-spohr/. Acessado em 15 de outubro de 2019.

43. *Jornal do Brasil*, "Barba, cabelo e bigode", 1º de fevereiro de 1998.

44. *Jornal do Brasil*, "Quebrando o silêncio", 1º de junho de 1986.

45. *Jornal do Brasil*, "Filho reafirma que Médici queria iniciar a abertura", 11 de junho de 1986.

46. D'ARAÚJO, Maria Celina; SOARES, Gláucio Ary Dillon; CASTRO, Celso. *Op. cit.*, pag. 47.

47. D'ARAÚJO, Maria Celina; CASTRO, Celso. *Op. cit.*, pags. 433 e 434.

48. Jornal do Brasil, *op. cit.*, 1º de junho de 1986.

49. GASPARI, Elio. *Folha de S. Paulo*, "Justiça devida", 23 de abril de 2003.

50. GASPARI, Elio. *A ditadura derrotada. Op. cit.*, pags. 55 a 57.

51. *Folha de S. Paulo*, "A revolução de 64 não era para durar", 15 de setembro de 1996.

52. KOIFMAN, Fábio. *Op. cit.*, pag. 707.

53. GASPARI, Elio. *Op. cit.*, pag. 416.

54. KOIFMAN, Fábio. *Op. cit.*, pag. 706.

55. D'ARAÚJO, Maria Celina; CASTRO, Celso. *Op. cit.*, pag. 85.

56. GASPARI, Elio. *A ditadura derrotada. Op. cit.*, pag. 40.

57. D'ARAÚJO, Maria Celina; CASTRO, Celso. *Op. cit.*, pag. 86.

58. O discurso de Ulysses Guimarães está disponível na íntegra em https://www.fundacaoulysses.org.br/blog/noticias/%E2%80%9Cnavegar-e-preciso-viver-nao-e-preciso%E2%80%9D/. Acessado em 29 de outubro de 2019.

59. Em 2018, o cientista político Matias Spektor, professor da Fundação Getúlio Vargas, obteve um memorando da CIA, datado de 11 de abril de 1974, assinado pelo secretário de Estado dos EUA, Henry Kissinger, no qual relatava que Geisel autorizou mortes de "perigosos subversivos". Ver Reuters, "Relatório da CIA revela que Geisel sabia e autorizou mortes de oposicionistas durante regime militar", 10 de maio de 2018. Acessível em https://br.reuters.com/article/topNews/idBRKBN1IB35H-OBRTP

60. GASPARI, Elio. *Op. cit.*, pag. 415.

61. *Idem, ibidem.*

62. *Idem, ibidem.*

63. Site Terra, "Ernesto Geisel e Dona Flor", 25 de agosto de 2009. Acessível em http://noticias.terra.com.br/interna/0,,OI3938549-EI11347,00.html.

64. *Jornal do Brasil*, "Delírios de Adão e Eva no paraíso da Lapa", 20 de fevereiro de 1985.

65. *Idem, ibidem.*

66. JUPIARA, Aloy; OTAVIO, Chico. *Os porões da contravenção - Jogo do bicho e ditadura militar: a história da aliança que profissionalizou o crime organizado,* Editora Record, 2015.

67. CHAGAS, Carlos. *A ditadura militar e a longa noite dos generais: 1970-1985*, Editora Record, 2015, posição 3.504.

68. CHAGAS, Carlos. *Op. cit.*, posição 3.509.

69. *O Globo*, "Empresária relembra passado ao lado do general Figueiredo", 3 de dezembro de 2012.

70. *Idem, ibidem.*

71. KOIFMAN, Fábio. *Op. cit.*, pag. 737.

72. Site nominimo.com, "Ex-servidora não esquece Figueiredo e quer voltar ao cargo", 16 de outubro de 2004. Disponível em https://www.conjur.com.br/2004-out-16/ex-servidora_nao_esquece_figueiredo_voltar_cargo.

73. *Folha de S. Paulo*, "Na ida, 3 toneladas; na volta, no 'vôo da muamba', 14 toneladas", 26 de maio de 2002.

74. *O Globo*, "*A noite fantástica do Régine's SP*", 28 de março de 1981.

75. *Jornal do Brasil*, "D. Dulce Figueiredo diz em Fortaleza que esta será a década da justiça social", 1º de fevereiro de 1980.

76. *O Globo*, "Iglesias compara simpatia e simplicidade", 24 de setembro de 1982.

77. *Jornal do Brasil*, "*Governo suspende a concessão de TVs dadas por Figueiredo*", 20 de março de 1985.

78. MOREIRA, Pedro Rogério. *Jornal Amoroso - Edição Vespertina,* Editora Thesaurus, 2007, pags. 16 e 17.

79. *O Globo*, "Dulce Figueiredo, aos 83", 7 de junho de 2011.

80. Corrigido pelo IGM-DI, da Fundação Getúlio Vargas.

81. *Piauí*, "Cavalo sem cheiro", abril de 2013.

CAPÍTULO 5 - NOVA REPÚBLICA

1. IBGE, Pesquisa Nacional por Amostra de Domicílios Contínua (Pnadc), outubro de 2019.

2. *Jornal do Brasil*, "PMDB propõe a candidato congelar preços de alimentos", 9 de janeiro de 1985.

3. Pesquisa disponível em https://static.poder360.com.br/2017/05/avaliacoes-governo-Datafolha-11mai2017.pdf. Acessado em 19 de outubro de 2019. Ver ainda *O Globo*, "Datafolha: Temer bate próprio recorde de impopularidade", 10 de junho de 2018.

4. Site do Supremo Tribunal Federal, "O STF e os 25 anos da Constituição", disponível em http://www.stf.jus.br/portal/cms/verNoticiaDetalhe.asp?idConteudo=250119. Acessado em 19 de outubro de 2019.

5. TARTAGLIA, César; MELLO, Paulo Thiago. *O Globo - 90 anos: 90 reportagens*, 2015, posição 1.949.

6. *O Globo,* "Constitutição tornará país ingovernável", 25 de novembro de 1987.

7. *Jornal do Brasil*, "O governo Maílson", 7 de janeiro de 1990.

8. Valores corrigidos pelo Índice Nacional de Preços ao Consumidor, do IBGE.

9. Almanaque Folha. Disponível em http://almanaque.folha.uol.com.br/dinheiro90.htm

10. LEITÃO, Miriam. *Saga brasileira - A longa luta de um povo por sua moeda*, 2ª edição, Editora Record, 2011, posição 3.190.

11. Agência Senado, "Vinte anos depois do Plano Collor, ex-presidente pede desculpas à população pelo bloqueio do dinheiro", 24 de março de 2010.

12. CONTI, Mario Sergio. *Notícias do Planalto,* Companhia das Letras, 1999, pag. 379.

13. Época, *"Os casos amorosos de Zélia",* 2 de setembro de 2002.

14. *O Globo*, "Fraudes no Bolsa Família geram prejuízo de 1,3 bilhão", 4 de janeiro de 2018.

15. Série histórica da PNAD Contínua, IBGE. Disponível em https://www.ibge.gov.br/

estatisticas/sociais/trabalho/17270-pnad-continua.html?=&t=series-historicas. Acessado em 19 de outubro de 2019.

16. Site Poder 360, "5 anos de Lava Jato: 285 condenações, 600 réus e 3.000 anos de penas". Disponível em https://www.poder360.com.br/lava-jato/5-anos-de-lava-jato-285-condenacoes-600-reus-e-3-000-anos-de-penas/. Acessado em 19 de outubro de 2019; Ver também *O Globo*, "Delatores da Lava-Jato devolveram R$ 1,8 bilhão aos cofres públicos", 30 de setembro de 2019.

17. *O Globo*, "O Globo lança plataforma sobre mulheres e diversidade", 8 de março de 2019.

18. Ver https://josesarney.org/js/biografia/casamento. Acessado em 23 de outubro de 2019.

19. *Idem, ibidem*.

20. *O Globo*, "Marly Sarney: 'Não vejo o poder como festa'", 30 de junho de 1985.

21. DINES, Alberto; FERNANDES JR., Florestan; SALOMÃO, Nelma (organizadores). *Histórias do poder: 100 anos de política no Brasil*, Editora 34, 2000. Citado em KOIFMAN, Fábio (organizador). *Presidentes do Brasil*, Departamento de Pesquisa da Universidade Estácio de Sá. Editora Cultura, 2002, pag. 790.

22. Maria Virgínia Moreira Guilhon, professora do Programa de Pós-Graduação em Políticas Públicas da Universidade Federal do Maranhão, "Sarneísmo no Maranhão: os primórdios de uma oligarquia", 2007.

23. Ver https://josesarney.org/o-politico/governador-do-maranhao/posse. Acessado em 23 de outubro de 2019.

24. Portal G1, "*Maranhão possui o maior percentual de pessoas em situação de pobreza*", 5 de dezembro de 2018. Acessível em https://g1.globo.com/ma/maranhao/noticia/2018/12/05/maranhao-possui-o-maior-percentual-de-pessoas-em-situacao-de-pobreza-diz-ibge.ghtml

25. *Folha de S.Paulo*, "Jornal americano noticia o fim do ciclo de poder dos Sarney no MA", 26 de dezembro de 2014. Acessível em https://www1.folha.uol.com.br/poder/2014/12/1567392-jornal-americano-noticia-o-fim-ciclo-de-poder-dos-sarney-no-ma.shtml

26. Época, "A mágoa de Sarney", 30 de agosto de 2018.

27. *IstoÉ*. "O ocaso de Sarney", 16 de agosto de 2019.

28. MALTA, Rosane. *Tudo o que eu vi e vivi*, Editora Leya, 2014.

29. MALTA, Rosane. *Op. cit.*, posições 1.400 e 1.407.

30. *Folha de S. Paulo*, "Denilma ataca o ex-marido Bulhões", 4 de julho de 1994.

31. MALTA, Rosane. *Op. cit.*, posição 1.411.

32. *Idem, ibidem*, posição 1.416.

33. *Idem, ibidem*, posição 354.

34. *Idem, ibidem*, posição 557.
35. *Idem, ibidem*, posição 903.
36. *O Estado de S. Paulo*, "Lyra, rico e com má fama", 7 de outubro de 2010.
37. MALTA, Rosane. *Op. cit.*, posição 1.098.
38. Ver http://almanaque.folha.uol.com.br/brasil_16fev1992.htm. Acessado em 20 de outubro de 2019.
39. Ver https://www.conjur.com.br/2002-jul-22/tcu_condena_ex-dirigentes_extinta_lba_alagoas. Acessado em 20 de outubro de 2019.
40. *Marie Claire*, "Mentiras sinceras", outubro de 1999.
41. *Folha de S. Paulo*, "Rosane Collor depõe hoje em Brasília", 9 de junho de 1997.
42. Ver http://www4.trf5.jus.br/processo/2005.05.00.018269-2.
43. CONTI, Mario Sérgio. *Notícias do Planalto, a Imprensa e Fernando Collor*, Companhia das Letras, 1999, pag. 473.
44. MALTA, Rosane. *Op. cit.*, posições 1.394 e 1.401.
45. CONTI, Mario Sérgio. *Op. cit.*, pag. 473.
46. MALTA, Rosane. *Op. cit.*, posição 2.283.
47. *Idem, ibidem*, posição 2.410.
48. *Idem, ibidem*, posição 2.444.
49. *Idem, ibidem*, posição 2.456.
50. *Idem, ibidem*, posições 2.461 e 2.467.
51. *Época*, "Confissões do terreiro - Ex-mãe de santo do presidente Collor se converte e conta sobre os despachos que fazia na Dinda", 9 de setembro de 2002.
52. MALTA, Rosane. *Op. cit.*, posição 2.438.
53. Atualizado pelo IGP-DI, da Fundação Getúlio Vargas.
54. MALTA, Rosane. *Op. cit.*, posições 2.686 e 2.692.
55. *Marie Claire*, "Thereza não fazia o tipo de Collor. Ele é que fazia o dela, afirma Rosane Collor", 30 de julho de 2012.
56. *Folha de S. Paulo*, "Casal FHC e Ruth Cardoso influencia as ciências sociais", 7 de outubro de 2019.
57. TORRES, Lilian de Lucca. *Uma cidade dos antropólogos: São Paulo nas dissertações e teses da USP 1960-2000*. Tese de doutorado apresentada ao Departamento de Antropologia da Faculdade de Filosofia, Letras e Ciências Humanas da USP, 2016.

58. BRANDÃO, Ignácio de Loyola. *Ruth Cardoso: fragmentos de uma vida,* Editora Globo, 2010, pag. 57.

60. *Idem, ibidem,* pag. 49.

61. *Jornal da USP,* Especial - Comissão da Verdade. http://jornal.usp.br/especial/comissao-da-verdade-da-usp-parte4/ consultado em 7 de outubro de 2019.

62. BRANDÃO, Ignácio de Loyola. *Op. cit.,* pag. 111.

63. AZEVEDO, Reinaldo. *Veja "E o filho não era de FHC, mas FHC decide que o filho continuará seu".* https://veja.abril.com.br/blog/reinaldo/e-o-filho-nao-era-de-fhc-mas-fhc-decide-que-o-filho-continuara-seu/ Acessado em 7 de outubro de 2019.

64. *O Globo,* caderno especial Prêmio Faz Diferença. "Ruth Cardoso: ela mudou o social". 15 de dezembro de 2008.

65. *O Globo,* "Dona Marisa Letícia, 66 anos - A despedida à primeira-companheira", 3 de fevereiro de 2017.

66. PARANÁ, Denise. *A história de Lula, o filho do Brasil,* Editora Objetiva, 2010, posição 898.

67. *Idem, ibidem,* posição 914.

68. *Idem, ibidem,* posição 985.

69. Ver http://memoriasdaditadura.org.br/operarios/. Acessado em 22 de outubro de 2019.

70. Ver https://brasil.elpais.com/brasil/2017/02/03/politica/1486153715_076149.htmlhttps://acervo.estadao.com.br/noticias/acervo,na-ditadura-lula-foi-condenado-e-depois-absolvido,12860,0.htm. - Acessado em 22 de outubro de 2019.

71. Ver http://memoria.ebc.com.br/agenciabrasil/noticia/2002-12-31/futura-primeira-dama-confeccionou-em-casa-primeira-bandeira-do-pt. Acessado em 22 de outubro de 2019.

72. *O Globo,* "Dona Marisa Letícia, 66 anos - A despedida à primeira-companheira", 3 de fevereiro de 2017.

73. *IstoÉ.* Ver https://istoe.com.br/a-vida-da-aman-te-segundo-a-irma/. Acessado em 23 de outubro de 2019.

74. *El País.* Ver https://brasil.elpais.com/brasil/2017/02/03/politica/1486153715_076149.html

75. *O Globo,* "Lula atribui a Dona Marisa interesse pelo tríplex no Guarujá", 10 de maio de 2017.

76. *Época,* "Marisa Letícia sabia da existência de um aneurisma há alguns anos", 24 de janeiro de 2017.

77. *Veja,* ver https://veja.abril.com.br/brasil/marcela-temer-bela-recatada-e-do-lar/

78. *Trip.* "Marcela Temer - Em entrevista exclusiva, a mulher do vice-presidente do Brasil abre sua casa e fala à Tpm", 15 de fevereiro de 2011. https://revistatrip.uol.com.br/tpm/marcela-temer

79. *Zero Hora*. "Entenda a polêmica após matéria com perfil de Marcela Temer", 20 de abril de 2016.

80. Site Fadisp. Disponível em https://fadisp.com.br/instituicao

81. *O Globo*. "Marcela Temer pula em lago do Alvorada para resgatar seu cachorro", 7 de maio de 2018.

82. *Domingo Espetacular*, TV Record. Disponível em https://www.youtube.com/watch?v=yWNhVXHz7vg. Acessado em 20 de outubro de 2019.

83. *Idem, ibidem*.

84. *Domingo Espetacular*, TV Record, 29 de outubro de 2018.

85. Site UOL. "A bela da fera, conheça a mulher de Jair Bolsonaro", 11 de abril de 2018. Disponível em https://www1.folha.uol.com.br/poder/2018/04/a-bela-da-fera-conheca-a-mulher-de-jair-bolsonaro.shtml

86. Site Metrópoles, "Michelle Bolsonaro: a face de um Brasil de extremos", 15 de agosto de 2019. Disponível em https://www.metropoles.com/materias-especiais/a-historia-de-michelle-bolsonaro- representa-os-dois-extremos-do-brasil.

87. Site Metrópoles, *op. cit*, e *Veja*: https://veja.abril.com.br/brasil/michelle-bolsonaro-avo- mae-traficante-falsificacao-documentos/. Acessados em 27 de outubro de 2019.

88. *Folha de S. Paulo*, "Avó de Michelle Bolsonaro é transferida após dois dias em maca no corredor de hospital", 10 de agosto de 2019.

89. *Folha de S. Paulo*, "O SUS é para todo mundo, diz Bolsonaro sobre avó de Michelle", 14 de agosto de 2019.

90. Site Metrópoles, *op. cit.*, 15 de agosto de 2019.

91. *Idem, ibidem*.

92. *Estado de Minas*, "Familiares contam como era vida de Michelle Bolsonaro em Ceilândia", 26 de novembro de 2018.

93. *Festejar Noivas*, 20ª edição, 2013.

94. *Folha de S. Paulo*, "Bolsonaro empregou e promoveu a mulher em gabinete na Câmara", 8 de dezembro de 2017.

95. *Folha de S. Paulo*, "A bela da fera, conheça a mulher de Jair Bolsonaro", 11 de abril de 2018.

96. *Ser Feliz*, 21 de novembro de 2018. Disponível em https://www.youtube.com/watch?v=qTNAj34AL54. Acessado em 30 de outubro de 2019.

97. *Idem, ibidem*.

98. *Extra*, "Filha de Michelle Bolsonaro diz que preferia morar com o pai e comemora não lavar louça no Planalto", 26 de junho de 2019.

99. *Luciana By Night*, Rede TV!, 7 de maio de 2019. Disponível em https://www.youtube.com/watch?v=xMDcEoO_BV0&t=1308s. Acessado em 29 de outubro de 2019.

100. Site Metrópoles, "Michelle Bolsonaro: Brasil terá uma ceilandense como primeira-dama". Disponível em https://www.metropoles.com/brasil/politica-br/michelle-bolsonaro-brasil-tera-uma- ceilandense-como-primeira-dama. Acessado em 28 de outubro de 2019.

101. *Idem, ibidem.*

102. *Folha de S. Paulo*, "Ex-mulher de Bolsonaro ganha cargo na Assembleia Legislativa do Rio", 18 de junho de 2019.

103. Site O Globo, "A primeira-dama vira garota-propaganda de lingeries", 7 de agosto de 2019.

104. Portal G1, "A mulher dos bastidores: saiba quem é Michelle Bolsonaro, a nova primeira-dama", 28 de outubro de 2019.

CAPÍTULO 6 – QUASE PRIMEIRAS-DAMAS

1.. FRANCO, Afonso Arinos de Melo. *Rodrigues Alves - Apogeu e declínio do presidencialismo*. Coleção Biblioteca Básica Brasileira, volume 1, Senado Federal, 2001, pag. 333

2. *Idem, ibidem*, pags. 172 e 173.

3. KOIFMAN, Fábio. *Presidentes do Brasil - De Deodoro a FHC*, Departamento de Pesquisa da Estácio de Sá, Cultura Editores, 2002, pag. 119.

4. *O Globo*, "Meu pai", 18 de julho de 1967.

5. *Manchete*, "Castelo Branco, meu pai", 7 de abril de 1973.

6. *O Globo, op. cit.*, 18 de julho de 1967.

7. *Manchete, op. cit.*

8. *Correio da Manhã*, "Castelo chega ao Rio em completo silêncio", 16 de março de 1967.

9. *Manchete, op. cit.*

10. FRAGA, Plínio. *Tancredo Neves, o príncipe civil*, Editora Objetiva, 2017.

11. *Idem, ibidem*, posição 5.071.

12. Manchete, *Mulher-coragem - A oração da primeira-dama,* 20 de abril de 1985.

13. FRAGA, Plínio. *Op. cit.,* posição 10.311.

14. *Idem, ibidem,* posição 10.605.

15. *Jornal do Brasil*, "Vocês se lembram, desta mesma sacada", 24 de abril de 1985.

16. *Jornal do Brasil*, "Apelo emocionado de D. Risoleta contém multidão", 24 de abril de 1985.

17. *Manchete*, 3 de maio de 1986.

18. *Jornal do Brasil,* "Risoleta Neves dinamiza assistência social em Minas", 2 de dezembro de 1984.

19. Correção pelo IGP-DI, da Fundação Getúlio Vargas.

20. FRAGA, Plínio. *Op. cit.,* posição 2.427.

21. *Jornal do Brasil,* "Infância mimada de filha única", 16 de janeiro de 1985.

22. *Idem, ibidem.*

23. KOIFMAN, Fábio. *Op. cit.*, pag. 760.

24. KOIFMAN, Fábio. *Presidentes do Brasil - De Deodoro a FHC,* Departamento de Pesquisa da Estácio de Sá, Cultura Editores, 2002, pag. 843.

25. *Folha de S. Paulo*, "Presidente não sabe se volta a ver Lílian", 16 de fevereiro de 1994.

26. Site UOL, "'Fui julgada sem direito à defesa', diz Lilian Ramos 25 anos após a polêmica", 15 de fevereiro de 2019. Disponível em https://noticias.uol.com.br/carnaval/2019/noticias/redacao/2019/02/15/nunca- mais-deixei-de-usar-revela-musa-do-episodio-da-calcinha-na-sapucai.htm

27. *O Globo,* "Folia de Itamar repercute mal no exterior", 17 de fevereiro de 1994.

28. DIMENSTEIN, Gilberto; SOUZA, Josias de. *A história real - Trama de uma sucessão,* Editora Ática, 1994, pags. 139 e 140.

29. *IstoÉ Gente,* "Queda pela major", 8 de setembro de 2001.

30. *Zero Hora,* "Nos bastidores do sequestro do voo 114, o mais longo realizado no regime militar", 8 de junho de 2013.

31. Site GQ em https://gq.globo.com/Prazeres/Poder/noticia/2015/09/carlos-araujo-ex-marido-da-presidente-dilma-fala-sobre-traicao.html. Acessado em 28 de outubro de 2019.

32. *Idem, ibidem.*

33. Site UOL, "Veja cronologia da vida de Dilma Rousseff", 21 de fevereiro de 2010. Disponível em https://www.bol.uol.com.br/noticias/2010/02/21/veja-cronologia-da-vida-de-dilma-rousseff.htm. Acessado em 28 de outubro de 2010.

CRÉDITOS DAS IMAGENS

Página 9 - Óleo sobre tela de Gustavo Hastoy, no Museu do Senado

Páginas 21, 32, 36, 43, 51, 54, 58, 63, 75, 78, 94, 115, 129, 152 e 294 – Reproduções

Página 65 – Reprodução da revista "Fon-Fon", edição nº 31/31-07-1909

Páginas 81, 142 e 190 - Acervo do Museu da República

Página 87 - Arquivo Central e Histórico da Universidade Federal de Viçosa

Páginas 106, 137, 208 e 299 - Centro de Pesquisa e Documentação de História Contemporânea do Brasil da Fundação Getúlio Vargas

Página 134 e 296 - Fundo Agência Nacional, do acervo do Arquivo Nacional

Página 159 - Jorge William/Agência O Globo/25-06-2019

Página 162 - Agência O Globo/31-10-1961

Página 202 - Arquivo do Instituto Histórico e Geográfico Brasileiro

Página 215 - Atahyde dos Santos/Agência O Globo/04-06-1983

Página 235 - Agência o Globo/01-05-1985

Página 240 - Sergio Marques/Agência o Globo/25-07-1991

Página 254 - Fundação Fernando Henrique Cardoso

Página 265 - Agência Brasil

Página 274 - Valter Campanato/Agência Brasil

Página 279 - José Cruz/Agência Brasil

Página 305 - Marcelo Carnaval/Agência O Globo/13-02-1994

Página 309 - Givaldo Barbosa/Agência O Globo/11-08-2015

Todos os esforços foram feitos para creditar os autores das imagens utilizadas neste livro. Eventuais omissões de créditos e copyright não são intencionais e serão devidamente solucionadas nas próximas edições, bastando que os editores sejam contatados.

Esse livro foi diagramado por Mariana Erthal (www.eehdesign.com)
e utilizou as fontes Miller Text, Chronicle Display e Antenna.
A primeira edição é de novembro de 2019 e a primeira reimpressão
foi rodada na gráfica Exklusiva, em papel Pólen Soft 80g,
em março de 2020, quando Michelle Bolsonaro iniciava seu segundo
ano como primeira-dama do Brasil.